精读名著——英国文学

《精读名著》编委会 编

中国画报出版社·北京

图书在版编目(CIP)数据

精读名著. 英国文学/《精读名著》编委会编. --
北京:中国画报出版社,2017.2
　ISBN 978-7-5146-1405-3

Ⅰ. ①精… Ⅱ. ①精… Ⅲ. ①英国文学-文学欣赏
Ⅳ. ①I106

中国版本图书馆 CIP 数据核字(2017)第 004933 号

精读名著——英国文学	《精读名著》编委会　编

出 版 人:于九涛
责任编辑:郭翠青
助理编辑:魏姗姗
责任印制:焦　洋
出版发行:中国画报出版社
　　　　　(中国北京市海淀区车公庄西路33号　　邮编:100048)
开　　本:32 开(880mm×1230mm)
印　　张:10.25
字　　数:273 千字
版　　次:2017 年 2 月第 1 版　　2017 年 2 月第 1 次印刷
印　　刷:北京通州皇家印刷厂
定　　价:36.00 元

总编室兼传真:010-88417359　　版权部:010-88417359
发　行　部:010-68469781　010-68414683(传真)

目 录

绪论 …………………………………………… 1
坎特伯雷故事集 ……………………………… 11
哈姆雷特 ……………………………………… 28
天路历程 ……………………………………… 57
鲁滨孙漂流记 ………………………………… 82
格列佛游记 …………………………………… 96
傲慢与偏见 …………………………………… 112
双城记 ………………………………………… 128
远大前程 ……………………………………… 142
简·爱 ………………………………………… 160
呼啸山庄 ……………………………………… 174
白衣女郎 ……………………………………… 189
德伯家的苔丝 ………………………………… 205
快乐王子集 …………………………………… 220
福尔摩斯探案集 ……………………………… 239
基姆 …………………………………………… 253
儿子与情人 …………………………………… 269
查泰莱夫人的情人 …………………………… 286
蝇王 …………………………………………… 304

前　言

摆在读者面前的这套书,是世界文学名著的精缩版。其特点是"精缩"与"原汁原味"兼顾:既不是介绍性的,也不是摘录式的,而是保持原著结构的完整,并遵照原著的叙述角度和人称,最大限度地体现作品原貌。每部名著精缩为1万字左右,这个篇幅既减小了阅读压力,也使原汁原味成为可能。

这套书的另一特点是权威性。编委会由当前西方文学研究界的顶级专家组成,以确保选目的精度和成文的质量。可以说,这套书体现了目前国内同类书的最高水准。

丛书总计8册,每册涵盖该国(区域)的经典作品。选目兼顾"代表性"和"可读性",即综合了学术标准和通俗标准。体裁上以小说为主,以诗歌、戏剧为辅。

每册第一部分,是五千字左右的绪论,对该地区的文学史做梳理,以使读者有一个提纲挈领式的把握。文风以学术准确性为基础,尽量做到轻松愉快、可读性强。

据有关机构统计,中国人年平均阅读量是4本书,即使在受教育程度较高的一线城市,每人每年读书量也不超过10本,如此算来,普通人要想了解世界文学名著,即使只读其中的 200 本左右,也需要 20 年时间。另外,某些名著的篇幅是很长的,比如《悲惨世界》有一百多万字,部分内容对于中国人来说很是晦涩、无趣,即使硬着头皮读完,也往往因为篇幅过大、阅读周期过长,而无法把握故事情节。

为了让普通读者更切实可行地阅读世界文学名著,我们编著了这套书。如果能实现这个愿望,我们会非常欣慰。

绪 论

从威斯敏斯特教堂说起

威斯敏斯特教堂,是英国身份最高的教堂。共有四十位国王在此登基,每位国王加冕时坐的靠背椅,至今仍陈列在这座神圣的教堂里。

教堂里有一块墓地,埋葬着英国历史上的许多大人物,包括多个朝代的君主,以及近代的丘吉尔首相等,由于人数众多,所以显得颇为拥挤。

就在教堂的主祭坛和圣地左侧,也就是历代国王加冕和皇族举行婚礼的地方旁边,有一块专门的墓地,用于安葬英国历代文学家。莎士比亚、培根、狄更斯、哈代等英国历史上赫赫有名的文学家,都在此处安眠。在英国,文学家与国王、女王和首相一样,受到最高规格的尊重。这块墓地,被称为"文学角"。

在整个英国,从东到西,从南到北,从城市到乡村,随处可见文学家的故居。乔叟、勃朗特三姐妹、华兹华斯、简·奥斯汀、司格特、柯南·道尔,等等,他们的故居被当作圣地,仔细地保存起来。很多被圈起来,建成博物馆,即使主人已经逝世好几百年,但故居里的一切却保存完好,一如生前。故居里面陈列着当年留下的手稿、生活用品、所出作品的各种版本，有时候还有作家的等身塑像。

英国人对于文学家的尊崇和热爱，是发自内心的。这种深厚的情感，必然来自长期的历史积淀。可以说，英国的民族性格，使英国文学更富有自尊，进而促进了它的形成及发展；而英国文学的日渐成熟，又进一步塑造了英国人的性格。两者相得益彰，使无论是英国人还是英国文学，都具备了鲜明的"英国特色"——英国人的言行举止，像文学作品中的骑士一样彬彬有礼、文雅考究；而英国文学也像英国人一样，颇有绅士风度。

从这个角度看英国文学，也许能够更准确。

中世纪文学

英格兰岛的早期居民没有留下书面文学作品。

公元5世纪，外来入侵者占领英格兰岛，并留下一部神话史诗——《贝奥武甫》。全诗结构完整，文字生动，语法讲究，体现了古英语诗歌的特色。

公元6世纪，基督教传入英国，出现了宗教文学。到了1066年，法国人入侵英国，古英语开始慢慢变化，文学上出现了新的风尚。骑士传奇开始风行，主要内容是歌颂对领主的忠和对贵妇人的爱，其中最杰出的作品是《高文爵士与绿衣骑士》，讲述的是亚瑟王"圆桌骑士"的奇遇。

中世纪英国文学的最高峰，出现在14世纪，代表作家是乔叟。他的杰作《坎特伯雷故事集》采用韵文的形式，刻画了一群朝圣者的形象，行文生动活泼、可读性强，对于当时社会现实的反映是全面而深刻的。

文艺复兴时期

16世纪的英国,是世界上最强大的国家。1588年,英国海军一举击败西班牙的"无敌舰队",民族情绪愈加高涨。文化和文学领域风起云涌,名家辈出。

诗歌领域,成就最高的当属埃德曼·斯宾塞,代表作《仙后》。作品借用中世纪骑士传奇的体裁,以寓言的形式,歌颂了象征着英国民族的伊丽莎白女王。《仙后》中的韵文,与中世纪相比,要灵活得多,十分优美。这使得斯宾塞不仅独步当时诗坛,而且被后世研究者誉为"诗人中的诗人"。

文艺复兴时期,英国散文的代表作家是培根。其风格简约,隽永悠长,谈及哲学、思想、政治、文艺等各个方面,时有真知灼见,以类似格言的方式清晰地呈现给读者。我们今天耳熟能详的"知识就是力量""生活的理想,就是为了理想的生活""如果把快乐告诉一个朋友,你将得到两个快乐,而如果你把忧愁向一个朋友倾吐,你将被分掉一半忧愁"等至理名言,就是培根散文中的原句。时至今日,在全世界范围内,培根散文仍然被广泛阅读。

英国文艺复兴时期的最杰出代表,毫无疑问是莎士比亚。莎士比亚一生写了三十七部戏剧,博采众长而又自有创造。历史剧描画了整整三百年的英国历史,场面之宏阔,在世界文学史上前所未有。喜剧幽默风趣,生活气息浓郁,如《仲夏夜之梦》《威尼斯商人》《第十二夜》。悲剧代表作是《哈姆雷特》《奥赛罗》《李尔王》以及《麦克白》,戏剧冲突深刻、激烈,语言华美,对于世相人心的洞察是无与伦比的。这几部作品代表了莎士比亚的最高成就,影响了其后欧洲乃至全世界的戏剧创作,至今难以超越。

17、18世纪代表作家

　　文艺复兴之后,英国社会动荡不安,人们越来越关注政治,文学也染上了强烈的政治色彩。其中最值得关注的是弥尔顿的《失乐园》《复乐园》及《力士参孙》,三部作品都是借助圣经故事进行发挥,其中某些倾向是惊世骇俗的,比如对于撒旦形象进行颠覆,传统中的恶魔形象被塑造为革命者。在创作这几部作品时,弥尔顿已经双目失明,而且饱受政治迫害,一腔孤愤在作品中多有体现。其行文自由灵动,平淡中见雄奇,堪称英文楷模。我国民国时期的"怪杰"辜鸿铭非常迷恋《失乐园》,即使年过花甲,仍然能够一字不差地背诵这部六千多行的无韵长诗,据说去世之前仍然轻声念诵,泪流满面。

　　整个17世纪,英国文坛相对沉寂,只有约翰·班扬值得一提。他的《天路历程》巧妙地采用梦境来反映现实,看起来纯属虚构,实际上广泛反映了当时的社会现实。这部作品,结构清晰、情节连贯,被看作英国小说真正成型的奠基之作。从此以后,英国小说逐渐繁荣,而且超越诗歌、戏剧等体裁,成为英国文学最强的分支。

　　小说艺术获得长足发展,是在18世纪。丹尼尔·笛福的长篇小说《鲁滨孙漂流记》,使笛福当之无愧地成为"英国现实主义小说之父"。小说中的细节描写十分逼真,故事情节引人入胜,文字口语化,可以说是英国最早的"好读"小说。

　　斯威夫特的《格列佛游记》也非常好读,讲述的是大人国和小人国的神奇故事,实际上算是一部讽刺朝政、表现人类丑恶的寓言。小说的可读之处在于,斯威夫特把真实感很强的细节放在奇特的幻想之中,令人捧腹,又引人深思。

　　值得一提的是,在18世纪的英国文坛,还涌现出一位出类拔萃的女作家——简·奥斯汀。她的小说擅长描写日常生活和交往,具有女性特有的细腻和敏锐,把世俗人物居家过日子的心计刻画得入木三分,情节曲折、机智幽默,多带有喜剧色彩。主要作品有《理智与情感》《傲慢与偏见》《曼斯菲尔德庄园》和《爱玛》等六部小说。美国作家马克·吐温很推崇简·奥斯汀,他说:"一个图书馆如果没有奥斯汀的书,就不是一个好图书馆。"

1789年法国大革命之后,英国文学像欧洲其他国家一样,迎来了浪漫主义。在诗歌领域的代表人物,有彭斯、布莱克以及"湖畔派"诗人华兹华斯、柯勒律治、骚塞等人。这个群体的文学特征是,多描绘湖光山色的优美、田园生活的惬意,诗风淳朴,清新自然。

英国浪漫主义文学的最高代表,是诗人拜伦、雪莱和济慈。拜伦和雪莱的作品充满乐观积极的色彩,战斗意识和政治倾向突出,感情浓烈,富有爆发力。济慈的风格较为柔和,代表作《希腊古瓮》《夜莺》和《秋颂》等,充溢着对于纯美的渴望。济慈病逝的时候,只有二十六岁,墓志铭上写着他最后一句诗:"这里埋着一个/名字写在水上的人。"

19世纪现实主义

据史料记载,从1837年到1900年,大约有六万部小说在英国各地出版。其中,历史小说和冒险小说的代表人物,是沃尔特·司格特。他一生创作了二十七部长篇历史小说,再现了苏格兰、英格兰和欧洲的重大历史事件,刻画了众多英雄人物,对所有欧美国家的历史小说都有深远影响。

不过,19世纪英国小说最高成就的代表,是以狄更斯、萨克雷、乔治·艾略特、哈代等人为代表的现实主义小说,他们在小说的情节安排和语言艺术方面,均体现出很高的造诣,使长篇小说越来越具有可读性和趣味性。其中以狄更斯更为突出。

狄更斯最吸引读者之处在于,他能将真实的细节与诗意的气氛结合在一起,将幽默风趣的场面与悲惨的人生境遇结合在一起,将具体的故事与深远的社会背景结合在一起。这使他的作品不仅好读,而且经得起咀嚼,余味悠远,感人至深。从艺术上说,狄更斯对于欧洲现实主义小说的发展,其贡献是独特而且难以取代的。

读狄更斯的小说,如同去19世纪的英国走一遭看看。《匹克威克外传》幽默风趣,让人忍俊不禁;《奥列佛·特维斯特》向我们展现了伦敦的黑暗和孤儿的苦难;《董贝父子》让我们深切体验到了金钱的罪恶;《大卫·科波菲尔》充满了人世的沧桑;《荒凉山庄》《艰难时世》和《小杜丽》让我们沉浸于英国阴郁的浓雾之中;《双城记》讲述了革命的残酷;《远大前程》展现了前程的渺茫。

同样关注社会问题的,还有萨克雷,其代表作是《名利场》,主要内容是讽刺上层社会的虚伪和贪婪。此外,还有夏洛蒂·勃朗特的《简·爱》,艾米莉·勃朗特的《呼啸山庄》,乔治·艾略特的《弗洛斯河上的磨坊》,哈代的《远离尘嚣》《德伯家的苔丝》《无名的裘德》等。这些作品产生的时期,英国的殖民统治正好由盛转衰,整个英国社会矛盾加深,政局动荡,贫富冲突严重,这些社会内容在小说中得到了充分的反映。作家们怀着强烈的社会责任感,对种种丑恶现象进行揭露和批判,形成了长达半个世纪之久的批判现实主义。

批判现实主义小说,在人物塑造方面体现出明显的平民化倾向,在情节上注重趣味性,在结构上力求严谨。可以说,19世纪现实主义小说代表了英国小说的最高成就。

事实上,在批判现实主义取得辉煌成就的同时,其他文学流派依然存在,其中值得关注的是"唯美主义",即抛开现实羁绊,以纯粹的美为艺术的最终目标,代表作家是王尔德。颇为奇怪的是,王尔德真正的文学成就,并不是他的唯美主义作品,而是讽刺性的社会喜剧。如此看来,唯美主义并没有真正超越活生生的现实;与其说他们不想表现现实,不如说他们对现实极度失望,以至于失去了表达的主动性。

20 世纪现代主义

20 世纪的文学,与两次世界大战有直接的关系。数以万计有才华的青年死于战壕,在精神的废墟上,出现了现代派文学。诗歌方面的代表作是艾略特的《荒原》,它迥异于传统诗歌,无论是意象上,还是韵律上,都泛着清冷、怪异的光芒。比如这样的诗句:

四月是残忍的季节。
从死的土地上,
长出丁香,
掺揉着回忆和欲望。
遗忘的雪为冬天保暖,
春雨滋润着迟钝的根芽。
……
我亲眼看见,
古米的西比尔吊在一个笼子里。
孩子们问她:"西比尔,你要什么?"
她回答:"我要死。"

这样的文字,是多么令人陌生、震惊和惊异啊!

英国现代主义的代表人物,除了艾略特,还有意识流小说家伍尔夫、乔伊斯。对于大部分普通读者而言，意识流小说并无趣味，情节成分太少，人物面貌模糊不清，甚至不知所云。不过，意识流小说家们并不觉得这是缺点，他们认为，批评者——不管是评论家还是读者——所希望获得的，他们压根儿就不打算提供。

既然他们习惯于自言自语，普通读者就没有必要凑上去听。这也是意识流小说名声很大，但读者很少的原因。1922年，乔伊斯的意识流小说《尤利西斯》问世，不少评论家认为，这部著作代表了英国现代主义小说艺术的最高成就。这部作品同样不适合普通读者。总地看来，意识流小说对于普通读者的阅读并无影响。

在现代主义声名卓著的20世纪，作家毛姆坚持采用法国式的现实主义手法，拥有广大的读者。代表作有《人性的枷锁》《月亮与六便士》《刀锋》等。不得不说，作为20世纪的英国小说家，在乔伊斯之后，毛姆依然固守"讲故事"的小说传统，实在是很难得。

同样难得的，是小说家劳伦斯，其《查泰莱夫人的情人》《儿子与情人》《虹》等，虽然也属于现代派，但可读性是很强的。他以阴柔而优美的笔调抒写爱和性，通篇灵性流溢，充满生命的活力和尊严。

现代派小说家中，奥威尔也算一个异数。他的《1984》和《动物农庄》是典型的现代派作品，古怪的场景和情节背后，隐含着清晰的逻辑线索，阅读起来并不费力，而且获益良多。

英国文学的气质

英国的文学作品，无论在古代，还是当代，往往带有一种独特的气质：高雅、精致、矜持，且或多或少地沾些古旧色彩。这种气质也是英国人的特征，与英国文化的"贵族化"倾向深深契合。对此，世界其他民族褒贬不一,人们的态度往往走向两个极端:有的人沉醉其中,仔细体验着高贵、优雅与俏皮;更多的人则无法认同,甚至将英国人的做派视为自以为是、矫揉造作。

毫无疑问,英国人具有根深蒂固的民族自豪感,这与大英帝国曾经辉煌的历史有关。早在15世纪,英王亨利七世时期,一位名叫摩根的威尼斯使节就在其著作《牛津英国通史》中写道:"在英国人看来,这个世界上除了他们之外,就没有什么像样的人了:每当他们看到一个潇洒的外国人,他们就说'他看起来像个英国人',并说'很遗憾他不是英国人'。"

20世纪三四十年代,作家张爱玲生活在英属殖民地香港。在近距离接触了英国人之后,张爱玲明确表达了对"英国做派"的不屑。我们知道,英国人向来是以"绅士风度"闻名世界的,而绅士风度的主要表征,就是遇事冷静,并且言行矜持。对此,张爱玲加以幽默的讽刺:"英国学生派是一种潇洒的漠然。对于最要紧的事尤为潇洒,尤为漠然。"(《红玫瑰与白玫瑰》)"英国人住在非洲的森林里,也照常穿上燕尾服进晚餐。"

英国人的民族自豪感,以及多少有些刻意的讲究,在文艺方面表现明显。比如,英国文学非常注重雕章琢句,力求从字里行间散发出优雅的风范,而这种风范直接造就了独树一帜的英国散文。中世纪时期,法国人曾经一度征服英国,法国文学也随之悄然改变着英国文学,但是,正如一位西方评论家所说的:"法国征服者在一件事情上完全失败了:他们在中世纪未能成功地使在法国已经十分流行的短篇散文故事扎根于英国的土壤。"

英国文学在发展的道路上体现出一种自信、自得的风范,坚持着鲜明的特色。尽管文学艺术没有国界,难免要受到异域文化的影响,但随着英国殖民统治的不断强化和英语国际化进程的不断加快(至少在20世纪之前大致如此),英国文学越发独立、自信与自得。

这使得英国文学的优雅风范更加牢固。它不像德国文学那样哲学化,不像法国文学那样放纵,也不像美国文学那样阳刚气十足。英国文学是冷静的、克制的,甚至略显刻板。值得注意的是,这种在任何情况下都抵御放纵的刻板,是一种深沉的力量,绝非缺乏想象力。无论是古典作品,还是当前风靡世界的《哈利·波特》和《魔戒》,都证实了英国文学的这一特征。

总地看来,阅读经验丰富的人,以及年岁较大的读者,往往更容易体会英国文学的妙处。曾有人说,读多了法国文学,总觉得不踏实,而英国文学"让我即使在沉闷之中,也可以沿着思绪摸到路",这"可能是长大了的缘故"。

坎特伯雷故事集

乔叟(1340—1400),英国著名诗人,英国人文主义文学的代表人物。他开创的英雄双韵体诗被后世诗人广泛采用,被誉为"英国诗歌之父"。

《坎特伯雷故事集》是乔叟的代表作。它描写了一批从伦敦出发前去坎特伯雷朝圣的人途中讲述的有趣故事。故事共二十四个,这里选取了其中最具代表性的十个。整个作品将14世纪英国社会各个阶层的生活状态描写得淋漓尽致。

坎特伯雷故事由此开始

四月春暖花开的季节,英格兰的人们开始从坎特伯雷出发去朝拜赐福给他们的殉难圣徒。

我也准备去坎特伯雷朝圣去。这一天,我正在泰巴客栈歇脚。晚上,有二十九位客人聚集在这里,他们都是准备去坎特伯雷朝圣的。下面我就介绍他们给大家认识。先说一下武士,一个温婉善良得像个姑娘的武士,身经百战、通晓礼仪、忠君爱国。接下来是一个女尼,修道院的女院长,生得腼腆,很懂礼貌,一看就知道有一副菩萨心肠。接着是一个修道僧,身材魁梧,很有男子气概;一个游乞僧,放荡不羁、非常自负;一个留着八字胡精打细算的商人;一个学识渊博、沉着稳重的牛津学者,读书是他唯一的爱好;一位才华出众、聪明谨慎的律师;一个热情开朗的自由农民;一个会做各种美味的厨师;一个谙习水性、经历多次风浪的船手;一位医术超群的医生;还有一个善于织布但耳聋的巴斯妇;一位虔诚、仁慈、勤勉的穷牧师;还有一个力大无穷的磨坊主,头脑简单四肢发达;一个十分精明的伙食经理;一个瘦小脾气大的管家;还有一个满脸脓包、长得凶神恶煞的教会法庭差役,同他一起的是一个刚从罗马教廷回来,巧舌如簧的赦罪僧。

我已经简略地介绍了我们这群人,长途漫漫我们得找些乐子。于是客栈老板建议我们在来去途中各讲两个故事,并且他将与我们一路同行,承担途中的一切费用,所以我们一路上由他指挥。

武士的故事

史书上记载很久以前,希西厄斯是雅典国王,而易宝丽塔原是亚马孙女人国的国王,后嫁给了希西厄斯成了他的王后;爱茉莱是一个年轻貌美、单纯可爱的女子,她是易宝丽塔的妹妹。阿赛脱和派拉蒙则是希白斯皇家两姊妹之子,希白斯这次惨败在希西厄斯的手下,他们俩也成了雅典国的阶下囚,被判终身监禁于囚塔。

阿赛脱和派拉蒙被关在同一塔里。一天,两位兄弟都对爱茉莱一见钟情,同时不可救药地爱上了她。他们为她而吵架。派拉蒙说:"是我先看到她的,我先爱上她的,她是我的,不许你爱她!"阿赛脱说:"就算是你先爱了她,但是古人云'谁能以法律加诸情场中人'。"尽管他们知道自己被判终身监禁不可能有出头之日,却依然争执不休。他们觉得只要每天能看爱茉莱一眼,就已经知足了。

爱茉莱对这一切都一无所知,她依旧很快乐地玩耍。

一天,另一国的君王替他们求情,但希西厄斯却只答应释放阿赛脱,并禁止他再踏入雅典国土一步。被释放出来的阿赛脱感到很痛苦,他羡慕派拉蒙有机会每天都能看到爱茉莱;派拉蒙也很痛苦,他认为阿赛脱有机会进攻雅典城而得到爱茉莱,而自己却将永远被监禁在这里。

苦苦的相思让阿赛脱瘦得脱了原样,他就化装成奴仆,混进雅典皇宫,当上了爱茉莱的家仆。后来,他表现出色被提升为雅典君王的侍从。

派拉蒙此刻也找到机会逃了出来。他逃到野外,忽然听到了阿赛脱表白自己的身份,顿时怒火中烧。阿赛脱得知派拉蒙已逃脱,恨得咬牙切齿,这意味着他又要继续跟他抢爱茉莱。于是两人决定在第二天决一死战。

两人决战时,雅典君王希西厄斯正好路过制止了他们。派拉蒙揭发了自己和阿赛脱,并说出了两人是因爱茉莱才决战的。君王饶恕了他们,提出了一个条件:要他俩在一年内各找一百名武士来参加比武,胜方就能得到爱茉莱。

一年时间很快就过去,他们各找了一百名武士进行了血腥激烈的比武。最后,阿赛脱获胜了,他骑着高头大马,微笑地看着心爱的爱茉莱,此时发生了悲剧:受到惊吓的马突然跳起来,把阿赛脱重重地摔在了地上,他的头部受到重创,当场昏死过去。阿赛脱在弥留之际,把心爱的爱茉莱托付给了派拉蒙。

希西厄斯看到这一切也很悲痛,他说:"人间不过是一条悲惨的道路,我们只不过是来往的旅客;世间的愁苦都是以死亡为终局。"于是他把阿赛脱风光大葬。从此派拉蒙与爱茉莱过着幸福的生活。愿上帝保佑你们!

磨坊主的故事

　　武士讲完后,在座的无一不称赞这个故事讲得好。客栈老板说:"那么谁来讲第二个故事呢?"磨坊主高叫道:"我来讲一个保准比武士讲得好,我来讲一个木匠和他妻子的故事。"磨坊主本是个粗俗的人,肚子里没有多少墨水,大家如果觉得他讲的言语粗俗,且莫见怪啊!下面他就开始讲了。

　　从前在牛津,有一个很有钱的木匠叫奥司纳,一把年纪却娶了个年仅十八且美若天仙的姑娘做老婆,那个女子叫阿丽生。他家同时还住着一个叫尼古拉的读书人,他善于研究星象,但品行不端,与奥司纳年轻貌美的小娇妻有奸情,常常背着老奥司纳私会。还有一个叫阿伯沙龙的男子,他一直贪恋阿丽生的美貌,对她很爱慕,常跑到木匠家窗下唱情歌来讨好阿丽生。

　　自从木匠娶了这么一位天仙般的妻子阿丽生以后,天天守着她,生怕她干出什么败德的事。那个房客尼古拉除了每天钻研天文学外,满脑子男女私情,所以他就常常趁木匠不在家时和阿丽生私会调情。为了偷偷欢爱,他们就想出一个奸计来欺骗老木匠。

　　这些天尼古拉总是躲在房子里不出来,木匠很好奇就去找他。他神秘地告诉木匠说他夜观天象,星象显示全世界要毁灭了!他说:"过几天,这里就会像诺亚方舟故事里讲的那样发洪水啦!到时候全世界都会被淹没。为了逃命,你得赶快去城里买一个像方舟那样的大盆,趁着夜色偷偷地把它吊在屋顶上,千万不能让人看见。等到真要发大水的时候,只要像诺亚那样,你和阿丽生坐在上面,就能得救啦。记住,千万不要告诉任何人,天机不可泄漏!"

"好,好,我这就去办!天啊,诺亚的洪水,太可怕了!"木匠抱怨着。愚蠢的老木匠竟然相信了尼古拉的荒唐话。

于是木匠交代了一下就出门办事去了,尼古拉和阿丽生的诡计得逞,他们在床上偷欢何等快活。

正在他们玩得开心的时候,阿伯沙龙又跑来给阿丽生唱情歌了。不耐烦的阿丽生把头探出窗来,嚷道:"别再来烦我,我已经有喜欢的人了。"阿伯沙龙答道:"天哪,枉费了我的一片真心,那么你就让我吻你一下。求你了,阿丽生!"

阿丽生转身嘻嘻笑着地对尼古拉说:"你别作声,看我怎么戏弄他!"于是她对着阿伯沙龙说:"好吧,你过来吧!"阿伯沙龙赶紧把嘴擦了擦,阿丽生这时却把屁股对着窗口。由于天黑看不清楚,阿伯沙龙一下就吻着了她的屁股。

阿丽生和尼古拉顿时哈哈大笑。阿伯沙龙觉得受了奇耻大辱,气得咬牙切齿地走了。路上,他嘟嘟囔囔地说:"你们等着,我一定会回来报复你的!"说着,阿伯沙龙就往铁匠家走去,向铁匠借来正在火炉中的犁头和冷却的犁头把柄。

第二天晚上,阿伯沙龙拿着烧红的犁头把柄跑到木匠家的窗口下喊:"阿丽生,亲爱的,我买了个精美的戒指,只要你吻我一下,我就送给你!"

此时,尼古拉刚好出来小便,听到了阿伯沙龙的话。他想让阿伯沙龙也来吻他的屁股,好再戏弄一下他。于是他就把屁股靠在窗口等着阿伯沙龙来吻。阿伯沙龙摸黑来到窗口说:"亲爱的,我看不到你,你说句话啊。"于是尼古拉就放了一个响屁。此时,阿伯沙龙把那烧红的铁犁贴到尼古拉的屁股上。尼古拉顿时哇哇大叫起来:"救命啊,水,水!我的天啊!"

此时,熟睡中的木匠听人喊水,以为是洪水来了,急忙拿着斧头把系着大盆的绳子割断了。结果他摔断了一个胳膊,街坊邻居都嘲笑他疯了。愿上帝保佑你们!

我的故事讲完了。

律师的故事

老板看着一天已经过去四分之一了,就对大家说:"我感觉大家讲的怎么没有一个是于人有益的故事呢?"于是他要求有学问的律师来讲一个。律师说:"我文采可不及乔叟,他诗写得那么好,我是望尘莫及啊,我还是用散文讲我这个故事吧。我就讲一下多年前一个商人给我讲的一个故事吧。"

从前,有一群叙利亚的富商,与各地来往贸易。他们听说罗马有一位叫康丝顿司的公主长得倾国倾城。后来,叙利亚的国王对那位美丽的公主产生了爱慕之情,国王就去找枢密大臣们商量。他说如果他得不到这位公主,他将性命不保,大臣们议论不休,最后他们只有同意国王娶这位公主为妻。但是现在有一个很大的障碍就是他们是穆罕默德的信徒,而公主信基督教。国王表示为了康丝顿司,他宁可放弃穆罕默德的教义而改信基督教,他们还订下了约定。国王和大臣们都接受了基督教的洗礼。

罗马皇帝终于答应把公主嫁给苏丹国王,美丽而伤感的公主上了花轿。

叙利亚国王的老王后即苏丹的母后,不能容忍儿子如此胡来,她召集所有大臣,一致要保住穆罕默德的可兰圣典。可是仅凭她一人之力,又奈国王若何,最后,这位太后也受了基督教的洗礼。

簇拥着公主嫁车的罗马基督徒们来到了叙利亚。老太后非常热情地安排了无比丰盛的宴会，来庆祝这个举国欢腾的日子。可谁会想到席间，苏丹国王和所有改信基督教的人全部被杀，只有新王后一人幸免。恶毒的老王后挟持新王后到船上，然后又把她扔进了大海，她靠着坚强的信念强撑着漂到了一个堡寨，幸得巡吏夫人贺门吉尔德的庇护，才保住了性命，后来贺门吉尔德也信奉了基督教。

撒旦魔王驱使着一个年轻的武士来追求美丽的康丝顿司，他不择手段只为了得到她，可是公主根本看不上他，他就怀恨在心，企图报复。他把巡吏夫人杀死，却嫁祸给康丝顿司，厄拉国王知道了这桩惨剧命令彻查此案，公主祈求基督显灵救她一命。后来厄拉国王正在审理此案，有人递来一本不列颠文字的福音书，当武士手摁在福音书上说凶手是康丝顿司时，突然有个声音传来说他在撒谎，当时这个武士就倒地暴毙了。从此以后，国王和许多人都信了基督教，国王也和公主结婚了。后来公主还为国王产下一子，可有人从中作梗，假传国王旨意让巡吏除掉康丝顿司，百姓不忍心就让她逃走了。国王后来得知真相，悲恸不已。康丝顿司在海上漂了五年，后来圣母赐福让她结束了苦难。罗马国王得知女儿的惨境兴兵叙利亚，就在他们返回的途中遇到了漂在海上的康丝顿司和她的孩子，把她带回了罗马。厄拉国王后来见到了他已长大成人的儿子，最后父子团聚，夫妻重逢。

我的故事结束了。伟大的耶稣基督，愿你保佑我们！

老板说：“不错啊，还是你们读书人肚子里的墨水多，讲的就是不一样。”

巴斯妇的故事

"感谢上帝，已经赐予了我五次婚姻，我是完全不愿守节的，随时

·精读名著·

欢迎第六个的到来。我的五个丈夫中,三个是好的,两个是坏的。三个好人十分爱我,带给了我财宝和地产。但是我不再珍视他们的爱了,我不费任何力气就控制了他们,用各种规矩来管束他们。不好的那两个是恶棍、无赖,他们吃喝嫖赌,把我的青春和经历都给消磨了。

"下面说我的第四个丈夫,他自己有一个情妇,在一次喝醉酒后,他打死了自己的情妇,但并没有吓倒我。我用木材做成的棍子打他,用各种方法激起他的愤怒和醋意,让他感觉像在油里煎熬一样,后来他死了,我花钱葬了他。

"我的第五个丈夫待我最不好,简直是恶毒的。他在床上用各种花言巧语诱骗我,却会狠狠地抽我,我的骨头几乎都被他打断了,却宁愿被他的爱欺骗。我最爱他,正是因为他对我最吝啬他的爱。女人就是一个奇怪的东西,偏爱那些不易得手的东西。就像市场上买东西,越便宜,越无人问津。我还有个教母,我把所有的事情都跟她讲,就连我丈夫在墙上撒了尿也会告诉她。教母教我很多法术,我想象很多丈夫杀死我的情形。再讲讲我和我的第五个丈夫是怎么认识的吧。我们是在我第四个丈夫躺在棺材里的时候认识的。那天,我的第四个丈夫被抬到了礼堂,在那里我们认识了。他是一个学员,我看见他的脚和腿洁白嫩美,我的心被他勾走了。他二十二岁,我四十岁。不过,我健壮、有钱、不丑,我放荡,却坚韧。我生下来就随心所欲,不管那人高矮胖瘦,是黑或是白,只要能满足我,我就会不顾一切要和他在一起。不用说,他娶了我。他不允许我外出,我是不会听的,于是他打我。打完了,我们又和好,就这样,我和我现在的丈夫吵吵和和,经过了很多的磨合,但最终还是言归于好。下面,我要开始我的故事了。"

法庭差役和游乞僧笑着说道:"主妇,你的故事前奏还真不短啊,赶紧开始你的故事吧,我们等着听呢。"

巴斯妇开始讲她的故事:

从前在著名的亚瑟王宫廷中,仙妖时常在人间出没。有一个年轻的武士因强暴了一个少女而将被判死刑。这时王后为他求情,免除了他的死罪。作为报答,年轻的武士必须回答王后的一个问题,即女人最大的欲望是什么。王后给他一年的时间让他到外地寻访答案。武士愁眉苦脸地离开了宫廷到处询问,但得到的回答都不一样。一天他骑马来到林中,看见一群女子在那里跳舞。可等他来到跟前,女子们已消失得无影无踪,只剩下一个干瘪丑陋的老婆婆。武士便向她请教女人最大的欲望是什么。老婆婆向他保证一定告诉他这个答案,但武士必须答应为她做一件事。于是他们一同来到宫廷,武士向王后宣布他已经找到了答案:女人最大的欲望就是控制她们的丈夫或情侣,做他们的主宰。所有在场的妇人都表示同意。这时老妪站起身来求王后做主,让武士履行自己的誓约。老婆婆要他做的事就是让武士娶自己为妻。不管武士如何反抗,他还是被迫与老婆婆成了亲。在新婚之夜,老妪笑着对武士说:"娶个年老丑陋的妻子至少可以不用担心戴绿帽子,但如果你希望找个年轻美貌的妻子,我也可以满足你的愿望。"武士无可奈何,同意老婆婆做他的主宰。老婆婆先让武士吻一下自己,然后让他打开窗帘。武士惊喜地发现站在自己面前的已不再是一个年老丑陋的老太婆,而是一个美丽的妙龄女郎。从此他俩幸福地生活在一起,白头偕老。

愿耶稣基督赐给我们年轻和顺的丈夫。凡是不听妻命的丈夫都让他们短命,凡是吝啬的老鬼们,都让他们立刻暴死。

学者的故事

大家听完这个故事都大笑起来,除了那个游乞僧。老板说:"牛津学者先生，你在那里大半天了也不吭一声，讲一个好玩的给大家听听呗。"学者说："老板，我听您的。那我就讲一个意大利诗人弗兰西斯·彼特拉克给我讲的故事吧，他已经去世了。"下面就是他讲的故事，请大家注意听。

从前有位年轻的国王在意大利承袭了王位，可是他整天沉溺于狩猎，从来不考虑自己的婚事。其中有一位德高望重的大臣劝国王赶紧完婚续嗣。国王说："我渴望自由，我害怕结婚后没有自由，但是我会慎重考虑你们的建议。你们要答应我，将来无论我选谁做王后，你们都要尊重她。"

后来国王看上了一个贫穷的女子，她叫格丽西达，国王下定决心非她不娶。婚礼顺利完毕，不久格丽西达就生了一个可爱的小公主，后来国王为了试探他的妻子是否能够忍耐，就叫侍卫官把他们的女儿从她身边抱走杀掉，看她是否情绪激动，却见她仍是镇定温柔，丝毫看不出因女儿死亡而悲伤的迹象。过了四年，她又为国王生了一个小王子，国王又开始试探他的妻子。他又命令侍卫官把这个孩子抱走杀掉，而她仍是照样容忍。国王很奇怪，他的妻子怎么能够如此镇定。其实他们的两个孩子只是被国王送到了别国去抚养。

他考验了妻子很多年，最后发现她对他还是始终如一，国王的意向和心意就是她的寄托。她充分表现了一个妻子不管遇见什么风波，始终以丈夫的意志为准则。后来他更过分地要求妻子离开宫廷，不允许带走一件不属于她的东西。她不得不当众脱衣，只穿着一件衬衣回到了老父的身边。现在我想说的是：一个丈夫怎么能如此残忍地一次又一次去试探妻子的德操和耐心呢？

故事的结局还是很圆满。国王请回了他们的两个孩子全家团圆，他向格丽西达说明了真相，她仍然是很平静地接受了这个事实。他们俩又重归就好，恩爱如初。

后来格丽西达的儿子继承了父业,但他不会这么做去试探他的妻子。这种试探付出的代价实在是太大了。

当然这个故事并不是要大家去学习格丽西达的坚韧和卑顺,我们只是想让大家从这个故事里重新思考一下我们的人生。

商人的故事

听完这个故事,商人感慨地说:"我有一个妻子,世上没有比她更恶的人了,格丽西达的温顺和我妻子的凶残比起来真是天差地别。如果我自由了,我就再也不会投进婚姻这张罗网里。"老板说:"那你就讲讲你婚姻的烦恼吧!"商人不想再多说什么,开始讲他的故事。

从前在伦巴底有一位非常富有的爵士叫冬月老人,他已经六十岁了可至今未婚,他就祈求上帝赐给他一个幸福甜蜜的婚姻生活。他告诉他的朋友,说他已经是半截入土的人了,请求朋友们帮他找一个妙龄少女做他的妻子。

后来他物色到一个姑娘很符合他的条件,朋友们极力劝阻他,因为这种老夫少妻的婚姻生活实在很难保证。可是他不听劝阻,还是执意娶了这位叫春月的女子为妻。冬月老人正享受着他甜蜜的新婚生活的时候,突然他的眼睛瞎了。后来他的妻子春月竟和英俊的侍从达米恩私通,他和春月天天去花园游玩,而达米恩也是紧随其后,他们两个人眉来眼去暗中调情,可惜冬月老人什么也看不见。后来有一天,春月和冬月老人正好经过一棵梨树下,春月看见达米恩在树上,就想与达米恩调情。于是她就谎称她口渴想吃梨,恳求冬月老人驮着她,她好上树够梨。此刻冥国的帕路托正好经过这里,他实在看不下去,就帮冬月老人恢复了视力。冬月老人立刻看见了眼前的一切:春月正和达米恩在梨树上偷情。春月却辩解说冬月老人误会他们了,他们这样做是为了给他治病。可怜的冬月老人依旧亲吻她,把她带回了府邸。

我所讲的故事完了,愿上帝和圣母祝福我们!

老板说:"上帝啊,千万不要让我娶一个像春月这样的女人。"

自由农的故事

接下来一个侍者刚讲了几句就被自由农给打断了,老板反感地说:"自由农,既然你把人家的故事打断了,那你就接着讲一个吧!"

自由农说:"我讲的这个故事是古时候一首布雷塔尼的民谣,估计大家都听说过。我是一个粗人,也不会用什么修辞,文采我就更不懂了,请大家不要介意啊。"他就开始讲了。

从前在一个叫布雷塔尼的地方,有一个名叫阿弗拉格斯的武士爱上了一个名叫朵丽根的富家小姐。他竭尽所能讨她欢心,小姐被他的真诚所打动最后就嫁给了他。她说:"以后我不会和你争执,我永远做你卑顺的妻子一切都听你的。"于是夫妻双双立誓,为了家庭和睦双方一定容忍克己。

他们回到家乡过着安乐的日子。一年后,阿弗拉格斯需要花两年时间去英格兰参加比武以求取荣誉。就这样,朵丽根独自在家苦苦等候,日夜思念着她的丈夫。有个叫奥雷利斯的青年一直暗恋着朵丽根,可是她却拒绝了那个青年。她的丈夫马上就要回来了,她很担心他的船回来时会撞上岸边的礁石。于是她说:"要我喜欢你,除非你能把海岸边所有的礁石都清除了。"

朵丽根提出如此苛刻的条件让奥雷利斯十分伤心,他因此病了很久。后来他隔壁来了个会变魔术的人,那人用障眼法真的让那些礁石不见了。此时阿弗拉格斯也平安地回来了,朵丽根非常高兴。后来他得知了妻子曾对奥雷利斯许下过那样的承诺,就劝妻子去履行自己的承诺。可是朵丽根很痛苦,她既不愿背叛自己的丈夫也不愿违背自己的诺言。最后,她想到了自杀。

奥雷利斯得知阿弗拉格斯曾劝说朵丽根履行承诺,也深深地被阿弗拉格斯的高尚行为所感动,另外他也不愿看到朵丽根那么痛苦的选择。于是他决心不再逼迫朵丽根实现诺言,从此阿弗拉格斯和朵丽根一起过着幸福的日子。而魔术师也慷慨地答应奥雷利斯不收他的魔术费。

赦罪僧的故事

医生紧接着讲了一个凄惨的故事,大家听完都非常沮丧。客栈老板就说:"太惨了,一想到那个女孩我就伤心,咱们还是讲个轻松愉快点儿的故事吧,赦罪僧你来一个吧!"其他人都反对老板提议讲轻松愉快的故事,他们想听关于道德的故事。但是老板仍坚持想放松一下,赦罪僧说:"我故事的主旨永远是:贪财是万恶之源。我当上赦罪僧以后,就竭尽我哄骗之能事,站在教坛上胡诌乱吹,把教众说得是心服口服。因为我所有的教诲都和吝啬有关,所以他们只好乖乖地把钱都拿出来献给我。"

下面就是他在赚钱时常讲的一个故事。

从前在法兰德斯,有一伙整日游手好闲的小混混专门吃喝嫖赌。他们贪杯不说还赌博,贪食好饮本就是罪恶之源,我们应该诅咒它;再说说他们的赌博,赌咒凶猛过度也是罪恶的,发假誓更应受到谴责。

我要说的是其中的三个年轻恶汉,他们每天都喝得烂醉如泥。有一天,酒店老板告诉他们,有一个叫"死亡"的来到此地杀死了许多人。他还警告这三个人离那个杀人狂魔远点儿。三个人听后很不以为然,决心要把那个人找出来,他们三个人还发誓,要兄弟齐心协力找出真凶,为民除害。

他们喝得酩酊大醉地向着店主说的方向去找那个叫"死亡"的,想找到他把他杀死。途中他们遇到了一个垂暮老人,他说他很痛苦,他想找个人跟他交换青春,可是没有人愿意跟他换;他说他想死,可那个"死亡"也不来取他的命。他就这样一直半死不活地生活着,老人还要求这三个醉汉要学会尊敬老人,否则他们会受到惩罚。后来,这个老人告诉他们去那边树林里就能找到"死亡"。三个人到了那里没有看见"死亡",却只见到树下有很多金币,三人欣喜若狂,他们密谋要趁着黑夜把金币偷运回去。他们表面上说要平分这笔财宝,可心里谁都不想让对方得到,于是他们各怀鬼胎企图独吞金币。其中的两个人让那个最年轻的去城里买酒和肉,于是他俩就密谋等他一回来就杀死他。谁知那个去城里的年轻人却打算把毒药投到酒里面,意图毒死看守金币的那两人。最后买酒回来的那个年轻人被他们俩杀死了,他们为了庆祝计划顺利完成,喝下了年轻人从城里买来的酒,于是他们都中毒了立刻毙命。最后三个人都死了。

赦罪僧接着说:"人类啊,纵欲、荒淫、赌博是多么深的罪孽啊!如果你们有人愿意虔诚接受我的赦免,只要投放你们的金银铜币就行。这一路上,有我这位好心的赦罪僧宽恕你们的罪让你们免遭不幸,你们不觉得这是件很荣幸的事吗?客栈老板,你第一个来投币买赦罪符吧。如果你买了,我还可以让你亲吻一下我的圣物呢。"老板讥笑道:"我才不要呢,我怕基督诅咒我。你这些东西都是在弄虚作假,哪有什么真正的赦罪符啊!别再坑害我们这些虔诚的老实人了。"赦罪僧听了老板的话很愤怒,与他争吵了起来。武士看见了赶紧去帮他们化解矛盾,最后老板和赦罪僧都不再计较那么多了。

女修道院院长的故事

女修道院院长说:"纯洁神圣的圣母,我将尽我所能来歌颂您!我讲的这个故事就是要宣扬您的伟大。"她祈求圣母玛利亚指引她的故事。她开始讲她的故事。

在一个亚细亚的城市里,居住着很多犹太人。居住区附近街道的另一端有一所基督教小学,其中有一个七岁的孩子就在那个学校里,他是一个寡妇的儿子,他母亲从小教导他要尊敬圣母。小男孩是个虔诚的基督徒,每天在放学的路上都要唱赞美圣母的歌。犹太人对此非常愤怒,想雇个杀手除掉这个孩子。有一天,那个杀手抓住了这个小孩,割破了他的喉咙,把他扔在脏兮兮的厕所旁。可怜的寡妇一直等不到孩子回家,就发疯似的去找,她问了很多犹太人,可他们都不愿告诉她。就在她绝望之际,忽然听见了她儿子的歌声,随后她和那些基督徒们找到了孩子的尸体,人们惊奇地发现已经被割破喉咙的孩子竟然能高唱圣母赞歌,小家伙说:"在我临死之际,耶稣的慈母在我面前降临了。她叫我在快断气的时候唱这支歌,好像是我在唱歌时她在我的舌上放了一粒谷子。所以谷子一天不取出,我将永远唱赞美圣母的歌。"市长赶到后下令惩罚那些犹太人并处死了那个杀人凶手。

女尼的教士的故事

修道僧讲了历史上十七个名人的不幸遭遇,武士却把他打断了。

于是老板说："女尼的教士，他们讲的故事都太悲伤了，你来讲一个有趣动听的故事吧！"

于是女尼的教士就讲了一个有趣的动物的故事。

一只名叫腔得克利的公鸡与七只母鸡住在一位节俭的寡妇的院子里。一天凌晨，公鸡从噩梦中惊醒，他梦见一只野兽潜伏在草丛里伺机要咬死他。帕特立特是他最喜欢的一只母鸡，她讥笑腔得克利胆小如鼠，劝说他是男子汉大丈夫应该敢于蔑视一切，不必把梦放在心上。可公鸡举了很多例子说人在遭厄运之前都曾在梦中得到预兆。比如，有两个人因找不到旅店，一人不得不投宿牛棚。夜里，另一人两次梦见住在牛棚的朋友向他求救，他不加理会。他第三次做梦，朋友告诉他自己已经被贪财的马夫谋害，恳请他第二天拦住一辆粪车，他的尸体就藏在粪车底层。事实果然验证了梦中的景象。后来贪财的谋杀者被死者的朋友揭发被判绞刑。又如，有两人要乘船远航，因为风向不对，被迫耽误一天。这天夜里，其中一个人梦中得到警告：第二天千万不要出海，否则会被淹死。他的同伴却不以为然，坚持上船，结果真的就遇难了。公鸡说完这些可怕的事情，又自我宽慰了一番。天一亮，他又像平常一样跟母鸡们觅食寻欢，早把昨夜的噩梦抛在脑后。突然，他发现了躲在草丛里的狐狸，不禁大惊失色。他想拔腿逃跑，却被狐狸叫住了。狐狸说自己是专门来欣赏公鸡歌声的。一番奉承话说得公鸡心花怒放，公鸡已经摆好了姿势准备引吭高歌，狐狸猛地冲上前去咬住他的颈项，急步向窝奔去。母鸡们慌乱的哭叫声引来了寡妇和她的两个女儿，众人挥着棍棒把狐狸赶走了。公鸡见状，觉得扭转局势的时机到了，于是就开始夸耀狐狸的本领是多么的高，并劝服狐狸对着村子夸赞自己的本事，就在狐狸张口说话之际，他趁机从他嘴里挣扎出来侥幸逃脱了噩运。

客栈老板说："女尼的教士，你讲的这个故事真动听。里面的寓意我全明白了,我要是个教外人,我也能像腔得克利那样聪明。"

乔叟告别词

我祈求所有听过这些故事的人,无论他们讲的好坏与否,请大家都不要怪罪于我,也愿基督赦免我的罪,因为我只是如实地复述了他们的故事。《圣经》上说:"凡是用文字表达出来的东西,目的都是为了起督导作用。"我正是此意。感谢耶稣基督和圣母的宽恕,但愿他们能降我们以恩惠,来救赎我们的灵魂。

哈姆雷特

莎士比亚(1564—1616),全名威廉·莎士比亚,欧洲文艺复兴时期英国伟大的剧作家、诗人。莎士比亚一生创作了三十七部戏剧、两首长诗和一百五十四首十四行诗。主要作品有四大悲剧《哈姆雷特》《奥赛罗》《麦克白》《李尔王》,喜剧《仲夏夜之梦》《威尼斯商人》《皆大欢喜》《第十二夜》等,悲喜剧《罗密欧与朱丽叶》,历史剧《亨利四世》《亨利五世》《亨利六世》《亨利八世》《约翰王》等。

《哈姆雷特》是莎士比亚最负盛名的戏剧,讲述的是丹麦王子哈姆雷特为父亲复仇的故事,以及在复仇过程中交织的爱恨情愁。

剧中人物

哈姆雷特——丹麦王子,新王的侄子
霍拉旭——哈姆雷特的朋友
普隆涅斯——御前大臣,新王宠臣
勒替斯——普隆涅斯的儿子
奥菲莉亚——普隆涅斯的女儿
马希乐斯、伯纳托——军官

罗森克兰兹、基腾史登——哈姆雷特的同学

第一幕

第一场　厄尔锡诺城堡前的露台

士兵在露台上值班守卫,伯纳托从对面上来。

士兵:来人可是伯纳托?
伯纳托:是的。
士兵:现在刚过十二点,你来得很准时。天很冷,而且我心里正有些担心,谢谢你来替我。
伯纳托:你去睡吧!要是碰见我的守夜伙伴霍拉旭和马希乐斯,让他们快点儿来。
士兵:有声音,我想是他们来啦。

霍拉旭和马希乐斯上。

士兵:晚安,各位。
伯纳托:霍拉旭、马希乐斯,欢迎你们。
马希乐斯:今晚,那东西来过了吗?
伯纳托:我还没瞧见。
马希乐斯:我告诉霍拉旭那个可怕的东西我们已经见过两次,但是他不相信,说那是幻觉,所以,我请他今晚和我们一起守夜。如果鬼魂再出现,就可以证明那不是幻觉了。

霍拉旭:听着,不会有什么鬼魂出现的。

伯纳托:先坐下,虽然你不相信,但还是让我把前两次所见的情形跟你说说。

霍拉旭:好,我们坐下来听听伯纳托的说法。

伯纳托:昨天晚上一点的时候……

马希乐斯:嘘！先别说了,它来了。

鬼上。

伯纳托:它的样子很像故去的老国王。它想和我们说话。

马希乐斯:霍拉旭,你很有学问,去问问它和它说话。

霍拉旭:是很像,现在我也很惊讶、很害怕。你这鬼怪,好大的胆子,竟敢冒用丹麦先王的遗容,在深夜现身,赶快说话！

马希乐斯:它生气了,走了。

霍拉旭:不要走！你说话呀。

鬼下。

伯纳托:它走了。怎么,霍拉旭,你在害怕吗？这不是幻觉吧？你怎么看这件事？

霍拉旭:它的确很像先王,那身铠甲正是他和挪威作战时穿的,还有那生气的样子也和先王的神气毫无二致,这太奇怪了！难道是在预示我们国内可能会有变故？

马希乐斯:好吧,我想知道,我们国家日夜紧张地守卫,积极地进行作战准备,是为什么？

霍拉旭：我们的国王曾接受挪威的福丁波拉斯的挑战。双方约定，战败的一方要把自己所有的土地献给胜利者。结果我们的哈姆雷特王子把福丁波拉斯给杀了。现在，福丁波拉斯的儿子纠集了一伙亡命之徒，想要用武力夺回他父亲的失地。所以我们要这样严加戒备，积极备战。

伯纳托：所以先王才以一身戎装出现吗？

  鬼又出现。

霍拉旭：看，它又来了。鬼魂，不要走！如果你能开口，就请对我说话吧！不管是有什么需要我们帮助的，还是想要预示什么，请说吧。

  鸡鸣。

霍拉旭：不要走，拦住它！

  鬼下。

伯纳托：它本来要说话的，但鸡一叫它就隐去了。
霍拉旭：天亮了，我们也该下班了。依我看，我们应该把今晚的事告诉哈姆雷特。这个鬼魂见了他，一定会说话。你们觉得怎样？
马希乐斯：好，我们去告诉他。

  同下。

第二场　城堡中的厅堂里

国王、王后、哈姆雷特、普隆涅斯、勒替斯,其他朝臣和侍从上。

国王:王兄新丧,我也很悲痛。逝者已去,生者还要过活,现在我国正值多事之秋,为了让国家安定,我决定和王后结婚,在举行葬礼的同时,奏响结婚的笙乐,用欢乐抵消哀痛。我很感谢这个意见得到各位贤臣的支持。现在,我要宣布一项我的决策,我已经写了一封信给挪威国王,让他制止自己的侄儿福丁波拉斯王子招兵买马的行为,现在就命人把信送过去。

两位大臣接受了这个任务,拿着信退下了。

国王:勒替斯,你说对我有个请求,是什么说出来吧,我一定会答应你。
勒替斯:陛下,我已经荣幸地参加完陛下登位的大典,现在请您允许我回法国。
国王:这么说你的父亲已经答应了,那你去一展抱负吧!可是哈姆雷特,我的侄儿,你为什么满脸愁云?
哈姆雷特:没什么,陛下。
王后:我的孩子,对你的父王和气一点儿。人终归是要死去的,不要总是对你的父亲念念不忘,沉浸在悲痛之中。
国王:哈姆雷特,每个人都要失去自己的父亲,这是避免不了的。这种长久的悲伤没什么益处。以后,我就是你的父亲,你会直接继承王位。你就不要再回威登堡求学了,留在我们身边吧。
王后:哈姆雷特,我的孩子不要离开我们,不要去威登堡。

哈姆雷特：母亲，我愿勉为其难。
国王：你真是很有孝心，我很高兴。今晚，我们要用礼炮祝贺，举行盛大的宴会。（其他人下，只留哈姆雷特）
哈姆雷特：上帝啊，人间的一切真是乏善可陈，就像一个长满毒草的花园。像天神一样的国王，对我的母亲爱护有加，可是他刚死了不到两个月，她就嫁给了我的叔父，她先夫的弟弟。女人啊，你的别名是脆弱。那不会有好的结果。

霍拉旭、马希乐斯、伯纳托上。

霍拉旭：殿下，我来参加您父王的葬礼。
哈姆雷特：我想你是来参加我母后的婚礼的。这还真是方便，葬礼上的残炙，可以接着用在婚宴上。我真是痛恨那一天，我觉得仿佛看见了我父亲。
霍拉旭：他是位很好的君王。殿下，我想昨晚我看见他了。
哈姆雷特：谁？我的父王！
霍拉旭：您不要惊讶！这两位可以替我作证。这两位朋友在露台守卫时，他连续两晚都在午夜时分出现。他们很害怕，就把这件事告诉了我，我陪他们守夜时，那鬼魂再次出现了。它本来要说话，但鸡一叫它就隐去了。我见过您的父亲，那鬼魂穿着铠甲，酷似他生前的样子。
哈姆雷特：这太奇怪了，我不知道是怎么回事。你们还去露台守卫吗？
马希乐斯、伯纳托：去，殿下。
哈姆雷特：今晚，我也要去守夜，但愿它会再来。

奥菲莉亚和普隆涅斯给勒替斯送行。勒替斯警告奥菲莉亚哈姆雷特的感情不可靠,让她小心。普隆涅斯打断兄妹的话,嘱咐儿子回到法国要争取跻身名流。勒替斯走后,普隆涅斯又盘问女儿和王子的关系。奥菲莉亚说,哈姆雷特最近屡屡向她示爱。普隆涅斯要女儿显得高贵一点儿,拒绝王子,不要让王子轻易得手。奥菲莉亚表示会顺从父亲的意思。

第三场　露台

哈姆雷特、霍拉旭、马希乐斯上。

哈姆雷特:天气很冷,现在是什么时候了?
马希乐斯:已经过了十二点,快到鬼魂出现的时候了。
霍拉旭:殿下,看,它来了。
哈姆雷特:不管你是恶灵还是善良的使者,我的父亲,请你告诉我是什么让你长眠后不能安息,你想让我怎么做?

鬼向哈姆雷特招手,哈姆雷特不顾众人的阻拦,跟着鬼到了露台的另一边。

鬼:哈姆雷特,我是你的父亲。你要替我报仇。
哈姆雷特:赶快告诉我,这是怎么回事?是谁将您杀害?
鬼:毒害你父亲的人,现在正头戴王冠。那个奸恶之徒趁我在花园里睡觉的时候,把毒药灌进了我的耳朵里,于是我在睡梦之中就丧了命。他骗人们我是被毒蛇咬中而死的,其实他就是那条毒蛇。天快亮了,我必须离去了,哈姆雷特,不要忘了我的话。

哈姆雷特:果然是他,我的叔父。上天作证,脸上堆笑的奸人,我会记下来。

霍拉旭、马希乐斯追了过来。

霍拉旭:殿下,有什么事?
哈姆雷特:我不能告诉你们,你们会泄露出去的。
马希乐斯:我对上天起誓,一定不会泄密。
哈姆雷特:那是一个真实的亡魂,你们都是我的朋友。现在我想请求你们不要把今晚的事告诉别人。请把手放在我的剑上宣誓。
霍拉旭、马希乐斯:宣誓!
哈姆雷特:安息吧,不幸的灵魂!好了,朋友们,我愿永不辜负你们的友情,请你们记住一定要保守秘密。唉,这个时代颠倒混乱,但倒霉的我却要肩负起恢复秩序的重任!我们走吧。(同下)

第二幕

第一场　普隆涅斯家

普隆涅斯和仆人上。

普隆涅斯:把这些钱和这封信交给他。在去看他之前,先去别人那里探听一下他的行为。你先去调查一下有哪些丹麦人在巴黎。然后通过旁敲侧击的方式,了解他的言行。

仆人：是，老爷。可是为什么要这样做？

普隆涅斯：这样我们可以间接知道，我儿子都做了些什么呀？你自己也注意他的举止。告诉他好好学习音乐。好了，你去吧。

仆人：是的，老爷！（仆人下）

奥菲莉亚上。

普隆涅斯：出什么事了，奥菲莉亚？

奥菲莉亚：父亲，吓死我了。我正在房间做针线活儿，哈姆雷特殿下突然衣衫不整，神情凄惨地来到我面前，他的样子很恐怖。

普隆涅斯：难道他因为你的拒绝发疯了吗？他都说了些什么？

奥菲莉亚：他只是拉着我的手看着我，好一会儿又轻轻晃动我的手臂冲我点头，发出一声沉痛的叹息。叹息完了，就松开我转身离去。可是，直到他走出门外，还在注视我。

普隆涅斯：这正是求爱不得的疯狂状态。当人处于这种状态时，什么事都干得出来。你最近有没有说过什么让他下不来台？

奥菲莉亚：没有，我遵照你的吩咐，不跟他见面，不跟他通信。

普隆涅斯：所以，他才这么疯狂。我本以为他只是在玩弄你，并不认真，怕他耽误你的终身。看来是我多疑了，年轻人并不像我们上了年纪的人一样喜欢考虑周全。走，我们去见王上，向他们禀报这件事。隐瞒这样的事，会出乱子的。（同下）

第二场 城堡之中

国王、王后、罗森克兰兹、基腾史登及侍从上。

国王：欢迎你们，两位贤臣！这次匆匆把你们招来，一是久未相见，一是想请你们去看看哈姆雷特。你肯定已经听说了，他最近变得疯疯癫癫的。我不知道除了失去父亲的悲痛，还有什么原因把他刺激成这个样子。你们从小就陪伴他，很了解他，所以我想请你们来宫里暂住几天，消解一下他的愁闷，并且想办法探探他究竟有什么秘密心事，这样我们也知道如何帮他开解。

王后：他经常说起你们两位，我想一定是非常信任你们的。如果你们肯逗留几天，帮帮我们，丹麦王一定会给予隆重的礼谢。

罗森克兰兹：两位陛下严重了，我们是臣子，尊崇两位陛下的旨意理所当然。

基腾史登：无论两位陛下有什么旨意，我们都当尽心竭力。

王后：谢谢你们，现在就请你去看看我的儿子吧。来人，带这两位绅士去见哈姆雷特。（两位大臣及侍从下）

普隆涅斯带着给挪威王送信的两名使臣上。

使臣：陛下，我给您带来了挪威王的问候。他已经答应我们的要求，命令自己的侄儿停止征兵。本来他以为那是要对付波兰人的，知道是要对付陛下您的时候，他非常痛心，痛斥了王子。王子当场认错，挪威王见他态度诚恳，就原谅了他，并让他率领征集的军队去攻打波兰人，同时让我把这封信呈给陛下（呈上书信），请求陛下允许他们的军队通过我们的领土，并已在信中提出条件作为保证。

国王：很好，我考虑一下，再做答复。你们长途跋涉，不辱使命，真是辛苦了，先去休息吧。等晚宴时，我再请你们回来。（两位使臣下）

普隆涅斯：这件事总算圆满解决。陛下、王后，我是来报告，哈姆雷特殿下疯了。

王后：不要说些不切实际的话。

普隆涅斯：王后，我发誓这都是真的。因为我的女儿就是引起他病态的原因。我的女儿很孝顺，给我看了他写给她的信。信中都是些粗鄙艳俗之语。

国王：那你的女儿是如何看待他的感情的呢？

普隆涅斯：陛下，在我女儿告诉我之前，我就看出殿下热烈的爱恋了。但是，我不能任其发展，因此曾告诫我的女儿，哈姆雷特殿下身份尊贵，不是你可以高攀的。为了不让这种事发展下去，我让小女和他断绝往来。我的女儿这样做了，可是殿下不能承受被拒绝的悲痛，越来越憔悴、恍惚，以至于变得疯狂了。

国王：真的是因为这个吗？

王后：也有可能。

国王：我们怎样才能试探试探他？

普隆涅斯：您知道，他经常一连几个钟头都在走廊里走来走去。这时，可以让我的女儿去见他，我们则躲在帐后观察。如果他不是因为恋爱而疯狂的，就让我去耕田吧。

国王：可以试试。

王后：瞧，可怜的孩子，他满脸忧愁地拿着一本书过来了。

普隆涅斯：两位陛下暂请回避，我去和他打招呼。（国王、王后及侍从下）

普隆涅斯迎上拿着书的哈姆雷特，交谈了起来。哈姆雷特的疯言疯语让这个老臣确信他是因为自己的女儿才疯掉的。普隆涅斯辞别哈姆雷特，去想办法让女儿和他见上一面时，遇见了罗森克兰兹和基腾史登。

哈姆雷特：我的朋友们，你们好啊？
罗森克兰兹：我们只是平平庸庸地活着。
哈姆雷特：是啊，命运很神秘。你们是犯了什么案子吗？怎么会被送到丹麦这所牢狱来？
基腾史登：这样说来，世界也是一间牢狱。
哈姆雷特：丹麦是其中最坏的一间牢房。好了，我们不说些虚无缥缈的了，你们来这里做什么？
罗森克兰兹：我们是来拜访您的。
哈姆莱特：我现在就像一个乞丐，我的感激已是一钱不值。你们真是自己想来拜访我吗，还是有人叫你们来？不要骗我了，我已经看透你们的来意了，我知道是国王和王后叫你们来的。
基腾史登：是的，我们是奉命前来的。
哈姆雷特：我最近境况不好，国王和王后想让你们来探听消息吧？人生真是没什么乐趣了。
罗森克兰兹：殿下，我来时遇上了一个戏班子，不知他们能不能让您感兴趣？就是您一直喜欢的那个班子，专演悲剧的。（内响起了喇叭声）

普隆涅斯再次上。

普隆涅斯：殿下，我来向你报告，那班戏子来了。

　　哈姆雷特见到四五个伶人。伶人感情丰富的表演，深深感动了王子。伶人能够将自己的感情融入戏剧，真挚的表演让有罪之人战栗，无罪之人心痛。这唤醒了哈姆雷特的复仇之心，他恼怒自己的懦弱，决心不再疯疯癫癫的，要采取行动。他计划让这个戏班按照父亲惨死的情节演一场戏,借此窥探叔父的表现,以便证实那个鬼魂是不是要把他引入歧途。

第三幕

第一场 城堡的某个房间里

国王、王后、普隆涅斯、奥菲莉亚、两位大臣上。

国王:你们探听出他为什么会这样神魂颠倒了吗?
罗森克兰兹:他承认自己有些混乱,但绝口不提是为了什么。当我们问起关于他的事时,他总是顾左右而言他。
王后:你们有没有建议他去找些别的娱乐?
基腾史登:王后,我们来时遇到一个戏班子。我们告诉他来了戏班子,他很高兴。我想他今晚就会看他们的表演。
国王:很好,请你们多在这方面引导他,让他多多地消遣消遣。
罗森克兰兹:是,陛下。(罗森克兰兹、基腾史登下)
国王:亲爱的王后,请你暂时回避。我们已经秘密地让人把哈姆雷特叫来,让他和奥菲莉亚在这儿碰面。我跟他的父亲也要在暗地里观察他们,以判断他是不是因为爱情变得这般疯狂。
王后:我愿听从您的意思。(王后下)

哈姆雷特上。

哈姆雷特:生存或是毁灭,这个问题要好好思考。忍辱偷生和奋起反抗哪个更勇敢?如果死亡能够消除我们心中的痛苦,并不让别人受到打击,那我宁愿这样,但是死了,也许还是会不得安宁。生是如此不易,要忍受嘲讽,看他人冷眼,被人鄙视。但是,终结生命后那令人恐惧的未知,让人们宁愿在人世间忍受屈辱,也不敢轻易结果自己的性命。这种理智消退了我们的热情,让我们变得懦弱不堪。等等,奥菲莉亚,我美丽的女神,你祈祷时要记得替我忏悔。

奥菲莉亚:殿下,您最近可安好?我有几样东西要还给您,是您以前送我的纪念品。收到这些东西时,我同时还收到了很多动人的言语,让我觉得这些东西分外珍贵。可如今东西虽在,但送礼之人的心已远走,它们也就没什么价值了。您请收回吧,殿下。

哈姆雷特:呵!你纯洁吗?你美丽吗?

奥菲莉亚:殿下!你这是从何说起?

哈姆雷特:美丽可以玷污纯洁,而纯洁却不一定受美丽的影响。所以如果你既美丽又纯洁,最好不要让这两点相交。这话以前听起来有些荒谬,但现在却是事实。我爱你是过去的事了。

奥菲莉亚:那我真的被骗了吗?

哈姆雷特:去当尼姑吧!这样你就不用生出有罪之人。我并不是最坏的,但是我盛气凌人、任性妄为,还有很多的罪恶我都数不清,像我这样的坏人,来到人世间有什么用?一个人生来就有那么多的过失,还是不要被生出来的好。去当尼姑吧!你父亲在哪儿?

奥菲莉亚:在家里,殿下。

哈姆雷特:把他关起来吧,好让他只能在家里犯傻。

奥菲莉亚:老天,救救他吧!

哈姆雷特:如果你必须嫁人,就嫁给一个傻瓜,免得聪明人觉得自己被变成了怪物。尽管你冰清玉洁,但也避免不了受人诽谤,还是去当尼姑吧,快去!再会了。

奥菲莉亚:上帝,快让他清醒吧!

哈姆雷特:你们整天带着谄媚的面具,我已经不想再看了。没结婚的以后都不要结婚了,去当尼姑吧。(下)

奥菲莉亚:啊,他曾经那么高贵,文武兼备令人瞩目,可如今却如此疯狂。我过去被他甜蜜的言语感动,现在却看着他陷入癫狂。我好难过,繁华已落尽,如今只剩泥土。

国王及普隆涅斯上。

国王:他虽然言语颠倒,但并不像疯话,看来不像因为恋爱而精神错乱。他一定有什么秘密,在招致恶果之前,我要把他送到英国去。希望新的环境,让他可以解开心中的郁结。你觉得如何?

普隆涅斯:好主意。奥菲莉亚,我们都听到你们的话了。可我还是相信恋爱是他抑郁的根由。陛下,等他看完戏后,您不妨让他和他的母后独自谈谈,也许他会吐露心声,我就躲在暗处听他们说些什么。要还是探听不到他的秘密,你再把他送往英国。

国王:就这么办吧。(同下)

第二场　城堡的厅堂

哈姆雷特正在厅堂里指导伶人演戏,普隆涅斯来说国王和王后马上就到。哈姆雷特吩咐戏班快点儿准备,同时让霍拉旭在表演开始后,注意观察国王,看他会不会露出痕迹。很快,国王、王后、普隆涅斯、奥菲莉亚及几位大臣就来了。众人落座之后,乐声响起,哑剧开始。然后在哈姆雷特简短的开场词之后,戏剧开始了。

伶人扮演的国王、王后上。两人非常恩爱,说着天荒地老的誓言,伶王说想要休息一下,伶后离开。

哈姆雷特:母后,您觉得这出戏怎样?
王后:那女人的誓言太重了。
哈姆雷特:她会遵守誓言的。
国王:这出戏的情节是怎样的,是不是有什么不可取的地方?
哈姆雷特:没什么,他们不过毒死了一个人,没什么不可取的。
国王:这是什么戏?
哈姆雷特:《公爵之死》。戏中的故事是以维也纳的一桩谋杀案为蓝本。您接着往下看就知道是怎么回事了。

一个伶人上来把毒药灌入了睡觉的人的耳中。

哈姆雷特:这个人为了抢夺权位,在花园里毒死了公爵。下面就要演凶手怎样获得公爵妻子的爱了。
奥菲莉亚:陛下起身了。
哈姆雷特:怎么,这出戏让他害怕了吗?
王后:陛下怎么了?
普隆涅斯:不要再演了。
国王:点起火把,快!
众人:来了!来了!

众人都下,只剩哈姆雷特和霍拉旭。

哈姆雷特:啊,霍拉旭,你看到了吗?那个鬼魂说的果然都是真的。
霍拉旭:我看得很清楚,殿下。
哈姆雷特:国王不喜欢这出戏,一定不会欣赏戏里的音乐。那个吹笛子的在哪儿?来,奏乐!

　　罗森克兰兹和基腾史登上。

罗森克兰兹:殿下,王上回去后很生气。您的母后心里很难过,所以让我来。
哈姆雷特:她说什么了?
基腾史登:她说,你那样做她很惊讶。她请您今晚去和她谈谈。
哈姆雷特:啊,儿子让母亲受惊了,真是罪过。她是我的母亲,我会听她的。

　　城堡中的另一室中,国王、罗森克兰兹、基腾史登上。

国王:我不能任他这样胡闹。你们去准备一下,我这就派你们把他送到英国去。他留在我身边,只会让我寝食难安。
罗森克兰兹:我们这就去准备。您身负国家的大任,这种顾虑真是太英明了。
国王:请你们做好即刻出发的准备,我必须尽早消除他的威胁。(罗森克兰兹、基腾史登下)

　　普隆涅斯上。

普隆涅斯:陛下,他去见他的母亲了。我现在就去躲到帐后偷听。你说得对,母亲总会偏袒自己的儿子,所以要有个第三者来传达他们的谈话。再会,陛下,你就寝之前,我会再来一次向您报告。

国王:谢谢你,爱卿。

普隆涅斯退下。罪恶感让国王的灵魂难以安宁,他在神灵前跪下祷告,这时哈姆雷特来到他身后。

哈姆雷特:他现在正在祈祷,我何不趁机结果了他。可是祷告时他的灵魂是洁净的,如果这时要了他的性命,那他岂不是要上天堂。这个恶人用卑劣的手段杀害了我的父亲,我却把他送上天堂,这怎么能算是报仇了呢?不,我要收起复仇之剑,等待一个可以让他下地狱的机会。我的母亲还在等我。让你活久一点儿,只是为了延长死前的痛苦。(下)

国王祈祷完,起身下。

第三场　王后寝宫

王后及普隆涅斯上。

普隆涅斯:他这就来。请您好好地教训他一顿,让他知道自己的狂妄是多么让人难以容忍。如果不是有您维护,王上早就对他发火了。我会悄悄地躲在这儿,请您严厉一点儿。

哈姆雷特:(在内)母后!母后!

王后:这儿就交给我吧,你下去吧,我听见他喊,他来了。(普隆涅斯躲

到帐后)

哈姆雷特上。

哈姆雷特:母后,您找我有什么事?
王后:哈姆雷特,你激怒了你的父亲。
哈姆雷特:母后,您激怒了我的父亲。
王后:好了,不要说些胡话了。
哈姆雷特:不好,不要说些胡话了。
王后:你怎么了哈姆雷特,难道不认得我了?
哈姆雷特:我对上帝起誓,我知道您是谁。您是王后,是你丈夫的兄嫂,又是我的母亲,可我希望您不是。来,到镜子前面来,看看自己的灵魂。
王后:你要干什么?难道想杀了我吗?救命!救命——
普隆涅斯:(在后)救命!救命!
哈姆雷特:(拔剑)怎么,这里有个不要命的窃贼吗?让我来结果你。
　　(用剑刺向帷幕)
普隆涅斯:(在后)啊——(普隆涅斯倒地死去)
王后:天啊,你都干了些什么?这太鲁莽残忍了。
哈姆雷特:我以为是国王。残忍?我的好母亲,这和杀了国王,再去嫁给他的兄弟一样。(掀开幕帐,看到普隆涅斯)你这倒霉的傻瓜,成了你主子的替死鬼,再会了!现在你可知道了别人的闲事是管不得的。母亲,别紧张,如果您不是铁石心肠,我的话一定能唤起您些许的良知。
王后:杀了国王?我做了什么坏事,你竟这样说?
哈姆雷特:看看您的前夫,威风凛凛、雄姿英发;再看看您现在的丈夫,贼眉鼠目。您的眼睛到底在看什么?竟舍弃他,投入这个猥琐之徒的怀抱。是爱情?是理智?热情已经消退的年龄,要靠理智来判断,但是什么样的理智让你甘居下流。连疯子都能看清两者的天差地别,您看来已经没有知觉了。您不觉得羞愧吗?您不是被迫失身,而是自愿做情欲的奴隶。

王后:啊,哈姆雷特别说了!你让我看到了自己灵魂的黑暗。
哈姆雷特:哼!在肮脏的睡床上挥汗如雨,心里只有淫邪之事的恶徒,那个只配做奴才的杀人犯,戴着王冠的小丑,下流无赖——
王后:你的话像刀子,哈姆雷特不要再说了,别说了!

鬼上。

哈姆雷特:英明的陛下,您不能安息,是有什么要告诉我吗?难道是来责备您的儿子迟迟不能为您报仇?
鬼:我是来唤起你的仇恨,快点儿行动的。但是,不要再折磨你的母亲了,她的灵魂正在交战,去安慰安慰她吧。
王后:你怎么了,哈姆雷特,为什么对这空气说话,你的神情如此激动,是看到了什么?
哈姆雷特:您没看到我的父亲吗?他脸色惨淡,让我心痛。他的注视勾起我无限伤感。
王后:这里只有我们两个人,其他的我谁都没看到。
哈姆雷特:看哪,他穿着生前的衣服,悄悄地离开了。(鬼下)
王后:那只是你心中的幻影。
哈姆雷特:幻影?母亲,我并没有发疯,哪一个疯子会像我这样说话。不要自我安慰了,母亲,忏悔吧!(指着普隆涅斯)我很后悔那么鲁莽要了他的命,但这也是天意。我先去安顿尸体,再来承担罪责。母亲,希望您不要让别人知道,我是在装疯。

王后:放心吧!我不会说出去。

哈姆雷特:您知道吗,我要被送往英国了?公文已经写好,交给我那两个同学,他们会先去,不知要布下什么样的陷阱。我倒要看看他们有什么本事。这家伙的死,可能会让我更早地起程。我把这尸体拖走。晚安,母亲!(王后下,哈姆雷特拖着普隆涅斯的尸体入内。)

第四幕

第一场　城堡中的一室

国王、王后上。

国王:他的每句话都有含义,我要探出那背后的意义。

王后:陛下,今晚我看到了多么骇人的事啊!

国王:怎么啦,王后?哈姆雷特在哪儿?

王后:他精神错乱,疯狂之时把躲在帐子后的普隆涅斯当成老鼠给杀死了。

国王:罪过,如果藏在那儿的是我,也照样会死于非命。我们不该因为爱他就这样放任他,总有一天会让更多人受伤害。唉,对于这件暴行,我们难辞其咎,他早该因为自己的疯狂被看管起来。他去哪儿了?

王后：他拖着尸体出去了。但是他本性纯良，知道自己做错了，然后哭了。

国王：啊，王后！天一亮，我们就赶紧让他起程。对于他犯下的恶行，要想一个恰当的处置方式。基腾史登——

　　罗森克兰兹、基腾史登上。

国王：两位朋友，有件事还要倚赖你们。哈姆雷特，精神错乱时杀死了普隆涅斯。你们去找他，想法把尸体要过来，送到教堂去。请快去吧！（基腾史登、罗森克兰兹下）

　　罗森克兰兹和基腾史登找到哈姆雷特要尸体，但是哈姆雷特并没有告诉他们尸体在哪儿。于是，他们带着哈姆雷特来见国王。

国王：这家伙这样胡作非为真是太危险了！但他是群众爱戴的王子，不能对他施以严刑酷法。让他早点儿离开，倒是个不错的办法。

　　基腾史登和罗森克兰兹带哈姆雷特来见国王。

国王：哈姆雷特，你竟做了这等事，真是让人痛心，普隆涅斯在哪儿？
哈姆雷特：他去赴蛆虫的盛宴，成了它们的美食了。你派人到那边去找找吧，如果太久找不到的话，恐怕走廊里会充斥了他腐臭的气味了。
国王：（对侍从）到走廊里找找。哈姆雷特，为了你的安全，你必须马上离开丹麦到英国去，船已经给你准备好了，顺风顺水，同行的人已在等你。你应该知道，这样做是为了你好。

哈姆雷特:到英国去,好啊。再会了,亲爱的母亲!(下)
国王:跟着他,催他快点儿上船离开。他走了,就什么问题都没有了。
　　(罗森克兰兹和基腾史登下)英国啊,我已经在公函里要求你处死哈姆雷特,如果你还畏惧我的威力,就听从我的意思吧。英国啊,他是我无法医治的重疾,借助你我才能把他除掉,只有没了他,我才能有欢颜。(下)

　　行程中,哈姆雷特遇到了去攻打波兰的挪威军队。当他得知挪威王子兴师动众地只是去攻打一个弹丸之地时,他的心被激荡了,重又燃起了复仇的火苗。
　　哈姆雷特的船遇上了海盗,哈姆雷特跳上了海盗船,但是海盗放了他。他写了一封信给霍拉旭,让他给国王带信,然后去和他会面。

第二场　城堡中另一室

　　哈姆雷特杀死了自己的父亲,这个残酷的现实击溃了奥菲莉亚,她变得疯疯癫癫。勒替斯纠集了一伙叛军,攻进王宫,要为父亲报仇。在王宫里,勒替斯见到了疯癫的妹妹,痛心不已。他一定要知道事情的原委,于是国王带他来到一个房间。

国王:我已经告诉你,令尊是怎样被杀死的了。你必须明白这件事与我无关。
勒替斯:依您所言,的确是这样。但是,这种罪行为什么没受到惩处。
国王:一是因为王后爱子心切,另一原因是民众对他盲目地崇拜。这种情况下,我是不能对他怎样的。

勒替斯:但我的父亲不能就这样枉死,我的妹妹也不能白白疯了。总
　　　有一天,我会报仇。
国王:不要因为这件事受到困扰。我不会坐以待毙,不久就会有好消
　　　息。我爱你的父亲,也爱自己。

一个使者上,送来了哈姆雷特的信,国王很惊讶。

国王:勒替斯,你可以听听信的内容。"陛下,我已独自回来。明天就
　　　会前去拜谒,请您先原谅我擅自返回之罪,然后我再向您报告为
　　　什么会突然回国。哈姆雷特敬上。"怎么回事?同行的人也都回
　　　来了,还是根本就没有这回事?
勒替斯:我不明白,陛下,不过我能与他当面对质了,这反而让我很
　　　庆幸。
国王:勒替斯,如果他真的回来了,你愿按我的意思行事吗?我已经想
　　　好计策,可以让他自投罗网,而且他死了之后,也不会引来怀疑。
勒替斯:愿意,陛下。最好能让他死在我的手里。
国王:我知道你的剑术精湛,哈姆雷特回来后,我们就怂恿他和你比比
　　　剑。比剑时,你提前把一柄利剑混在其中,他很粗心不会检查比
　　　赛用的剑。到时候,你趁他没注意自己拿着利剑刺向他的要害,
　　　就可以替你父亲报仇了。
勒替斯:我有些见血封喉的毒药,要涂在剑上,只要受一点儿伤,就没
　　　人能救得了他了。
国王:我们还要想个万全之策。对了,你们比剑时,你一定要集中精
　　　神,让他耗费很多的体力,等他口干舌燥之时,我预备好一杯毒
　　　酒。万一他没被毒剑刺中,也逃不了这一招。等等,有动静。

王后上。

王后：真是祸不单行。勒替斯，你妹妹掉进水里淹死了。

勒替斯：淹死了！真的死了吗？在哪儿？

王后：她爬上小溪旁的一棵树上，想把编好的花环挂在上面，可是树枝折断，她掉进了溪水了。不一会就沉进水里了。

勒替斯：我可怜的妹妹，你的身体被水淹没，我本不该再流眼泪，但是我难掩悲痛，还是遏止不住自己的泪水。眼泪流干后，我不会再怀有妇人之仁。陛下，再会了。我有一腔怒火，现在却被眼泪湮灭。（下）

国王：我们跟上前吧，王后。我好不容易平息了他的怒气，我怕他再被激怒。（同下）

第五幕

第一场　墓地

哈姆雷特刚刚回国，便遇见了一场葬礼。他站在远处，看到国王、王后、勒替斯教士都来了。从他们的言谈中，哈姆雷特得知这是奥菲莉亚的葬礼，他非常难过。

王后：好花应赠美人，永别了！（撒花）这些花本应撒在你和哈姆雷特的婚床上，没想到现在却撒到你的坟上。

勒替斯:啊,但愿灾祸降临在那个害你疯狂的恶人。等等,先不要盖泥土,让我再抱抱她。(跳进墓穴)你们盖上泥土吧,让我和她一起长眠地下。

哈姆雷特:(上前)谁能承受这样巨大的悲痛?谁的哀伤能让流星止步?那是丹麦王子哈姆雷特。(跳进墓中)

勒替斯:(揪住哈姆雷特)让魔鬼把你的灵魂抓走吧。

哈姆雷特:你不该这样祷告。放开你的手,虽然我不是个暴躁的人,可生起气来,也是很危险的。

国王:拉开他们。(众人把二人分开,他们从墓中出来。)

哈姆雷特:好吧,我愿意为此跟他决斗,直到我闭上眼睛。

王后:我的孩子,为了什么?

哈姆雷特:我爱奥菲莉亚,比四万个兄弟合起来的爱还要多。

国王:啊,勒替斯,他神经不正常。

王后:上帝啊,不要听他的。那是他一时的疯话,一会儿他就会安静下来。

哈姆雷特:哼,你能做什么。痛哭?打架?绝食?你可以和她埋在一起我也可以。如果你还要夸大自己的悲痛,我也会。好了,老兄,我对你没有偏见,你为什么这样对我?什么都不说了,有本事就拿出来吧。(下)

国王:霍拉旭,请你快去跟着他。(霍拉旭下,转向勒替斯)记着我们说过的话,先忍耐一下。我们的办法马上就可以实行了。王后,叫几个人看好你的儿子。给这个坟立个墓碑。很快一切都会平静下来,现在我只需耐心安排。

第二场　城堡的厅堂

　　哈姆雷特告诉霍拉旭，自己看到国王写给英国要杀掉自己的公函，然后改了公函的内容，让英国人斩了送信的罗森克兰兹和基腾史登。这时有人传话，说国王让哈姆雷特和勒替斯比剑。
　　国王、王后、勒替斯、贵族及侍从持钝剑上。

国王：(拉着哈姆雷特和勒替斯的手握在一起)哈姆雷特，来，让我替你们和解一下。
哈姆雷特：勒替斯，你是个堂堂男子汉，原谅我吧。我的作为伤害了你，让你愤怒，但我不会做对不起你的事。我要让你知道，那都是陷于疯狂中的我做出的事。我承认，我的疯狂误伤了我的兄弟，现在我请求你的原谅，宽恕我出于本心的罪恶。
勒替斯：我怒气已消，愿意接受你的友好，但我不能放弃复仇的誓言。
哈姆雷特：我相信你的诚意，这次友谊的比试，我奉陪到底。来，把钝剑给我们。我的剑术疏于练习，你一定技高一筹。
勒替斯：给我一柄。殿下，不要取笑了。这柄剑太重，给我换一柄。
　　(两人准备比赛)
国王：倒几杯酒在桌子上，要是哈姆雷特击中对方，就一齐鸣炮，我要用酒慰劳他，还要拿一颗无比贵重的珍珠放在酒杯里。把杯子给我，鼓声、喇叭声响起时，就通知炮手鸣炮。好了，比赛开始吧。在场的裁判要观察仔细。
哈姆雷特：请！
勒替斯：请，殿下。
哈姆雷特：看剑。

勒替斯:不,没击中。

裁判:很明显,击中了。

勒替斯:再来。

国王:等等,上酒。哈姆雷特,这颗珍珠属于你,祝你健康!把这杯酒给他。(炮声齐鸣)

哈姆雷特:先放到一边,等我比完这一局再说,来。(两人比剑)又击中了,你说呢?

勒替斯:是击中了。

国王:我们的孩子会成为胜利者。

王后:他有些气喘吁吁了。来,哈姆雷特,用我的手巾擦擦汗。母后为你饮下这杯酒,祝你胜利。

哈姆雷特:好母后,别喝。

王后:我要喝,陛下,请原谅。

国王:(旁白)太迟了,这杯酒有毒。

哈姆雷特:母亲,我要等等再喝。

王后:来,让我给你擦干脸。

勒替斯:陛下,我这次一定击中他。(旁白)可这样干我良心难安。

哈姆雷特:勒替斯,提起精神了,使出你的本领吧。(二人比剑)

勒替斯:既然你这样说,受我一剑!(哈姆雷特被刺伤,两人争斗中夺过彼此的剑,哈姆雷特用夺来的剑击中勒替斯,勒替斯也受伤。)

哈姆雷特:来,再来。(倒地)

一大臣:天哪,王后怎么啦?

霍拉旭:他们两人都流血啦,你怎么样,殿下?

一大臣:勒替斯,你怎么啦?

勒替斯:为了害人,我使用阴谋诡计,现在却害了自己,这是我的报应。

哈姆雷特:王后怎么样啦?

国王:她看见流血,晕倒了。

王后:不,那杯酒——,我的哈姆雷特,那杯酒,有毒。(死)

哈姆雷特:啊,邪恶的阴谋,把门锁上,查出是谁干的。

(勒替斯倒地)

勒替斯:哈姆雷特,杀人的凶器就在你的手上,上面涂着毒药,你已经活不了了。这奸计也害了我自己。你母亲也中毒了。是国王,这都是他的阴谋。

哈姆雷特:剑刃上涂了毒药。——好,毒药,你发挥威力吧。(刺王)

国王:啊,救救我,我只是受伤了。

哈姆雷特:你这万恶不赦的奸佞之徒,干了这杯毒酒,跟我的母亲去吧。(国王死)

勒替斯:他应该有此结果。哈姆雷特,我们互相宽恕吧。(死)

哈姆雷特告诉霍拉旭让获胜的挪威王子福丁波拉斯接任丹麦王位,然后死去了。

天路历程

约翰·班扬(1628—1688),英国著名小说家和散文家。他是英国的清教徒,因非法布道而被捕在监狱里度过了十二年的囚禁生活。他把自己的亲身体验写成了震撼世界的巨著——《天路历程》。

《天路历程》是班扬的代表作之一,是他在狱中心血凝成的杰作。这部文学名著被誉为"英国文学中最著名的寓言",它主要讲述了基督徒和后来的女基督徒寻找天路的艰辛历程。

序

约翰·班扬的一生非常坎坷,早年他就曾在自传里提及他做过很多次有警示意味的梦,里面包括了生命的永恒、地狱审判等很多奇怪的想法。小时候约翰就很叛逆,少年时他参加了克伦威尔军队,那里的所见所闻为他日后写《天路历程》提供了很多素材。一次去教堂做礼拜的经历让他开始认清自己的罪,此后他一直在探索和寻找他的义。后来他慢慢明白他的义就是耶稣基督。

后来约翰成了一名清教徒,他在一次非法的秘密集会时被捕以致入狱十二年。在狱中他经历了人间一切的痛苦,他呕心沥血地写下了

《天路历程》,他想用最简明易懂的方式来揭示人生的真理。全书分两部分,分别讲述了基督徒和女基督徒历经艰辛奔向天城的故事。

第一部

第一章

我在野外的一个洞穴里睡着做了一个梦。我梦见一个衣衫褴褛的人背着一副重担,手里还抱着一本书,他边走边看。很奇怪,他突然对着书号啕大哭起来,嘴里还嘟囔着:"我该怎么办?"

回到家他极力掩饰自己的忧郁,不想让家人担心。可是忧郁始终无法排遣,他整天忧心忡忡,终于有一天他对家人说:"我知道这座城将要毁灭,现在我必须去想办法拯救它。"

家人不相信,都说他疯了。他没办法,只好默默地为家人祈祷。一天,他遇见了一个道人。道人问他:"你在伤心什么?"

他说:"道长,看了这本书我才知道原来人有罪就要接受审判,承受死刑。我不想死啊!"

道人说:"那你为什么不逃走呢?"

他说:"我不知道该往哪儿逃。"

道人就给了他一个羊皮卷,他看了看说:"我还是不明白要往哪儿逃。"

道人指着前方说:"你看见那个窄门了吗?"他说没有。

道人又说:"那你看见远处的光了吗?"他说隐约看见了。

道人说:"你就朝有光的地方走,到了那儿敲门就会有人告诉你该怎么办。"

那人开始跑,他的家人就在后面追他。可他头也不回地拼命跑,边跑边喊:"我要永恒的生命!"

街坊四邻也都出来劝他,有人说他疯了。其中有两个叫固执和善变的人去追他。不一会儿,他们就赶上了那个叫基督徒的人,他们劝他回去。

基督徒说:"我不回去,你们知道吗?我们的世界马上就要灭亡了,你们也跟我去吧!"

固执说:"你说什么?你叫我放弃人间的享乐跟你走?休想!"

基督徒说:"这本书里说我们现在的快乐很短暂也很肤浅,我将要去追寻的真理才是永恒的。你跟我去吧,咱们一起去追寻这份崇高的事业!"

固执不耐烦地说:"你别废话了,我不去。"

善变却说:"你说的都是真的吗?如果真是如此,那我愿跟你去!"

于是固执独自一人回去,基督徒和善变一起上路了。

基督徒说:"善变,我很高兴你能跟我一起去,要是固执也能来该多好!"

善变说:"基督徒,你能告诉我咱们要去哪儿吗?"

基督徒说:"我一时也说不清楚,我看看书上怎么说的。"

他念道:"书上说'在神的国度里没有死亡和悲哀,神会将永生和幸福无偿地赐给饥渴的人'。"

善变听了非常高兴拉着基督徒飞快地前进,可是基督徒背着重担实在走不快。

不知不觉,他们到了一个叫忧郁潭的地方。他俩不小心都掉了进去,基督徒拼命挣扎,可他的负担太重,他越陷越深。

善变挣扎着终于爬了出来,他骂道:"这是什么鬼地方,刚来就碰见这么倒霉的事,还差点儿要了我的命。"说完他二话不说扭头就回家去了,基督徒再也没见过他。

基督徒因为身上的担子太重,一直爬不出来。一个叫恩助的人把他拉出了泥潭。

基督徒问恩助:"我要去窄门,怎么会掉进泥潭里呢?"

恩助说:"有罪的人被圣灵感动后深知他们罪孽深重,他们的灵魂会感到忧郁,于是聚集于此形成了这片泥潭。"

基督徒独自前行,在距亡城不远的肉体镇,他碰见了一个叫智慧的人。这人问他为什么要背重担走路,基督徒说:"我就是要找一个叫窄门的地方卸掉重担。"

智慧说:"那是一条又难又险的路啊,我给你指条捷径吧。"他接着说:"那边道德村里有个叫守法律的人,他替很多人卸下过重担,你去找他一定可以的。如果你喜欢这个地方,还可以迁居到这里。"基督徒听了他的描述不禁心神向往,恳求智慧赶快给他指路。

基督徒刚到山脚就发现那座山十分陡峭。他在犹豫到底还去不去,此刻他感觉自己的担子更重了,他后悔听了智慧的话。

此刻我看见那个道人朝他走来。道人说:"上当了吧。你千万不要再相信世人的话,这违背了圣灵的旨意。守法律是不可能帮你卸下重担的,你还是赶紧去窄门吧!"

这次基督徒再也不敢三心二意了,他专心赶路,终于来到了窄门。一个和蔼的人开门问他是谁,从哪里来,要干什么。

基督徒说:"我是个身负罪孽重担的人,我从将亡城来,想去锡安山卸掉我的重担。"

看门人让他进来,并告诉他前面守城的人叫撒旦,他专杀那些寻道的人,不让他们进入窄门。不料,基督徒却安然地进入了窄门,是恩慈给他开的门。他就把此行的目的告诉了恩慈。

恩慈说："怎么就你一人？"

基督徒说："他们看不到我所说的危险，都不肯来。"

恩慈说："有人劝你回家吗？"

基督徒说："有两个叫固执和善变的非要拉我回去，固执见劝不动我就回去了；而善变因为我们曾掉进过泥潭里，他也放弃回去了。"

恩慈说："脆弱的人，这点儿苦算得了什么？"

基督徒也跟他说了他因听信智慧的话差点儿误入歧途的事。

恩慈说："想不到你也遇到了他。守法律家的那座高山摔死了很多人，幸亏你没去！"

基督徒说："要不是道人提醒，我恐怕也来不到这里。"

恩慈说："你要走的就是前面的那条窄路。"他还再三交代他千万不能走宽路，一定要沿着那条窄路走。

基督徒请求恩慈帮他卸下重担。恩慈说："你再忍耐一下，只要走对地方重担自然就卸下了。"

第二章

恩慈叮嘱他一定要去启导的家拜访。于是基督徒就来到了启导的家。他说："您的朋友恩慈让我来拜访您！"启导接见了他。

基督徒说："我是从将亡城来，去锡安山祈福的人。恩慈说您可以帮我扫除去天路的障碍。"

于是启导就领他来到了一间挂着画像的房子。画中人端庄严肃，拿着一本书在讲些什么。

基督徒不解地问："这是谁？他在干什么？"

启导说："他是你的师傅，他手拿经书在传播真理，他要帮助黑暗中的人寻找光明。我怕你途中会遇到假师傅,所以带你来参观这幅画像。"

之后,启导又把他带进一个布满灰尘的大厅。他先命人打扫灰尘,只见四处飞扬,令人窒息。启导又命人用水洒地,很快灰尘被水吸住,地也被打扫干净。

基督徒不明白是怎么回事,启导说:"这厅好比一个从没听过福音的人心。这些灰尘象征人的罪恶,光靠打扫不管用。而水就像福音,只有用水洒地,才能感动人心让人悔改。"

启导又把他领进一间小房子。里面坐着两个孩子,大的叫急功近利,小的叫耐心等待。大的看起来很焦急,小的却平心静气。

基督徒疑惑地问:"为什么那个大的焦躁不安呢?"

启导说:"神答应送他们每人一份礼物,你看他们表现得却是如此不同。"

忽然,有人经过急功近利的身边掉了一袋金子。急功近利赶忙去捡,还嘲笑耐心等待不懂得抓住机会。那袋金子转眼就被他挥霍殆尽。

启导严肃地说:"急功近利就像你们的世人,而耐心等待却好比天国的子民。急功近利总是贪图虚无的荣华富贵。"

基督徒说:"看来还是耐心等待比较聪明,他懂得等候那美好的福分。"

基督徒终于悟到贪图眼前的享乐是不明智的,聪明的人应该目光远大,等待未来的真福分。启导夸他悟性很好。

他又带基督徒来到另一个地方,那里有一面正燃烧的墙。有人极力想用水扑灭它,可火势却越烧越旺。

启导说:"这火好比神的恩典,灭火的人就像魔鬼,它千方百计要破坏,可它怎能扼杀神的无限恩典和慈爱呢?"他们还发现有一个拿油瓶的人不断地往火中浇油。启导又说："他就是基督耶稣。他不断地把恩典的油倒进信徒的心里。魔鬼撒旦永远破坏不了。"

看完这些,启导语重心长地对基督徒说："你要牢记我跟你说的,这些有助你的天路之行。"

他们互道珍重,基督徒继续赶路。

基督徒来到一个立有十字架的山岗前,山下有座空坟。他刚到十字架前,突然身上的重担就掉进了空坟里。卸掉重担的基督徒激动得热泪夺眶,他说："因基督的受难,我得了生命。"

这时三个天使飞到他身边。她们说："你无罪了！"接着又给他穿上了雪白的衣服,在他的额上盖了印记,又给他一卷盖印的通行证,并嘱咐他到天门时把通行证交给守门人。

基督徒高兴地目送天使们离去,然后继续赶路。

第三章

基督徒走了没多远就发现了两个人,一个叫拘泥外表,一个叫假冒为善。他们看见基督徒赶忙上前打招呼。

基督徒问："你们从何来？去何处？"

两人答："我们从虚荣境来,想去天城。"

基督徒问："你们经过窄门了吗？"

两人同时答："窄门离我们太远,我俩是抄近道来的。"

基督徒严肃地说："你们这样做岂不违背主的旨意吗？"

他们相视而笑,说："我们的祖先走的不一直就是捷径吗？"

基督徒说："不听主的吩咐,你们肯定进不了天城,神不会赐幸福给你们。"

拘泥外表和假冒为善听了很生气继续前行,不再理会基督徒。不久,他们三人来到了艰难山。左右有两条岔路,那条狭窄的路直通山顶,基督徒毫不犹豫地向山上走去。

拘泥外表和假冒为善选择了两条平坦的宽路。一人选择了"危险",进去就迷了路;另一人选择了"败亡",没走多远就跌下摔死了。

基督徒独自爬上了崎岖险峭的山路。他看见山腰处有一个亭子,那是主为疲惫的寻道人预备的。基督徒坐下从怀中取出通行证来读,他不知不觉睡着了,那卷通行证也跌落在地。

天快黑了,基督徒向山顶走去。只见迎面跑来两个慌里慌张的人,一个叫胆怯,一个叫不信。基督徒拦住他们问:"你们这是要去哪儿啊?"

胆怯羞涩地说:"我们本来打算去天城,但路上的危险太多了,我不敢去了。"

不信也说:"你不知道前面有两只凶猛的狮子,太可怕了,我也要回家。"

基督徒听后也很害怕,他想:"我又能逃到哪里呢?回家只有死路一条,去天城说不定还有一线生机。"

他们分手后,基督徒一人继续前行。为了安慰自己,他想到了那卷通行证,可是全身搜遍了也找不到。他一边为自己的疏忽忏悔,一边往回走继续找。他回到亭子发现通行证在长椅下面,赶紧把它捡起,如获至宝地藏在怀里,继续向前赶路。

他摸黑前行,漆黑的夜不禁让他想起了可怕的狮子。不久他发现从一座雄伟的宫殿里发出来的一束光。他加快脚步,希望能在那里借宿一晚。

离大门不远的小路上,他看见了那两只令人胆战心惊的狮子。他正想往回跑,守门人警醒叫住了他。警醒说:"你不要害怕,他们都被铁链锁着呢。你过来吧,它们不会伤害你。"

虽然心里很害怕,基督徒还是照着警醒的话一步一步往前走。果真他安然无恙地走到大门前。

警醒说:"这里是美奂宫,是神为走天路的客人预备的休息地方。你叫什么名字?怎么这么晚才走到这里?"

基督徒说:"我叫基督徒,原名叫堕落,希望能在这里借宿一晚。"他坦诚相告了凉亭中打盹的事。

警醒说:"你等一下,我去通报一下主人。"

不一会儿,一个美丽端庄的女子走出来,她的名字叫谨慎。她见到这位去天城的基督徒非常高兴,忙把三个姐妹明智、虔诚和爱心也叫了出来,她们都很欢迎基督徒。

她们把基督徒请进了屋,虔诚迫不及待地想知道基督徒为什么会选择这条路,还有他路上的经历。于是,基督徒就把他一路的所见所感都告诉了她们,直到深夜大家仍交谈甚欢。这一夜,基督徒睡在一间宽敞的房间里,房间的名字叫"平安"。

第二天,她们带基督徒参观了美奂宫。

基督徒跟着她们,见到了许多前所未见的东西,他看见了主的精兵的装备。这些装备有真理腰带、公义护心镜、平安福音鞋、救恩头盔、圣灵宝剑。基督徒看完这些信心倍增。

基督徒又要起程了。她们把神的全部装备送给了他,以抵御途中危险。基督徒向她们道谢,四姐妹目送他离去。

和她们分手后,基督徒来到了蒙羞谷。迎面走来一个魔鬼,他就是撒旦的先锋亚玻伦。基督徒很害怕,但还是硬着头皮走上前去。凶神恶煞的亚玻伦强迫基督徒放弃天路,基督徒坚定地说:"我是不会放弃天路的。"

亚玻伦见恐吓不成就嘲笑他说:"你看看自己的德行吧,你还有资格去天国吗?"

他蔑视地接着说:"一、你无能,差点儿溺死在忧郁潭;二、你狡诈,曾想用简便的方法卸去重担;三、你懒惰,在凉亭贪睡差点儿丢了天门的通行证;四、你懦弱,看见狮子吓得差点儿想逃;五、你傲慢,在美奂宫讲述自己天路所见时你是多么自以为是。"

基督徒坦率地说:"你说的或许都对。但我所敬拜的是一位慈爱和赦罪的主,他知道我所有的缺点,他宽阔的胸怀已经赦免了我所有的罪。"

亚玻伦恼羞成怒,一把拿出利剑向基督徒掷去。基督徒忙举起宝剑迎战,后来他的头脚都受了伤。亚玻伦打掉了基督徒手中的宝剑,把他摔倒在地。勇敢的基督徒忍痛又拿起宝剑向亚玻伦猛然刺去,亚玻伦狼狈而逃。

大战结束后,基督徒仰天祷告说:"神啊,感谢你保佑我战胜恶魔!"他刚祷告完,只见一片生命树的叶子落在他的伤口上,他马上就痊愈了。

基督徒以为翻过蒙羞谷就是天城,谁知竟到了荒凉的死阴幽谷。

基督徒持剑向前走去。这是一个很深的峡谷,左边是深坑,右边是沼泽地,中间只有一条又窄又难辨认的小路。基督徒如履薄冰地走在上面。

后来他走到谷中的地狱口。只见那里浓烟密布、火焰冲天,要想过去实非易事。他祷告希望借着神的信心冲出火网。他心情很沉重,小心翼翼地向前走去,忽然他好像听见神在召唤。他猛然醒悟:神与我同在,他一直默默地保佑着我。

这时曙光初露,基督徒松了口气。他回头再看昨夜走过的路,到处是陷阱和妖魔鬼怪。他想若不是神保佑他,他早就没命了。他顺利地走出了死阴幽谷。

第四章

出了那里,基督徒来到一座小山上。他发现了和他一样都穿着白衣的忠心,基督徒赶上了他。从此他们两人结伴同奔天城。

忠心给他讲了他天路途中的事。他说:"在艰难山下,我遇到一个老人。他对我很好,可是当我把此行的目的告诉他后,他竟劝我不要走,还说要把家产给我。他说他是迷魂城的老亚当,他的工作就是吃喝玩乐。他有三个女儿,分别叫肉体的情欲、眼目的情欲和今生的骄傲,他要把她们许配给我,我当时差点儿就动心了。后来我恍然大悟,知道他心怀不轨。我说要离开他就开始打我,就在此时有股无形的力量帮我挣脱了他。后来又有人追上我对我拳打脚踢,不一会儿我就被他打晕了,昏迷中我感觉有人来救我"。

基督徒忙问那人是谁,忠心说:"不知道!我只见他的手上有钉痕,后来我才知道他就是耶稣基督。"

忠心说:"我在蒙羞谷遇见了知耻,他跟我说:'聪明的人根本不用信仰宗教,只有那些愚蠢的人才走天路。'"

基督徒问:"你怎么反驳他?"

忠心坦诚地说:"一开始,我还真不知道用什么话去反驳他。后来主让我清醒,知耻的说辞只代表某些人的看法,并不能动摇我的意志。虽然世人嘲笑我是傻瓜,但我相信神是最美好的。于是我就离开他一心一意地继续赶路。"

基督徒听了兴奋地说:"你做得对,知耻就是想动摇咱们的决心,咱们千万不要受他蒙骗。"

他们继续向前走。途中他们又遇见了一个叫唇徒的人,他也要去天城。忠心很高兴又有人跟他们结伴,他们边走边聊。

唇徒很傲慢地说:"我学识渊博,你们说什么我都知道。"

忠心觉得他人很好,基督徒笑着说:"知人知面不知心,看人不能光看表面。你看他不停地赞美神却没有悔罪之心。"

忠心听完有感触地说:"我以后真的不能以貌取人了。"

唇徒自以为是地说:"我是个优秀的信徒,因为我会听道,更能高谈阔论。"

忠心现在非常厌烦唇徒很想赶他走。于是,基督徒就教给忠心一招。

忠心问唇徒:"你怎样判断一个人是否已经得救了?"

唇徒很自信地说:"这还不容易?一、当神的恩典降临时,他必定大声疾呼地反对罪;二、如果一个人真正得救了,他就能体味到福音的奥妙。"

忠心立即打断他说:"不,当神的恩典降临时,人会从心里痛恨自己的罪。再者,懂得圣经并不代表他已经得救。"

忠心接着又问:"你如何确定圣灵感动了人心呢?"唇徒答不上来,他面红耳赤地说:"算了,既然话不投机我还是先走了。"说完,唇徒扬长而去。

基督徒对忠心说:"看吧,他言行不一,根本不懂神的美好。"

他们继续前行,又碰见了那个道人,他们就把天路途中的经历如实地讲给道人。

道人欣然地说:"很高兴你们已经闯过了那么多关。为了真理,你们还要继续前行。但是前行之路万分危险,你们要小心谨慎。前面就是浮华镇了,在那里你们将遭遇前所未有的麻烦,可能会有性命之忧。但无论多危险,你们都要坚信主会保佑你们。"

与道人告别后他们就来到了浮华镇,这里是去天城的必经之路。浮华镇里,基督徒和忠心的陌生面孔和奇异着装吸引了全镇的人。当他们说想买真理时,镇上的人开始殴打他们并把他们送交官府。

那官不由分说地下令鞭打他们,之后把他们锁在笼中游街示众。虽然受尽折磨,他们却异常镇静,这一点感动了许多观看的人。

他们的仇敌一心想害死他们。但他们毫不畏惧,因为他们坚信神一直在身边。

公审的主审官是憎善大人,他给他俩定的罪是:不遵守本镇的法律,妄图发起暴动。

忠心听后,不服气地说:"我没有罪,我是耶稣基督的信徒,不用遵守你们的法律!"

憎善大人赶忙传嫉妒上庭作证。嫉妒上前说:"我认识这个人,他专门引诱人走天路。"随后迷信也上来作证,说:"忠心妄称我们活在罪中,要受审判下地狱。"

奉承又来说:"大人,他不仅公然毁谤撒旦王,甚至还骂您是恶人。"

忠心却理直气壮地说:"你们一派胡言,你们将来都逃脱不了地狱的审判。"

主审官气得暴跳如雷地叫道:"你死到临头还不知悔改,看看现在受死的是谁?"

陪审员怨恨、高傲、说谎、残忍吼道:"他是逆贼,杀死他!"

忠心就这样被他们烧死了。不久,我看见天使驾着祥云把忠心接走了。基督徒又被送回监狱,后来神帮他逃了出来。他怀着对忠心的敬慕之情继续赶路。

第五章

不久,一个名叫盼望的人又与他结伴。他告诉基督徒他是浮华镇人,因被忠心的行为感动,愿抛弃一切来走天路,他说镇里还有很多人会随他而来。基督徒听了很激动,默默地说:"忠心啊,你用生命换来了这么多人走天路。值啊!"

一个叫投机的人拦住了基督徒和盼望的去路。他说他是花言巧语村人,家境殷实,专门投机取巧,他来走天路就是要村里人佩服他。

基督徒严肃地对他说:"我劝你还是考虑清楚,天路之行凶险非常,你能坚持得住吗?"他觉得和投机不是同路人,就和盼望大步流星地走远了。

后来,投机的好友爱世、贪财和吝啬也赶上来,他们追上基督徒要跟他理论一番。结果,他们被基督徒严厉地痛斥了一番。

基督徒对盼望说:"他们这样执迷不悟,不知道将来神会怎样审判他们。"

不久,他们来到了安乐平原的财富丘,那边有个银矿。好多天路客因好奇去看银矿都被摔死了。当他们来到银矿时,一个名叫底马的人劝他们去里面看看。盼望动心了想去看看,基督徒拉住他说:"那肯定是陷阱,我们不应被钱财所迷惑。"

基督徒看穿了底马的诡计,很坚定地对他说:"你不要再骗人了,我们不会上魔鬼的当。"他们没走多远,只见投机四人信了底马的话去看银矿,最后一起掉下去摔死了。

出了安乐平原,他们到了期盼已久的"神的乐河"。那河水又清又甜,但河边的路非常崎岖难行。忽然看见路边有一块名叫旁径的草地,基督徒对盼望说:"我们走这里的草地吧!"

随后他们走进了这块草地,感觉很舒服。不一会儿,一个叫自是的人也赶到这里。他们就向自是问路,自是很有把握地说:"这就是去天城的路。"

于是,他们就跟着自是继续向前走。后来天越来越黑,他们走得很慢。自是满不在乎地向前走着,结果他掉进了撒旦的陷阱里,那是专为贪图享受的天路客预备的。

他们听见了他的惨叫,盼望害怕地对基督徒说:"这条一定是歧途,我们怎么办呀?"

基督徒也因引盼望入歧途而深感懊悔。此刻,大雨而至,基督徒和盼望顾不了那么多,冒着大雨向栅栏门跑去。他们走进一间茅屋,在那里睡着了。

茅屋附近有一座村寨,名叫怀疑寨,寨主叫绝望,生性凶恶。当他得知两个不速的天路客睡在茅屋,就把他俩抓进了监狱里。狱中,绝望把他们打得皮开肉绽,后来又拿着刀和毒药逼他们自尽。

基督徒很气馁,他不想活了。盼望却冷静地说:"再苦我们也不能自杀,神说自杀也会下地狱。我坚信神一定会救我们的。"基督徒被他打动了,他们又坚持了一天。

黄昏时绝望发现他们还没死,就狠狠地对他们说:"明天就让你们看看我的厉害,我保准你们立马想死。"

绝望走后,基督徒猛然想起他口袋里有一把应许的钥匙可以打开任何一道门。就这样他们打开了一道道门逃了出来,可到了寨门前,因为那门太重惊醒了寨主。正巧寨主的晕厥病发作没能去追他们,他俩就逃了出来。

为了防止别的天路客再误入歧途,他们在栅栏门前立了个木牌,上面醒目地写着:"天路客小心!此门通往怀疑寨,寨主绝望专杀天路客。"

第六章

历经万险他们终于来到了乐山,只见这里是一片祥和之气。有牧羊人在放牧,基督徒就问他们乐山和羊群的主人是谁,牧人答说:"乐山和羊群都是以马内利的。"

牧人告诉基督徒:"主吩咐我们在这里接待疲乏的天路客。"当他们得知基督徒就是天路客时,赶忙邀请他们住了下来。这些牧人分别叫知识、阅历、谨守和诚实。

第二天,牧人带他们去游乐山。他们来到形势险恶的异端峰,只见山脚下躺着几个身首异处的尸体,牧人说:"这些人也是天路客,只因他们听信了异端所以就摔死了。"

他们又来到警戒峰,只见几个人在坟堆中走来走去找不到出口。牧人说:"他们都是被绝望寨主丢进来的人,永远出不去。"基督徒和盼望很难过,他们相视无言。

他们又来到一个山洞前,里面时不时地传出来凄惨的叫声。牧人说:"这是通向地狱的侧门,许多假天路客就从这里进去,结果只能在地狱里受煎熬。"

第二天基督徒向牧人告辞。临别前,牧人送了他们一副可以望见天门的望远镜。知识送给他们一张地图,嘱咐道:"只要你们按照这张地图走就不会迷路,千万不可听信别人的话。"

随后他们来到了一个叫异想天开的地方。那里有一条弯曲的小路直通天城,一个名叫无知的轻佻少年正站在路口等他们。

他对基督徒说:"我没经过窄门也没有通行证,我是从这条小路走上来的。"

基督徒对他说:"你没有通行证,是不能进入天门的。"

无知自满地说:"我是个行善的好人,经常救济穷人,还常常向神祷告。"

基督徒看着无知扬扬得意的样子,感慨地对盼望说:"唉,又是一个自作聪明的人!"

他们经过一条幽暗的小径时,碰见一个被捆押着将去地狱的人。只见他身上挂个牌子写着:"名为圣徒,内心淫恶;因为背道,定受永刑。"

基督徒跟盼望说起了一个叫小信的人,他说:"小信就是在此被三个强盗抢劫的,幸亏有神的保佑他的通行证才没被抢去。如果他对神有足够的信心,他一定会打败他们。"

盼望赞同地对基督徒说:"神会保佑我们的,即使大敌当前我们也不应畏惧。"

他们来到一个岔路口,好像这两条路都能直通天城。他们拿不定主意走哪条,于是就跟着一个身穿白衣但浑身漆黑的人走了。他俩一直没有察觉自己已经偏离了天路,直到他们掉进罗网里才知道那人竟是撒旦的仆人。

基督徒对盼望说:"我真后悔没有按照地图走。"

突然,罗网里出现了一个手持鞭子、全身发光的使者,他问他们为什么掉进来。基督徒如实地告诉了那位使者。那个使者说:"这个黑汉是一个假先知,他专门假扮天使来迷惑人心。"说完他撕破罗网救他们出来。

使者说:"你们不是有去天城的地图吗?怎么会迷路?"

两人怯懦地说:"我们被他的外表给骗了,没有按照地图所指的方向走。"

只见这位使者拿起鞭子抽打了他们,并警告他们要牢记这个教训。临走前,一再嘱咐他们一定要按照地图指示走。

他们刚走没几步,迎面就走来一个叫不信的人。不信得知他们要去天城,嘲笑道:"我听说有个世外桃源,可我足足找了二十年也没找到。我现在什么都不相信,我要回人间享福去。"

盼望意志坚定地说:"我不相信他说的。在乐山我们不是已经看见天门了吗？只要有信心，我们一定会到达那里！"

第七章

几天后，他们来到了迷惑地，刚到这里就想睡觉。盼望忍不住了，他说："咱们歇歇吧，我太困了。"

基督徒提醒他说："难道你忘了牧人的嘱咐？万万不可在这里睡觉。"

盼望精神一振，说："你说得对，我不能在这儿睡。一路上幸亏有你提醒我。"

基督徒笑了笑说："为了解乏咱俩说些有趣的事吧！"

基督徒就问盼望："你为什么这么注重自己的灵魂？"

盼望说："其实我本来很喜欢世间荣华富贵的。是你和忠心的到来才改变了我，让我及早悔悟。"

基督徒追问他："那你醒悟后立即悔过了吗？"

盼望说："没有，我当时还是割舍不下人间的快乐，虽然深受良心的谴责，我仍无法脱离罪恶。最后我决定断绝与所有人的往来，开始专心读经、祷告和参加教会。即使这样表面上看起来我割断了世间的罪恶，可我的良心仍受到谴责。我知道仅凭自己的力量，是无法除尽我的罪。于是我就去请教忠心，他告诉我一个永恒的真理：'只有耶稣才能拯救你！'我相信了他的话，所以才变成了今天的我。他还给了我一本耶稣的书，让我向它祷告。终于有一天，我感觉自己马上就要下地狱了。那一刻我万念俱灰，突然我好像听见耶稣对我说：'信我吧，这样你就能永生。'霎时间我的心中充满了喜乐。我感谢主让我摆脱了死亡的痛苦。从此我励志要追随耶稣，为主传道。"

他们说到这里,只见无知从后面赶来。

基督徒问他:"你觉得你的灵魂与神的关系怎样?"无知说他一路上都在想神与天堂的事。

基督徒不客气地说:"你认为只是想想就能进天堂吗?"

无知急忙说:"为了他,我已经抛弃了一切。"

基督徒怀疑地问:"你凭什么这么说?"

无知说他的良心可以作证。

基督徒摇摇头说:"基督说人的本性是恶的,但人很难自觉。你必须祈求神鉴察你内心的污秽,并且诚心认罪、悔改。这样你才能分享天上的福乐。"

无知对此不屑一顾。

基督徒说:"你真是无知,什么都不懂。"

盼望插嘴道:"若没有神的启示,谁也不会明白救恩的真正意义。"

无知很不耐烦,拂袖而去。基督徒惋惜地说:"世上无知的人太多了。"

此刻,盼望兴奋地指着前方说:"看啊,基督徒,我们马上就要出迷惑地了。"

不久,他们安全地走出了迷惑地来到荣美地。这里到处鸟语花香,真是一片乐土。

他们又继续前行。在路上他们又遇见了两位天使,天使对他们说:"过河的时候你们不要害怕,因为主与你们同在,他会保佑你们。只要你们有信心一定会过去。"

渡河的时候基督徒很害怕,盼望一直在鼓励他。最后他们齐心协力,终于安全地抵达对岸。后来我看见基督徒和盼望慢慢地向天门走来,和谐雄壮的乐声响起以示欢迎他们的到来。他们凭着通行证进入了天门,一进去他们就被穿上金光闪耀的衣服。天使把金冠给他们戴上,天门慢慢地关上了。

不久,我看见无知也来到河边,一个叫空想的人帮他渡河。可是他没有通行证,天门里的人就把他推进了地狱。虽然他也走到了天门,但他的结局和留在将亡城的人一样永远沉沦。

这时,我突然醒了,发现原来这是一场梦。

朋友们,我已经讲完了我的梦,请大家一定要正确理解这个梦。如果你们能看透它的本质,你们将会受益无穷。

第二部

第八章

我已经把基督徒去天城的艰难历程讲给了大家,现在我终于又有机会来到我曾经做梦的地方。不一会儿,我又进入了梦乡。

梦中,我看见了一个叫贤明的老人,于是我们就攀谈起那个叫基督徒的人来。他说现在人们对基督徒议论纷纷,他们都很羡慕他得到了天国的福乐。

贤明还告诉我说:"基督徒的妻子也打算去天城找她的丈夫。"他说女基督徒携带着她的四个孩子第二天就动身去了窄门。在那里,他们遇到了一个叫秘密的人,女基督徒祈求秘密带她去天国找她丈夫。秘密说:"女基督徒,你必须也要历经困难才能进入天国,就像你的丈夫一样。"

女基督徒把她要去天国的消息告诉了她的邻居胆怯太太、轻率太太、愚夫太太等许多人,那些邻居都说她疯了,唯独年轻的慈悲愿意跟她一起上路。

贤明说:"后来他们也来到了忧郁潭,女基督徒开始犹豫了,慈悲鼓励她勇敢向前。"

于是我就又梦见女基督徒和慈悲他们走进了窄门。后来他们遇到了两个长相丑陋的男人,他们要非礼女基督徒和慈悲,她俩忙喊救命。这时来了一个救助者,他说:"你们应该向神祈祷给你派一个引路人。"女基督徒也深知自己没有考虑周全,以后他们只能更加小心了。

不久他们也来到了启导的家,他像接待基督徒那样热情地接待了女基督徒和慈悲。后来,他带他们参观了前不久她丈夫看过的东西,他们还看到了很多她丈夫以前没有参观的事物。他们见到了一个房间里的大蜘蛛,还有一只母鸡和几只小鸡,启导给他们讲了很多。他们又来到了一个屠宰场,那里正在屠宰一只羊;他们还去了花园和田间地头,启导的解说让他们悟到了很多真理。

晚饭时,女基督徒想起了她丈夫一路的艰辛不觉悲伤起来,她深深地内疚和自责。

第二天,他们打算辞别主人继续前行。启导说:"你们还是沐浴完再走吧,洗掉途中的尘土轻松上路。"沐浴完女基督徒和慈悲几乎都变了个模样,她们更加端庄,看起来就像天使。主人还让他的仆人神勇先生护送女基督徒一行上路,神勇一路指点和保护着他们。后来他们也来到了艰难山,神勇告诉他们当年基督徒在这里所发生的一切遭遇。他还提到了基督徒因打瞌睡差点儿丢了通行证的事。

他们继续前进,途中遇到了一个叫残酷的人,他不让女基督徒一行从他的门前经过,派了狮子来阻挠他们,神勇先生就拿剑砍死了残酷。神勇说:"我的任务已经完成了,你们继续上路吧。"

女基督徒一行也来到了美奂宫,警醒让他们进来。当得知他们就是基督徒的妻子和孩子们时,谨慎四姐妹热情地接待了他们。晚上,女基督徒和慈悲聊了起来,她说:"我从来没有想到有一天我会走上天路。你听这里充满了快乐,连做的梦都是那么甜美。"慈悲说:"我曾做了个美梦,梦见天使给我戴上了华冠。"

后来有一天,有一个叫活泼的信徒来向慈悲表达爱慕,贤惠说:"他是个虚伪的信徒,他表里不一,不可靠。"慈悲说:"我不会和这样的人结婚。"

突然有一天,女基督徒的长子马太生病了,她去找一个叫巧手的医生。他医术精湛,给女基督徒开了一剂万能药丸,马太吃后立刻就痊愈了。

住了一个多月后,女基督徒向主人辞行,主人照例也请他们看了一些东西。就在他们即将动身的时候,神勇先生又赶来了。他给她们送来了食物和美酒,还要继续与她们同行,女基督徒听了高兴极了。

第九章

女基督徒一行也来到了蒙羞谷,在这里他们提到了当初基督徒在此地大战亚玻伦魔王的事迹。只见那里还立着一个石碑,记载着那次大战的事。

他们走了很久,终于来到了死阴幽谷。整个山谷里回荡着凄惨的哭叫声,神勇一直护送着女基督徒他们向前行进。就在路的尽头,他们看见了一个叫大槌的巨人,他拦住了他们的去路。神勇提起剑与那个巨人进行恶战,当时神勇差点儿被巨人砍死,把女基督徒吓坏了,后来神勇拼尽全力一剑刺死了大槌。

之后,他们来到了一个斜坡,那里曾是基督徒和忠心相识的地方。他们正在那里休息,只见迎面走来一位老人,他就是诚实长老。他们提到了惧怕,于是神勇就给女基督徒和诚实长老他们讲起了他曾经引领惧怕先生去天国的经历。

他们边走边聊,突然看见迎面跑来一人,嘴里嚷道:"你们赶快回头吧!前面有三个凶狠的强盗。"神勇说:"他们就是曾经袭击小信的强盗。"可能是由于他们听说了神勇先生在保护女基督徒,那三个强盗始终没有露面。

不久,他们就到了一个客栈,老板是一个叫该犹的信徒,诚实很赞赏这位主人。该犹告诉他们这里有个叫屠善的大力士,是一群盗贼的头。他为非作歹,无恶不作,如果能除掉他,肯定是件大快人心的好事。于是神勇就拿着剑去找大力士,他凭着惊人的毅力战胜了大力士,并从大力士的手中救下了低能先生。随后低能就向大家讲述了他被大力士抓来的经过。

客栈里还有一件喜事,那就是马太和慈悲结婚了,同时该犹也把他的女儿嫁给了马太的弟弟雅各。在这里他们度过了美好的十几天时光。

半个月后,他们来到了浮华镇,神勇带他们来到拿孙先生家。拿孙见到他们很高兴,急忙让女儿恩典去通知他的朋友悔悟、圣洁、无欺和羡圣过来。

悔悟说:"曾经,基督徒和忠心来到我们镇遭遇了苦难,现在我们镇的人已经温和了很多,因为大家都在为烧死忠心而内疚。"

确实现在这个镇的人已经变了很多,于是女基督徒他们就在这住了很久。拿孙先生还把他的女儿恩典和马大分别嫁给了女基督徒的两个儿子。基督徒的名声在这里传得很好。

就在此时,从森林里出来一头巨大的怪物伤害了很多百姓。神勇和拿孙的几位朋友带着刀剑去挑战那个怪物,怪物见状赶紧逃跑了。

他们继续上路,正好路过忠心当年被处死的地方,一路上他们都在谈论基督徒和忠心的义行。他们也经过了财富丘的银矿,还议论了当年和私心一起摔死的那几个人。

他们马不停蹄地赶路,来到了那个叫旁径的草地,在那里基督徒和盼望曾落入陷阱。他们商议要除掉那个绝望寨,于是神勇和女基督徒的四个孩子一起去搜寻绝望。他们几人齐心协力,拼死力战,终于杀死了绝望和他的妻子,还拆除了绝望寨,救出了被关押在那里的沮丧先生。神勇还在旁边的石碑上写下了他们今日的英雄事迹。

第十章

他们终于来到了乐山。那里依旧鸟语花香,一片祥和。他们也见到了牧羊人,安顿好以后,牧人带他们去参观了奇异山、纯洁山和仁爱山。

看完这些,牧人很好地招待了他们。不久他们就要离去,这次牧人没有什么可嘱咐的话,因为神勇在他们身边,牧人们都很放心。

他们继续向前走,来到了小信当年被劫的地方。只见那里站着一个满脸鲜血的人,他说:"我叫佩真,是个天路客,我刚刚把三个想抢劫我的人杀死。"神勇很佩服他,因为他以一敌三,非常英勇。于是神勇邀请他一同上路。

他们一行边走边谈,不知不觉就来到了迷惑地,这里依旧是昏昏沉沉。神勇在前面,佩真在后面,女基督徒和其他人走在中间。他们没走多远,就被一股浓雾和黑暗笼罩住了。地上全是烂泥,让人疲惫不堪。前面有一个叫懒汉之友的亭子看起来非常舒服,可是神勇他们没有一个人要求停下来休息。就在他们快走出迷惑地的时候,他们看见了一个叫坚持的天路客,诚实长老说:"他是从我老家来的,是个真正的好天路客。"

于是坚持先生就给大家讲了他一路上的经历,他说:"一个自称是气泡夫人的女人非要把她的身体、钱包和床都献给我。我觉得她不存什么好心,就拒绝了她。"神勇说:"她是个女巫,迷惑地就是她施法变成的。她专门与上帝为敌,阻挠天路客去天国,许多听了她的话的人都被带进了地狱。"

他们走出迷惑地来到了岸边,有一位天使来接女基督徒到天国去,女基督徒和众人一一告别,她渡过圣河到达了天门。紧接着,神分别召见了迟疑先生、低能先生、沮丧先生、诚实长老、佩真先生和坚持先生。他们在欢快的乐声中一个接着一个地走进了天门。没等女基督徒的子孙渡过圣河我就离开了。我只听说他们在那一带住下后,基督教的人数急剧增加。

如果有缘还能再去那里,我会给读者们再讲讲那里以后发生的事。

再见了!

·精读名著·

鲁滨孙漂流记

丹尼尔·笛福（1661—1731），英国著名的小说家，18世纪英国现实主义小说的开创者之一。他的一系列小说体现了真正的启蒙文学革命，为英国现实主义小说的发展开辟了道路。

《鲁滨孙漂流记》是他的代表作之一，小说讲述了主人公鲁滨孙的海上冒险，以及他在这个荒岛上通过自己的智慧和勇敢战胜一系列困难的经历。小说情节曲折，可读性强。

1632年我出生在约克，父母给我取名叫鲁滨孙·克罗伊茨内，朋友们都叫我克罗索。我有两个哥哥，大哥是军人，他在一次战役中阵亡，二哥呢，听父母说至今下落不明。我的父母曾送我去寄宿学校读书，希望我将来能学法律，可我却一心只想航海旅行。也许就是我的叛逆和倔强注定了我将来不幸的命运。父亲认为出洋冒险的人不是流浪汉就是野心家，他希望我找一份稳定的中产阶级的工作，过无忧无虑的生活。

父亲为人很谨慎，也很聪明。他苦口婆心地劝我不要去做些自讨苦吃的事，还给我举了我大哥的例子来教育我，说我大哥就是没有听他的话才落得如此悲惨的下场。老父亲说起这些就老泪纵横，我也深受感动。但是不管他怎样苦劝，一年后我还是悄悄地离家出走了。我来到赫尔，遇到了我的一个朋友，他正准备坐他父亲的船去伦敦，这对于我来说是千载难逢的好机会,于是我一声不吭地坐船走了,那年我十九岁。

船刚驶出海口,就碰到了可怕的风浪。我第一次坐船晕得不行,全身都不舒服,心里十分恐惧。此刻我非常想家,悔不该不听父亲的忠告瞎跑出来。

夜里,海上狂风肆虐。我感觉我们的船马上就要被海浪掀翻了,我非常害怕。那一刻我发誓以后再也不乘船出海了,我要回到父母身边听从他们的忠告做事。

可是第二天海上却风平浪静,早晨的阳光洒满海面,异常美丽。这天我也不晕船了,朋友过来看我。晚上,我们喝得酩酊大醉,我呢,也把自己昨晚在危难中下的决心和发的誓言通通抛到了九霄云外去。我知道,任意妄为将会给我这辈子带来不少麻烦。我总是在灾难来临的时候想要悔改,待到危险过后就忘掉了所有的誓言,又不顾一切地投入我荒唐的生活中去。

出海的第八天,我们的船遭遇了巨大风暴,船上每一个人都心惊胆战。惊涛巨浪时时向我们袭来,附近的好几艘船已经被打翻沉没了。我们的船长和水手极力保护着我们的船,对于我这个初次航海的年轻人来说,遇到这样的大风暴我吓得快半死。当听说船要沉了的时候,我的心几乎停止了跳动。船长向周围求救,来了一艘小船把我们都救了上来。当我们的船沉下去的那一刻,我没有勇气去看它一眼。小船上的人费了九牛二虎之力把我们拉到了雅茅斯的岸边。我当时是多么想回到父母身边,真想长双翅膀立刻飞回去。

我的那位朋友比我胆子还小,他的父亲劝我不要再航海了,赶紧回家去。他甚至还把这次沉船遇险的过错迁怒到我的身上,好像我是灾星一样。听了他的话我很愤怒,就跟他们分开了,我独自去了伦敦,这期间我一直挣扎自己到底要干什么,是回家?还是出去?我感觉自己如果这样回去，真的是无脸面对父母。我犹豫了几天，最后决定要出去干一番冒险的事业，于是我登上了驶往非洲几内亚的船。

这是怎么回事呢？因为在伦敦，我认识了我生命里的贵人，一位真诚朴实的船长。他人非常善良，是位忠诚的朋友。他不但让我免费坐船，还教会了我很多航海知识，这些知识就是我以后人生的一笔宝贵财富。这次航海我还顺带挣了不少钱，可以说是我航海生涯中唯一成功的一次。也正是因为这样的相识和经历改变了我一生的命运。

在非洲的几内亚做生意时，我们的船遭遇了土耳其海盗的袭击，最后我们寡不敌众全体被俘。我则成了海盗船长的奴隶，我的苦难从此开始了。一开始我还想着要逃跑，可是他看管得实在很严，我慢慢地就放弃了逃跑的念头。就这样，我过了整整两年血泪的奴隶日子。一次偶然的机会，我的主人命我和一个叫马列斯科摩尔的小孩去给他打几条鱼吃。我和他驾着小船划向了南方野蛮人出没的海岸，为了不让他们追来，我故意向相反的方向行驶，因为他们会想到如果我们落入了野人手里也是必死无疑。

我们离开那里后又行驶了十几天，终于看到了一艘葡萄牙的大帆船。那里的船长很慷慨也很和善，我们告诉船长我们是从海盗那里逃出来的，并请求他带我们走。后来，他就把我们带到了巴西，大约二十二天后，我们到了巴西海岸。船长把我介绍给一个蔗糖种植园主。我在他那里干得非常不错，我打算等熟悉环境以后自己也办个种植园。后来曾经救过我的那个船长在这件事上也帮了我很大的忙，我的种植园现在规模很大急需人手，我打算再买些黑奴和用人来干活。当时，巴西的很多种植园都急需大量的黑奴劳动力。一些熟悉的种植园主知道我曾在非洲做过生意，去过那里的奴隶市场口岸，竭力撺掇我做一次航行，到那一带去给他们买些黑奴回来。就这样，我违背了正常追求幸福生活的规律，去追求了一些不切实际的想法。而这些却给我带来了无穷的麻烦,改变了我一生的命运轨迹。

1659年9月1日,我把巴西的事情交代完毕后上了船,我们沿着海岸向北航行直奔非洲。谁料想途中我们遭遇强飓风袭击,没有办法只好任由狂风吹了我们十二天,最后在南美洲北岸一个无名岛上触了礁。当时所有的水手和乘客全都淹死了,只有我一个人被高高的海浪卷到了岸上,保住了一条命。我登上陆地,平安上岸了。这时我在努力地回忆着自己死里逃生的经历,觉得真是不可思议。

我环顾四周,陷入另一种绝望,当时的我除了一把刀、一只烟斗和一个盒子里装的一点儿烟草外,别无他物。等我恢复了体力,我就沿着海岸走去,使我大为高兴的是,我发现了淡水。喝了水后,我又拿一小撮烟草放在嘴里充饥。晚上我怕被野兽吃掉,就在一棵树上栖身,舒舒服服地睡了一觉养足了精神。第二天,天气晴朗,海上风平浪静。我很高兴看见了那艘沉船,因为潮水已经退下,现在我能看见它就在离海岸很近的地方,我发现我可以很容易地游到船上去。我在船上找寻有可能生还的人,可惜那里只有一只狗和两只猫,再没有别的活生物。不过船上有大量的生活必需品,这样我萌发了自己动手的念头。于是我就把那些东西运到这个岛的一个水湾里,为此我专门制造了一只木筏。

我爬上山顶察看了周围的地形,才知道这里原来是一个四面环海且荒无人烟的荒岛。熟悉了荒岛的环境后,我用两只木排把船上能搬动的东西全都搬了下来——面包、大米、大麦和小麦、干酪和羊肉干、糖、面粉、木板、圆木、绳子,再加上几支滑膛枪、两支手枪、几支鸟枪、一把锤子,还有三十六镑英币,这些钱在当时对我来说是最没有用的。上岸后的第十三天,我终于安顿下来。我回到自己搭建的小屋,虽然也很害怕,但我心中还是不禁感到安稳和踏实,我对上帝也充满了感恩之情。我已经不再去想过去的事情了,全部的注意力都在如何保护自己和防御野兽的袭击,我在想我要给自己建造一个什么样的住所。

第二天,我在一个小山坡发现了一块平地,那里非常适合建住所。我就先在这里插了两排木桩,然后用绳索缠成篱笆,又费了九牛二虎之力把我所有的财产搬到了这个堡垒里,今晚我就睡在一张吊床上。后来下了连阴雨,我的工程只好暂时停下。

我把我的火药分好、保存,以防它返潮,每次出门都带着枪。我发现山上有很多山羊,十分高兴,这意味着我将有羊肉吃,岛上也有不少野果树。建好住所,我要考虑建一个生火做饭的地方。看到这样的生活条件,我还真有不少感触。想到自己孤苦伶仃地漂到这个荒岛上,当时感觉真的很沮丧很寂寞。可我又不得不承认自己是幸运的,想想我那些遇难的同伴,我真的不能再抱怨什么了。我目前所拥有的一切,足以维持我的温饱。

我寂寞忧郁的生活开始了。为了计算日子,我用刀子在大柱子上刻下日期,我在船上还找到了几本书,里面竟然还有本《圣经》,我把它们好好地保存起来。我把那两只猫和一条狗也带到这里来,后来那条狗一直是我忠实的仆人。

没有工具的帮助,我花了很多时间和力气来建造我的小围墙。建造好我的住所,我开始着手制造一些生活日用的必备家具,夜以继日地赶工。我把我的住所和家具都安置妥当后,就开始记日记。后来由于墨水用完了,我的日记也只好中断,下面这些只是我日记中的一部分。

这段时间,我总去树林里寻些野味,我还抓了几只鸽子。因为没有蜡烛,天一黑我只有上床睡觉,后来我就想到用羊油和麻絮做了一盏灯。大约一个月后,我发现我那个布袋里撒落的谷物居然长出了大麦,看到那些幼苗我不禁流泪了。我开始为自己的命运庆幸,到处找麦穗和稻秆。大概到了六月份,我把成熟的麦穗收藏起来,但直到第四年我才吃到自己种的粮食,因为我第一次播下大麦和稻子的种子时,时机不对,以至于浪费了一半宝贵的存货不说,还颗粒无收。

后来,我还发现这里竟然发生了地震。震了三次以后,我就没有原来那么害怕了,但还是不敢进屋去睡觉,只好呆坐在地上。忽然天下起了倾盆的大暴雨,几乎毁了我的屋子,后来我一边着手建造我的新家,一边还得冒着生命危险暂时先住在那里。再后来我足足花了五个月的工夫,砍倒了一棵大树,把它做成了一只像样的独木舟,以备用来逃离这个小岛。

后来我生病了一直发热,这段时间我开始责备自己,又想起了老父亲的逆耳忠言。每想到这里我都觉得自己被压得出不来气,深受良心的谴责。本来我可以听从父母的安排,成家立业过上舒适的日子,可我偏偏要跑到这海上来受罪。眼下的情势说这些还有什么用,我得赶快把自己的病治好。每天我都读《圣经》来祈祷,最后我用烟叶和药酒把自己的病给治好了。

病好以后,我上山采集了很多野果,它们不仅好吃还极富营养。我知道雨季马上要到了,就提前采集些野果回去。堆积的野果,很多都被野兽吃掉了,我就想出了把它们晒成干果的办法。最后我没搬家,因为现在我越来越喜欢这里了。于是,我就加盖了一间茅舍,并把围墙又修葺加固了一番。

9月30日是我来到荒岛的一周年,我是靠着木桩上的刻痕知道的。后来的日子我就没办法记日记了,因为我的墨水用完了。

慢慢地,我学会了划分雨季和旱季,以此做好准备,来应时地播种我的麦种和稻种。值得庆幸的是,我这次终于操作正确,按时令种下了我的大麦和稻谷。秋季,我收获了很多粮食,除了大麦,还有二三十枝稻秆。

后来,我从山上抓来了很多只山羊。一些被我杀了充饥,一些我圈养在我的院子里。日子就这样每天重复地过,不知不觉又是第二年,这一年比第一年状况好了很多,我也觉得我现在的生活比过去幸福了不少。

以后的日子,我凭着自己的耐心劳动和聪明才智完成了大量的工作。播种大麦和稻子后,我还得为它们除去兽害。特别是那些鸟,如果我不看好庄稼,秋季就可能会绝收。收割时没有镰刀,我就把穗子摘下来用手搓。后来我还研制了一些做面包的方法。闲暇时,我制作了一些新鲜玩意儿:陶器。说起制作方法,我还真怕大家笑话,总之是非常笨拙的方法。做出来的那些陶器个个奇形怪状、丑陋不堪。经过了很多次的实验,我越来越熟练,以至于后来我家里再也不缺瓦锅瓦罐。

在岛上的第三年,我克服了一切做面包时所面临的麻烦。我还做了个石臼去舂粮食。我本想找块大石头挖空后充当石臼,可没找到合适的石块,就弄了一大块木头来代替它。接着我又做了个筛子来筛面粉,做筛子这个活儿可着实让我为难了一番。因为没有原材料,我只好从原来船上水手们的衣服里找了几块棉布和薄纱,凑合着做了三个小筛子。至于过程是怎样的我就不想说了,反正我用我自己陶制的炉子和大瓦盆,确实烘出了又大又香的大麦面包,这些日子烘面包是我最大的收获。不过这一年里,我也储藏了很多粮食,后来我不得不再扩建我的粮仓。

三年里我也常想方设法离开这里,甚至想到了要造船逃离荒岛,尽管我的这个计划很荒谬,可是我还真的那么去尽力做了。我费尽了所有心血,克服了一个又一个困难终于造了一条小船,后来却发现我竟然无法将这条船推下海。无奈,我只好放弃。这件事让我意识到我太高估自己的能力了。就这样我在荒岛上已经过了四个年头了。与当初刚来到这里相比,我的生活状况大有改善。造物主对我的仁慈让身处险境的我充满了感激之情,由于没有与人交往,我脑中那点儿单薄的宗教信仰已经完全消失了。然而现在我却坚定了对上帝的信念,对于上帝给我的安排由衷地感激。总而言之,我的生活总是不幸和万幸交织起来。我不再对自己有什么奢求,我现在感到心满意足。

后来,我翻看着我的日记,才知道我来到这个岛上已经很久了。再看看我的衣服早已破烂,我现在只能用兽皮来遮风挡雨,抵御寒冷。我花了不少心思做了一把伞随身携带。我现在生活得很舒心,也乐安天命,我不再怨天尤人了。

我在岛上已经生活了十一年,日子依旧如此。只是小山羊已经变成了老山羊,老母羊又生了好多只小羊羔。现在我已经拥有四十多头羊了,而且学会了充分利用食物。我常想:真是造化弄人,想我当初刚来到这片荒野时,以为自己肯定会饿死,没想到我现在的食物竟如此丰富。

现在我在岛上有两个家,一处是山脚下我那小小的城堡,另一处是我的茅舍也是我的乡间别墅。一天,我去海边泊船,无意中竟发现了海滩上有一个人的脚印,简直把我吓坏了。我的脑中顿时闪现了很多荒诞不经的想法和离奇古怪的猜测。我觉得它将会给我的生活带来新的变化。

当时我就侧耳倾听,回头四顾,可是什么也没发现。我跑到海边去查看,却只发现了这么一个脚印!我很害怕,像一个被人跟踪追捕的人似的逃回我的住处。我一夜都没合眼,一直在思考那是不是某种危险的动物。我又开始胡思乱想起来,此刻我觉得自己对上帝的那点儿信仰顷刻间又没有了。我已经三天三夜没出门了,家里的干粮也快没了。出去干活时,我一直告诉自己那就是你自己的脚印,根本没有什么事情要发生。因为我在这个岛上已经住了十五年,一直都没有见过一个人影,怎么可能会有人呢?但自此之后,我加强了对自己住所的防御,我一直觉得不安全。

于是我就在城堡周围种了很多树。那样的话,几年后我这里就能长出浓密的森林,他们就不那么容易接近我的城堡了。脚印的事让我不安了很久,在这种忐忑不安的心情中我又过了两年。从那以后,我每次出门都会带一个望远镜。后来,我下了山,来到小岛的尽头,我慢慢摸索到一些野人吃人的线索,那些打胜了的部落会把他们的俘虏抓到岛上杀死吃掉。

我在岛上已经住了二十三年了,我对这个地方以及自己在这儿的生活方式也很适应,我那只忠实的狗也老死了。后来我出去打猎看见了一片火光,我猜想那是野人在吃俘虏的肉,内心很慌乱不知道该怎么办,后来发现他们趁着涨潮又驾着船离去了。从我的望远镜里我看见,他们临走前还手舞足蹈地跳一会儿舞,全都是赤身裸体的。那是我第一次发现野人,还有那些血迹斑斑的人肉骨头,真是令人不寒而栗啊!这群家伙怎么会那么残忍呢?自从看见那群野人的踪迹后,我这一年过得也是提心吊胆,我不敢开枪打猎物,怕惊动野人给自己招来杀身之祸。

一年多以后,我又发现了野人的踪迹。那大概是五月份的一天,我听见了一声声枪响。后来我知道那是海上有船只遇难了,很不幸船上所有的人都死了。我很希望船上还有人活着,为了确定那只失事船里是否还有生命,我驾着小木筏打算去那里看看。到了那里,我发现没有人活着,只有一些货物和钱,我把那些东西都运到岸边,又驾着我的小船回家了。此后的两年我基本很少出门,一直在计划怎样逃离孤岛。经过内心激烈的挣扎后,我决定付诸行动,一有空我就驾船去勘察逃跑路线。

一天早晨,我发现岛那头停着几只小独木舟,里面没人。后来我就拿着望远镜瞭望,看见那里有不下三十个野人,他们正在煮肉。我看见他们从小船上拖出来两个野人，一个已经被他们开膛破肚了，另一个手脚已经被解开了，他开始逃跑，飞速地向我这边跑来，后面还有三个人在追他，那个野人比他们的速度快多了。于是我开枪救下了那个逃跑的野人。他看到我后，叽里咕噜地说了几句。可是我一个字也听不懂，但我仍很兴奋，因为这是我来到荒岛二十五年后第一次听见人说话。我就用手势告诉他，我们必须赶紧回去，说不定后面马上就有人追来。我们把被打死的野人的尸体埋了起来，我就把他带到了我那边的洞穴里，为了安全我没有带他回我的城堡。我给他一些吃的，他倒头就呼呼地睡了。我发现他年轻英俊，估计是个较高级部族的野蛮人，我对他非常满意。以后他就是我可靠的伙伴。

为了纪念他在星期五这一天获救，我给他取名叫星期五。不久我就开始教他怎样说话，怎样吃饭。我用望远镜看到那些独木舟和野人都不见了，就背着枪带着星期五来到野人们昨天待的地方勘察。我发现星期五对那些剩下的人肉仍垂涎欲滴，我表示如果他以后再敢吃人肉，我就把他杀了，他只好乖乖地不再碰那些血淋淋的人肉。

我们回到城堡，我就赶紧给星期五找了件短裤穿上。我又在我城堡之外、外墙之内给他搭建了一个帐篷。对于星期五我用不着任何防范，没有任何一个人会像他那样忠诚老实、可爱、听话了。我对他的感情就像父亲对孩子一样，而他对我也是像孩子对父亲一样。我敢说如果哪天我遇到危险，他会牺牲自己来救我的。我开始教他说英语，吃羊肉，开荒种地。

我们俩在这个荒岛上度过了最快乐的一年。现在他英语说得已经相当好了，他非常喜欢跟我讲话。我也越来越发现他的可爱之处，我觉得现在我爱他胜过爱任何人。这段时间我教给了星期五很多知识，包括人是怎样被创造的。我还跟他说到了上帝和魔鬼，告诉他上帝的敌人就是魔鬼。现在的星期五非常聪明，他有时问我的问题我都回答不了，我觉得自己的知识真是太匮乏了。我告诉他自己这些年在荒岛的经历，有了星期五，我终于可以开口说话，有了星期五我可以与人探讨问题，也可以思考了。我很感谢上帝让我救下这个可怜又聪明的野人，让他陪伴我走过了荒岛生涯的最后几年。这几年我很开心，我们成了无话不谈的好朋友，我把我家乡英国的事情讲给他听，星期五也跟我讲了那边大陆上的事。

后来我决定离开这个荒岛，一心一意打算带星期五回大陆去，于是我们开始动手造一艘大船。我们花了两个多月造好了一艘船，这已经是我在荒岛上过的第二十七个年头了。自从星期五来了以后，我总是怀着感激的心去生活，日子过得很舒心。

旱季来了，我们开始实施我们的航行冒险计划。就在我们备好充足的粮食和防身武器准备起航的时候，我通过望远镜看见那边树林里又有几十个野蛮人乘着三只船，带了三个俘虏到这个岛上来开宴会了。

这次可把我气坏了，我把两支鸟枪、两支手枪都装上双倍弹药，给星期五一把小斧头和一支枪。我和星期五开始射击，那些野人有的死了，有的逃了。我们冲下山去，杀死那些野人，最后还是逃走了四个野人。我们救下了一个俘虏，他是西班牙人，他对我救他的性命表示很感激。后来我们发现那个独木舟上还躺着一个俘虏，星期五发现原来那人是他的父亲，他们抱头大哭，我也感动得掉泪了。我把食物给了那个西班牙人和星期五的父亲，把他们带到了我的城堡。

星期五见到他父亲后激动万分，后来我得知那个西班牙人就是几年前在我的岛上遇难的船上的一个幸存者。我叫他们乘着我新造的船去把那批遇险的水手们带到我的岛上来。但考虑到我们现在的粮食问题，他说如果他们上了岛，我们仅剩的这点儿粮食是肯定不够的。他建议我们再开垦些地多种些粮食，我的小羊群也繁殖了很多。收获的季节到了,今年我们储藏好多粮食。我决定让那个西班牙人去趟大陆把留在那里的同伴接过来,但是我对他们订下了严格的规定,我要求他们到了我的岛上绝不能伤害我和我的朋友,他们也向我作了保证。那个西班牙人和星期五的父亲一起去的,我给了他们每人一支短枪。

他们走后第八天,岛上发生了一件前所未闻的事。星期五跑来告诉我前面来了条大船,我拿着望远镜瞭望,看见那竟然是一艘英国的船。我当时的心情难以言表,一方面我看见了自己的同胞心里有说不出的高兴,另一方面我又很疑惑他们为什么会来到这里。如果真是英国人,他们来这里一定不是什么好事。我猜想他们会不会把我从岛上赶出去,或者抢走我所有的东西,心里十分矛盾。

不久那艘船就驶到了岸边,我看清楚了他们都是英国人。我看见他们好像在打架,但是他们身上没带枪,一伙盛气凌人的水手在打三个人。到了晚上,我就悄悄地走近他们。那些人都去睡觉了,我来到那三个可怜的家伙身边。其中一个人说他是船长,有两个亡命之徒不愿意服从他的指挥要造反。他请求我帮他解决掉这两个人并夺回他的船,我答应他们并提出了一个条件:如果我救了他们把船夺回来,他们要把我和我的朋友免费送回英国去。他们也答应了我的条件。

我和星期五费了很大周折,实施了详细周密的计划,终于打死了那两个人帮船长夺回了他的船。其余的闹事者也请求船长的原谅,祈求船长不要把他们送回英国受审,说宁可留在岛上也不愿回去被绞死。

此刻,我知道离开荒岛的时刻到了。船长答应他们只带走了两个想回英国的老实的水手,让那些不愿回去的水手留在这个荒岛上。我告诉他们我在这里的生活状况,还有我的城堡、我的粮食。总之我把这里所有的一切都留给了他们,也把我所会的技术都教给了他们,并嘱咐他们不久后将有一批西班牙人来到这里,要他们好好相处。交代好了一切我们开始装船,我也换上了新衣服,我们的船终于离开小岛了。这一天是1686年12月19日,此刻我在岛上已经待了二十八年两个月零十九天。

我们这艘船航行了半年多,终于在七月份抵达了英国,这时我离开英国已经三十五年了。回到英国,他们都把我当怪物一样看;回到家,父母早已过世,他们以为我早死了,没有给我留下一点儿遗产,无奈我只好去找那位救命恩人老船长,去探探我的种植园还有没有我安身立命的地方。他跟我说了这些年巴西那边的情况,我决定亲自去一趟,到了那里我简直不敢相信我竟然还有五千英镑的现款和大片种植园的产业,我非常感谢我的船长恩人。

后来我把财产变成汇票回到了英国。由于先前航海的经历,我再也不想走海路了,我决定全部走陆路。我们就从里斯本出发,一路骑着马开始了我们的陆路旅行。我们途经了马德里、潘佩卢那,到了那里我们遭大雪所阻,一路上幸得星期五陪伴,他勇猛地保护着我们大家。他打死了一只狼,又从一只熊的手上救了我们向导的命。我们穿过了很多树林和山川,途中还遭遇狼群的攻击,用枪打死了六十多只狼。对我来说,这次凶险的经历是我一生遇到的最可怕的一次,我们马不停蹄地赶路,终于穿过海峡到达英国。我本想把财产交给可靠的人后再去里斯本,可是因为宗教问题,我还是决定留在英国。我托我的恩人朋友把我在巴西的种植园卖掉,大概八个月后,我收到了那位忠诚的船长朋友寄来的一张三万两千八百块钱的汇票,为了报答他,我决定每年付给他一百葡萄牙金币,并在他死后每年付给他儿子五十葡萄牙金币,作为他们的终身津贴。

现在我讲完了我前半生不幸的冒险经历,这只是我冒险人生的第一部分。现在我在英国,虽然很富有,却没有几个朋友。我现在特别想知道那些水手和那群西班牙人在岛上过得怎么样。但是朋友们劝我不要再航海远行了,好好在国内安定下来,我也听从了这些真诚的劝告。于是我结了婚,还生了三个孩子:两个儿子和一个女儿。不幸的是,不久前我的妻子去世了,这就又激起了我出海远行的欲望。1694年,我又一次开始了航海,我去看了看那些住在岛上的人。那里现在已经有很多人,一派生机勃勃的景象,他们跟我说了那些年他们的生活。我在岛上待了二十天,顺便把土地的归属问题解决了一下,然后就离开了那里。

之后我到了巴西,买了一条船把那些人送到岛上,他们现在在那儿也快乐地生活着。后来我又有几次惊险的航海旅行,之后就再也没有了。我住在这儿,为我不配得到的享受而心怀感激,我决心要去做所有旅行中最长的旅行。如果非要我说我从中学到了什么的话,那就是我认识了退休生活的价值并祈祷在平静中过完余生。

格列佛游记

乔纳森·斯威夫特(1667—1745),18世纪英国著名的讽刺作家和政治家,被高尔基誉为"世界伟大文学创造者"。他的代表作有寓言小说《格列佛游记》,其他作品有《桶的故事》《书的战争》等。

《格列佛游记》是斯威夫特最具有代表性的作品,以寓言的形式反映出英国进行原始资本积累所犯下的罪恶,揭露了上层社会的种种虚伪行径和嘴脸。书中描述了格列佛在小人国、大人国以及其他一些国家的奇遇和历险。

第一卷

我是一个酷爱航海旅行的人,年轻时学医,后来在海轮上担任外科医生。虽然我是个医生,却很喜欢乘船环游世界。

1699年5月4日,"羚羊号"船长雇请我和他们一起航行。我们一起乘船到太平洋一带航海。很不幸的是,"羚羊号"因遇风暴而触礁沉没了。还好船上有救生艇,我跳入救生艇中侥幸逃了出来。不幸的事总是接踵而来,半途那救生艇也翻了。我只得拼命向岸上游去,还好是顺风,游起来不是很费力,不久就到了岸边。

我太累了,也不管这是什么地方,上岸后就躺在草地上大睡了一觉。

不知过了多久,我终于醒了过来。不过,我发现有些不对,自己不能动弹了:我的四肢、身体竟然被人捆缚住了,一动也不能动。太阳晒得我睁不开眼睛,我只能仰天躺着,心想是什么人把我捆起来了,这里是什么地方。

过了一会儿,我觉得有一个东西在我的左腿上轻轻地蠕动;它慢慢地向前,越过我的胸脯,到了我的下颌。我努力把头抬起一点儿,尽力将眼睛往下看。我大吃一惊,发现一个身高不足六英寸的小人,正手持弓箭,背负箭袋在我的身上慢慢爬着,而且我感觉到至少还有许多和他一样的小人在附近。

我心里有些害怕,心想怎么会有这么小的人啊!便大叫了一声,吓得他们掉头就跑。后来有人说,有几个小人从我腰部往下跳,因为太"高"竟跌伤了。不过,他们很快又回来了,好像知道我只能喊喊而已,并不能把他们怎么样。其中的一个壮着胆子走到我面前,举起双手,一副大为艳羡的样子,他高喊着什么,其他的人也纷纷附和,说的也是那几个字,而且还重复了几遍。但是,他们说的话我根本不明白是什么意思。

我一直这么躺着是极不舒服的。我挣扎着,侥幸挣断了绑在我左臂上的绳子,这样我的头就可以转动了。他们又跑了。

一阵尖声高叫之后,我听见有一个声音又在高喊着什么。我正在揣测这句话是什么意思的时候,忽然感觉左臂很疼,原来有一百多支箭射中了我,他们用的箭就像针一样小,不然的话我早就没命了。一阵箭雨过后,我痛苦地呻吟起来。

只要我一动,他们就射我。我索性不动了,打算就这么捱到晚上,等他们走的时候,再用已经松开的左手解开自己。这些当地的居民估计都和我看到的一般大小,就是他们将最强大的军队调来攻打我,只要我恢复自由,也是不怕他们的。

小人们发现我安静下来了,就不再放箭。他们的吵闹声越来越大,我知道他们又来了许多人。过了一会儿,我忍不住向后看去,发现在离我约四码远的地方不知何时已经竖起了一个一英尺半高的平台。一个有身份的人站在平台上,对我发表了一通长长的演说,我虽然听不懂,但看他的神态知道他是想让我归顺他们。

我此刻已经饥肠辘辘了,从离船到现在,已经有好几个小时没吃一点儿东西了。因此,我不得不用温顺的态度向他们表示我愿意投降。而且这种饥饿的感觉越来越强,我迫不及待地向他们表示,我要吃东西。那个官员模样的人从台上下来,命令在我的两侧放几架梯子。然后大概有一百个左右的小人顺着梯子爬上来,将盛满了肉的篮子送到我嘴边。但是,这肉块太小了,我一口就能吞下去三块。我也不知道是什么肉,从味道上也很难分辨得出。他们不断地把小篮子递上来,个个目瞪口呆,惊讶于我竟然能吃这么多的食物。

接着小人们将我拉进京城,拉我用的东西,对于他们来说是一个庞大的机器。

快进城的时候,皇帝带领他的大臣们站在一座高塔上欣赏着我这个"庞然大物"。小人国的居民奔走相告,纷纷跑来观看。对于他们这些小人来说,见到我是极为惊奇的:我睡觉用的床,是他们普通人用的六百倍;我一餐吃的东西,可供一千七百二十八个小人食用一餐。

为此,皇帝召开大臣会议,讨论如何处置我的问题。有人主张杀了我,但是,又害怕我这庞大的尸体会导致京城出现瘟疫;有人担心我的食量太大,这么吃下去会引起国内饥荒。但是,皇帝并没有杀我。

皇帝颁下一道命令:京城周围九百码以内的所有村庄,每天早上必须送上六头牛、四十只羊以及其他食品作为我的给养;此外还必须向我提供相应数量的面包、葡萄酒和其他酒类;这笔费用由国库承担。皇帝又派了一个六百人的队伍做我的随从,并负担他们的伙食费,还在我住的两旁搭建帐篷供他们居住。他还下令让三百个裁缝日夜不停地赶工,按本国式样给我做一套衣服;皇帝专门找了一位小人国中语言最好的人,让他教我当地的语言。

一天,我得到国王的允许,参观皇城和皇宫。皇城四周是城墙,高二英尺半,宽十一寸。我进了城之后万分小心,因为大街上人很多,我怕踩伤了市民。我不敢穿长衣,怕衣襟剐坏了屋脊和房檐。街道两旁的房屋,大都是三层至五层。每幢房子的窗口和阳台上,都挤满了看热闹的市民。随着在这里的生活时间的增加,我对这个国家也有了一定的了解。

小人国的幅员并不大,却有着奇特的风俗。皇帝之所以是皇帝,是因为他比手下的大臣们高出一个手指甲;皇帝在选拔官吏时,让人们在绳上跳舞,谁跳得高便可以当大官。财政大臣被认为是全国跳得最高的人,比别人要高一英寸。官员们在盛大的节日里还要在皇帝拿着的横杆上下表演特技,以表演技艺的高低赏给不同颜色的丝带。

小人国有两个政党。他们的区别是一党穿的鞋跟高些,另一党的鞋跟低些。"高跟党"自认为是合乎古代制度的,但皇帝则偏向"低跟党"。因此,政府官员也大都是"低跟党"的人担任。"高跟党"和"低跟党"积怨极深,从不在一块儿吃喝或谈话。作为皇位继承人的皇太子则两边讨好,所以走起路来一拐一拐的,因为他的鞋跟一只高,一只低。

小人国改变了吃鸡蛋的习惯,不先磕破大端,而是要人们先磕破小端。这个习惯引起邻近岛国不来夫斯古的强烈不满,因此两国发生了战争。但是,战争发生的根源还是在小人国身上。小人国那些惯于遵循古制的人,分成"大端派"和"小端派"两派。他们素来不服对方,因此经常互相攻击，污蔑对方的政见是"异端邪说"，不是"国家正统"。

后来，"大端派"在国内遭到镇压，他们便逃亡到不来夫斯古，从而使得两个帝国之间发生了战争。不来夫斯古雄心勃勃，秣马厉兵，准备一举打垮小人国。为此还新造了一批战舰，准备和小人国开战，誓要灭此仇敌。自从来到岛上，我还没有给利立浦特岛做过什么。为了表示我的忠心，我跨过海面，用绳子把敌方新造的战舰一股脑儿地拉了过来。此举国王大为高兴，兴奋的他见我轻而易举就摧毁了对方的所有战舰，大赞我英雄了得，并赐我爵位。但是，他接下来又命令我把不来夫斯古灭掉。他想把它征服，让它附属于自己。我坚决不同意这种做法，我对皇帝说："不来夫斯古是一个自由、勇敢的民族，我不会将这个民族沦为陛下的奴隶，而且我讨厌成为别人的工具，更不想看到自己成为杀人的恶魔。"国王和大臣见我如此不识好歹，极为恼怒，打算除掉我，但又忌惮我那庞大的身躯，一时不敢轻举妄动。

有一次皇宫失火了，小人们惊慌失措，因为运水很困难，而且他们一次也运不了多少水。我当时灵机一动，对着皇宫撒了一泡尿，很快大火就熄灭了。但我没想到的是，此举却惹恼了皇后。皇后认为我对着她的寝宫撒尿，根本没有顾及她的颜面，因此对我十分的反感。而这时海军大臣也想落井下石，因为他忌妒我的功劳。海军大臣想，他一个人就把对方所有的战舰都拉来了，那还要我这个海军大臣做什么。财政大臣此时也不敢落后，在皇帝面前说了我不少坏话。因为他怀疑我和他的妻子私通。

国王在这些人的怂恿下，召开了一次秘密会议。会议上群情激昂，认为我有叛国罪，怎么能对着皇宫撒尿呢！最后，会议决定先把我的双眼射瞎，再慢慢饿死我。

我的一个下人对我很忠心，不知从哪儿得到了这个消息，劝我赶紧离开。无奈之下,我只好逃到了不来夫斯古国。这个国家对我的到来大为欢迎,国王认为我拯救了他们的国家,因为我没有听从利立浦特岛皇帝的命令攻打他们,如果我当时攻打他们的话,他们就成为阶下囚了。但是,在利立浦特岛的经历使得我心有余悸,不敢停留在小人们的国度了。在他们的帮助下,我乘船离开了这里。

不久之后,我在公海上遇到一艘英国商船,我兴奋异常,这次终于能回到阔别已久的故乡了。1702年,我搭乘这艘商船回到了伦敦。

这就是我的第一次航海经历。

第二卷

上次的经历我仍心有余悸,但是我注定是个闲不住的人。1702年6月20日,我乘坐"冒险号"往北美开始了我的第二次出游。

第二年六月,我们到了达布罗布丁那格岛。船停下来之后,我和水手们一起到岛上找淡水。这时,一个巨大的怪物拼命追赶我们,水手们惊慌失措,划船逃跑了。但是,我为了看清那怪物的真实面目,逃的时候晚了一步,没能赶上船只。此时我看到一块像森林一样的麦地,麦子连穗至少有四十英尺高,我赶紧躲了进去。

不一会儿,我看见一个巨人从田间走来。原来那巨人就是追我的怪物,他足有教堂尖塔那么高,一步能迈出十来码远。巨人忽然大叫了几声,那声音听起来好像是空中响起的霹雳,比扩音喇叭的声音还要高出许多。那巨人叫过之后,又有七个手执镰刀的巨人走了出来。我大惊失色,粗略地比画一下,觉得这些巨人都比我要高出十二倍。和我们用的普通的镰刀相比,他们手中拿的镰刀足有六个那么大。最先那个巨人看起来像个富农,其余的几个像他雇来割麦子的农民。

一个割麦巨人走近了我躲藏的麦地,打算割这里的麦子。我心里大为惊慌,如果自己一直躲在这里,那么不是在麦地里被镰刀割死,就是被巨人踩死。于是,我管不了这么多了,大声喊叫起来。

　　巨人听到喊声,不禁很诧异,停住了脚步四下张望,但却什么也看不到(他们太高)。后来,他弯下腰、低着头才发现了躺在地上的我。很显然,他是第一次见到像我这样的"人类",稍微有些迟疑,因为他不知道我是干什么的,也不知道我是什么生物。最后,他壮起了胆子,用拇指和食指捏住我的腰,将我提到了他眼睛附近,不然的话,他看不清我的形体。

　　我心里虽然有些害怕,但我知道他只是想看看我到底是什么"东西",因此我极力使自己冷静下来。在这个庞然大物面前,我只得双手合拢做出一副可怜相,又用十分悲凉的语调说了我为什么会在这里。因为我怕他会像踩死一只蚂蚁一样把我踩死,就像我经常踩死蚂蚁一样,我在他面前就像蚂蚁在我面前一样小,这当然有些夸张,但可以确定的是,他踩死我很容易。幸运的是,他好像对我很感兴趣,似乎把我当作一件稀罕的宝物一样。我说的什么,他根本听不懂是什么意思,只是以奇怪的眼神看着我。这时我忍不住大声呻吟起来,他的拇指和食指几乎要把我的腰部捏断了,我使劲摆动着双腿,告诉他我很疼。他好像知道了我的意思,随手就把我装进了他衣服的口袋里,然后快步走向他的主人。我感觉像坐车一样,飞一般地向前飞去。

　　他的主人就是那个富农。他对我左看看、右看看,然后问其他的几位雇工,有没有看到和我一样的小动物,他们的回答是没有。显然,我对于他们来说是个意外,因此他们全都围着我坐了下来。我脱下帽子向他们鞠了一躬,然后又举起双手来,跪在地上大声说了几句话,接着从口袋里掏出一袋金币送给他。但他们看来完全不明白这是些什么。

富农把我带回家,交给他九岁的女儿葛兰达克利。我担惊受怕了一整天,回来就倒在床上睡了,为了能在这里更好地生活下去,我不得不跟着我九岁的主人学习这里的语言。

但是好景不长,富农不知听了谁的建议,打算利用我赚钱。主人把我装在一个箱子里,带着我到各城镇去展览。就这样,我在这里出了名,轰动了全国。

这件事很快就传到了京城,我被带进了王宫,专门为王后和贵妇人演出。他们都很喜欢我这么个"小人",尤其是王后更是乐得合不拢嘴,从富农那里把我买了下来。不过,我有些舍不得我的小主人葛兰达克利,便对王后说:把富农女儿留下吧,她可以做我的保姆。王后答应了。王后见我聪明伶俐,就打算带我去见国王,让国王见识见识。

国王看清楚我的样子后,以为我是哪位巧匠设计出来的一件钟表之类的机械呢。可是,当他听到了我说话的声音,并且觉察出我说的话十分有道理的时候,不禁大吃一惊。

第二天,国王召来三位大学者。这几位先生仔仔细细地把我看了一遍,最后一起得出这样的结论:按照大自然的一般法则是不可能产生我这样的人,因为我行动不快,不会爬树,而且又这么小,生来就没有保全自己性命的能力。他们又看了我的牙齿,认为我是一头食肉动物。但是,他们又认为我根本不是大多数四足动物的对手,无法想象我怎么能够活下来,除非我吃蜗牛或者其他什么昆虫之类的动物才能活。

其中有一位学者,似乎觉得我可能是一个早产婴儿,或者是一个未发育完全的胚胎。但是,另外两位立刻表示反对,他们说,我的胡子都长出来了,而且四肢也发育完全,怎么可能是胚胎呢?他们争论了半天,最后做出这样的判断:我是一个天生的畸形物。

王后非常喜欢我陪着她,甚至吃饭的时候也要我陪着。王后总是把一小块肉放到我的碟子里,满意地看着我小口小口地吃东西,并把这当成一种乐事。王后的饭量与这里的人相比,已经算是小的了,但她一口也能吃下十二个英国农民的饭量。

国王很乐意同我交谈,向我询问关于欧洲的风俗、宗教、法律、政府和学术方面的情况。一说起我亲爱的祖国,说起贸易、海战和陆战、宗教派别和国内的不同政党,我就开始滔滔不绝起来。见我说得头头是道,他不禁大笑起来,然后嘲弄似的对我说:"人类的尊严实在微不足道,像你这么点儿大的小昆虫都有着清晰的思路。也许你们这些小东西还有自己的爵位和官衔呢,你们造了一些小窝小洞就算是房屋和城市了,你们欺诈、争辩、背叛、打仗。"他就这样毫无顾忌地说着,我不禁很是生气。我那高贵的祖国,不论是文还是武都足以称霸世界,是全世界仰慕和感到骄傲的地方,是欧洲的仲裁者,是美德、虔诚、荣誉和真理的中心,这样一个高贵的国家,在他的眼里竟然一钱不值。

还有一次,我告诉他:三四百年前,有人发明了一种粉末,只要有一点点的火落到这样的粉末上,这粉末就会被即刻点燃,刹那间飞到半天空,发出一声比打雷还厉害的声响和振动。如果把定量的这种粉末塞进一根空的铜管或铁管里,就可以将一枚铁弹或铅弹推出,力量和速度没有东西能挡得住。这种方法可以把最坚固的城墙夷为平地,可以消灭一支军队,还能击沉战舰。我们就经常将这种粉末装入空心的大铁球里,用一种机器对着我们正在围攻的城池,将大铁球射出去,它可以将道路炸毁,房屋炸碎,四处碎片纷飞……所有走近的人,都会被炸得残缺不全、血肉模糊。

我还告诉国王,对这种粉末我很熟悉,知道调配的方法,我也可以指导他的工人制造出这东西来。要是京城有人敢违抗陛下的命令,陛下可以把这些人炸个稀烂。

对我描述的那些可怕的机器,国王大为震惊。他很惊异,说我这么一只无能而卑贱的昆虫怎能有如此非人道的念头！他说,最先发明这种机器的人一定是个恶魔,是全人类的敌人。他表示,自己宁可失去江山,宁可不做王位,也不用这些东西。并说只有艺术或自然界的新发现能让他感到愉快,他还强调不要把这种东西的做法泄露出去,否则就会杀了我。

这位君王出于一种完全没有必要的顾虑,将拥有武器的机会放过了,如果他有武器,很可能成为人民的生命、自由和财产的主宰者,但他没有这么做。这里的百姓几乎都崇拜他,他有统治国家的雄才,他有令人崇敬、爱戴和敬仰的所有品质,他有杰出的才能、伟大的智慧和高深的学问。

在一次我和国王的谈话中,我说欧洲一些比较精明的才子已经把政治变成了一门科学,那就是"统治学",已经有几千本书在论述如何统治人民。没想到这话令他非常鄙视我们人类的智慧,他表示君王和大臣不应该有一点儿神秘、技巧和阴谋,所有这些都令他厌恶。因为,这里没有敌人,也没有敌国,他不明白什么是国家机密。他把治理国家说得很简单:用常识和理智、正义和仁慈,尽快判决案件,以及其他不值一提的一些"国家方针"。最后,他还说了这个道理:谁能增加粮食的产量,谁就更有功于人类,对国家的贡献也更重大,他说这种人比所有的政客都强。他还不明白我们这里天天只撒谎、不做事的政客到底有什么用,这些政客能增加粮食的产量吗?

这个民族的学术很不"完备",有很大的缺陷,他们只有伦理、历史、数学和诗歌几个部分,没有我们现在社会这么完备的科学体系。但是,在这几个方面,他们的成就还是很高的,他们的数学用来改良农业以及一切机械技术,完全应用到有益的事情上去了。所以,我的一些观念,在他们看来不值一文。

我仔细阅读过他们的许多书,发现他们的文风清晰、流畅,既不华丽也不堆砌不必要的辞藻,或者使用各种花样不同的表达法。我还看过一本论述道德和宗教信仰的书,这位作家指出,人本质上是一种渺小、卑鄙、无能的动物,和其他动物相比,人类的力量、速度、勤劳都远远不如,既不能抗御恶劣的天气,又不能抵挡凶猛的野兽。近代世界什么都在衰退,跟古时候的人相比,连现在的大自然都在退化。大自然如今降生的都只是些"矮小的早产儿",原始的人种比现在的人要大得多,而且身体也比现在的人好得多。

国王的大军有步兵十七万六千、骑兵三十二万。但是,这支军队是由各城的手艺人和乡下的农民组成的,并不是专门组建的军队,他们既没有薪饷,也没有赏赐。担任指挥的是当地的贵族和乡绅,他们的纪律也非常好。我有些奇怪,既然没有任何一个国家有路可以通到这个国家的领土,还要军队干什么。后来,通过与人交谈,我知道了这是什么原因。原来,这里的政府也会犯一个通病:君王要绝对的专制,贵族争权,人民要自由。如何协调好这三者之间的关系,也是他们国家的一个难题。

在和国王不停地辩论中,时间已经不知不觉地过去了两年。

有一次,我和国王出外旅行,不幸的事情发生了,装我的箱子被老鹰叼到半空中。我惊恐地飘浮在半空中,大声尖叫。老鹰很不耐烦我的叫声,直接把我连人带箱子扔进了海里。还好此时有一只英国海轮经过,在海员的帮助下,我被救了出来。

1706年6月,我回到了伦敦,大人国的旅行就此结束了。

第三卷

1706年8月5日,我乘坐大商船"好望号"开始了第三次旅行,到印度和马来西亚一带航海。好像每次出游都会有意外发生,这一次也不例外。我们遭到了海盗的袭击,我被海盗放逐到一条独木船上,顺风漂到了一片陆地上。

我在这块陆地上发现了奇异的现象:空中飞来一座住满人的岛屿,把太阳遮蔽起来了,因此,足足有六七分钟的时间突然没有了阳光。然后,那飞岛慢慢降落,不一会儿就到了地面。我乘机爬到了岛上,发现飞岛上的人,头不是向右偏,就是向左歪;他们有一只眼睛凹在里面,另一只眼睛直冲着上方;他们的外衣上装饰着太阳、月亮、星球的图形;总之,他们的面貌和服饰都很特别。他们的发音器官和听觉器官都很迟钝,如果不用东西拍一下,他们会把刚刚发生的事忘记,而我们也听不到他们说的话。

我还发现岛上的人总是很惊恐的样子。后来才知道,他们对天文很有研究,总是担心太阳一天比一天更接近地球,迟早会把地球吞食掉。

因此,我在这里会发现这样一个奇怪的现象:这里的熟人一见面便首先问候太阳的健康。这个飞岛底层由金刚石层构成,只有一万英亩左右,它之所以能随意升降,是因为有一块巨大的磁石操纵着它。国王统治着飞岛外的大片领土和属国,这里住着国王和贵族们,还有些工匠、妇女和儿童。

如果臣民们不服从或进行叛乱,他便驾着飞岛飞临叛乱地点的上空,轻则夺走他们享受阳光与雨水的权利,重则用飞岛直接落到他们的头上,压碎一切建筑和人畜。

我这次没有前两次那么幸运,总是能接近王室,飞岛上的人根本不理睬我。一段时间之后,国王便把我"下放"到别的地方了,也是飞岛国的属地。

在新的地方,我终于找到了歇脚的地方。贵族孟诺第安排我住了下来,还带我参观了他的田庄。后来,我又去参观了这里的国家科学院和学校。这里的科学家们个个干劲十足,进行着各种各样的研究:有的想把粪便还原为食物,有的在埋头研究如何从黄瓜里提取阳光,有的在试验如何用风箱打气法治病,有的想到用猪耕地,等等。在学校教育中,这里的教育者们认为取消词汇更有益于健康和教育,因此正在酝酿取消词汇。

一位教授正在写一本关于如何侦破反政府阴谋的书,我得知这个消息后,向他介绍了我们那里的情况。我告诉他:"我们这里的居民差不多都是侦探、告密者、见证人、上诉人、起诉人、证明人和他们手下的爪牙……在这个王国里,他们为了抬高自己的政客身份,经常会制造阴谋;当一个政府开始软弱无能时,他们会镇压或者缓和群众的不满情绪,想办法恢复政府的公信力;他们控制着舆论,使它能符合自己的利益;他们窃取没收来的财物,以此来填满自己的口袋。"教授如获至宝,打算把这些写进书里去。

离开拉格多后,我到了飞岛另一属地——巫人岛。在这里我真是大开眼界,这里的长官能把死去的鬼魂召唤回来。正因为如此,我有幸见到了亚历山大、凯撒、亚里士多德等历史上有名的人物。在这些先哲们的面前,我并没有害怕,我还将罗马的议会和现代议会做了一番比较:"现代的议会就像一群小贩、小偷、强盗和暴徒在聚会,商量如何更好地窃取人民的财产,而罗马的议会就像英雄和半神人的聚会。"同时,我还怀着对古代我国农民的尊敬之情,要求这里的长官们把古代英国农民的魂招来。然后我对这些农民说:"你们穿衣和饮食都很简单,还提倡公平交易,你们勇敢爱国,且具有真正的自由精神,你们的这些美德被许多人称颂,一直传到现在。但是,你们的子孙们完全忘了这一切,为了利益把这些美德通通丢掉了。"

后来,我又来到拉格奈格王国。这里有一个规矩:臣子谒见国王时要舔地板。如果国王不喜欢哪个大臣,就在他觐见时把毒药撒在地板上,此举能杀死自己不喜欢的大臣。在这里我还有幸见到了长生不老的人,但是,我发现长生不老并不是一件幸福的事。

1709年4月,我搭乘荷兰的船只回到了英国。这次是我旅行时间最长的一次,历时五年零六个月。

第四卷

1710年9月,我开始了第四次游历,这时的我已经是商船"冒险家号"的船长了。

当船行到北美时,我们在当地招了一批水手,但是这些人却夺走了我的船。我被他们扔到了一个荒岛上。这个岛上有一群类似猿猴的动物,叫作耶胡。看见有生人到来,它们立刻包围过来,将我团团围住。就在它们对我大声"咿咿呀呀"的时候,一匹灰色的马奔驰而来,耶胡们似乎很害怕,一哄而散。没过一会儿,又来了一匹栗色的马。我十分惊奇,因为它们的举动像人类一样很有理性。

就这样,这两匹马把我带回它们的地盘上,并用一捆干草和麦麸来招待我,我很是吃惊,对着使劲摇头,表示我不吃这两样东西。马们感到很奇怪,我们都吃草,怎么你不吃?这时有一只乳牛恰好经过,我灵机一动,指了指乳牛的乳房。马匹们还是很聪明的,立刻明白了我是可以喝牛奶的,于是便用奶类制品喂我。

我进了一匹马住的院子,看到里面有许多供它役使的耶胡,这才知道为什么耶胡这么怕马。耶胡的脸又扁又宽,厚嘴唇、塌鼻梁,一直咧着一张大嘴,样子很不好看。马看了看耶胡,又看了看我,觉得我们差不多,便也叫我为"耶胡"。见他们这样叫我,我心里很不舒服。

我对马们说,在英国马是被人们用来骑坐和拉车的,马们听了大为恼火。

后来,我又和它们谈到了近百年来欧洲发生的战争。

马们很不解,便问我战争为什么会出现。

我回答说:"有时野心勃勃的君主总认为统治的人口不够多,地面不够大;有时贪污腐化的大臣,也会唆使他们的主子进行战争,以战争来转移人民对国内行政事务的不满。"

马对此很是不屑,讥诮人类的战争是缺乏理性的结果。

我还向它们谈起了法律和金钱。我说:"欧洲人认为钱越多越好,追求钱是无止境的,他们天生为钱而活,不是贪得无厌就是奢侈浪费。穷人和富人在数量上的比例是一千比一,但富人却享受着世界上大部分的财富。"

马对此表示不解,因为这里的国家按马的毛色不同,分贵贱优劣。但是,不论是哪一种,它们都很友爱。它们不懂什么叫罪恶,以理性来治理国家,教育下一代,共同遵守的格言是发扬理性。这里年轻的马,都要学习有关节制、勤劳、运动的功课。每四年举行一次全国代表大会,各地都可以说出自己的困境以及缺少什么,大家一起捐助,互相支援,仁慈和友谊是这个国家的两种美德。

我觉得这些杰出的四足动物有许多美德,就像这些马一样,它们都是很上进的。但是,人类却越来越腐化堕落。我很想和这些马在一起过一辈子,研究一下这里的各种美德,如果能回到英国的话,看看能不能把这些美德加以实践。但是,我的这个愿望并没有能实现。因为这里还有另外一种马,它们都很讨厌耶胡,认为它们为了争夺一种闪光的石头争吵不休,以致耶胡们四分五裂,甚至引起内战。在马的代表大会上,另一种马发现灰色马群养了我这样的"耶胡",不禁责备起灰马来,要求灰马将我放走。

虽然很舍不得,我还是告别了马主人。我自制了一只小船离开了这里,在海上遇见了一艘葡萄牙商船。

1715年12月,我回到了英国。我的前后四次游历奇遇,历时十六年零七个月。为了大众的利益,我决定把这些亲身的见闻记载下来,希望能对你们有所帮助。

傲慢与偏见

简·奥斯汀(1775—1817),英国著名女小说家。她的小说以细致入微的观察和女性特有的细腻笔触,轻松诙谐地描绘了她周围的小天地。作品富有喜剧性冲突,深受读者的喜爱。

《傲慢与偏见》是简·奥斯汀的代表作,讲述了班纳特先生一家的几位千金和上流绅士间的爱情风波。几对有情人历经各种磨难,消除了误会和偏见,最后终成眷属。

第一章

班纳特先生是个小乡绅,家中有五个待字闺中的千金,差不多都到了谈婚论嫁的年纪。她们分别是吉英、伊丽莎白、玛丽、凯瑟琳和利迪娅。班纳特先生对于此事还算比较淡定,但班纳特太太就不行了,她整天忙着为女儿们物色称心如意的郎君。一天,她听说从英格兰来的阔少爷宾利先生租下了她家附近的尼日斐庄园。当得知那位少爷还是单身时,她急忙催促班纳特先生尽快去登门拜访那个新来的阔少,以防别人捷足先登。就这样,他们整日就为了几个女儿的事拌嘴。然而,他们夫妇还真是天生一对,班纳特先生机智但很寡言,班纳特夫人头脑简单却很唠叨。

　　尽管班纳特先生极不情愿去参加那些社交场合,但是为了几个女儿的终身幸福,他还是早早地去拜访了宾利先生,回来后他才告诉班纳特太太这件事。班纳特太太高兴地对几个女儿们说:"姑娘们,看你们的父亲多好,你们将来一定要好好地报答他。"班纳特太太还跟利迪娅开玩笑说:"说不定,宾利先生还会请你跳舞。"整个晚上,母女几个都在想象宾利先生回访时的各种情节。班纳特太太为了知己知彼,还向卢卡斯太太打听了宾利先生的人品和处世。她得到了非常满意的答案:宾利先生一表人才,潇洒倜傥,说不定还很痴情。

　　没过几天,宾利真的回访了。班纳特先生热情地拉着他一直聊个不停,几个姐妹只能在楼上窥视着这位英俊潇洒的年轻人。几天后,宾利先生去了一趟城里,带来了一批女宾男客来参加舞会,班纳特太太和几个姐妹也在应邀行列里。舞会上,宾利先生风度翩翩、气宇不凡。女宾中有他的亲姐妹,长得都十分漂亮;男宾中有一个是宾利的姐夫,颇有上流社会的气质;还有一个英俊挺拔的小伙子,就是宾利的好朋友达西先生,也是一位家财殷实、前途无量的阔少爷。今晚,他可是焦点之一,很多大家闺秀的眼球都被他吸引了。但是,大家却发现他高傲自大、目中无人。舞会期间,他只与宾利姐妹跳了两次舞,却不肯与别的小姐太太们说话。班纳特太太很生气,觉得达西没有把她的女儿放在眼里。

　　舞会上的另一主角宾利先生却很活跃,他邀请了班纳特太太的大女儿吉英跳了两次舞,吉英为此非常高兴。其他几个姐妹也没有被冷落,都玩得十分开心。班纳特先生不想凑热闹,就没去参加。可是他在家也放心不下,一直等到太太和女儿们回来。就听见班纳特太太神采飞扬地描述着舞会上发生的一切。她说:"亲爱的,今晚你没去,真的太遗憾了!今晚我们家吉英真的很抢眼,宾利先生请她跳了两支舞,我真太高兴了!咱们的女儿才貌双全,宾利先生喜欢得不得了。"不一会儿,她就提到了达西先生,她说:"那个人简直太目中无人了,他竟然嫌弃咱们伊丽莎白不够漂亮,没资格跟他跳舞。这个自大的家伙,有机会我一定好好教训他。"

吉英回到房间里,跟伊丽莎白说起了宾利先生。她说:"宾利这个人才貌双全,很有教养,我对他印象非常好,我真的没想到他竟然会请我跳两次舞。"伊丽莎白说:"姐姐,你天生丽质,舞会上哪个女宾的容貌敢和你媲美,他又怎会不请你跳舞呢?"吉英还谈到了宾利姐妹俩,她对她们的印象也不错。但是伊丽莎白却不这么认为,她觉得上流社会的少爷小姐们都不真诚,多数的热情都是逢场作戏,他们内心是不会看得起她们这些平民百姓的。

在宾利家,他的两个姐妹对吉英的印象也非常好,希望宾利能和那个女孩多多交往。这一鼓励无疑是对宾利追求爱情路途中莫大的支持。

第二章

卢卡斯爵士住在距离班纳特先生家不远的村子里。卢卡斯先生宽厚热心,彬彬有礼;卢卡斯太太呢,跟班纳特太太差不多,也是一个头脑简单爱唠叨的人。他们家的大女儿叫夏绿蒂,天资聪明,和伊丽莎白非常要好。

舞会第二天,夏绿蒂来找伊丽莎白玩,她们无意中谈到了达西。夏绿蒂说:"那个达西一点儿都不像宾利先生的朋友,宾利先生那么温文尔雅、风度翩翩,看那个达西傲慢成什么样了,还说你伊丽莎白长得只能说看得过去。太不像话了,这人真讨厌!"班纳特姐妹中属吉英性情最温和,她接了一句:"听宾利小姐说,达西先生不喜欢跟陌生人说话,如果是熟人,他就很随和。"吉英还说:"达西家世好,出身高贵,有点儿骄傲自大也不稀奇啊!"伊丽莎白说:"或许是吧,他骄傲自大我不管,可是他不能伤害别人的自尊哪!"此时,卢卡斯太太煽风点火地说:"如果我是伊丽莎白,以后他要是请我跳舞,我就立马拒绝他,非挖苦他一番不可。"大家七嘴八舌地议论了一番。

不久,班纳特太太带着几位小姐去宾利府上拜访。这次,宾利先生对吉英小姐格外殷勤,吉英对宾利也是惺惺相惜。但是吉英本身却是一个自制力非常强的姑娘,她尽量表现得对任何人都一样好,以免惹来是非。她内心情火灼热,而表面却平静如水。伊丽莎白很关心姐姐和宾利的事,于是就跟夏绿蒂说了她姐姐的情况,想听听她怎么看这件事。夏绿蒂说:"如果谈恋爱怕别人知道的话,那就不要谈好了。感情是自己的事,别人的看法都是无关紧要的。如果彼此双方都这么藏着掖着,恐怕最后真的会失去这段姻缘,藏在心里的感觉多难受啊!我们都看出来了,宾利喜欢你姐姐,如果吉英一直不表露她的真情实感,说不定宾利就会停住追求爱情的脚步。"伊丽莎白说:"唉!没办法,我姐姐就是这种性格,可能她觉得时机还不成熟吧。不过,我觉得她应该抓住两人单独相处的机会,尽快真情表露,这样才有可能有情人终成眷属。她可能也在迷茫,还不敢确定宾利就是她想要的感情和归属。"

随着时间的推移,伊丽莎白和达西之间的关系也发生了微妙的变化。虽然第一次见面,达西对伊丽莎白的印象并不怎么好,觉得她长得很一般。可是第二次,在卢卡斯家里他竟然有了新的发现,他觉得伊丽莎白虽然不如她姐姐那般天生丽质,却也清秀可人,性格自然大方,看着很舒服。当然对于这些变化,伊丽莎白是没有察觉的,她只知道达西觉得她长相一般,不愿与她共舞。直到有一天她发现达西有意接近她,可她仍然对他不屑一顾,觉得他目中无人,很是讨厌。

当时在卢卡斯家,别人都在跳舞聊天,唯独达西一人感觉很无聊。于是卢卡斯爵士就拉着伊丽莎白的手,想让她和达西一起跳舞,可她决然地拒绝说:"对不起,我现在不想跳舞。"并冷漠地瞥了达西一眼。谁知达西竟然没有生气,反而对伊丽莎白的这种个性欣赏有加。宾利的妹妹卡罗琳过来找达西,却听见达西说伊丽莎白的眼睛很迷人。

第三章

一天,宾利不在家,宾利姐妹邀请吉英来她们家共进晚餐,班纳特太太教唆女儿骑马去,因为眼看就要下雨了,这样她就可以在那里留住一晚。果不其然,吉英还没走到宾利的庄园就已经被雨水浇了。第二天,有人送信来说吉英小姐昨晚被淋后生病了,暂时回不了家。伊丽莎白不放心姐姐,打定主意要去看她,当时路上到处都是泥泞,等她到达宾利家纳赛菲尔德庄园时,狼狈不堪。见到她时,宾利全家都大吃一惊,当时达西也在宾利家,他被伊丽莎白这股勇气和毅力给镇住了。

伊丽莎白上楼去看吉英,发现她病得不轻。吉英看到妹妹后,觉得精神好了很多。医生上午来过,诊断是严重感冒,让她按时吃药,卧床休息。短时间内,吉英的烧还是没退,伊丽莎白不放心,决定留下来照顾吉英。

晚饭时,伊丽莎白见宾利姐妹对姐姐的病并不是真的关心,觉得她们很虚伪,她很反感。要不是看在宾利先生以诚相待的分上,她一点儿也不愿在这里待。于是她随便扒拉几口饭,就上楼照顾吉英去了。伊丽莎白刚离开餐厅,宾利姐妹就开始对伊丽莎白品头论足,说她如何不淑女、如何傲慢,还说了她今天的狼狈样。宾利先生听不下去了,争辩道:"你们懂什么呀,这份姐妹之情多难得啊!"宾利和达西都不赞同姐妹俩对伊丽莎白的看法。后来宾利的姐姐路易莎又提到了吉英,她说:"这么好的姑娘,出生在这样粗俗的家庭里,我看啊,她们的穷亲戚都盼着她攀高枝嫁到咱们家呢。"等她们去探望吉英的时候,又表现得很热情体贴,真是虚伪。

第二天,吉英的病好了很多,伊丽莎白托人带信想让母亲过来看看。班纳特太太早饭后赶到了,看到女儿病情好转十分高兴。但实际上她内心并不希望女儿这么快康复回家,她想让吉英在这儿多住几天,可以跟宾利先生好好相处一段时间。宾利也舍不得让吉英走,这正合班纳特太太的意,于是就决定让她在这里再住上几天。虽然宾利姐妹俩口头上也答应了,可是表现得很冷淡。

班纳特太太跟伊丽莎白和宾利先生聊得很起劲。伊丽莎白说:"宾利先生,我很喜欢你直率的性格,不像有些人老是装得高深莫测。"达西知道伊丽莎白又在讽刺自己,辩驳了两句。后来,伊丽莎白怕母亲说话口无遮拦就把话题岔开了。她问母亲她不在家的这几天,夏绿蒂有没有来找她。一提到夏绿蒂,班纳特太太说得更带劲了,她说:"这个姑娘人真是不错,可惜长得太一般了。哪像我们家吉英,她可是我们村的大美人,她十五岁的时候,就有人写情诗追求过她。"班纳特太太一说起来就停不住,大家都没有接她的话茬儿。后来她也感觉天色不早了,就向宾利一家告别回去了。

吉英在妹妹的悉心照料下慢慢痊愈。一天,宾利和他姐夫在打牌,伊丽莎白在客厅摆弄针线,达西正准备给妹妹乔佳娜写信。卡罗琳小姐在一旁不停地和达西聊天,一直夸赞达西的信写得好。因为她心里一直想着达西,不管他做什么说什么,在卡罗琳看来都是好的。不一会儿,达西的信写完了,他想听听卡罗琳和伊丽莎白弹曲子。卡

·精读名著·

罗琳先上去,伊丽莎白就在钢琴边翻琴谱,这时她发现达西老是看她,不明白这到底是什么眼神,是爱慕?还是憎恶?她心想:"我才不管你是爱还是憎,反正我对你没什么好感,随便吧。"

卡罗琳弹完几支曲子后,换了一支苏格兰舞曲,只见达西突然从椅子上站起来,邀请伊丽莎白跳这支苏格兰舞,伊丽莎白讽刺地说:"你是不是想等我答应你的邀请后,再说我跳舞的品位不高啊?说实话,我不感兴趣。"而达西却说:"哪里,我可不敢。"大家都很吃惊,听了这么尖酸的话语达西竟然没有生气,反倒很欣赏地看着伊丽莎白。此时,卡罗琳小姐是看在眼里气在心里,十分妒忌。

吉英的病基本痊愈了,伊丽莎白挽着她下楼来,大家都热情相迎。宾利对她更是关怀备至,虽然嘴上不说,却赶忙往壁炉里添柴,让吉英坐在一个暖和的位置。这一切伊丽莎白都看在眼里,心里十分感动。喝完茶大家各忙各的,唯独卡罗琳和达西一人拿了一本书,卡罗琳看那本书不为别的,只因达西拿了第一卷,她就故意拿第二卷,以便有机会可以接近达西博得他的好感。可是不一会儿,她就直打哈欠,实在是没兴趣看下去。于是扔下书,过来问宾利是否还要举办舞会。

吉英觉得自己已经完全好了,想让母亲过来接她们。但班纳特太太想让女儿再住几天,等周二家里买了马车再接她们回去。伊丽莎白是一天也不愿再多住,只想今天回家,她决计先借宾利先生的马车一用,但是宾利却诚恳挽留,她们只好决定明天再走。宾利实在不舍得让吉英走,再三劝她在这儿静养。卡罗琳因为达西的缘故也不喜欢伊丽莎白;这几天达西很矛盾,一方面他对伊丽莎白确有好感,可是他又怕她看出来让她产生误解。于是一整天他都没有跟伊丽莎白说话,只是埋头看书。

第二天,班纳特姐妹驾着宾利先生的马车回来了,班纳特太太好像并不欢迎,她埋怨她们为什么非要提前回来,这下麻烦宾利先生不说,万一吉英在路上再染风寒怎么办。即便如此,班纳特先生见到女儿们却是非常开心。

第四章

吉英和伊丽莎白回家后不久的一天,班纳特先生突然神神秘秘地宣布一件事,他说:"今天,有一位非常重要的客人要来咱们家。"班纳特太太马上兴奋地说:"我猜,肯定是宾利先生。天哪,你怎么不早说,我今天做的菜这么少!"大家都想知道这位神秘的客人是谁,班纳特先生清了清嗓子说:"你们不要猜了,他就是我的远房外甥科林斯,他可是我们家唯一的遗产继承人啊。我死后你们很大程度上还要仰仗他呢,所以千万可不要怠慢了这位贵客啊!"听到这个消息,班纳特太太像泄了气的皮球,连声哀叹道:"哎呀呀,怎么是这么个倒霉的消息啊?真是个扫把星。"

班纳特太太越想越生气:这是什么法律啊?一点儿都不公平,凭什么自己的家产不能给女儿一点儿,全都要送给这个无赖。班纳特先生也很无奈,他也没有办法,只好劝夫人消消气。于是班纳特先生拿出那封信读了出来,科林斯很诚恳地说要来拜访舅舅一家,大家也没有办法,那就只好接待吧!伊丽莎白冷冷地说:"光口头上承诺有什么用,到时候能不能兑现还很难说呢。"

下午四点科林斯先生到了家门口,全家人接待了他。他虽然长得不怎么好看,但是很健谈,也很会取悦人,他夸赞班纳特太太的女儿个顶个的漂亮,班纳特太太听得是心花怒放。他不但夸人,还称赞家里的家具摆设,让人听了不知是什么滋味,班纳特太太在想:他是在夸我家好呢,还是夸他将来要继承的遗产多呢?

晚饭时,科林斯一直吹捧他的恩人凯瑟琳·德伯夫人,说她多么有钱,说她的女儿如何漂亮。听了这些,班纳特先生心中暗笑:又是一个溜须拍马的丑角。想到这儿他和伊丽莎白对视了一下,会心一笑。喝茶期间,科林斯应邀给大家读书,他很鄙夷小说,竟然要拿一本妇女道德经给小姐们读,她们谁也不搭理他。他总是以讲道的口吻批评几位小姐,他说:"现在这个风气啊真是不好,那些教女孩子提高教养和品位的书现在却没有人愿意看,人们整天看些无益的小说,我真是搞不懂啊!"见大家没人答理,他悻悻地走开找班纳特先生下棋去了。

科林斯当晚就住在班纳特家里。科林斯没有什么真正的能力,就凭着俯首听命和溜须拍马的本事,现在混得也算可以,他自我感觉良好。这次来,他也是别有企图的,他早就听说舅舅家有几个如花似玉的女儿,如果能娶到其中的一位,来一个亲上加亲,岂不是更好。现在他看上了大小姐吉英,感觉有希望,于是决定明天试探一下班纳特太太,看看她是什么态度。

第二天,他告诉了班纳特太太,他想向大小姐求婚。班纳特太太微笑说:"吉英呢是不可能了,因为她不久就会订婚,你或许可以考虑其他几个。"其实,班纳特太太心里也有一番盘算。

后来,利迪娅央求着妈妈,答应让她们姐妹去美利顿菲利普姨妈家去玩,于是科林斯就陪着几位小姐一起去了那里。其实利迪娅去那就是为了看一位军官。路上,利迪娅在街上见着了她熟悉的一位军官丹尼先生。大家相互介绍后攀谈起来。忽然,一辆马车往这边驶来,她们看见车上竟然坐着宾利和达西,他们说正打算去拜访她们家。就在这时,达西认出了其中一个叫威肯的军官。不知道怎么回事,他们俩对视的表情都很奇怪。

第五章

　　菲利普姨妈看见几个外甥女来非常高兴,特别是见到难得来的吉英和伊丽莎白。小利迪娅一见姨妈,二话不说直接就问新来的那个小军官的情况。姨妈说:"只知道他叫威肯,刚从伦敦过来,相貌堂堂。明天你姨夫要请那几个军官吃饭,到时你不就能见着了吗?"几位小姐看起来都非常高兴。晚上,伊丽莎白告诉姐姐说:"我发现达西好像认识那个威肯中尉,但是他们打招呼的方式和神情又很不对劲。不知道是怎么回事?"

　　第二天傍晚,菲利普姨妈把整个客厅布置得很完美,显得特别气派和高贵。这时科林斯先生又拿出了他的看家本事,大赞特赞姨妈的布置能力非凡。大家焦急地等着晚会的开始和军官们的大驾光临。终于,菲利普先生陪同几位军官进到了客厅,大家一眼就看见了一位潇洒英俊的军官,站在那里与众不同,他就是威肯军官。威肯告诉了伊丽莎白他和达西之间的关系,还说了至今仍怨恨达西的原因,让伊丽莎白很震惊。威肯又告诉她,科林斯提到的德伯夫人与达西家一样都是有权有势,他们很有可能会联姻。反正今晚从威肯那里听来的消息,着实让她大吃一惊,让她对达西的成见更深了。

　　宾利兄妹亲自去班纳特家下请帖,邀请他们参加即将在宾利家举办的舞会,姐妹们都很期待这次舞会。伊丽莎白看出了科林斯对她的意图,但是她对这位表兄实在不感兴趣,甚至很反感。自从在姨妈家与威肯交谈甚欢后,伊丽莎白特别期望这次舞会能再次见到威肯,所以她今天刻意打扮了一番,希望能赢得威肯的喜爱。可惜,威肯一直没有出现,她想可能是因为达西的缘故吧。后来达西请伊丽莎白跳舞,跳完一曲后,他们因为威肯的原因争执不下,最后两人不欢而散。

由于上次与威肯的谈话使得伊丽莎白对达西的偏见更深了。今晚的舞会,除了吉英和宾利玩得甚欢,大家好像都有扫兴的事。

回到家,科林斯就盘算着向伊丽莎白求婚,他把其他人支开,独自一人对伊丽莎白表白,他吹嘘得天花乱坠,还许下了不少承诺。伊丽莎白实在是没心思听他说话,直截了当地拒绝了科林斯。班纳特太太却极力想撮合科林斯和伊丽莎白,于是她叫科林斯不要放弃。班纳特太太苦口婆心的劝说仍然打动不了伊丽莎白的心。就在此时,伊丽莎白的好朋友夏绿蒂上门来玩,当科林斯见到夏绿蒂的时候,觉得又有了新的目标,很快就忘了向伊丽莎白求爱遭拒的风波。

过了几天,吉英收到了一封卡罗琳小姐写来的信,说他们一家已经搬回伦敦了,还说宾利很爱慕达西小姐。吉英看完信后非常难过,伊丽莎白劝慰姐姐说:"卡罗琳并不能代表宾利的想法,你不要多想,要相信宾利是真心爱你的。"

科林斯和夏绿蒂的关系发展得飞快,已经定下了终身大事。夏绿蒂说她很清楚知道自己想要什么,她很坚定这桩婚事。尽管伊丽莎白再三劝她考虑清楚再决定,夏绿蒂却听不进去,之后两个好朋友之间产生了不小的隔阂。不久,卢卡斯夫妇就宣布了大女儿和科林斯先生订婚的喜讯。

第六章

这些日子以来吉英心神不宁,她一直在等待卡罗琳的回信,终于等到了。信中说:"宾利最近和乔安娜·达西小姐走得很近,相处得也很好。"吉英听到这个消息很难过,伊丽莎白仍然劝慰姐姐说:"宾利先生不是那样的人,他对你的感情确实是真的,只可惜他最大的弱点就是懦弱,没有主见。"她劝吉英千万不要轻言放弃。这段日子,班纳特太太也不停地催问宾利的情况。

真是几家欢喜几家愁啊,班纳特先生的邻居卢卡斯先生家现在是一派喜庆,科林斯已经在计划婚礼的事情了。后来伊丽莎白的嘉顿舅母来看望她们,当她从伊丽莎白那里得知吉英和宾利的事后,决定带吉英去伦敦,让她换个心情,或许还能碰到宾利先生呢。

吉英跟随嘉顿舅母去了伦敦,一直靠写信与伊丽莎白保持联系。信中她告诉伊丽莎白,她曾找过宾利,可是却没有看到他本人,只见到了卡罗琳小姐。她还说,现在她对宾利已经不抱什么幻想了,倒真是希望他和乔安娜小姐赶快结婚,也好让自己死心。

科林斯和夏绿蒂结婚了,婚后科林斯和夏绿蒂极力邀请伊丽莎白来他们家玩。伊丽莎白也同意过去,临行前威肯告诉她,他已经与一位家财万贯的富家小姐订婚了。伊丽莎白和夏绿蒂的妹妹一同前往,她们在伦敦停了一站,因为伊丽莎白要去看她的姐姐和舅母,她见到姐姐的精神和身体都不错,于是放心地上路了。

她们很快就到了科林斯的家——韩福斯特,科林斯极力推荐伊丽莎白去拜访德伯夫人。第二天,德伯夫人回来后,派人来邀请科林斯夫妇和伊丽莎白去赴宴。

第七章

第二天,科林斯一行来到了德伯夫人的庄园——露馨庄园。这个庄园之大之美让人难以想象,科林斯都快看花眼了。德伯夫人美丽而威严,总是一副居高临下的架势。她盛情款待了所有的来宾。丰盛的晚宴后,大家一致赞叹德伯夫人的盛情,满意地离开了。科林斯总是隔三差五地往露馨庄园跑,每周德伯夫人都会宴请科林斯一家。在复活节的宴会上,伊丽莎白见到了达西,原来德伯夫人就是他的姨妈。第二天,达西来到科林斯家里看望伊丽莎白,两人见面后无言以对,后来伊丽莎白索性借机问个明白。她问达西:"去年你和宾利先生一家突然离开,这到底是怎么回事?"达西的回答也是闪烁其词,两人的谈话后来就变得索然无味。

伊丽莎白每天都会去散步,享受一下美好的春光,后来她常常碰到达西。有一次,德伯夫人又邀请科林斯一家去赴宴,伊丽莎白因为姐姐的事心烦,没有参加。突然有人敲门,竟然是达西来找她,她现在不想看见这个人,很冷淡地站在那里。达西涨红了脸说:"伊丽莎白小姐,我不想再压抑自己了,我今天一定要对你说,伊丽莎白,我真心地爱上你了。"达西借机一股脑儿把他压抑了很久的相思之痛全都说了出来。伊丽莎白听他说完后,语气坚决地说:"达西,我希望你还是早点儿收回求婚的念头,这样的婚姻将给你和你亲友的面子带来多大的损害!"达西听了这话面部僵硬,强撑着身体说了一句:"我发誓,我对你是真心的,如果不是,我是绝不会向你开口的。但是你的态度太冷淡了,究竟为什么?"

伊丽莎白想到吉英的婚事,不禁生气地责问他:"难道不是你的理性拆散了我姐姐和宾利吗?你没有权力去对别人的感情说三道四。还有威肯,仅仅因为他出身不好,你就这样断送了人家的大好前程吗?"达西忍不住抗议了一番:"没想到,在你心里,我就是这么一个一文不值的卑鄙小人。"伊丽莎白说:"达西先生,不要再说了,我们没有共同语言。在我看来,你傲慢无礼、目中无人,这就是我对你的'成见',我不会嫁给你这样的人。"达西伤心地走了,伊丽莎白此刻也是心乱如麻。

第二天,伊丽莎白去公园散步的时候,达西追上来给了她一封信,转身离开了。信中他辩白了两件事:"一是我无意拆散吉英和宾利,只是我确实不知道吉英已经真的爱上了宾利;二是我并没有断送威肯的前程,威肯欺骗了很多人,更可恨的是他欺骗了我妹妹,并深深地伤害了她,最后我实在忍无可忍只得将他逐出家门。"伊丽莎白读完达西的信,心情十分矛盾。后来她平静下来,慢慢回忆着达西以前的点点滴滴,突然觉得心中有愧,她是不是真的错怪了达西?她为自己仅凭感觉和第一印象来判断人而后悔,想想自己是多么的心存偏见和缺乏理智。

后来,伊丽莎白来到伦敦看望嘉顿舅母,并随他们参观达西的家——盘柏里庄园。她觉得这个庄园的风格和趣味跟自己很相似,隐约地感到她就是这个庄园的女主人。女管家给伊丽莎白他们详细介绍这里的一草一木,还提到了达西少爷,管家说他是一个天性善良的人。

伊丽莎白回到家,就听到传闻:威肯和利迪娅私奔了,并且骗光了利迪娅所有的钱。现在利迪娅终于回来了,事到如今也没有什么好办法,幸亏有嘉顿舅舅的资助,他们终于可以正大光明地结婚了。达西也参加了他们的婚礼。大家不明白,达西怎么会知道利迪娅结婚的事,于是嘉顿舅舅说出了事实的真相,原来是达西暗中帮助了利迪娅他们,并且不计前嫌送给了威肯一大笔钱,帮他还清了所有旧债,让他安心与利迪娅结婚好好生活。伊丽莎白此刻觉得亏欠达西的情太多了。伊丽莎白在想:他现在所做的一切是不是表明他还爱我呢?

第八章

后来宾利和他的朋友都回来了。宾利安顿好以后,立刻就登门拜访班纳特家,班纳特太太见到宾利非常热情,而待达西非常冷漠,伊丽莎白看到于心不忍。

突然有一天,吉英拉着伊丽莎白的手激动地说:"好妹妹,祝福我吧!宾利向我求婚了,我也答应了他!"伊丽莎白激动地抱住她说:"姐姐,衷心祝福你们,有情人终成眷属了。"

突然有一天,德伯夫人气冲冲地来到班纳特家里,傲慢无礼地污蔑伊丽莎白,说她勾引自己的外甥达西,说她配不上达西,竟然还要求伊丽莎白否认喜欢达西,伊丽莎白拒绝了。德伯夫人对伊丽莎白软硬兼施,甚至还有意污蔑伊丽莎白,伊丽莎白也毫不示弱,德伯夫人见没有达到目的,气冲冲地回去了。后来达西得知了这件事,和宾利快马加鞭地来到班纳特先生家。伊丽莎白也决定不再隐藏自己的感情,她要跟达西摊牌。她说由于很多误会她已经深深地伤害了达西先生,并为此向他道歉;关于小妹利迪娅的事,她再次向达西表示感谢。伊丽莎白向达西表明了心意,达西非常惊喜,立刻就向伊丽莎白求婚。当伊丽莎白向家里人宣布她已经答应达西的求婚时,全家人都惊呆了,她向家人解释了她和达西之间的所有误会,并且向他们描述了达西的高尚品格,希望他们能重新客观地看待和评判达西。父母终于被伊丽莎白说服,同意了他们的婚事,全家人沉浸在一片喜庆中。伊丽莎白和姐姐一样也沉浸在自己的恋爱中,她说:"现在我也像姐姐一样,成了世界上最幸福的人。"

班纳特一家双喜临门,亲友们不断前来探望和祝福。两姐妹的婚礼隆重华丽,真是给班纳特太太挣足了面子。

婚后,伊丽莎白和达西住在盘柏里庄园过着幸福的日子;宾利和吉英最后去了伦敦,和宾利的姐妹住在一起。

达西和伊丽莎白结婚后,德伯夫人很生气与达西绝交了大半年。幸得伊丽莎白劝说丈夫主动示好,后来老太太才慢慢释怀。

班纳特太太依旧不放过任何的机会,她瞪大了眼睛给自己的其他女儿继续物色佳婿,以期也可以为玛丽和凯瑟琳找一个好人家。

　　伊丽莎白认为,她如今之所以能够得到幸福,全仗那些促成他们的人,特别是她的嘉顿舅舅和舅妈,他们会感恩一辈子的!

·精读名著·

双 城 记

狄更斯(1812—1870),19世纪英国著名的现实主义小说家,在英国文坛上的文学成就仅次于莎士比亚。他一生创作了百余部作品,且每一部都取得了很高的成就。

《双城记》是狄更斯众多杰作中的一部,它以法国大革命为背景,描述了一段离奇而曲折的陈年旧案。主人公梅尼特医生惨遭奸人所害,女儿露茜为救父亲与两个英俊青年产生了一系列的感情纠葛。

1775年11月下旬的一个星期五夜里,一辆英国邮车正在伦敦通往多佛的大道上行驶。因为山坡陡峭、泥途坎坷,马具和邮车已经沉重得令马匹们几次驻足不前了。当时英国社会秩序很不好,明火执仗地在大路上行劫的事屡屡发生。邮车里的乘客都提心吊胆,生怕遭到什么意外。其中有位乘客是伦敦台尔生银行的职员劳雷先生,他有一双明亮的眼睛和一张惯于抑制而显得镇静的脸。由于银行的业务关系,他经常来往于伦敦和巴黎之间。此时一位叫杰瑞的信差找到他,交给他一张字条,上面写着:在多佛等小姐。劳雷先生给他一个令人费解的回信:"复活。"送信人杰瑞被这个回信弄得迷惑不解,他牵着马缓缓地往回走。邮车终于在第二天上午到达多佛,劳雷先生在乔治旅馆安顿好,并替一位女士订了一个房间,他说那位女士随时会来。

晚餐后劳雷先生闲坐了好长时间,带着一种心满意足的神情。这时,狭窄的街道上响起了一阵车轮滚动的声音,不一会儿就隆隆地驶进了饭店的前院。有人喊了一声:"小姐来了。"几分钟后,侍者来通知他:从伦敦赶来的梅尼特小姐已经到达,很想见见台尔生银行的先生。此时梅尼特小姐什么也不需要,她要立即见到劳雷先生。劳雷先生放下手中还未喝完的酒杯,在破旧的地毯上摸黑前行去见隔壁的那位小姐。

通过高大的蜡烛,他看见在柱子和炉火之间的桌子旁边站着一位十六七岁的年轻姑娘。她披着斗篷正在等他,手里还攥着她的旅行草帽的丝带。他看见了那个轻盈苗条的身姿,那头浓密的金黄头发,那对带着探询神情的蓝眼睛。他目光转动,一副与这个容貌相仿的幼儿模样突然浮现在他面前。看见劳雷先生,梅尼特小姐郑重地鞠了一躬,说道:"您请坐,先生。昨天收到一位银行先生的一封信,那位先生告诉我一个消息:我可怜的父亲给我留下了一小笔财产。他们提示我说有必要去巴黎一趟。先生,既然那些知情的好心人建议我去一趟法国,我决定还是去一趟的好。只是我是个孤女,没有人陪我去那儿,所以他们委托您陪我去趟法国。"劳雷先生回答道,"小姐,我很高兴接受这次的委托任务。我很乐意与您一同前往。"后来,劳雷先生提到要给梅尼特小姐讲述一个有关他的一位老主顾的故事。

他开始说:"他是一位法国的绅士,一位很有成就的人士,是一位医生。这位医生在巴黎很有声望,我很高兴能与他结识,我们彼此之间来往很密切。后来他与一位英国女士结婚了,而我就是他的财产托管人之一……""先生,您说的是我父亲的故事吧,我开始想起来了。"露茜吃惊道,"我父亲失踪后,我母亲只活了两年,后来我就成了孤儿。是您把我带到英国来的,我大概可以肯定带我来的那个人就是您。"劳雷先生紧握住那只信赖地向他伸来而又带有疑惑的小手,接着说:"梅尼特小姐,只要您回忆一下就知道那是我。但是从此之后我再也没有见过您。其实您之后就成为受台尔生银行监护的孤儿,而我忙于台尔生银行的其他业务也没有时间去看您、关心您。"这时,露茜把劳雷先生的手抓得更紧了:"先生,请求您带我去见见我的父亲吧,我要知道关于他的一切,无论他现在好不好,我想立马就见到他。"她和劳雷先生一道去了巴黎。

事情是这样的:十五年前,梅尼特小姐的父亲梅尼特医生是台尔生银行的顾客。后来,他和一个英国女子结了婚,并把家产委托给银行的劳雷先生管理。梅尼特医生在女儿露茜出生后不久突然就失踪了。听说迫害他的人是有填写空白逮捕令的特权的,可以任意把人禁锢在牢狱里。梅尼特医生的夫人多方打听丈夫的下落,却杳无音信。过了两年,她也伤心地病死了。小露茜就由劳雷先生带回英国抚养。现在听说梅尼特医生突然在巴黎被发现,但已经失去了理智,由他以前的仆人得伐石照看。劳雷先生和露茜小姐此行就是要去辨认他,并把他带回来好好照料。

巴黎的圣安东尼区是巴黎最贫穷的地区之一。那里的孩子们面如枯木,声音如老人一般沙哑。那里的男女老少,个个都面带饥色、骨瘦如柴。在这一条弯曲而狭窄的街道上,满目贫寒和饥饿的景象,充满着恶臭。街上不规则的粗石头露出了各式各样的尖角,好像有意要伤害接近它们的一切生物。在这里,冷、脏、病、无知和贫穷充斥着每个角落。

突然,圣安东尼街上有一只大酒桶掉在地上摔破了,红色的葡萄酒开始往那高低不平的十字路流去。石头坑和石头缝都变成了许许多多的小酒洼。顷刻间,所有附近的人都放下手中的活儿跑到这里来,想趁酒还没有渗入地下以前弄一些喝喝。有些人跪下用手捧着,有些人拿着杯子舀着,有些人拿碎布蘸着地上的酒在嘴里吮吸。一时之间,在这条贫穷可怜的街上,响起来一阵兴高采烈的大笑声。一个身材高大爱开玩笑的家伙,用手蘸着浸过酒的泥浆,在墙上乱涂了一个大大的"血"字,他说那一天就要来了。不一会儿,酒就没有了,笑声寂静下来,可怜的人们又回去干活儿了。

酒桶原本是要运往街转角处的一家酒店,那个地方是市民们聚会的中心。酒店的主人叫得伐石。他穿着黄短衫艰长裤,颈粗如牛,神情勇武,大约三十岁,光着头,面色总地说来是和善的,但带有坚毅刚强之势,他是个有主意和决心的坚强的人。他正站在酒馆门前,观看着这一场争夺失酒的闹剧。他说:"这不关我的事,这是他们交易市场来送货的人砸破的,我只有让他们再送来一桶了。"

他的妻子得伐石太太正坐在店内的柜台后面。她是一个年纪与得伐石相仿的壮健女人,生着一双警惕的眼睛,粗大的手上戴满了指环。她面前堆着一堆编制品,不停地编织着这些东西。她脸色镇定而坚毅,态度沉着。当她丈夫进来的时候,她把眼睛撇过去,似乎是要提醒他注意刚刚酒店里来了什么人。这时酒店主人向四周打量了一下,看见了坐在墙角的两个人,一个是上了年纪的绅士,另一个是年轻的女孩。不一会儿,上了年纪的绅士走过来跟得伐石先生说话。老绅士几乎才说了一个字,得伐石先生脸上的表情就立刻严肃起来,专注地听他讲。不到一分钟,他就点点头走了出去,也示意了一下那位年轻的小姐,三人一起走了出来。

他们三个人来到了一个院子里。得伐石突然做了一个出人意料的动作:他跪下一条腿,亲吻那位年轻小姐的手。原来得伐石曾经给露茜小姐的父亲当过仆人。露茜的母亲死了,她那个医生父亲也不知所踪,于是得伐石把钱存到了台尔生银行,并把当时还是婴儿的露茜交由台尔生银行的职员、婴儿父亲的老朋友结维斯·劳雷先生抚养,独自一人离开了。

劳雷先生聘请了英国女人普洛斯小姐来抚养这个孩子。普洛斯小姐像母亲一样爱护露茜·梅尼特,把她抚养成人。多年后的一天,一个奇怪的消息传到英国,说梅尼特医生并没有死还活着,原来这些年他一直被囚禁在巴士底监狱。听说他现在已经获释了,在他过去的仆人得伐石的照顾下生活。这正是这一老一少两个人突然出现在巴黎这家小酒馆的原因。此时得伐石站起身,脸上没有一丝笑容,他显得很愤怒,他恨那帮对他尊敬的主人犯下滔天大罪的家伙们。

得伐石领着劳雷先生和露茜一起去见梅尼特医生。他们穿过门道来到一个又黑又臭的小院子里,进入顶楼的楼梯间,医生就住在顶楼。他的门被锁着且房间很暗,十八年的监狱生活已经使他害怕光线、害怕人声,变得痴呆了。门被打开了,露茜小姐此时已经激动得浑身颤抖,她的脸上流露着十分深切的焦虑,她是如此担心和恐惧她从未曾见过面的父亲。劳雷先生上前鼓励了她几句:"勇敢点儿,孩子,勇敢点儿,只要你进去这个房门,糟糕的事情马上就会过去的,一切的安慰和所有的幸福就会开始。"

他们走进房间,看见一个白发苍苍的老人背对着门,脸朝着窗子在一张凳子上坐着,他的身子向前拱着。他又在忙忙碌碌地低着头缝制鞋子。他的胡子乱蓬蓬的却不很长,一张深陷的脸上嵌着一对异常明亮的眼睛。脸部的凹陷与消瘦使得那双眼睛显得异常大,黄色破旧的衬衣里裸露出他的咽喉,显露着他皮肤的干瘪和衰老。或许是由于体力衰弱或是在监狱中长期不讲话的结果,他的声音微弱得可怜而且可怕。他对过去的事情都不记得了,也认不出劳雷先生。他们问他的姓名时,他只说:"北塔,一〇五号。"问他的职业时,他说:"我的职业不是制鞋的。对,我原来好像不是制鞋的,我是在这儿学会的,我自学的,我请求……"他迷失了自己长达数分钟之久,双手不停地重复着同样的动作。露茜慢慢地挨着老人坐下,老人看见她的一头金发弯曲地披在肩上。他怯生生地抚摸了一下,接着用眼睛凑近去打量她的头发。他突然说道:"怎么会一模一样,这怎么可能呢?"突然他叫喊起来,双手紧紧抓住自己的白发,疯狂地扯拉着,不一会儿喊声消失了。他伸手从自己的脖子上取下一条发黑的袋子,袋子里面的破布头里裹

·英国文学·

着几根头发,那是几根长长的金黄色的头发。

突然,他转向露茜问她叫什么名字。露茜的回答似乎使他恢复了一下记忆。露茜激动地用胳膊搂住老人,他也紧紧地偎依在她的怀抱里。过了半天他像个孩童一般安详地睡着了。他那刺眼的白发和她灿烂的金发混合在一起,给人的感觉就是金发正在慢慢温暖和融化白发的寒冷,金黄的光好像自由之光一样照耀着这位白发老人。人们始终还是不明白这位善良的医生怎么会被关进了监狱,又为何会受到如此之多之久的痛苦折磨。

劳雷先生和露茜小姐决定把梅尼特医生带回伦敦去医治。随后,劳雷先生和得伐石去安排旅行事宜,女儿露茜留下来陪着她父亲。他以一种已惯于服从别人指挥的态度,吃了他们给他的食品,穿上了他们拿来的衣服,他欣然地挽起女儿伸过来的手臂,用那双僵硬的手抓牢不放。他跟着他们走了,临上车时可怜的老人执意要索取他做鞋子的工具和尚未做完的鞋子,得伐石太太叫人给他拿来。于是劳雷先生一行便离开巴黎回到伦敦去了。

1780年,也就是五年后的三月份的一天,伦敦刑事法院开庭审判了一桩案子。被告是一个法国人,名叫查理·代尔纳。他被英国间谍约翰·巴尔塞诬告为间谍罪,巴尔塞指控代尔纳向法国提供了军事情报。斯特弗莱先生是代尔纳的辩护律师,其中还有一位衣冠不整、眼睛总是盯着天花板发呆的人,他叫西德尼·卡尔顿,在辩护中帮了代尔纳很大的忙。代尔纳是一个二十五岁左右的青年男子,同时也是个出身于贵族的少爷。今天他整洁地穿着一套黑色的礼服。他长得很英俊,体魄健壮,眼睛乌黑而有神。1775年,他从法国来到英国定居,恰好和梅尼特医生父女乘坐同一条船到达了伦敦,他们就在那时相识。他被控告犯了间谍罪,巴尔塞声称他帮助过法国国王路易向英王开战。

代尔纳从容地站在法庭上,他表现得十分镇定。朝法官鞠躬后,他安详地站定,镇静地聆听着一切。同时,他的眼睛不时地向法庭四周打量,最后目光落在了两个人身上,一位是二十多岁的年轻女士露茜小姐,另一位则是一位老年绅士,显然他是那位小姐的父亲。那位满头白发的绅士坐在听众席,脸上有着某种难以言传却看似紧张的表情,可以肯定那绝非是紧张而是沉思默想。女儿坐在他身边,一只手紧紧地挽着他的胳膊。她害怕看到这个场面,也是因为她同情那位被告,眼睛里流露出强烈的恐惧和怜悯的神情。法庭审判中,露茜提供了一些有利于他的证词。

卡尔顿是辩护律师斯特弗莱的助手,长了一张与代尔纳极其相似的脸。审理过程中他巧用他们相貌相似,扰乱了人们的视线,在辩护中产生了有利于代尔纳的效果。最后法庭因找不出确凿的证据,就将代尔纳无罪开释了。

随后卡尔顿和代尔纳去了一家小酒馆里喝酒。两人聊了一会儿,代尔纳付过酒钱他们互道晚安。卡尔顿独自一人留在酒馆里,借酒精来寻找安慰。几分钟后,他就趴在手臂上睡着了,后来还是侍者把他叫醒了。他借着酒精的作用蒙蒙眬眬地差点儿又要再次睡去。可是他不得不站起来,戴上帽子走出了酒馆。他来到斯特弗莱的律师事务所,去帮助他准备第二天的案子所需的材料。

学生时代时,卡尔顿就表现出了淳朴忠厚、诚恳能干的好品质。但他却很懒散、消沉,没有生活目标。后来他当了斯特弗莱律师的助手,但是在律师手下,他那灵敏的头脑好像从未像样地发挥过真正的作用。他尽心尽力地给斯特弗莱帮忙,成为他跻身上流的阶梯。自从法庭相识后,卡尔顿经常出入于梅尼特医生家。但他的样子老是郁郁寡欢,说话也阴阳怪气。他高兴讲话时,就会讲得很好。可是他总是很忧郁,总让人感觉有着什么致命的乌云笼罩着他,使得他内心的光明不能被照透。

法国世袭大贵族厄弗里蒙特侯爵就是查理·代尔纳的叔父。这人大约六十岁,衣着华丽、态度骄傲,脸孔犹如一张精致的假面具,苍白透明的脸上轮廓分明,却始终只有一种呆滞的表情。他的鼻尖上有两个小小的凹窝,整个容貌都呈现出一种狡诈和残酷的神气。

有一天,他登上自己的马车离开法国的王宫。路上,看着那些老百姓在他的马车前面惊逃四散,还常常险些被撞倒,他就很开心。他的马车夫驾着马,就好像在冲锋陷阵,而侯爵对于马车夫的狂暴和不顾后果的行为无意加以约束。突然,他的马车在拐过一个临近喷泉的街角时,一只车轮颤抖了一下,碾死了一个小孩。一个高个子的男人从马蹄中间抱出一团东西,放在喷泉旁边,绝望地尖声喊叫,他高高地举起双手,双眼死死地盯着侯爵说:"死了,我的孩子死了。"从那声哭喊爆发后,围观的人们就沉默了。当时,侯爵老爷扫视了他们一眼,说道:"你们这些人是怎么回事,居然照看不好自己和自己的孩子。你们老是挡在路上,我还不知道你们有没有伤害到我的马呢。"然后,他随手扔出了一枚金币,便驱车扬长而去。

看到这一幕的每个人都很愤怒,然而多年的惨痛经历告诉他们,像侯爵这种人的行为是在法律约束范围之外的,他们的行为已经超出了法律的约束。如果他们反抗,他们不敢想象那些有权有势的人会对他们做出什么样的事情来。因此他们都不敢发出一点儿声音,不敢抬起一只手,甚至不敢抬起一只眼睛。所有的人没有一个敢那样做。

后来他写信给英国的侄儿代尔纳,要他回国处理财产继承问题。于是代尔纳就从英国赶了回来。晚饭时他和叔父进行了一番不愉快的谈话。他反对叔父专横和残酷地对待农民,他说:"我们曾经胡作非为,现在正在自食恶果,贵族豪华的家业,只不过是一座由浪费、糊涂、勒索、放债、典当、压迫、饥饿、贫穷和苦恼所堆积起来的破塔。"他认为他们家族的姓氏是全法国所有家族姓氏中最让人唾弃的。他憎恨自己家族的罪恶,毅然地放弃了财产的继承权和贵族的姓氏,要长期定居到英国。叔侄争吵后,代尔纳和侯爵便分别回到各自的房间。第二天清晨,整个府邸的人上下奔跑,慌乱不安。代尔纳到侯爵房间一看,吓了一跳,不久他就明白了:昨夜侯爵被人刺死了,一把锋利的尖刀刺中了他的心窝。处理完叔父的后事,代尔纳就回到英国去了。

一年多的时光飞快流逝,代尔纳依靠自己的努力在英国当上了法国文学的教师。他大部分时间都在剑桥度过,在那里很有名气,成了一名优秀的现代语言教师。他以巨大的恒心和不懈的努力获得了如今的成就。从四季如春的伊甸园时代到全年几乎都是冬天的下界尘世时代,男人们都会走上一条路,那就是他们注定要爱上女人。代尔纳也不例外,他正值血气方刚,这一年他也深深地坠入了情网。从他在法庭受审险遭不测那刻起,他就爱上了露茜·梅尼特,只是他一直没有对任何人讲过他爱露茜这件事。

一个夏天的下午,代尔纳找了个机会向梅尼特医生倾吐了自己的衷肠。梅尼特医生当时的内心正进行着激烈的争斗,代尔纳的容貌使他回忆起了痛苦的往事。然而代尔纳真诚的爱又深深地感动了老人。他同意了代尔纳追求露茜。他说:"任何东西都不能阻挠这件事,即使想起我过去的岁月和所受的迫害,我也绝不会因此来阻挠你们的婚事。"梅尼特医生要求代尔纳从今以后不要再说出自己的真实姓名和身份。

律师斯特弗莱生得身材肥短。他说话时总是声音洪亮、满面红光,每一个毛孔都流露出令人厌恶的得意非常的气息;无论是交朋友或谈话,他都有一种挤上前去的感觉,这一点充分表明了他的生活道路是如何挤上来的。他拿自己的声名和地位作为恋爱的资本,觉得他很阔气,到哪儿都能吃得开。他应该很配得上露茜小姐,于是他就向露茜求婚了。但露茜拒绝了他。

事实上,卡尔顿也爱上了露茜。但是他认为:"我就是一堆能燃烧却不能发光的材料,我不能给露茜带来幸福,并且我觉得即使露茜答应我的求爱,我也只能给她带来悲惨,拉她一起堕落。"因此他放弃了对她的追求。但他向露茜坦承:为了她,也为了她所爱的任何人,他愿意做任何事情,甚至是牺牲他的生命。他说:"在你将来幸福的日子里,请你随时要想到曾经有一个人在你身边,他愿意用他的生命来保护你及你所爱的人的生命。"最后他也实现了自己的诺言:为露茜牺牲自己的生命去成全她所爱的人。

露茜也深爱着代尔纳。不久,他们就在教堂举行了婚礼,在没有陌生人观礼的情况下,露茜和代尔纳结成了夫妻。接着他们又到乡间去做蜜月旅行。可是梅尼特医生在女儿离开后不久,又失去了理智,又重新坐在窗前不停地做着鞋子。普洛斯小姐非常恐慌,不知所措。劳雷先生用尽一切办法,甚至还请假连着几天不到台尔生银行上班而是住在医生家日夜默默地守护。他没有去打扰梅尼特医生,只是想方设法让他恢复记忆。结果九天九夜后梅尼特医生恢复了健康,身上再没有一点儿巴黎鞋匠的痕迹了。劳雷先生没有把这件事告诉露茜夫妇。

1789年,法国大革命的风暴终于袭来了。革命志士一声咆哮,似乎全法兰西所有的声音都在呼喊。巴黎的圣安东尼区更是沸腾起来了。人们都愤怒到了极点,全都拿起了武器进行反抗。他们把贵族和官员吊死在路灯的柱子上,还释放了巴士底狱的所有囚犯,甚至用他们的肩膀抬着那些惊讶不已的囚犯穿过街道。总之,他们是无情的,因为他们在痛苦的烈火中被炼得冷酷了、麻木了,怜悯之心对他们来说丝毫没有了。

得伐石夫妇是起义的人民领袖,他们的小酒铺就像一锅沸水的旋涡中心。得伐石满身沾着火药和汗水,总是冲在前面发号施令,还亲自分发武器,总是出现在革命最需要他出现的地方。武装群众向法国最大的监狱巴士底狱进攻。得伐石还特地去北边高楼曾关押过梅尼特医生的一〇五号房间搜查,意外地得到了一封医生在理智清醒时所写的控告厄弗里蒙特侯爵的信。但在当时他没有公开这封信,而是偷偷地把它藏了起来。起义群众放火烧了监狱,也烧了厄弗里蒙特侯爵的府第,还枪杀了一大批贵族和官吏。革命的烈火蔓延到了全国所有的城镇和乡村。此时的法国,到处是烽烟滚滚,革命浪潮一浪高过一浪。

在伦敦的台尔生银行,代尔纳接到了法国来的一封信。他看了看上面的地址,写着"特急,敬请台尔生银行转交前侯爵圣·厄弗里蒙特先生"。这是他过去的管家盖白勒写来的一封求救信。代尔纳的叔父已在革命前夕被一个农民刺杀了。大革命爆发以后,盖白勒被本村的农民监禁起来了。盖白勒希望他的小主人能够回去救他。尽管代尔纳在结婚那天答应过梅尼特医生不再把他的真实姓名和身份暴露给任何人,可代尔纳不想让管家受他们叔侄的牵连而无辜受难,又单纯地认为自己已经放弃了贵族特权和侯爵身份,应该不会有什么危险。于是他打算瞒着妻子和梅尼特医生,只身回到法国前去营救管家。

8月14日,代尔纳独自坐到深夜,写了两封热情洋溢的信。一封是给露茜,说明他去巴黎所负的责任重大,并且再三强调他去巴黎不会有生命危险的种种理由;另一封是给梅尼特医生的,托付他照顾露茜和他们的爱女,并以打包票的方式再三说明自己去巴黎没有生命危险,请他放心。信中他一再对他们保证,他一到巴黎就会立刻寄信报平安。其实对于代尔纳来说,这是一个很艰难的决定,再多的牵绊也挡不住他救人的心。就这样,代尔纳走进了街上阴沉沉的迷雾中,此刻他的心更为阴沉,一种莫名的无形力量正不顾一切地吸引着他前去。

然而代尔纳一踏上法国的土地就失去了自由。起义的群众激愤不已,认为他是贵族,就把他押赴巴黎的法庭受审。梅尼特医生闻得代尔纳被捕的消息之后,立即从伦敦赶赴巴黎前来营救。一年零三个月后,梅尼特医生几经周折想尽一切办法,又凭着自己被关在巴士底狱十八年的苦难和崇高的声望才使代尔纳获得了无罪释放,重新回到露茜身边。可是没过几小时,代尔纳又被逮捕了。

第二天,法庭开庭审判,宣读了这件案子的主要案情。原告竟是梅尼特医生自己和得伐石夫妇。法庭上一阵喧嚷,梅尼特医生也十分震惊,他立即宣布:"这不是事实,我怎么会控告我女儿的丈夫呢?"这时得伐石站起来说:"我知道梅尼特医生原来被关在一个叫北塔一〇五号的牢房,当我们攻下巴士底监狱以后,我仔细搜查了那间牢房。在烟囱下面的一个小洞里,我发现了一封信,就是现在我手里拿的这份东西。"他不慌不忙地读起了一封梅尼特医生在监狱中亲笔写的控告信。

控告信记述了一个真实的故事:1757年12月,一个多云的月夜,梅尼特医生被豪门贵族厄弗里蒙特侯爵兄弟请去给人看病。病人是一个年轻美丽的女人,一直在发高烧。她的双手被这个贵族的腰带和手巾紧紧地绑着,已经神志不清了,但嘴里还不停地喊叫着:"我的丈夫、我的父亲,和我的兄弟!"医生给女孩吃了一些药让她睡下。在这间屋下面的马厩里,还躺着一个约十七八岁的少年,他受了致命的剑伤。医生看见他右手紧紧地抓住自己的胸部,已经奄奄一息了。但他还是拼命挣扎着向医生说出他被迫害的经过:他一家人都是厄弗里蒙特侯爵兄弟的佃户,长期以来,这些贵族任意地破坏和踩躏着农民们的贞操和品德甚至是他们的权利。

厄弗里蒙特的弟弟(即代尔纳的叔父)为了霸占这个少年的姐姐(即医生看到的那位昏迷的女人),就让她的丈夫彻夜做苦力,最后逼死了她的丈夫。少年气愤不过拿着剑前来评理复仇,却被侯爵的弟弟刺成了重伤……少年伤者把事情的经过说完后就咽气了。医生又回到那个一直昏迷的女孩身边,她不停地叫喊着,不幸的是两个小时后这位姐姐也死了。那个少年在复仇之前，就把他妹妹送到一处安全的地方托人抚养，即后来的得伐石太太。侯爵兄弟第二天想用一袋金币收买知道真相的梅尼特医生，要求他不要把事情声张出去。梅尼特医生回家后，出于义愤还是把他所看到的一切写了一封揭发信交给一位政府大臣。可是那封信最后竟落到侯爵兄弟的手里。一天晚上，医生被侯爵兄弟绑架了，那个兄长当着他的面把揭发信烧了。接着，医生被送进了活坟墓巴士底监狱。从此他就与世隔绝，杳无音信。两年后，妻子伤心而死。幼小的孤女露茜被好友劳雷先生接到了伦敦。

梅尼特医生在监狱里过了十八年暗无天日的生活。他把这件血案和自己的遭遇全部写在了控告信上。他立誓要诅咒这两兄弟以及他们的子孙，并要控告厄弗里蒙特侯爵的罪恶。可是，他一直没有找到合适的机会。十八年过去了，医生也被释放出狱，先前因为失去了记忆，他已经记不清自己曾写过这份控告信了。得伐石宣读控告信后，革命法庭的法官们一票一票地表决着，最后一致同意判处代尔纳必须重返监狱，并在二十四小时内处死！劳雷先生和梅尼特医生想尽了一切办法，仍旧没有把代尔纳救出来。特地从伦敦赶来的卡尔顿也想尽了一切招数来营救代尔纳，却都失败了。于是，一直深爱着露茜的卡尔顿决定此刻就要实现自己的诺言，他要牺牲自己的生命来成全他所爱的人的幸福。他吻了吻已昏厥的露茜，又托人安顿好了医生，他独自仰望着露茜的房间默默地祈祷，然后走出门去执行他的营救计划。

在一家小酒店里普洛斯小姐认出了她的弟弟索罗门，同时卡尔顿也认出了他就是英国间谍巴尔塞。巴尔塞怕卡尔顿告发他，于是答应和他合谋完成卡尔顿的计划。在巴尔塞的帮助下，卡尔顿混进了关押代尔纳的监狱。他认为自己跟代尔纳长得很相似，决心顶替代尔纳受刑，让他和露茜远走天涯。在监狱里，卡尔顿趁代尔纳不备用迷药迷晕了他，他们还互换了服装，由巴尔塞把代尔纳偷运出监狱去。此时早已在狱外接应的劳雷先生，便带着露茜、梅尼特医生和昏迷的代尔纳，拿着卡尔顿的护照离开了法国。

与此同时，得伐石太太想以给犯人通风报信的罪名去捉拿露茜。可是露茜已经走了，仅剩下保姆普洛斯小姐一人留在那里。得伐石太太在和保姆扭打之时，想拿枪打死普洛斯，结果枪弹不慎走火，被打死了。普洛斯小姐非常害怕，于是急匆匆地和杰瑞坐马车离开了法国，可是由于她听到了得伐石太太枪弹的一声轰响，从此以后她再也听不见任何声音了。

最后，死囚车从巴黎街道缓缓驶过，卡尔顿从容地走上了断头台。临行刑前，他在畅想："我看见了我牺牲自己的性命而救出来的人们，他们将生活在那我永远不能再看见的英国，他们安宁、幸福、有益地活着；我又看见了露茜，她已经变成了一个老妇人，每年的今天她都会为我哭泣；我还看见了躺在她怀里的那个取着我的名字的男孩已经长大成人了。"他最后认为："我现在所做的事情，远远比我曾经做过的那些要好得多；我现在得到的休息，远远比我曾经得到过的那些要好得多。"

远大前程

《远大前程》是狄更斯的又一部力作,作家简介见《双城记》部分。

《远大前程》讲述了主人公皮普不甘心过平凡的铁匠生活,为了追求进入上流社会的梦想,经历了种种磨难却以失败告终,磨难之后他终于明白了自己到底想要的是什么。

第一章

我叫菲利普,但大家都叫我皮普,我从小父母就去世了,是姐姐和姐夫乔·加杰里把我抚养长大的。

那天下午,我正在荒凉的教堂公墓前端详我父母的墓碑,突然从墓地里跳出一个人。他满身都是泥,穿的破衣烂衫,脚上还拴着一副大铁镣,看起来像凶神恶煞。他一把揪住了我的下巴,问我叫什么名字,我告诉他我叫皮普。他逼我给他找一把锉刀,还有吃的,并恐吓我如果拿不来那些东西,就把我的心肝肺挖出来吃了。他还让我发誓不把这件事告诉任何人,我快被他吓死了,拔腿就往家跑。

姐姐比我大二十多岁,别人都管她叫加杰里大嫂。姐姐长得不怎么好看而且脾气很暴躁,经常动手打人,不光是我,姐夫也难逃"毒手"。姐姐个子高块头大,很有力气,加上她的坏脾气,人们都送她绰号"母老虎"。在这个家里,我最喜欢姐夫乔,他虽是个打铁匠,但是性情温和、心地善良,待人非常友善。他是个很可爱的人,唯一的缺点就是怕老婆。我和姐夫更像一对挨骂受气的兄弟,彼此无话不谈。

我回到家姐夫告诉我,姐姐出去找我很多次了,这次我肯定又要挨揍了。我跟姐姐说我去教堂了,她就嚷道:"我这辈子嫁个铁匠都够窝囊了,还得给你当妈,我这是造的哪辈子孽啊?要是没有我,看你们怎么办。"说着,姐姐就去给我张罗吃的。突然我想起了在公墓遇到的那个人。因为姐姐对家务管理很严,家里根本就没有什么剩余吃的,于是我就把自己的面包剩了一块给那个可怕的家伙。可还是被精明的姐姐发现了,幸好姐夫帮我撒了个谎说我把面包囫囵吞了下去。姐姐一听怕我噎死,赶紧让我吃药。

那天晚上是圣诞节前夕,我听见外边有放炮声,姐姐说那是监狱船在放炮,听说两个逃犯今天越狱了。我一听赶忙瞎打听,姐姐烦我唠唠叨叨缠着她,让我赶紧去睡觉。晚上我满脑子都是监狱船、绞刑架,害怕极了。后半夜,我偷偷地溜进储藏室偷了点儿面包、干酪皮和碎肉。幸亏今天是圣诞节,家里的东西多,要是平时准被姐姐发现。我又悄悄地溜进姐夫的铁匠铺里拿了把锉刀。

一大清早,我就跑到炮台去,把我带的东西拿给那个人。他双手抱着身体,好像很冷的样子,一瘸一拐地来回踱步等我。他拿着吃的狼吞虎咽地吃起来,看样子好像几年没吃饭了。他一边吃一边东张西望地看是不是有人来。

吃完,他就拿着锉刀开始使劲地锉脚镣,看着他那股凶猛劲我又害怕了。我已经出来好长时间了,必须马上回家。大雾弥漫,我一溜小跑地回了家。

回到家后,我以为会有警察抓我,或者姐姐拿着鸡毛掸在门口等着打我。可是什么也没发生,姐姐正忙得不亦乐乎准备过圣诞节呢。

那天上午我们吃了一顿丰盛的午餐,姐姐忙着收拾家里,就让我和姐夫去教堂做礼拜。今天教堂是一派节日气氛,姐夫也换上了平时很少穿的节日赎罪装,我看着他穿成那样总觉得怪怪的。今天过节,姐姐请了教堂执事沃普斯尔先生、车轮匠夫妇还有乔的舅舅来家里吃饭。

下午,客人们都到了,乔的舅舅每年都会提两瓶酒过来。看见这么多人我总是觉得局促不安,姐姐却十分热情地招呼大家,张罗饭菜。饭中我碰见一队官兵来到我家,其中一个手里拿着手铐说:"我可找到你了。"吓得我都愣住了。

大家一看这个架势都傻眼了,赶紧站起来。一个中士说:"先生,太太,打扰了,我们想让这位铁匠师傅帮我们把这副手铐的锁给修一下,它有一点儿断了。我们还等着用,麻烦您快点儿修好。"我这才回过神来,原来那手铐不是来抓我的,吓死我了。中士还说:"我们要追捕的逃犯就藏在你们村附近,希望你尽快修好,我们晚上要用。"

大伙都跟着姐夫去了铁匠铺,两个士兵还给他打下手。大伙一听要缉捕逃犯都特别兴奋激动,我还从没见过铁匠铺来过这么多人呢。而对于我这个富于同情的小孩来说,我还真不希望那两个逃犯被抓回。

乔很快把手铐修好了,中士礼貌地向我们告辞。可是乔很好奇非要跟过去看看,我和乔就跟在他们队伍的后面。他们正向炮台挺进,忽然听见不知道从什么地方传来一阵叫喊声,官兵们没命地快跑。最后,两个囚犯全都被抓,又被送回了监狱船。我认识的那个囚犯还主动承认他还偷吃了一个铁匠家的食物,他的意思是不想连累我。尽管那个囚犯偷吃了我家的食物,姐夫对他还是很同情。他们被押回船上,姐夫把我背回了家。

回家的路上，我想以后再也不用担心有人发现我偷过家里的东西了。乔帮我保守秘密，我很感激他，他是一个好人。回到家，乔就跟大伙讲述了那个因犯是怎样承认偷吃我们家食物的，大家也都纷纷揣测他到底是怎样进到我家储藏室的。过了不久，这件事就被大家遗忘了。

第二章

从小我就识字很少，我想等我到了一定的年龄就可以跟乔学打铁了。村上有位婆婆办了个简陋的夜校，我在那里识字，几乎全靠自学，每学一个字我都费好大的工夫。

一天晚上，我突发奇想给姐夫写了封信，那真是费了我好大劲啊，乔看后觉得我非常有学问、非常了不起，我告诉他等我都学会了我就开始教他。乔很高兴地说："我从小就没念过书。我爸爸是个酒鬼，整天无所事事，妈妈求他让我念书，可是他说没钱，最后我就去打铁铺做学徒了，养家糊口。后来，我遇见了你姐姐，皮普，你知道吗？你姐姐长得挺好看的。我听村里人说她一手把你拉扯大，真的很不容易，她的心眼真的很好。我们结婚的时候，我跟她说：'把那个可怜的娃也带过来吧，我们一起过。'"

听到这儿，我一把搂住了他的脖子放声大哭。他接着说："可是你姐姐太喜欢当官了，你看她总是喜欢管着咱俩，脾气也不好，可她是个很能干的人。"现在我更喜欢乔了，他总是为别人考虑。

姐姐回来了，她今天去帮舅舅买了些生活用品。这时，庞布尔乔克舅舅说到了镇上的郝维辛小姐，他对姐姐说："她很喜欢皮普，想让他去她家玩。"其实我早就听过这个郝维辛小姐，无人不知她是镇上富有却生性冷酷的一位阔小姐。姐姐一听就赶紧说:"舅舅啊,那就今晚吧,你先把他带到你家,明天再送到郝维辛小姐家去玩。说不定这孩子会时来运转呢,也不枉费我养他这么多年。"说着,就把我提溜到澡盆里洗澡,还给我穿上一身干净的衣服。

就这样我被推进了马车。到现在我也不明白为什么要去那老小姐家里,她到底要我玩什么?

那天我就在庞布尔乔克舅舅家住了一晚。第二天上午,我们去了郝维辛小姐家里,进到院子我就感觉阴森恐怖。一个年轻的姑娘带我进去,穿了好几道门才来到了郝维辛小姐的卧室。我看见一位夫人正坐在梳妆台前,只见她全身穿着白衣服,那些布料看起来很好,头上戴着新娘花,可惜却是满头白发。她的样子让我联想到一个穿着华丽衣服的骷髅,感觉很害怕,我不敢看她。我看见她房间里的表停在了八点四十分。突然,她摸着自己的胸口说:"我的心碎了。我不想见大人们。小孩,你来玩吧,我想看别人玩。"

忽然她对着镜子说:"去把艾斯黛拉叫来!"我以为她自言自语呢,突然她又大声说了一遍。

艾斯黛拉端着个蜡烛过来了,她说:"去跟那傻小子打牌,我要看。"这时我才发现,她屋子里所有的一切都停了,她穿着一件旧的发黄的新娘礼服。她一直坐在那儿看我们打牌,活似一具僵尸。艾斯黛拉看着我粗糙的手一直数落我,最后艾斯黛拉赢了,我也该回去了。郝维辛小姐让她带我去吃些东西。她拿来东西后很鄙视地扔给我,我感觉自己很屈辱,强忍着泪水在眼里打转。她看我这样,轻蔑地瞪我一眼走了。她拿着钥匙打开门,一把推我出了大门,只听哐当一声门又锁上了。

一路上我都在想刚发生的事,我从来没觉得自己的手是这么的粗糙,鞋是这么的笨重,现在过的生活是这么的低俗。

回到家后,姐姐没完没了地问我好多问题。后来那个好事的庞布尔乔克舅舅还专程跑来问我那里是什么情况,我对他们撒了谎。后来我就跑去找乔,我跟他说:"乔,我刚说的都不是真的。我在郝维辛小姐家根本没有那么好,那个傲慢漂亮的艾斯黛拉总是看不起我,我在她家玩得一点儿都不开心。"

后来我上楼睡觉去了,那天的事让我终生难忘,它将会改变我的人生,我决心做一个不平凡的人。为了这个伟大的计划,我打算马上去婆婆的夜校上课,我要学习知识。

第三章

有一天,我去酒店叫姐夫回家,在那里我看见了一个陌生人,他手里拿着我认识的那个逃犯的锉刀。很奇怪,他还给了我两张钞票,姐姐帮我把它收藏起来了。晚上我睡觉又梦见那人拿着锉刀来找我。

这天,我又来到了郝维辛小姐家。艾斯黛拉把我领了进去,屋子里出现了三女一男在谈话,我觉得他们不是在吹牛就是在拍马,我很不喜欢。艾斯黛拉带着我上去,她突然停住脚步问我:"我长得美吗?粗野的小怪物!"我又被她气得想哭,不知道她以后还会给我带来多少伤痛。

见到了郝维辛小姐,我跟她说我今天不想玩了。她说:"好啊,不想玩那就干活吧!"原来她要我干的活就是扶着她在一个阴暗潮湿的房间里走几圈。那里面恶心死了,到处是小爬虫还有老鼠,有些地方都发霉了,桌上还有个结满了蜘蛛网的结婚蛋糕,看了我都想吐。她说等她死了,尸体就放在这里供人瞻仰。那三女一男也被叫了进来,她给他们分好位置站着。大家在那里待了半天,最后她让艾斯黛拉带我出去吃东西、去玩。我们打完牌,艾斯黛拉去送客人,我自己就在花园里乱逛。突然,在一个阴暗的角落里,我看见了一个脸色苍白的少年,他非要我跟他打架。可他根本不是我的对手,最后我把他打得鼻青脸肿,虽然我不是故意的。我把他打成那样,他却不生气。

艾斯黛拉又在门口等我,这次她却非常高兴,还要我吻她的脸蛋,我真的太高兴了。我回家的时候天已经黑了,一路上我的心都忐忑不安。我害怕被我打的那个少年会报复我,后来才知道他绝对不会这么做。

自那以后,郝维辛小姐家我是隔一天一去。每次都是扶着她在那个房间里转上几圈,每次都持续三个多小时。这样的工作我一干就是十个月,这些日子里郝维辛小姐跟我的谈话也越来越多,问我将来想做什么。可是我看得出来,她并没有想帮我的意思,甚至还希望我无德无知,从来也没有提过给我工资。而艾斯黛拉呢,对我总是忽冷忽热,情绪也是变化无常、阴晴不定,反正我是捉摸不透她。我常在想:在这么个阴森古宅里,我长期接触这么两个精神异常、行为诡异的女人,我的性格会受到怎样的影响?

在姐姐家,她和庞布尔乔克舅舅总是畅想着郝维辛小姐将来会给我很多好处,乔从来不参与他们的谈话。我从姐姐嘴里得知,乔很不愿意让我离开铁匠铺。

我跟郝维辛小姐说过我想跟乔学打铁。突然有一天,她说:"那就让他带着你们的合同来一趟吧,我跟他谈谈。"两天后,我带着乔来到了郝维辛小姐家,他还特意穿了他的节日服装。不知道为什么,他见到郝维辛小姐却是一反常态,整个谈话过程中他没跟郝维辛小姐说一句话,总是对着我说。最后郝维辛小姐给了他一袋钱说是作为我的学艺费。临走前,我问她:"我以后还用再来吗?"她说:"不用了,现在乔·加杰里是你的师傅,你以后就跟他了。"

我们走出了她家大门,乔说他太吃惊了。晚上回去,姐姐非要用这袋钱在饭店里请客。我心里真的很难受,为我这个家,也为我将要从事的铁匠行业,这个行业我曾经是多么的热爱,可现在一点儿也不喜欢。

第四章

我现在很苦恼。我曾经以为铁匠铺将会是我通向成功和独立的一条光明之路,可不到一年的时间,我竟然完全改变了对它的看法。现在让我留在铁匠铺的唯一理由就是乔的勤劳和真诚。这个家一天天让我觉得不快活。不知道为什么,这些日子我很想再去看看郝维辛小姐和艾斯黛拉。

我就跟姐夫请了半天假。我在郝维辛小姐家门口踌躇了半天,终于鼓起勇气敲门。给我开门的小姐说艾斯黛拉已经出国去接受上流小姐的教育了。她还幸灾乐祸地说:"你没有机会了,她现在更美,人见人爱。"这次的拜访就是这样一个结果。

我没精打采地走在大雾弥漫的路上,忽听一阵炮响,有人喊:"监狱船又有犯人逃跑了。"刚走到村口有人就告诉我:"皮普,你家出事了,有逃犯闯进去打伤了你姐姐。"我拼命地跑回家,只见厨房里挤满了人,姐姐躺在地上一动不动。乔在她的身边发现了一副用锉刀锉开的脚镣。看着这熟悉的脚镣,我却认定这不会是那个人干的。我心里为我提供的这把凶器而惭愧,可我现在却不能把真相说出来。警察最后也没有抓到人。

过了好些日子,姐姐的病也有起色,只是留下了一些后遗症,眼神和记忆力都大不如前,但是她的脾气倒是好多了。这些日子,姐夫看着姐姐日渐消瘦也很伤心。这段时间,我从小的玩伴比蒂小姐时常过来照顾我姐姐,她性格温和,很讨人喜欢。

现在,我基本上已经习惯了铁匠学徒的生活,日子每天平静地过着。有时我还会想起艾斯黛拉,可想想现在身边的比蒂比她要好多了。比蒂从来不会侮辱我,宁可伤害她自己,也不会伤害我。我也知道自己就该过平凡的生活,对铁匠铺的不满慢慢消失了,可是郝维辛小姐家的某个回忆有时还会打扰我平静的心。

我跟乔学打铁已经四年了。一个星期六的晚上,在一个小酒馆里,沃普斯尔先生正在给大家读报纸,那上面有一个很有名的凶杀案,他津津乐道地讲着。我看见今天这里来了个陌生人,他好像对报纸上杀人犯的事情很熟悉。后来我才认出来他就是我在郝维辛小姐家见到的那个男人。现在他说要跟我和乔谈一件很重要的事,于是我们三个走回了家。那人说他叫贾格斯,受人之托来办一件重要的事,他说:"我受人之托来通知这位叫皮普的小伙子,他将来可以继承一大笔财产,但财产的主人现在要求他必须离开这里去接受上流社会绅士的教育。也就是说乔,现在你要和皮普解除师徒合同放他出国去接受教育。"我们两个都听得目瞪口呆,我心里当然是高兴得都乐开花了,只见乔的泪水已经滑下来了。他说:"我愿意解除合同,为了皮普以后不再受苦,能过上荣华富贵的生活,我愿意。"

贾格斯先生建议我下周就动身,我想跟我的朋友好好告别一下。回到家,姐姐和比蒂坐在火炉旁做针线活,我和乔坐在对面,我们都沉默了很长时间。我把事情告诉了比蒂,她祝贺的话语中带有几分伤感,姐姐听后傻笑了一阵。

虽说我交了好运,不知道为什么今天晚上我感到既伤感又诧异,这是有生以来我感觉最孤独的一晚。

还有六天我就要动身了。早上我和乔去了趟教堂,然后我就独自去了那片沼泽地向它告别,我总不免想起我那个衣衫褴褛、一瘸一拐戴着脚镣的逃犯朋友。这几天里我也遇见了奴颜婢膝的庞布尔乔克舅舅,他也为我交了好运而高兴。临行的前一天,我还去了郝维辛小姐家辞行。我觉得是来到她府上后才交了这个好运,心里十分感激她。

第五章

六天的时光过得很快,第二天早晨我就拎着箱子离开了。她们一直挥着手,我再也忍不住大哭了一阵。我新的旅程就要开始了。

五个小时后我到了伦敦,按照贾格斯律师给我的地址找到了他的律师事务所。贾格斯出去办事,就等了他很长时间,他回来后就让他的办事员威米克带我去了我住的地方。

我们来到了一个小院子,进屋后有个房间门上贴着"小波凯特先生外出即归"。我的房间就在他的对面。这时我对面的那位先生回来了,我认出他就是当年那个跟我在花园里打架的苍白少年,他叫赫伯特·波凯特。

看到这种情景我们都哈哈大笑起来,说了当年打架的场面。我们也说到了艾斯黛拉,他告诉我:"她不过就是郝维辛的养女,一个棋子罢了,郝维辛养她就是要等她长大了向所有男人报复。"他说话很坦率也很随便,我很喜欢他这种性格。他告诉我他父亲是郝维辛小姐的表亲,我就请他把郝维辛小姐的事讲给我听。他讲道:

郝维辛小姐是她父亲的掌上明珠,从小就被宠坏了。他父亲是个开啤酒厂的乡绅,父女俩性情很像,都很高傲。后来他瞒着女儿娶了第二个妻子,生下了郝维辛小姐的异母弟弟。可是这孩子长大后行为不检,品行不端。他父亲很生气,临死前只留给了他一点儿遗产,当然跟他姐姐的那份差远了,所以弟弟就对姐姐恨之入骨。后来有一个男人拼命地追求郝维辛小姐,她最后也答应嫁给他。所有的事情都已敲定,新娘的婚纱都穿上了。就在八点四十分,新郎却来了一封信要取消婚礼。后来郝维辛小姐就大病了一场,之后就是你现在看到的情形,她再也不愿见天日。听说是新郎和她弟弟联合骗走了她的全部家产。

转眼间,我来到伦敦已经几个月了,我感觉我和乔之间的距离越来越远了。星期一上午,我去拜访了赫伯特家,他的父母见到我都非常高兴。我还见到了他的妹妹——一个很有教养、非显贵不嫁的女孩。波凯特先生建议我出去见见世面,他很乐意做我的全程课程辅导老师。我对他更加地尊敬,觉得他这个人很正直善良。在赫伯特和波凯特先生的指点下,我进步很快,他们替我扫除了前行路上的障碍。从此以后我和赫伯特就成了亲密无间、无话不谈的朋友兼死党。现在我养成了奢侈的习气,总是花钱大手大脚。

后来,威米克带我去了他的家,家里设计得很漂亮,在那里我见到了他的老爹爹。晚饭的时候,他把他的好多宝贝珍玩都拿给我看。他说那是与罪犯案件有关的东西,他非常看重它们。他还说我的监护人律师贾格斯先生的住处比他的奢华好几倍。现在我终于有机会来到贾格斯的住处了,他的房子相当的气派,厨房、客厅、餐厅、书房都被他利用得相当充分,晚餐我们吃得很开心。

星期一,我突然收到了比蒂的信,她说乔明天要来看我,听到这个消息我一点儿也不高兴,我觉得现在我们的身份悬殊太大了,如果能用钱打发他不要来,我真想这么做。我们的见面气氛很不和谐,以前惺惺相惜的感觉现在一点儿也没有了。我对他有点儿不耐烦,很想发脾气。乔依然对我热诚亲切,他说:"皮普,如今你我身份有差别了,你是绅士而我还是个铁匠。我们都要各奔东西,分手总是难免的,以后我不会再在你眼前晃了。如果你还乐意看看我这个老铁匠,你就回来看一眼就行。愿上帝保佑你!"我愣住了,我知道乔也有他的尊严,我想把他追回来,可等我跑出去已经没有人影了。

第二天,我就回镇上去了。我没有住在姐姐家,而是住在了蓝野猪饭店里。一大早我就去了郝维辛小姐家,在我眼里她就是我的恩人,我认为是她给我铺就的锦绣前程。至于乔,我觉得什么时候去看他都可以。

我已经爱上了艾斯黛拉,我觉得我的恩人有意要成全我们。在那里我见到了艾斯黛拉,她变得更优雅,让人更加着迷。再看看自己的粗俗,我觉得自己更配不上她了。她刚从法国回来,听说马上要去伦敦,她现在依旧骄傲任性却更加美丽。见到她,让我想到了童年时代对金钱和上流社会的渴望;见到她,让我记起自己曾瞧不起家、瞧不起乔的卑鄙念头。

第二天上午,我就回伦敦了,还专门派人买了鳕鱼和牡蛎给乔送去表示忏悔。

第六章

一天,我正跟波凯特先生读书,突然收到了艾斯黛拉的信,她说她要来,这是我求之不得的。我正在等她的时候,威米克过来带我参观了新门监狱,在那里我深深感受到了我的监护人贾格斯先生的权威。我觉得奇怪,我怎么老是跟监狱和囚犯有瓜葛呢。

艾斯黛拉来到后,就马上让我找马车送她去里士满,说要在那里跟一位贵夫人过豪华的生活。送完后,我就独自伤心地回去了。

我现在已经习惯了自己是未来遗产继承人的身份。这种思想一直影响着我的性格、我的行为,但我会尽量克制自己,再也不想发生像上次对乔的事情了。我现在总是心烦意乱,患得患失。我在想如果我从没遇到郝维辛小姐,安心在铁匠铺过平凡的生活,日子肯定比现在幸福很多。

有天晚上,我收到了一封急信说我姐姐死了。我很震惊却没有撕心裂肺的痛,赶紧写信安慰乔。葬礼那天,乔紧紧地握住我的手,伤心地呆坐在那里,比蒂却在忙前忙后。第二天清早,我就回去了。

我和赫伯特的生活很奢侈,挥霍无度。终于我们的负债越来越多,现在桌子上摆了一大堆的账单。旧账未付,新账又来。然而时光飞逝,我已步入成年。既然已是成年,我想我的监护人应该会对我的财产继承有个说法。就在我生日的前一天,我去拜访了贾格斯先生,结果他给了我一张五百磅的钞票作为我的生日礼物,还说以后每年我都可以得到这样一笔可观的生活费,直到我真正的监护人出现。我连忙追问他,我什么时候可以见到我的恩人。他说让我等,只要他一出现,我和贾格斯就没有什么关系了。我真的很期待我的那位恩人快点儿出现!

一星期后,赫伯特进入了克拉里克公司,这是我帮他介绍并极力推荐的,可以说这件事上我出了不少力。赫伯特越来越觉得我是个情意深重的朋友。

我经常去里士满看望艾斯黛拉,她住在布兰德里夫人家,布兰德里夫人只有一个比艾斯黛拉大几岁的女儿。这段日子里,艾斯黛拉对我总是若即若离,经常把我弄得心烦意乱。她经常利用我去挑逗爱慕她的男人,还常常侮辱我对她的痴情。艾斯黛拉的养母从小就是这样培养她的,把她教得傲慢、狠心,我总是为了她焦躁不安。

第七章

该来的事情终究要来,那就是命中注定的。

我已经二十三岁了,可是我对财产问题依旧疑惑不解。这天赫伯特出差了,家里只剩下我一人,那天晚上外面风雨交加,我在屋里看书。

忽然,有个人进来了,我拿着台灯却看不清那人的模样,只见他伸开双手要拥抱我,吓得我赶紧后退。我仔细打量才看出原来他竟是我认识的那个逃犯。他说了这些年的经历,他现在很有钱。他说今天过来是要我明白一件事,他说:"我曾托人把两张一磅的钞票接济给一个穷孩子,我还托了一位律师找那个男孩去继承我的一笔财产,律师的名字叫贾格斯。"听完这些,我腾地从凳子上站起来,先是一愣,然后就感觉无尽的失望、危险和屈辱。我呆呆地站在那里,想想这一切真的不寒而栗。他说:"皮普,好孩子,我一直没有忘记你高尚的心,我发誓一定会报答你。如今我一手把你培养成了一位上流绅士,也让你发了财。"然而,此刻我对这个人的厌恶和恐惧已经到了极致,我真的很想立刻逃离他。我在想,要是当年他不来找我,那我现在在铁匠铺应该过着快乐的生活。

他又告诉我:"我这次来是冒了生命危险,我被判终身流放,一经发现我就必死无疑。"此刻我还能说什么,他的热忱和勇敢让我钦佩,我现在只能去尽力保护他。一个这么信守承诺、知恩图报的人,我还能苛求什么?

眼下,我的思绪一团乱麻,我不能让自己乱了阵脚。为了安全,对外我就宣称他是来伦敦看我的伯父。我给他换了一身行头,又给他找了一个安全的住处。之后我就来找贾格斯跟他说了昨夜的情况,他说:"你的恩人终于出现了。"

赫伯特回来了,我让他见了我的恩人马格维奇,并把发生在我身上的事讲给赫伯特听。我的那位恩人也给我们讲起了他的坎坷往事。

他说:"我这一生总是跟监狱打交道,逃了又进,进了又逃。我小时候家里很穷,我总是要饭、偷窃、流浪。反正那会大家都知道我是个出了名的惯犯。大概是在二十年前吧,我的噩运真的临头了。我认识了一个叫康生的人,他总是摆出一副上流绅士的架子,要我跟他合伙做买卖,后来我才知道他干的都是伤天害理的坏事,他就是魔鬼。他还有一个叫亚瑟的同伙,听说很多年前,他们合伙骗了一个富家小姐的家产,康生吃喝嫖赌很快钱就花完了。那个亚瑟后来也穷困潦倒,好像发了狂,总说有个白衣女鬼缠着他,很快就死了。我就是康生的一个工具,后来我和康生都被抓了,他却把所有的罪都推到了我的身上,结果他没事,我却被判流放终生。如果现在让我见到他,我会把他的脑袋敲个粉碎。"我想起来了,郝维辛小姐的弟弟就叫亚瑟,而他的未婚夫就是康生。

我很想去看看艾斯黛拉,所以我又一次来到郝维辛小姐家,跟她说了我已经找到了我的恩人。郝维辛小姐告诉我艾斯黛拉将要嫁给德拉麦尔,叫我以后不要再有什么非分之想。想到德拉麦尔的那副嘴脸我就痛心,她为什么要选择他?我独自走了回去,威米克叫人给我送信说我家已经被康生那伙人监视,不能回家。赫伯特也知道了这件事,正好他的女朋友克拉拉小姐帮忙把我的恩人安排住在她家,然后我再趁机把他送出国外。第二天,我见到了克拉拉小姐,我的恩人就住在这里。我现在不想跟他提起康生这个人,我怕他一时冲动会自投罗网,接连几个星期我都为他担心。

我现在的处境越来越坏了,债主已经上门来要债,我只好先变卖一些珠宝应急,我现在不想再动用恩人的钱了。这段时间我过得总是战战兢兢,很担心我恩人的安危。

我和威米克去拜访了贾格斯。在那儿,我们看见了他那位很驯服的女管家,威米克告诉我说这个女人二十年前犯了谋杀罪,却被无罪释放,当时她的辩护律师就是贾格斯先生。听说她力气很大,当时是为和一个女人争风吃醋而失手杀了人,她后来为了报复那个男人,就打算杀害他们的孩子。当时贾格斯先生的辩论非常精彩,最后法官就赦她无罪。

第八章

后来,我收到了郝维辛小姐的信要我回去见她一面。当我看见这个形如枯木的老人突然跪在我的面前时,真是吓了一跳。她告诉我说:"我做了件昧良心的事,我为了泄愤故意收养了一个天真的小女孩,让她玩弄男人替我出气,可她最后竟落到这步田地。我真的对不起她啊,我做了如此荒唐的事。"听了这些我真的很震惊,连忙问她艾斯黛拉是谁的女儿。她说:"我不知道,贾格斯先生送来的时候她已经三岁了。"我深信贾格斯家的女管家就是艾斯黛拉的母亲。后来我出去,就听说郝维辛小姐穿着她的白婚纱在火中自焚了。

后来我找到赫伯特跟他讲了我恩人和那个女管家的事,我对他说:"我恩人跟那个无罪释放的女人生了一个女孩,我现在可以肯定她就是艾斯黛拉。也就是说,我的恩人就是艾斯黛拉的亲生父亲。"事情太复杂了,我真的很想揭开艾斯黛拉的身世之谜。

贾格斯和威米克每隔一段时间就来核对账目。有一天,我来找他们,把我了解的一切都告诉了他们,请贾格斯先生能坦诚相告一些事情,可是他们却无动于衷。

我去见了克拉里克先生,他说:"我将会在东方建一家分公司,赫伯特将会负责那里的一切。"我也计划尽快和我的恩人乘船奔赴天涯海角。我去找了赫伯特,把这个计划告诉了他。他帮我打点好了一切,我们就只等那天上船离开英国。

那天我们一切准备就绪,按照原计划等退潮我们就顺流而下。当时我的心情非常激动,一直警惕地观察着周围的环境,我对我的恩人说:"再有几个小时,我们就自由了。"我们的船一直往前划,基本顺利。突然,一条划艇跟上了我们。那个掌舵的说:"你们船上有个潜逃的流放犯叫马格维奇,我是来逮捕他的。"

原来是康生告发了他。他当时就在那条船上,马格维奇愤怒地和他扭打,康生就掉进了水里淹死了。马格维奇很快就被拖上那艘船,又重新戴上了脚镣。临走前他还拉着我的手说:"孩子,你千万不要告诉别人你这个上流绅士是被我培养出来的。"

第二天,马格维奇就被收了监等待再审。我觉得这是我人生最黑暗的时候,我最好的朋友赫伯特也要离开我去开罗。他真诚地鼓励我好好打算一下自己的前途,我十分感谢他和克拉拉小姐。

马格维奇在监狱里病得很重,我每天都去看他。他要留着最后一口气听完了法庭的宣判,他多罪并罚,判处死刑是无疑的。在他剩下最后一口气的时候,我告诉他,他的女儿没有死,现在是个贵妇人,并且我很爱她。他的眼睛静静地闭上了。

第九章

现在只剩下我孤零零的一个人,我也生病了,发着烧已经病得糊涂了。昏迷中我感觉身边有一个长得很像乔的人一直在细心地照顾我。原来这不是梦境,是真的。从我生病,乔就一直在我身边殷切地照顾我,陪我说话。后来我的病日益好转,乔却不辞而别了。他帮我把债务全还了,此刻我的心情真是难以形容。

我现在多么后悔自己当初所做的一切,我要向乔忏悔。不但是乔,现在我也很想挽回比蒂的感情,我多么希望她能够再回到我的身边,把我曾经放弃的真爱再找回来。可是一切都已经太迟了。

我的家乡早已传出了我破产的消息,我也不再做那样的美梦了。我回到了镇上,蓝野猪饭店已经没有我的容身之地了,那里曾经非常客气恭维的老板和伙计都不见了。他们把我骂得一文不值,庞布尔乔克舅舅更不屑与我说句话,我对于这些已经看透,不再吃惊和愤怒。

我静静地走到村子里看见了比蒂和乔,他们看起来很幸福。他们告诉我今天他们结婚了。他们说能够拥有彼此,真的很幸福。他们把我带回了家,我始终没有说出我的那个无耻的心愿,我真心地祝福他们,只有两颗善良淳厚的心走到一起才是完美的。

我回去后变卖了所有的东西,去了东方找赫伯特,在那里我又开始了新的生活。赫伯特和克拉拉已经开始了他们的甜蜜生活,我们三个在一起过着愉快的日子。

十一年后,我又来到了乔的家。炉边,他正在给他的儿子讲我的故事,坐在他身边听故事的那个男孩像极了当年的我。比蒂也坐在炉边,她腿上躺着他们的小女儿,已经甜甜地睡着了。

夜晚,我独自走到了郝维辛小姐家的废墟。在那里我竟然遇到了艾斯黛拉,她是来向她的故居辞行的。我得知她那个虐待狂的丈夫摔死了。现在我们都是自由的,月夜的雾慢慢散去,我俩心中的雾也慢慢散去,宁静的月光下我们的手挽在了一起。

简·爱

夏洛蒂·勃朗特(1816—1855),19世纪英国女小说家。她的姐妹艾米莉·勃朗特和安妮·勃朗特都是著名作家,英国文学史上称她们为"勃朗特三姐妹",她们的作品引起了世界文坛的巨大震撼。

《简·爱》是夏洛蒂·勃朗特的成名之作。它是一部带有自传色彩的长篇小说,描写了孤女简·爱坎坷不平的人生经历,成功地塑造了一个不甘受辱、敢于抗争的女性形象,其中男女主人公的感情纠葛深深地牵动着读者的心。

我的父亲是个穷牧师,我幼年时父母就染上风寒一个月内相继去世了。年幼的我只好被送到盖茨海德庄园的里德舅舅家,由里德太太抚养,里德先生临死前曾嘱咐舅母要好好照顾我。可在里德太太家,我的地位连侍女都不如,受尽了表兄、表姊妹的欺侮。我舅母家有三个孩子,分别是伊莉莎、乔治娜和约翰,舅母让她的几个宝贝簇拥在壁炉边的沙发上谈笑玩耍,而我却不能。

我最痛恨表兄约翰,他长得又肥又大,但脸色不好,总是灰头土脸,目光呆滞无神的。他对家里所有人都不好,更别提对我了,经常欺负我,动辄拳打脚踢。反正只要他一靠近我,我就浑身颤抖,肌肉都吓得抽搐。那天他又打我,我躲闪不及头撞到门上流血了,疼得要命。

当时又怕又怒,我说了一句:"你这残酷的坏孩子,你简直像个杀人犯。"当时他冲过来一把揪起我的头发,我头上的血一下子就滴到脖子上了。这还不算,他让表姐妹把舅母叫来,我被舅母关进了红房子里。虽说这间屋子是全府最宽敞、最堂皇的一间卧室,但除了女佣偶尔来打扫一下,很少有人进来。九年前我舅舅里德先生就死在这间屋子里。他们把门锁上,年幼的我看着屋内的一切惊慌恐惧,脑袋里浮现了很多恐怖的画面。

我的头因为挨打和跌倒一直还在疼痛地流血,却没有人责备他不该胡乱打我,我仅仅是为了不再受他无理的虐待才反抗他,却被众人责骂。此时我在想如果我的舅舅还活着,他肯定会对我好,会保护我的。说不定此刻他的灵魂正为他外甥女受到虐待而来到这间屋子出现在我面前呢。我越想越害怕,不知不觉被幻想中的鬼魂吓昏了过去。身体的疼痛和心灵的屈辱与恐惧让我大病了一场,过了很久才恢复了健康。

我生病以后,舅母更把我当作眼中钉了。她在我和她孩子之间画了一条更加泾渭分明的线,她让我独自睡,罚我独自吃饭,整天待在屋里,而我的表兄表姐却经常在客厅里玩。她们都听舅妈的话,基本都不理我,而约翰见我就想给我点儿颜色看看,但因为上次我拼死反抗的情绪让他觉得还是罢手为妙。从此我和舅母的对抗更加坚决和公开了,大伙儿全都把她叫作我的恩人,可是我想如果真是这样,恩人还真是个讨厌的东西。

后来舅母家来了一位叫波洛克赫斯特的人,在我看来他就是一根黑柱子,穿了一身的黑衣服,笔直细长的个子,直挺挺地站立在壁炉前,顶着一张冷酷的脸,就像柱头安在柱身上的一个雕刻出来的面具。后来我听见舅母跟这位先生谈了很多关于我的事情。舅母说:"先生,我已经跟你说过了这个小姑娘的性格脾气不大像我所希望的那样,要是你肯收她进罗沃德学校的话,我会乐意要求校方学监和教师们严厉地看管她,要特别提防她的坏毛病就是爱骗人。"我隐隐地感觉到,她已经把我打算去过一段新生活的希望通通消灭干净了。后来听说舅母打算让我两天后就离开盖茨海德。晚上女佣蓓茜给我讲了几个故事,还唱了几首动听的歌。此刻我感觉生活对我来说也算是云开日出的时候了。

　　1月19日早上,我跟蓓茜、跟盖茨海德庄园分了手,被匆匆地带向了陌生而又遥远神秘的地方。一路上的情形我已经不记得了,感觉好像赶了几百里的路。不知过了多久,车子突然停下来,把昏然入睡的我突然惊醒。一个像仆人似的女人喊了我一声,我竭力让自己醒过来。我看了看周围,全是风雨和一片黑暗,我就跟着我的新向导走了进去。我被带进了一间客厅,随后进来两位女士,一位个子高高的,还有一位是米勒小姐,最后他们又带我来到一间又宽又长的屋子,里面一片嗡嗡的嘈杂声。米勒小姐命令那些大姑娘们给我们分发晚饭,之后她带我们去楼上睡觉。我感觉这一夜过得很快,我疲倦得连梦都没做,只醒了一次,听见外面狂风怒号,大雨倾盆地下。

　　等我再次醒来,钟声已经大响,姑娘们都在穿衣服。天冷得刺骨,我们排好队走进了阴冷而烛光暗淡的教室里开始上课。我们先背诵这一天的短祷文,随后念了几段经文,接着是慢声朗诵《圣经》中的几个章节,等这些功课都做完,天已大亮。我们去另外一个屋子用早餐,念了很长一段的感恩祷告,唱了一首赞美歌,就开始吃早饭。我当时真的是饿极了,也顾不上什么味道,就把那份面糊糊狼吞虎咽地吃了两勺。当我饥饿感稍微缓一会儿,我就看出自己端着的东西简直就是一盆令人作呕的烂泥。大家都竭力想把它吞下可都放弃了。

　　早饭结束了,可我们谁也没吃上早饭。又上了几节课,后来有人通知我们去花园活动,花园是一大片圈起来的场地,很高的墙把外面的景色全挡住了,散步道周围分割成几十个小花坛。可眼下是一月份,到处一片凋零和枯黄衰败的景象,这样的天气进行户外活动简直太残酷了。大家挤成一团哆嗦着身体,时不时还听到闷声闷气的干咳声。

来到这儿后我一直没跟别人说过话,别人好像也没有注意到我,所以我一人站在那儿很孤单。不过我早就习惯了这种孤单感,也不觉得怎么难受。现在我的思绪很凌乱,至今我也弄不大清楚自己究竟身在哪里。盖茨海德和我以前的生活似乎已经随风飘去,眼前的情景既陌生又捉摸不定,对于未来我更是无法预计。这些姑娘们后来聊起学校的几个老师,史密斯小姐管劳作,思凯丘小姐教历史和文法,还有马丹比埃洛是教法语的。

大家又被召唤去吃午饭,午饭并不比我们领略过的早饭味强多少。饭后,我们又来到教室开始上课,一直到五点钟。五点过后我们又吃了一餐,是一小杯咖啡和半片黑面包,可是吃完我仍觉得饿。半个小时的娱乐后又是学习,然后是一杯水和一份燕麦饼,然后祈祷、上床。这就是我在罗沃德学校生活的第一天。

第二天仍像前一天那样。不过今天课上有一个叫海伦·彭斯的小姑娘,被思凯丘小姐拿一捆枝条在颈背上狠狠地抽了十几下。原因是早上水结冰了,她没有洗指甲和脸。后来海伦在看书,我们就聊起来。我问她:"你一定很想离开罗沃德吧?"海伦说:"不,我干吗要离开?我就是被送到罗沃德来受教育的,不达目的就离开多没意思。"我说:"可是那个思凯丘小姐对你太凶了!"海伦说:"凶?没那回事!她很严厉,她讨厌我的缺点。"我说:"要是换了我,我会讨厌她,我会拒绝她。她要是用那个鞭子揍我,我会从她手里夺过来当着她的面把它折断。"海伦又说:"如果你真这么做了,波洛克赫斯特先生准会把你开除的。"我们相互倾诉了很多,我心里一激动说话就尖酸刻薄起来,我是怎么想就怎么说没有克制。后来一个班长过来把海伦叫走了,让她整理好抽屉。

之后我和海伦就成了好朋友,罗沃德的第一个季度我感觉过得很漫长,也很受挫。我要让自己去适应各种新的规则和陌生的环境,真叫我苦恼。在这里,幸亏还有潭波尔小姐关心我,她总是鼓励我们振作精神前进。我进校后很长时间都没有看见波洛克赫斯特先生,他不在我倒还可以松口气,可是他还是来了。

一天下午,一个瘦长的身影出现,全体师生起立。这时我才知道我窥视到的那个穿着紧身长大衣,纽扣扣得严严实实的"黑铁柱子",就是波洛克赫斯特先生。他讲了很长时间的话,又有三位来访者走进了教室,这几位女客就是波洛克赫斯特太太和两位小姐。她们检查楼上的那些房间,可是不知怎地石板突然从我手里滑落下来,砰地跌落在地上。我一边弯身去捡,一边鼓足勇气准备迎接最坏的结果。果真,波洛克赫斯特先生说:"别怕,简,我明白这是偶然的过失,你不会受罚的。"他让人拿张凳子过来,命人把我放上去,数落着我的所有"罪恶"。最后他还说:"让她在凳子上站半小时,今天剩下的时间谁也不准跟她说话。"于是我就高高地站在那儿。我曾说要我双脚站在教室中央,我是绝受不了这种耻辱的,可如今却站在耻辱台上公开示众,我此刻的心情无法形容。就在此时海伦从我身边经过,朝我微笑了一下,她和我一样也被罚站了。

后来有一次我跟潭波尔小姐聊了很多,她总是举止安详,谈吐有礼,我听她讲话很轻松。大概过了一个礼拜,潭波尔小姐召集大家,声明对简·爱所加的全部罪名都已彻底洗刷。

春天即将来临,而罗沃德里一场传染性的斑疹伤寒悄悄地涌进了拥挤的教室和宿舍,夺走了许多孤儿的生命,海伦也感染了伤寒。我去伤寒病房看她,她的脸苍白又憔悴但相当平静,一晚上我都陪在她身边。等我醒来,已经是大白天了,谭波尔小姐告诉我说她看见我的脸紧贴着海伦的肩头,两臂搂着她的脖子,我睡着了,可是海伦已经死了。她的坟就在波洛克桥墓地里,上面杂草丛生。

我在这个校园里生活了八年之久,六年当学生,两年当教师。八年里,我的生活虽没有多大改变,但因受了良好的教育加上自己表现出色,深得老师的欢心,这一切都在催我奋进。历经种种变迁,我所获得的最宝贵的学识都要归功于谭波尔小姐的教导。跟她交往一直是我的一种安慰,后来她结了婚,随她的丈夫去了一个很远的地方,我感觉我就要从此失去她了。

我已经厌倦了孤儿院里孤寂冷漠的生活,我脑子里突然冒出了登广告谋求家庭教师工作的打算。漫长的一个星期后,我终于等来了一封信,我把信件反复细看了很久,笔迹像一位老太太所写,这让我感到很安心,因为我担心自己这样自作主张会招来某种麻烦。现在想想这位上年纪的老太太倒是个不错的选择。第二天我就采取了行动,跟学监和波洛克赫斯特先生提出这件事,他们也同意并给我开具了一封推荐书。

两周后,就在我等马车脚夫时蓓茜出现了,令我欣喜若狂,她身边还带着个小男孩。蓓茜跟我说了很多里德家的事,她还说:"七年前有位姓爱的先生到盖茨海德来找你,太太说你去外地学校了,那人也就失望地乘船到国外去了。他看上去像位上等人,一定是你父亲的兄弟。"蓓茜跟我又谈了一个小时的往事。第二天早上我送别了他们,随即上了车去米尔科特,投入我新的职业和寻求新的生活。

奔波十六个小时,我终于到了米尔科特城,以为会有人来接我,可是没有一点儿迹象,我只好先到一间清静的房间去等。过了一会儿,一个男人站在一辆单马拉的车子旁,打开大门帮我把行李放进去。在车厢里,我一直在想费尔法克斯太太是个什么样的人,我能不能跟她相处得好。

道路难行,夜雾迷蒙,两个小时后终于到了。车停在正门前,一个女仆来开门,引路带我进了一间屋子,里面炉火加上蜡烛的光亮几乎照花了我的眼睛。等我能看清楚时,只见眼前是一幅温暖可喜的景象。眼前这个整洁的小老太太,跟我想象中的费尔法克斯太太分毫不差,对我而言,是一幅不折不扣的家庭安乐的理想场面。

她很亲切地走上前迎接我,我万万没想到她竟拿我像客人一样对待,这可不像我听说过的对待家庭教师的态度。她又亲自把吃的递给我,我从没受过如此殷勤的款待,竟有点儿不知怎样才好。这位好太太跟我说了很多,有关瓦伦小姐的,还有仆人利亚和约翰一家。她说:"你来了,我就更高兴了,也不会觉得孤零零的。"听完她讲这些话,我心里确实对这位可敬的太太产生了一种好感。考虑到我长途跋涉,她让我早点儿休息,就带我到了提前准备好的房间。

费尔法克斯太太和蔼地向我道了晚安,我拴上门从容地四下看看。这时候,我想到经过了一整天的劳累和焦虑后,终于来到了一个安全的避风港。我此时心中涌起了一阵强烈的感恩之情。那一夜我的卧榻上没有荆棘,我孤寂的卧室里没有恐惧,很快酣然入睡。

一觉醒来,天已大亮。我起床后费了一番心思来穿着,虽只能穿得很朴素,但力求干净利落。费尔法克斯太太出现在屋门口,说到这个庄园的主人是罗切斯特先生,他经常在外旅行;而我要教的学生就是他的女儿。我正在沉思这个问题,一个小姑娘从草坪上跑过来,我们相互认识了一下。吃过早饭,阿黛尔跟我进了书房,我发现这个学生很听话,尽管不大用功。

一天,阿黛尔着凉了,请假没有上课,正好我也想出去走走。于是我就替费尔法克斯太太去送一封信。我欣赏着脚下山谷的风景,不知不觉初升的月亮已经挂在山顶了。突然,一阵突如其来的闹声打破了此时的宁静。小径上,一匹马正奔来,虽然望不见,但已渐觉马蹄声越来越近。一匹高头大马背上骑着一个人从我身边过去。我继续走路,突然听见了摔倒声,只见人和马都倒在地上,那人挥手叫我走开,但我决心要帮他。

后来我也回到了桑菲尔德庄园,听说罗切斯特先生回来了并且已经睡了。第二天很晚我们才得以见面。可是接下来好几天,我都很少见到罗切斯特先生,他经常骑马出去,往往深夜才回。他有时会傲慢而冷淡地从我身边走过,而有时候却又会彬彬有礼、和蔼可亲地鞠躬微笑。他心情的喜怒无常我并不在意,因为我明白那些与我无关。有时候他和我也常会为某种思想而辩论不休。

我细细回味着罗切斯特先生讲的故事。最近几个星期,他对我的态度变得比刚开始要稳定一些,他也不再老是突然摆出冷冰冰的傲慢态度。意外地碰见我时,他似乎也很喜欢这种偶然的相遇。有时我谈得比较少,听他饶有兴味地讲。他态度的从容使我不再感到拘束,他对我既庄重又热情友好。不过有时候他仍态度专横,但我并不介意,知道他就是这副样子。

有一天夜里,我不知道自己究竟睡着了没有,突然听到似乎在我床头,传来一阵古怪而阴惨惨的喃喃低语声,把我弄醒了。我想接着再睡,可是心里一直惶恐不安。正在这时,我的房门好像被推了一下,忽然又传来一阵魔鬼般的笑声,我爬起来张望却什么也看不见。不知道有个什么东西一会儿咯咯发笑,一会儿低声悲叹。

我打算上费尔法克斯太太那里去,却发现罗切斯特先生的房门开着,我闻到了一股浓烈的烧焦味。那云雾似的浓烟从罗切斯特先生的房间里冒出来。我立刻跑到他的房间使劲叫醒他,可是徒劳,可能烟雾已经把他熏迷糊了。我举起脸盆和水罐的水通通泼到床和床上的人身上,火被浇灭了。他在对我表示感激时,我感到他的声音和眼神里带有以前从未表露过的激情。罗切斯特告诉我三楼住着一个女裁缝格雷斯·普尔,她精神错乱,时常发出令人毛骨悚然的狂笑声。

　　罗切斯特先生来信说他马上就要回来了,将和客人在周四下午到达,我和所有人一样愉快。但我的心情常常会像被当头一棒一样被拉回到疑惧、凶险的猜测中去。星期四到了,人们来到大厅,在这嘈杂的人声中仍可以听到桑菲尔德主人欢迎来宾的嗓音压倒一切,也可能是我注意听的缘故。

　　我一看到他全神贯注在他们身上,目光就不由自主地被吸引到了他的脸上,无法管住我的眼皮,可能是"情人眼里出西施"吧。这话对极了,我拿他跟别的客人相比,他们的表情全都毫无意义,我看见罗切斯特先生的微笑,他严峻的面容柔和了,他的眼睛变得既明亮又亲切,目光既锐利又温存。"他在他们眼里跟在我眼里完全不同。"我想,我知道我必须遮掩我的心情,我得抑制一下,须牢记他不会太把我放在心上。尽管如此,只要一息尚存,我就不能不爱他。

　　女宾英格拉姆小姐已经高傲而又文雅地在钢琴前坐下来,她今晚显得趾高气扬、傲慢无比。她要求罗切斯特献唱,她来伴奏,我心想现在正是我溜走的时候。突然我被一声划破长空的歌声吸引住了,一种圆润浑厚的男低音奇妙地唤起了人们心中的激情。

　　舞会结束以后,罗切斯特外出。家里来了一个蒙着盖头的吉卜赛老妈妈。她说要给在场的宾客们算命,最后给我算命时,我才发现这个神秘的吉卜赛人就是罗切斯特,他想借此试探我对他的感情。后来庄园里又来了个名叫梅森的陌生人,罗切斯特听到这个名字后,脸色苍白犹如死灰。当晚梅森就被三楼的神秘女人给咬伤了,罗切斯特请来医生帮他包扎伤口,又把他秘密送走。

　　不久,里德太太派罗伯特来找我,说她病危要见我一面。五日下午,我回到舅母家中。她提到了我的母亲,她说她忌妒她的丈夫如此钟爱她的妹妹和外甥女,后来又说到了那个宝贝儿子,越说越伤心。后来她给了我一封信,这封信是三年前我的叔父寄来的,向她打听我的消息,并嘱咐把他的遗产交给我。舅母谎称我在孤儿院病死了,直到临终前她才良心发现把真相告诉我。但是这个可怜的女人,活着的时候一直恨我,到死仍旧不能释怀。当夜十二点她就去世了。

罗切斯特只给我一周假期,我马上又回到了桑菲尔德庄园,到了庄园感觉就像回到家一样。回来后,罗切斯特跟我说他不愿也不能娶英格拉姆小姐,他之所以那么做就是要试探我,他说他爱我就像爱他的生命一样。我被他的真诚所感动,答应了他的求婚,我们高兴地准备着婚礼。可就在婚礼前夜,我从梦中惊醒,看到一个身材高大、面目狰狞的女人正在穿戴我的婚纱,然后把我的婚纱的面罩撕成两半,第二天当我醒来时却发现婚纱的面罩真的被撕成了两半。罗切斯特告诉我那不过是一个梦,就在第二天教堂的婚礼上,梅森突然闯进来,并且向公众宣布罗切斯特先生十五年前已经结婚了,娶的就是他的妹妹伯莎·梅森。

罗切斯特也承认了这一事实,并引领人们去看那个被关在三楼的疯女人,那就是他的合法妻子。她有遗传性精神病史,就是她在罗切斯特的房间放火,也是她撕碎了我的婚纱的面罩。

我的神经大为震动,血液一下子降到了冰点。我后来才了解到罗切斯特先生的身世,他的父亲为了钱财便同意了和梅森家的婚事。新婚之夜,罗切斯特才知道新娘是个疯子。法律阻碍了我们的爱情,让我们都陷入了深深的痛苦之中,于是我悲痛欲绝地离开了桑菲尔德庄园。

我朝着与米尔科特相反的方向走去,至于通向哪里我也不知道。穿过林间的小路,我走到大路上,听见了车马声。于是我把身上所有的钱给了那个车夫,告诉他能把我拉多远就拉多远。坐在车里,我泪如雨下,从来没有如此绝望而痛苦。两天后,车夫让我在一个叫惠特克劳斯的地方下车,他说我的钱只能把我拉到这里。这里看起来如此荒凉,前不着村后不着店,我感觉这一刻我与人类社会完全失去了联系。沿着一条沟壑边,我一直往前走,已经夜幕降临了,我到底该何去何从?我走了很久很久,实在是走不动了。一直到了下午,我穿过田野的时候看见了一座教堂,我体力实在不支一头倒在了地上。

等我醒来的时候,发现自己躺在一张床上,有两位小姐和一个男人看着我。后来我才知道,我晕倒在牧师圣约翰家门前,被他和他的两个妹妹戴安娜和玛丽救了。当时他们问我到底发生了什么事情,让我讲讲关于我的故事,我当时实在是太痛苦了,于是请求他们别让我讲太多。后来我就在那里住了下来。

第三天,圣约翰过来嘱咐我好好歇息,不要太紧张。后来我的身体慢慢恢复了,约翰问我是不是读过书,我说我在寄宿学校待了八年。后来我们还说到了我做家庭教师的经历。在他们家,我们相处得很融洽,晚上,她们与我切磋白天读过的书,我觉得自己很满足、很快乐,我们真的意气相投。不过这仅限于和圣约翰的妹妹们。至于和他,我与他接触的机会不多,他总是难得在家,大部分时间都奔忙于教区居民之间,走访病人和穷人。

一个月过去了,戴安娜和玛丽离开这里去别处谋职,去了英国南部城市,在那里当家庭教师。后来约翰也给我介绍了一个乡村教师的工作。我为积极办好乡村学校尽心尽力,虽然开始确实困难重重,条件也比较简陋,但是这里的孩子很可爱、很亲切,我非常喜欢他们,他们也喜欢我,我在这里度过了愉快的时光。

后来,天开始下雪,暴风雪整整下了一夜。第二天黄昏,圣约翰穿过冰封的雪山突然出现我面前,从包里撕下了一张破破烂烂的字条,我看见那上面写着"简·爱"两字。接着他说有一个叫布里格斯的人在广告上寻找简·爱,他还说:"你的叔叔,住在马德拉群岛的爱先生去世了,他已把全部财产留给了你,现在你富有了。"在我们接下来的交谈中,我发现圣约翰竟然是我的表兄,我叔叔的外甥。

我实在是太高兴了,原来我还有亲人,我有个哥哥和两个姐姐。对于那些救我命的人,我终于可以报答了。我要让我们的幸福都有保障,此刻我感觉财富不再是我的一种负担,我要把我的遗产与他们分享。虽然圣约翰执意不肯,但平分财产的想法我已经定下来了不可改变。最后我把这个想法写成了文书。

圣诞节过后,圣约翰准备去印度传教,临行前向我求婚。他告诉我,他娶我并不是因为爱我,而是他需要一个很有教养的助手,希望我做他的伴侣和同事。我一开始是反对的,觉得自己不适合,因为自己意志力不够。他劝说了我很久,我发现他很严厉专制,遭到拒绝后他希望逼我就范。此时此刻,我觉得应该报答他的恩情,但是我迟迟做不出决定。

我无法忘记罗切斯特先生,一刻也没有。我仍旧很思念他,无论走到哪里,我都渴望知道他的情况。我曾经给布里格斯先生和费尔法克斯太太写信询问罗切斯特目前的状况,但是杳无音信,我的信也石沉大海。圣约翰一直在等待我的答复,就在我即将做出决定的时候,我仿佛听到罗切斯特在遥远的地方呼喊我的名字:"简!简!简!"我知道这是一个熟悉亲切、记忆犹新的声音,是罗切斯特的声音,这声音痛苦而悲哀。我飞也似的冲进花园,喊:"我来了,等我一下啊!"我挣脱了想留住我的圣约翰,我希望离开他。

6月1日的早晨,我去向圣约翰道别。从惠特克劳斯出发,经过三十六个小时的颠簸,我终于来到了这里。看到这番景色,犹如一位曾经熟悉的人的面容。我问马夫这里距桑菲尔德还有多远,他说穿过田野走两英里就到了。我逃离桑菲尔德那天是多么地不顾一切,心烦意乱；而如今我又是多么期望尽快看到那熟悉的林子。当我带着怯生生的喜悦朝桑菲尔德庄园看时，看见了一片焦黑的废墟。那里死一般地寂静和凄凉。看到如此荒凉的景象，我想这背后肯定有一个悲惨的故事。一切的疑问在我的脑中打转，到底是怎么回事，难怪我写的信从来就没有回音。

后来我来到一家旅馆，那里的老板告诉我："听说庄园的主人叫罗切斯特先生，爱上了一个不到二十岁的家庭教师，后来他们即将举行婚礼，有人突然揭发他说他已经结过婚了，并且那个妻子现在还活着，听说是个疯子，什么荒唐的事都干得出来。有一回她差点儿把她的丈夫烧死在床上。听说两个月后那个女教师出走了，罗切斯特先生拼命地找她，可没有找到。后来他把管家费尔法克斯太太送到了远房亲戚那里，把女儿送进了学校，之后与所有的绅士断绝了来往。"

关于那个庄园是如何被烧成如今的惨状的，那个老板接着又说："大概是去年秋天收割的季节，一个风雨交加的夜晚，那个疯女人突然跑出了房间放了把火烧毁了整个庄园。后来她自己爬到天窗上，大叫一声，跳了下去，摔在地上死了。听说罗切斯特先生当时为了救她，烧伤了一只手臂并且瞎了双眼。后来他自己就孤独地生活在距离这里三十英里的分丁庄园，那是个很荒凉的地方。"我听到这里，担心得快疯了，我要立刻赶到那个庄园。

我沿着一条杂草丛生的小径走着，很快到达了那里，可是却怎么也看不见庄园的痕迹。我想我可能迷路了。夜色和密林的灰暗笼罩着我，我试图寻找其他出路并继续往前走，终于看见一个出口，随后我进了一扇只是上了栓的门，站在那里我感觉整个庄园真的十分荒凉，没有花草、没有苗圃，静得吓人。后来我听见一阵响声，有人在摸索着打开那个狭窄的正门，薄暮中走出来一个人影，他伸出手仿佛要感觉一下是不是在下雨。此时我认出来了，那不是别人，就是我的主人爱德华·费尔法克斯·罗切斯特。我停住了脚步,几乎屏住呼吸,站在那里看着他。

这次突然的相遇让我悲喜交加。我慢慢地走近他,我的心快要停止了,我紧紧地抓住了他那只摸来摸去的手,这只强壮的手从我握着的手中挣脱,我被他抱住了。他惊讶地说:"是简吗?这就是她的体形,个子……简!简!简!简!"他这么号叫着。我说:"是的,先生,是我。从今以后我再也不会离开你了。"他似乎突然醒悟,顿时相信这一切都是事实。他紧紧地抓住我的手喊道:"简,你一定不能走,一定。"晚饭我吃得很舒心,我们的心情都很激动。他问了我好多问题,问我上哪里了,干些什么,等等。我回答得很简略,他也很高兴。我觉得跟他在一起我无拘无束,在我面前,他才能尽情地生活。

后来我们举行了婚礼,没有大的排场,只有我和他,还有牧师和教堂执事。我们开始了我们的蜜月。之后我立即写信给戴安娜和玛丽,把我的情况告诉了她们,她们都真心祝福我,还说有机会就来看我。后来我还去学校看望了阿黛尔,她见到我非常高兴。她已经成长为一个讨人喜欢、懂礼貌的大姑娘了。

再说两句我的婚后生活吧。两年后,一位著名的眼科医生治好了罗切斯特的一只眼睛,当我把我们的第一个孩子放在他怀里的时候,他竟能看清这个小男孩的那双大眼睛——遗传了他那双又大、又亮、又黑的眼睛。我和爱德华沉浸在幸福之中,圣约翰只身去了印度,终身未娶。

·精读名著·

呼啸山庄

艾米莉·勃朗特(1818—1848),19世纪英国女小说家,英国文学史上著名的"勃朗特三姐妹"之一。她只写了一部小说《呼啸山庄》,而这部小说却奠定了她在英国文学史上的地位。

《呼啸山庄》是艾米莉的成名之作。小说描写了吉卜赛弃儿希克厉被收养后因受辱和恋爱遭阻而出走,回归后又与凯瑟琳感情纠葛不断及后来对其子女进行报复的故事。全篇始终笼罩着离奇、紧张的浪漫气氛。

第一章

1801年,我骑着马来到一个远离尘嚣的地方,刚到这儿就感觉这里离群索居,一派荒凉。这里的天气常年都是狂风暴雨恣意肆虐,但是我却十分喜欢。更巧的是这里的周边环境与它的名字真的很般配——呼啸山庄。今天我来这里就是要专程拜访这座山庄的主人希克厉先生,想租下他的画眉山庄。

一路颠簸后,我终于见到了他。我马上就自我介绍了一下,我说:"我叫洛克乌,恕我冒昧,我今天是想跟您谈谈关于我将要承租画眉山庄的事情。"等我表明来意后,希克厉先生带有敌意地看着我,他态度很粗暴,但还是让我进了家门。一进门,没有客厅,直接就是堂屋,我端详了一下这座房子。房子很大,但我觉得这座房子的摆设和家具跟希克厉先生很不相称。

希克厉先生看起来像一个黑皮肤的吉卜赛人,他相貌端正,神情里却总有种郁郁寡欢的感觉,他的穿着有点儿不修边幅。我伸手拉了一把椅子坐在了炉火边,旁边有一只露着白牙、面目狰狞的大母狗看着我,看样子很想咬我,我很害怕。希克厉先生一声怒吼把那只狗给镇住了。不一会儿,仆人们端上来一瓶酒,希克厉先生突然松开了紧绷的脸,笑着对我说:"洛克乌先生,来,先压压惊,不要太见怪,我不怎么会待客。"他的突然转变着实让我吃惊不小。后来我们谈了很多有兴趣的话题,我看时间不早了,决定先回去。虽然他不怎么欢迎我,但我还是提出明天要继续来拜访他。

下午有雾天又冷,我虽十分不情愿出门,但还是来到了呼啸山庄。我来到了希克厉先生的花园门口,天开始下雪了。我从后院绕过去,来到了昨天我待过的那个堂屋。很快到了晚饭时间,我却看到了一位秀丽端庄的小妇人,我很奇怪怎么上次没见她出来呢?我以为她是希克厉太太,还跟她抱怨他们家的仆人在偷懒。可是她却一直不说话,只是神情冷淡地看着我。在炉火旁边我又看见了一个年轻人,他衣衫褴褛,吊儿郎当地站在那里,仇视地盯着我,我一时也拿不定主意他到底是什么人,看他的着装像个仆人,但是他对那位夫人完全没有奴仆该有的神色和样子,我对他这种阴阳怪气的举动很是反感。

大概过了五分钟,希克厉先生走了进来。他对于我冒雪来拜访他好像不是很乐意,转身粗暴地对那个小妇人说:"快把茶沏好!"听到这个腔调,我可以完全肯定希克厉先生是一个不折不扣的坏脾气的人。大家开始吃饭,周围静悄悄的谁也不说话。我说:"您能有这样一位天仙一样的贤惠太太陪在您身边,真有福气啊!"只见他凶神恶煞地冷笑道:"我的太太,她的肉体已经消失了,但是她的灵魂却一直守护在我的身边,保佑着呼啸山庄的好运。她不是我太太,她是我的儿媳妇。"听到这里,我自觉很失言,心想那她一定是这个年轻人的媳妇儿,然后赶紧对坐在我旁边的那位不修边幅的年轻人说:"你真幸运,能娶到这么美若天仙的媳妇儿。"天哪,我话音刚落,就看见那个家伙握紧了拳头,恶狠狠地瞪着我。这时,希克厉先生说话了,他说:"你不要瞎猜了,他不是我的儿子,自然也不是我儿媳妇的丈夫,他叫哈顿·恩肖。"

吃完饭,我走到窗前看着外面大雪纷飞、狂风怒吼的黑夜,说:"看来今夜我是回不去了。"没有人搭理我。不一会儿,希克厉先生说:"希望你吸取这次教训,以后别再没事在山上冒冒失失地瞎转悠。你要是想留下来,只能跟哈顿或者别人合睡一张床,我可没有客房招待你。"后来,他家那个长得虎背熊腰的女管家带我上了楼去,让我轻点儿脚步别弄出声来。她说她的主人从来不愿让任何人在那间屋子里留宿。

一进屋我就感觉这间屋阴森恐怖,进屋后我在窗台边发现了几本发霉的书,上面的字迹已经模糊了,奇怪地写着凯瑟琳·恩肖、凯瑟琳·希克厉,还有凯瑟琳·林顿。我看不明白这是怎么回事,但是在内心里却对这位反复写到的那个凯瑟琳很感兴趣。我猜想这可能是谁的日记,里面记着什么事情。读着这些模糊的字迹,我的脑子开始昏沉,眼皮也开始打架了。不一会儿我就开始做梦,梦见有根树枝打碎了玻璃,我想折断外头的树枝,可伸手却触到一双冰凉的小手,那只手紧紧地抓住我,一个幽灵似的啜泣声乞求我放她进来。她说她叫凯瑟琳·恩肖,已经在这里游荡二十年了,这时我已经吓得尖叫起来。

忽然我看见希克厉推开屋门,脸色煞白地站在门口,听见床上咯吱响了一声,他吓得蜡烛都掉了。我说:"是我,先生。"他咬牙切齿地问我:"谁让你睡在这里的?"我告诉他是他的女管家带我进来的,我还不停地抱怨她不该把我带到这么个闹鬼的屋里来。当我说到我刚刚看了那些写着模糊字迹的书时,希克厉暴跳如雷地吼道:"你怎么能乱动人家的东西?"他把我赶了出来,让我去他屋里睡。我刚出屋门,就见希克厉扑倒在床上,哭着叫起来:"凯瑟琳,来吧!啊,来呀,再来一回吧!啊,我心中最亲爱的凯瑟琳!"窗外依旧毫无声息,一阵冷风吹灭了蜡烛。他那悲痛欲绝的哭喊,让我对他顿生怜悯。

第二章

第二天早晨,希克厉先生说要送我去画眉山庄,但是他只陪我走过了那段荒原地段,到画眉山庄的入口就回去了。看见我进来,女管家艾伦·迪恩和仆人一起出来迎接我。

晚饭时候,女管家迪恩太太给我送来晚饭。我就顺便向她打听了这所庄园的情况。于是女管家迪恩太太便讲起了发生在呼啸山庄的事情。她告诉我,她已经在这里待了十八年了,她是她小姐的陪嫁丫头。小姐去世后,主人就把她留下做了管家。我跟她提到了昨天我在希克厉先生家见到的那个少妇,她说:"她就是我已故主人的女儿,她叫凯瑟琳·林顿,是我一手把她带大的。"我又问她那个跟希克厉先生住在一起的年轻人是谁。她告诉我说:"他是我已故小姐的侄子,是她哥哥辛德雷·恩肖的儿子。"

我对这个故事非常感兴趣,没有一点儿睡意,于是就让迪恩太太去拿些针线活,好跟我多聊几个小时。下面她就开始讲那个发生在呼啸山庄里的故事。:

我从小就在呼啸山庄长大,我的母亲就是辛德雷·恩肖的保姆。多年以前,呼啸山庄的主人是恩肖先生,他与妻子及儿子辛德雷、女儿凯瑟琳同住在一起。有一天,恩肖先生在去利物浦的路上发现了一个无家可归的孤儿,就把他带回了山庄。他当时肮脏不堪,沉默寡言。恩肖先生让我给那个孩子洗洗澡,换上干净的衣服,还让他和辛德雷、凯瑟琳一起去睡觉。可是他们很讨厌他,根本不让他和他们一起睡。

第二天,恩肖先生给他施了洗礼,并给他取名叫希克厉,这本来是他那个很小就夭折的儿子的名字。凯瑟琳小姐慢慢地很喜欢希克厉,但是辛德雷少爷却非常讨厌他,经常欺负他。而希克厉这个孩子呢,看起来总是郁郁寡欢,面对辛德雷的欺负他从来都不眨一下眼也不哭。老恩肖先生非常怜惜这个可怜的孩子,只要看到辛德雷欺负希克厉,他就火冒三丈,很严厉地批评他的亲生儿子。希克厉一来到这个家里,少爷就对他恨之入骨。两年后,恩肖太太就去世了。那些年,我们呼啸山庄真是风雨飘摇呀,这个家里充满了争吵与忌妒。

时间飞逝,转眼几年过去了。恩肖先生越来越宠爱希克厉,这也大大助长了这孩子的骄傲和坏脾气。相反,辛德雷少爷却经常惹老爷生气,老爷动不动就提起手杖要去打他。因为希克厉和凯瑟琳小姐从小就要好,渐渐地他们之间就产生了炽热的恋情,而少爷辛德雷对他妹妹和这个养子希克厉充满了不信任。不管怎样,只要恩肖先生还在,我们的日子就还算太平。

可是不久,恩肖先生就去世了,希克厉和凯瑟琳小姐哭得撕心裂肺。后来辛德雷少爷从学校回来给老爷奔丧。让我们大吃一惊的是他竟然还带着个妻子回来,我们只知道她叫弗兰西斯,至于她是哪里人,做什么的,我们都无从得知。但是我对她没有什么好感,她一进门看见什么东西都喜欢,都感到很稀奇。一开始我们也没觉得怎么不正常,后来觉得她越来越难缠,脾气越来越不好。为此辛德雷少爷的脾气也变得很暴躁,做事也专横跋扈。辛德雷少爷成了这个家的新主人后,开始阻止希克厉和凯瑟琳小姐在一起。他把希克厉撵到仆人那里去,不让牧师再指导他的学习,让他去田里干重活。辛德雷少爷总是没事找他的碴儿,折磨他。但是凯瑟琳小姐却把她的所学教给希克厉,有时还陪他在地里干活。后来希克厉变得很不通人情,几近痴呆,而凯瑟琳小姐则变得野性十足,不驯于任何人。

一个星期天的晚上,他们偷偷跑去画眉山庄,辛德雷少爷找遍了整个山庄都不见他们俩的踪影,向我们发话把门锁上不准放他们回来。后来,希克厉自己跑回来了,他告诉我说凯瑟琳的脚被狗咬伤了,没法回来,后来凯瑟琳小姐在画眉山庄养了五周的伤,一直到圣诞节才回来。凯瑟琳小姐不在家的这段时间,没有谁在乎过这个孩子,恐怕只有我每周还提醒他洗洗澡、换换衣服,要不希克厉可真就成了一个黑糊糊、脏兮兮的小流氓了。

凯瑟琳五个星期后回来了,变成了温文尔雅的富家小姐。当她再次见到希克厉时,她让他去洗洗,怕他弄脏了她的衣服。希克厉觉得凯瑟琳伤了他的自尊心,他说:"我愿意怎么脏就怎么脏,谁也管不着。"自从那次养伤之后,凯瑟琳就成了画眉山庄林顿先生的儿子埃德加、女儿伊莎贝拉的好朋友。为了答谢对小姐的照顾之恩,辛德雷少爷和夫人也邀请了林顿家的兄妹俩来呼啸山庄玩。以后林顿兄妹经常来这里玩,凯瑟琳也经常去画眉山庄。因为林顿夫人不喜欢希克厉,觉得他不是什么好孩子,怕他带坏了她的孩子,于是向小恩肖夫妇交代,希望宴会的时候不要让他出现。所以每次他们来玩的时候,希克厉总是被赶出来。他觉得他们对他很残酷、很不公平,有一天,他告诉我说:"我在琢磨,到底该怎样和辛德雷算这笔账。但愿他别在我找他算账之前死了才好。"我想他肯定是要想办法报复辛德雷,他的眼神里充满了对辛德雷少爷的愤恨。

已经十一点钟了,我还没有睡意,我想让迪恩太太继续讲下去。她接着说:

·精读名著·

　　那是二十三年前,大概是1778年夏天的一个早晨吧。辛德雷少爷的第一个孩子哈顿·恩肖出生了,但恩肖太太却在一个礼拜后死了,听说是死于肺痨。她撒手西去后,撂下那个孩子就完全由我来带。太太的死对辛德雷少爷打击很大,从此他变得更加暴戾乖张、冷酷无情。仆人们受不了他的暴虐,一个个都要离开这里,只有我和约瑟夫留下了,我当时真的是舍不下那个可怜的孩子。后来他就像魔鬼一样折磨希克厉,希克厉也总是幸灾乐祸地看着辛德雷堕落,慢慢地他们俩都变得粗暴野蛮。我感觉我们呼啸山庄现在都快成了地狱了。所幸的是,埃德加·林顿时常过来探望凯瑟琳小姐,交往过程中凯瑟琳小姐甚得林顿夫妇的欢心,小妹妹伊莎贝拉也非常喜欢她。我感觉这位年轻的林顿先生应该很爱慕我家小姐,跟希克厉一样地爱她。

　　对于那两个爱她的男人,凯瑟琳小姐非常矛盾。她是真心爱着希克厉,可她觉得与一个仆人结婚,很失她小姐的身份。埃德加由于害怕恩肖先生的暴躁脾气,每次总是不敢正大光明地来做客。我看得出来,林顿少爷和我家小姐关系越来越不一般了。

　　有一天,我看见凯瑟琳小姐愁容满面,她跟我说:"艾伦,你能帮我保守这个秘密吗?现在我很苦恼,埃德加今天向我求婚了,我拿不定主意。埃德加和希克厉他们两个我都喜欢,可我到底该选择谁?埃德加喜欢我,仅仅是因为我漂亮,有钱而且爱他。可我总觉得我对埃德加的爱像树林中的叶子,当冬季改变树木的时候,就会随之改变叶子。我之所以犹豫嫁不嫁希克厉,主要是因为他是个仆人,如果和他结婚会降低我的身份不说,以后跟着他肯定要过苦日子的。可我真的爱希克厉,我对他的爱就像地下永久不变的岩石,不是作为一种乐趣,而是作为我生命的一部分,他无时无刻不在我心中。艾伦,你能明白我现在的心情吗?你说我到底该怎么办?"

　　不知道是什么时候,希克厉听见了我和凯瑟琳小姐的对话。当夜他就不声不响地离开了呼啸山庄。我们到处都找不到他,凯瑟琳不听劝告,不顾轰隆的雷声和哗啦啦的大雨,伤心地哭着跑出去,说她要亲自去找他。那晚电闪雷鸣,狂风怒号,房角的一棵大树都被雷劈到了。后来凯瑟琳淋得像个落汤鸡回来了,到了晚上就开始发烧,后来就大病了一场。那段时间,林顿太太还来看过呢,非要接凯瑟琳去画眉山庄住。可怜的人啊,过了没多久老林顿夫妇就相继得热病撒手西去了。之后,凯瑟琳小姐的脾气也变得很暴躁,她一生气病情就加重,所以大家都顺着她的意来做事。林顿夫妇去世三年后,凯瑟琳小姐与埃德加结婚了。于是我也就陪着凯瑟琳小姐嫁到画眉山庄来。那年小哈顿才五岁,我真是舍不得他,估计现在他早就把我艾伦·迪恩忘得一干二净了。

第三章

数年后一个九月份的夜晚,我正在花园摘苹果,忽然听见有人叫我。只见希克厉突然出现在了画眉山庄,我简直不敢相信这是真的。此时的他已经变得举止庄重、老成而严厉,而且非常有钱。我把他带到了老爷和太太面前,凯瑟琳小姐见到他欣喜若狂,说:"你一去就是几年杳无音信,从来都不想念我。"她那双眼睛死死地盯着他,生怕他再次不辞而别。而希克厉意味深长地说:"这些年我只是为了你才奋斗的。"他们俩沉浸在过去共同的欢乐中,而一旁的埃德加感到很苦恼,脸色苍白。希克厉说:"辛德雷不让我走,让我住在呼啸山庄。"我很吃惊恩肖先生怎么会邀请他,总觉得有什么不对劲。后来他就经常出入于画眉山庄,没日没夜地和辛德雷打牌、喝酒,慢慢地使他破了产,最后把整个庄园都抵押给了希克厉。

我家老爷林顿先生又有了新的麻烦事。他的妹妹伊莎贝拉无可救药地恋上了希克厉,他知道伊莎贝拉的感情只是一厢情愿,不可能有回报。因为她根本就不了解希克厉,只是一时被他的外表所迷惑。凯瑟琳告诉伊莎贝拉,希克厉不会爱上林顿家的任何人,因为他恨他们家人。伊莎贝拉却说凯瑟琳恶毒,想破坏她的幸福。没办法,此刻的伊莎贝拉已经疯狂地爱上希克厉了,最后他们私奔了。

伊莎贝拉离开家的第六个星期,给她哥哥林顿来了一封长长的信。那么我就说一下这封信吧,信写得很长,但干巴巴、冷冰冰的。说她和希克厉已经在呼啸山庄结婚了,木已成舟,她希望哥哥能够原谅她。她还写到,婚后希克厉总是虐待她,拿话来讽刺她,以发泄他的仇恨。最要命的是,她发现原来希克厉根本就不爱她,她被他利用了。她此刻很想让林顿去看她,可林顿却说永远不会原谅她,甚至连只字片语的安慰话也没有。凯瑟琳极力想挽回希克厉对她的感情,可是他还是娶了伊莎贝拉。凯瑟琳很伤心,旧疾未愈加上她即将分娩,身体状况很差。

那天,希克厉趁埃德加不在家,来到画眉山庄。他来到凯瑟琳的床前,一直单腿跪着抱着她,悲切地叫道:"啊,凯瑟琳,我的命!我怎能受得了!……"凯瑟琳说:"如果我做错了,我会受到惩罚。你也离开过我,但我宽恕了你,那也请你宽恕我吧!"希克厉答道:"这不可能,我可以原谅别人害我,我绝不能容忍别人去伤害你,我又怎么能饶恕他呢?"他们就这样疯狂地拥抱着,不知是深爱还是怨恨。这次的见面让凯瑟琳的身体急剧垮掉。埃德加回来看见他们,一把推开了那个不请自来的希克厉。他看着昏迷不醒的凯瑟琳坐立不安,希望明天她能够好起来。可惜凯瑟琳再也没有醒来,当天夜里十二点,她在昏迷中诞下一个早产的女婴后就含恨而去。那个女孩就是你在呼啸山庄看见的美丽的小妇人。

埃德加因丧妻之痛整日失魂落魄,我看着这个虚弱的孤女,心疼不已。我把凯瑟琳去世的消息告诉了希克厉,他问我凯瑟琳是怎么死的,还问她临死前有没有提到过他。我告诉他:"她在你走后,就再也没有醒过来。她躺着,脸上带着甜蜜的微笑静静地走了。"只见他使劲用头去撞树干,哭喊道:"天啊!没有了我的命根子,我怎么活下去呀!"我看见树皮上溅了几滴血。林顿太太的葬礼定在她故去后的星期五进行,当时恩肖先生也来送他妹妹最后一程。这里面有一件让人吃惊的事,就是凯瑟琳的坟墓没有在林顿家族的墓碑下,而是在教堂墓地的一个小角落的绿色斜坡上。现在,她的丈夫也埋在那里。

第四章

星期五的晚上,天气突变,风雨交加。第二天早上,希克厉太太伊莎贝拉小姐从呼啸山庄狼狈地跑了回来。她说她再也受不了希克厉的虐待,随后就去了离伦敦不远的南方。她和林顿先生一直保持着书信来往,几个月后她就生下了一个儿子,洗礼时取名叫林顿·希克厉。后来不知希克厉从谁那里得知了那个孩子的事情。

凯瑟琳去世后不到半年,哥哥辛德雷也随他妹妹而去。由于辛德雷天天喝得酩酊大醉和日夜跟希克厉打牌,不仅输掉了所有的家产,还把整个庄园抵押给了希克厉。希克厉渐渐变成了呼啸山庄真正的财产所有者。后来,辛德雷试图杀死希克厉,结果自己却倒在血泊之中死了。辛德雷死后,希克厉就正式成了呼啸山庄的主人,掌握着不可动摇的所有权。辛德雷的儿子哈顿·恩肖本该是一个非常有教养、富甲一方的绅士,可他的命运却完全掌控在与他父亲有不共戴天之仇的希克厉手里。他在自己的家里就像个仆人,估计这辈子将永无出头之日了。希克厉故意把他培养成一个没有教养的野小子,以期报复当年他父亲辛德雷对他的侮辱和剥夺他学习的权利。

迪恩太太继续讲着:

这已经是十二年后了,那段凄凉日子的阴影已不复存在。这十二年,我过得很平静也很快乐。那段时间最让我揪心的就是小凯瑟琳的头疼脑热。这个小家伙长得天生丽质,跟她母亲当年一样有魅力,只是做事有点儿冒失和娇纵。林顿先生对这个聪明伶俐的小宝贝疼爱有加。

下面我说一下希克厉太太,她离开她丈夫后估计又活了十几年,至于她最后是得了什么病去世的,我也不太清楚,我猜应该是慢性热病。她后来给我家老爷写信说她快不行了,希望她哥哥能去看她一眼,她想把小林顿托付给我家老爷,她不希望她那个冷血的丈夫来抚养这个孩子。这次老爷毫不犹豫地过去了,他把小姐托付给了我。有一天,由于事情太多我很忙,就嘱咐小姐自己在院子里玩。可是后来我把整个山庄都找遍也找不到她,快把我急疯了。我怕她跑到彭尼斯顿山崖上玩,那太危险了。我就立刻朝那个方向去找,后来竟看见她在呼啸山庄里面好好地坐着。她看起来很开心,正和哈顿谈着什么。后来我问她怎么到了那里,她也说不清楚。我就告诉她,她父亲很反感那个山庄,如果让他知道了这件事,他会很生气的。可爱的小姑娘还向我保证她以后不会再乱跑到那里去了。

后来,我家老爷来了封信说伊莎贝拉已经过世了,他马上就带着小外甥回来。小凯瑟琳终于盼到她爸爸回来了,她非常高兴。她也第一次见到了小表弟林顿,此时的林顿已经十二岁了,眉宇间有股病态的乖张孤僻。我家的小公主很快就和她的小表弟亲热起来,摸摸他的头发,亲亲他的脸蛋。当天晚上,希克厉就派人过来要带走他的儿子,林顿先生想到他妹妹临终前千叮咛、万嘱咐一定要他监护小林顿长大，可现在是他父亲要带走他，看来不给是不行了。第二天，老爷就派我把小林顿送到呼啸山庄，起初小林顿说什么也不愿去，后来我和林顿先生哄着、骗着终于让他答应去了。

到了呼啸山庄，小林顿浑身颤抖地看着那个面目狰狞、冷言冷语的人，抱着我不撒手。最后我对希克厉说："多疼爱他些，希克厉先生。要不他不会长久待你这儿的。"当我出门的时候，我听见这孩子撕心裂肺地哭喊着："我不待这儿，不要扔下我。"我的眼泪止不住流下来。回去后，小凯瑟琳得知林顿走的消息非常伤心。有一天，我带小姐去玩碰到了希克厉，他偏要带小姐去看林顿不可。晚上她还饶有兴趣地告诉她爸爸今天的经历，老爷不止一次用责备的眼光看我。他告诉小姐："那个人是个坏蛋，以后最好还是离他远点儿，他会伤害你。"

第五章

后来，我生病了。小凯瑟琳告诉我说她天天偷偷跑去呼啸山庄见林顿。后来老爷知道了很生气，只允许林顿给她写信，但是再也不准小凯瑟琳去呼啸山庄了。小姐已经过了十七岁，那个夏天，老爷允许小凯瑟琳去见林顿。后来，他的身体每况愈下，病情一天比一天加重。小姐牵着她的小马又去原来的地方见了林顿，不知道怎么回事，林顿说："亲爱的凯瑟琳，我的命就攥在你手里了。你只要离开，我就会被宰了，我是个不仁不义的家伙，可我还是不敢告诉你啊！"我一直在想他到底有什么秘密，想说却又不敢告诉小姐。

就在老爷病重之际，希克厉把小凯瑟琳接进了呼啸山庄。我看希克厉一点儿都不喜欢这个儿子，总是对他很凶，林顿非常怕他爸爸。后来希克厉竟然把我和小姐软禁在这里，逼迫小姐与小林顿结婚。小凯瑟琳说:"要是我待在这儿,我爸爸会很着急的,你让我们回家吧,我答应嫁给林顿,我想我爸爸也会同意的。我本来就是心甘情愿地想嫁给林顿的,可你为什么非要逼我现在去做呢?"卑鄙的希克厉非要小凯瑟琳今天就跟林顿结婚不可。他说:"如果你们不结婚,你就别想从这里走出去。"迫于无奈小凯瑟琳说:"我现在马上就嫁给他,只要事后你让我们回画眉山庄就行。"可是,我们还是被关了四天五夜。后来他们把我放了,小姐却还在里面,他们不肯放她。

我赶紧回家找老爷去救小姐。老爷听我讲完一切,立刻就识破了希克厉的阴谋:他就是要确保画眉山庄的动产和房产都落到他儿子的手里,更确切的是落入他自己的手里。老爷决定把遗嘱改动一下,以希望将来的遗产不要落入希克厉的手里,可是律师迟迟不来。夜里三点,我的小主人气喘吁吁地逃了回来,赶紧来看老爷,老爷就这样安静地咽气了。后来律师露面了,可是他已经被希克厉收买了,这就是老爷召唤他却迟迟不到的原因。几日后,希克厉以小凯瑟琳父亲的名义入住了画眉山庄,并接收了画眉山庄所有的产业。从此,他就成为这两个山庄的主人。没多久,身体羸弱的林顿也死了,小凯瑟琳成为年轻的寡妇。

迪恩太太给我讲的故事到此也就结束了。

第六章

我即将在这一两日出门前往呼啸山庄,跟房东希克厉先生说今年冬天我不在这里过冬,我要去伦敦。

我到了呼啸山庄,管家迪恩太太还托我给她家小姐带了一封信,凯瑟琳看到那封信非常高兴。不一会儿,希克厉抑郁地从屋里走出来,我跟他说了我的计划,我觉得长期在这个宅子里生活很枯燥、很压抑。

1802年9月,我应邀去北方一位朋友的猎场狩猎。途中我心血来潮,特别想去画眉山庄看看。日落之前我到了田庄,进去找迪恩太太,可是她不在。家里却来了一个新老太太和一个十来岁的小姑娘,她一听我是这里的主人连忙招呼我。

很久没有去呼啸山庄看看了,于是我就迎着明月信步朝那里走去。我一进门就看见正屋的门窗都大敞着,只听见一男一女在念着什么东西,好像是在做功课。迪恩太太正要唱歌的时候看见了我,吃惊地问:"先生,您怎么想到来这里了?"迪恩太太告诉我凯瑟琳正在教哈顿读书识字,希望能把他改造成文明礼貌的人。我说我打算找希克厉先生把房租给算清楚了。她说:"看来你还没有听说,希克厉先生已经死了。"我对于这个消息真是大吃了一惊。她告诉我希克厉先生三个月前就去世了。她就把事情原原本本地讲给我,我真是做梦也没有想到他会死!她端来一杯酒就开始给我讲希克厉先生后来发生的事情,她说他临终时死得很"离奇"。

她说:"你刚走了不久,我就被叫来呼啸山庄了。"希克厉先生后来越来越不爱说话。凯瑟琳和哈顿呢,一开始老是拌嘴吵架,不过后来他们感情越来越好。希克厉先生也看出了他们之间感情的变化,一开始他特别生气,甚至有一次差点儿打她,哈顿替她求情,求他饶了凯瑟琳。后来希克厉先生跟我讲起了他以前做的那些事情,他说他穷凶极恶、费尽心机可最后却落了个荒唐可笑的下场,他对生活已经没有什么兴趣了。他说他看着小凯瑟琳和哈顿,总想起他的凯瑟琳。他说他发现他们俩的眼睛都很像他日夜思念的凯瑟琳,而哈顿的处境像极了当年的他,他就再也不忍心责备他们,也不再那么仇视他们。他后来在屋子里总是咕咕哝哝地自言自语,说的都是些吓人的事情。那段时间,他变得更加沉默寡言,更喜欢离群索居了。

他的饭量越来越少,慢慢就成了长期拒食。他总是沉默,长时间地盯着一个东西。他总是在院子里不停地徘徊,喃喃自语,我只能听清楚他好像在念凯瑟琳的名字。他还要我去请律师,说他还没有写遗嘱,他不知道该怎么处理他的财产,说他整天吃不下睡不着,快要死了。

那天晚上,天下起了倾盆大雨。他的窗户却大敞着,窗户格子来回摇晃着。等我进去看时,发现希克厉先生仰面躺着,一只手搁在窗台上,来回摇晃的格子窗把他那只手蹭破了。我发现他已经死了,身体都僵了,估计是半夜里就断气了。大夫始终不肯告诉我们他是得了什么病死的。我想他肯定是在无限的悔恨之中,呼喊着凯瑟琳的名字遗憾地离开了这个悲惨人世的。我们遵照他生前的愿望把他下葬了。

迪恩太太接着说:"有一天,我遇见了一件怪事。一个电闪雷鸣的晚上,一个赶羊的小男孩哭得很厉害地告诉我,他看见希克厉先生和一个女的在山崖下面。当我跑过去看却什么也没有发现。"

以上都是迪恩太太跟我讲的。她后来还告诉我凯瑟琳和哈顿打算在元旦结婚,他们婚后就准备搬回画眉山庄去住。

我独自去看了希克厉的坟墓。在荒原上有三座墓碑,这个墓和恩肖先生的坟墓分别处在凯瑟琳墓的两旁。在这附近的农庄中,至今还流传着一个奇妙的传说,这些人一生风风雨雨、情深意长,至死也不平静。牧羊人和旅行者还说他们曾目睹过凯瑟琳和希克厉两人如同他们多年前那样,徜徉在黑暗的荒原上。

·英国文学·

白衣女郎

威尔基·柯林斯(1824—1889),19世纪英国著名的悬疑小说家。作者与狄更斯的创作主题和写作手法有很多相似之处,为英国侦探小说开辟了新的道路。

《白衣女郎》是他的代表作,讲述了一个神秘的白衣女子的坎坷经历,剧情曲折离奇、悬念丛生,主人公经过严密的调查终于揭开了一个惊天阴谋。

这个故事发生在十九世纪四五十年代英国的一个小镇。由于情节太过于曲折复杂,所以只好由我们五个人来共同讲述。

一、沃尔特·哈特莱特讲述

我叫沃尔特·哈特莱特,是一个平凡的绘画教师。由于身体欠佳,再加上生活拮据,只好回到汉普斯特的母亲家里。我的父亲已经过世,家里只剩下妹妹和母亲。七月底的一个晚上我决定徒步去母亲那里,在那儿遇到我的一位意大利朋友,他叫佩斯卡,在伦敦教意大利语。可以说没有我们的相识,也就没有今天我要讲的故事。佩斯卡为报答我对他的救命之恩,就给我介绍了一份家庭教师的工作。他说在坎伯兰郡的林默里季公馆,有位叫弗雷德里克·费尔利的先生,想为他的两个侄女请绘画教师,提供的薪水相当丰厚。几天后,我告别了母亲,抄近道赶往伦敦。当时已经接近午夜,路上没有一个人,很安静。突然背后伸出一只手拍了我一下,吓了我一大跳,我转身一看,原来是一个全身穿着白衣服的女子。她问我在哪儿能坐上去伦敦的马车,于是我就告诉她,我也恰好赶往伦敦,正好我们可以同行。我们边走边聊,交谈中我得知她对林默里季公馆很熟悉。她说她还认识费尔利夫人和她的丈夫,听到这里我很吃惊。后来她就匆匆忙忙地下车了,当时我心里产生了很多疑惑。我继续往前走,不一会儿,有个警察过来问我是否见过一个穿白衣服的女人经过这里,警察还说她是从精神病院里逃出来的。我听后大吃一惊,这怎么可能?那个女子看起来一点儿也不像个疯子。这个问题让我疑惑了很久。深夜,我终于到达了林默里季公馆。

第二天早晨,我见到我的一位学生。她叫玛丽安·哈尔库姆,长得不怎么好看,她说她妹妹今天身体不舒服,就不和我们一起用早饭了,老家庭教师维赛夫人在照顾她。她的叔叔费尔利先生由于常年身体不好,从来不下楼一起吃饭。我们谈得很开心,她说费尔利先生是她的继父,她和费尔利小姐并不是亲姐妹。但即使这样,她们仍相互非常友爱、形影不离。由于对路上的那个白衣女子很好奇也很疑惑,于是我就跟哈尔库姆小姐说了我昨晚遇见白衣女子的事情,还问了关于费尔利夫人的一些情况。我告诉她,白衣女子好像对这里的一切都很熟悉,她知道费尔利夫人已经去世,甚至还提到孩提时就认识费尔利小姐。哈尔库姆听到这里,不禁说:"真是件怪事,我觉得我们应该查一查,这到底是怎么回事。"她说她母亲再嫁到这里以后,确实办了一所乡村学校。她说她母亲还有很多信件,她想从中查出一些蛛丝马迹。此时,仆人传话来,说费尔利先生早饭后要见我,于是仆人带我过去。他大概五十来岁的模样,总是不断地提醒我说话小声点儿,他说他有神经紧张的毛病。一上午的时光我都在他的房间欣赏他的藏画。

午饭后,我和哈尔库姆小姐去了花园,正好碰见了在凉亭欣赏画册的费尔利小姐。她叫劳拉·费尔利,她的美貌和魅力深深地吸引了我。

晚饭后,哈尔库姆小姐告诉我说她母亲的信里曾提到过一个叫安妮·卡瑟里克的小姑娘。她母亲的信里说这个小姑娘大概比劳拉大一岁,非常可爱,长得很漂亮,但是好像脑子不很灵光,还说她非常喜欢这个孩子。接着她母亲又提到,她之所以喜欢这个小姑娘,原因竟是这个小女孩看上去和劳拉长得一模一样。此时,我突然看见在外面阳台上的费尔利小姐,吃惊地差点儿叫出声来:"天哪,怎么那么像我昨晚路上遇见的那个姑娘?"我实在是难以相信,于是和哈尔库姆小姐就此事进行了秘密的调查。虽然她把她母亲所有的信件都翻了一遍,可还是一无所获。

就这样,时间一天一天地过去了,我发现自己已经深深地爱上了费尔利小姐,但是没有勇气向她表白。哈尔库姆小姐也看出了这一点,后来她告诉我说:"哈特莱特先生,您不能爱上我妹妹,这样会伤害到您,因为她马上就要结婚了。"当我听到这个消息时,犹如晴天霹雳,重重地撕裂了我的心。于是她劝我尽早离开这里,说这样对我和劳拉都有好处。不久我就听说费尔利小姐的未婚夫下周一要来做客,当我得知他就是汉普夏庄园的波西瓦尔·格莱德爵士时,吓得不敢再问了,此时我心乱如麻。这个名字不就是白衣女子口中的男爵吗?

后来,哈尔库姆小姐过来告诉我说,今天上午她妹妹收到一封信,信里全是诋毁波西瓦尔·格莱德爵士的话,她说:"这分明就是想破坏我妹妹的婚事,存心毁坏爵士在她心目中的形象嘛。信里还说到很喜爱我妹妹,时刻关心着她的幸福。我才不相信呢!"看得出哈尔库姆小姐对这些话很反感,后来她又说:"下周一,波西瓦尔·格莱德爵士来的主要目的就是要确定婚期。吉尔摩律师是我们家的老朋友,值得信赖,他将全权处理我妹妹结婚分授财产的事宜。"听到这里,我心中十分不快:"这个男人不仅把劳拉弄到手,还要分享她的一部分财产。"起初,我和哈尔库姆小姐试图怀疑这封信中提到的关于这位从男爵的人品问题,可是没有足够的证据来证明我们的怀疑。

　　我和哈尔库姆小姐就在村里开始秘密调查,结果还是一无所获。后来在村边的一所小学里发现了一些线索。当时校长正在惩罚一位小学生,原因是这个小男孩说他昨晚见到鬼了。他的这个谣言现在把这个学校弄得人心惶惶。我过去问那个小男孩,他说他确实看见了一个穿着白衣服的鬼,是费尔利夫人的鬼魂。这些话让我很肯定小孩子确实是看见了一个穿白衣服的女人。于是我就跟哈尔库姆说我想看看坟墓附近的情况,我相信写信的人和在墓地的女人,还有那个女鬼是同一个人,就是安妮·卡瑟里克。于是我们向墓地走去,察看了半天还是没有线索,我决定晚上再探墓地。

　　待夜幕降临,我悄悄地离开公馆,来到一片寂静的墓地。我藏在暗处,等了将近一个小时。突然传来了一个女人说话的声音,随后又出现了一个女人,她们说到了那封信,慢慢地朝墓地走去,其中一个戴着帽子看不清脸,感觉年纪很大;另一个披着一件白色的长斗篷。年纪大的不一会儿就走开了,只见那个披着斗篷的女人正在用一块布擦费尔利夫人的墓碑。这时我慢慢地走到她的身边,她突然尖叫一声,我说:"姑娘,不要害怕,你不记得我了吗?我们在去伦敦的路上见过面。"她说她记得我,我们聊了很多,后来我提到费尔利小姐今天上午收到了她的信。当我问她有关波西瓦尔·格莱德爵士的情况时,她眼中怒火焚烧,尖叫了一声,她说:"就是这个人把我送进了精神病院。"后来我们都离开了墓地。

　　回到公馆,我把刚才发生的事告诉了哈尔库姆小姐,并把我的疑问也告诉了她,我说:"安妮出身清贫,而爵士出身豪门,他们之间怎么会扯上关系呢?波西瓦尔·格莱德爵士为什么要把安妮送进精神病院?"哈尔库姆小姐也果断地表示,如果不能确定波西瓦尔·格莱德爵士的人品,她是不会让他娶走她妹妹的。

第二天我向费尔利先生辞职告别,他也同意了。于是我和哈尔库姆小姐决定去安妮·卡瑟里克住的农场调查一下,可惜等我们到那儿的时候,安妮已经离开了。我们又无功而返。回到公馆,我看见律师吉尔摩先生已经安顿好,他将在林默里季公馆住上几天,听取波西瓦尔·格莱德爵士的说明。可以说,劳拉未来的幸福和全部财产都捏在吉尔摩先生的手里。这位先生留着长长的白发,举止优雅、彬彬有礼,谈话时思维敏捷。

我独自走到花园,看到熟悉的景物,突然想起和费尔利小姐的美好回忆。可惜如今已物是人非,让我备觉伤感。回去的路上我遇见吉尔摩先生,跟他提到了那封信,他说:"在没有搜集到足够的证据之前,我还是很难相信那些诋毁波西瓦尔·格莱德爵士的话,他一直是一位出身高贵,受人尊敬的人。"我虽然不同意,但暂时也说服不了他。不知道为什么,此刻我特别想马上离开这里。可是哈尔库姆小姐一再挽留,最后我决定明天再走。

晚饭的时候,我和劳拉见面了。我们俩都试图掩盖自己的感情,彼此心意相通,相视一笑。她说:"你明天要走了我很难过,从此我们将天各一方了。我会永远记得你的。"最后我拉着她的手,几乎没有勇气去看她的眼睛,她满眼泪水,什么也没说抽身走开了。第二天早上,我实在没胃口,就和大家匆匆告别了。劳拉送了我一幅自己画的花园小凉亭的画,我们都知道,那里蕴涵了太多我们过去的美好的回忆。我们依依不舍,最后我对两位小姐说:"虽然我们无缘共度今后的时光,但请相信我,若有朝一日你们需要我,我一定会立刻出现在你们面前,并竭尽全力帮助你们。"

二、吉尔摩先生讲述

我的朋友沃尔特·哈特莱特请求我接着讲这个故事，那我就讲讲在他离开林默里季公馆以后的事吧。

我到了那里，哈尔库姆小姐接待了我，并向我介绍了那位家庭教师哈特莱特先生。晚饭的时候，我看见了费尔利小姐，感觉她总是闷闷不乐。由于费尔利小姐的婚事是她父亲临终的意思，所以她的叔叔不太过问此事。星期一，波西瓦尔·格莱德爵士来了。他比我想象中的样子显老，但是很健谈，还向我提到了那封信的事。他站在他的立场上把这件事情解释了一番，和我原来想的差不多。他说："因为那个女孩不愿意进精神病院，可是我却把她送进去了，所以她恨我。"波西瓦尔·格莱德爵士还坚决要求哈尔库姆小姐立刻写信给卡瑟里克夫人要求与她对质，以示他的清白。后来，波西瓦尔爵士去楼上看望费尔利小姐，客厅只剩下我和哈尔库姆小姐，尽管我对波西瓦尔·格莱德爵士的解释很满意，但哈尔库姆小姐还是很疑惑。我们都在等待卡瑟里克夫人的回信。

星期三，卡瑟里克夫人终于回信了，信中说道："关于安妮被送进精神病院的事，我们这样做确实是为了尽快治好孩子的病，好心的波西瓦尔·格莱德爵士帮我承担了昂贵的费用，我十分感激他，他是一个好人啊。"这下，短短的一封信打消了我们所有的疑虑。第二天，我了解到费尔利小姐要求爵士再给她一段时间深入思考一下他们的婚姻，她将在年底给他答复。因此，我在林默里季公馆也没有再待下去的必要了。于是第二天早晨，我就向费尔利小姐告别。临行前我跟她提到了她和波西瓦尔爵士结婚后财产继承的问题，她好像不太关心，只是强调了要把一部分财产分给她姐姐玛丽安·哈尔库姆。因为她非常爱这个姐姐，不能离开她。

一个星期后，我收到了哈尔库姆小姐的来信。信中说费尔利小姐已经同意嫁给波西瓦尔爵士，并将在年底举行婚礼。听到这个消息，我既吃惊又痛心，可也无话可说。现在我唯一能做的就是解决一些她婚后的财产继承问题，具体如下：等她的叔叔去世后，她将继承林默里季公馆和其他所有财产；如果她和波西瓦尔·格莱德爵士结婚，爵士可以在费尔利小姐的叔叔死后得到两个好处：第一，他可以享用他夫人每年三千英镑的收入；第二，如果他们有儿子，他们的儿子将会继承林默里季公馆。然而这里边还牵扯到了费尔利小姐的姑母继承问题。后来，我写信给波西瓦尔爵士的律师，告诉他费尔利小姐对于财产授予问题的处理意见。两天后，波西瓦尔·格莱德爵士坚决不同意我对那两万英镑的处理办法，要求这笔钱应该归他所有。因此，我认为我有必要回林默里季公馆一趟，征求一下费尔利先生的意见。

第二天，我在车站碰到了沃尔特·哈特莱特先生。他听说了费尔利小姐即将结婚的消息后非常难过，说他打算去国外换个环境。于是我们握手告别，各奔东西。到达了林默里季公馆，已经是晚上了。第二天上午，我去见了费尔利先生，说了我自己的想法，我说："先生，如果是我的女儿，面对那位爵士如此苛刻的条件，我是绝不会同意把女儿嫁给他的。"他听后非常生气，把我赶出来了。没有办法，回去后我只好按照波西瓦尔·格莱德爵士的要求修改结婚财产授予书。其实我知道这完全违背了费尔利小姐的初衷。

我的故事暂时就讲这么多，关于劳拉小姐的财产授予书的事，我深表遗憾。

三、哈尔库姆小姐讲述

吉尔摩先生走后，劳拉找到我。她很伤心地说："姐，我真的不喜欢波西瓦尔爵士,我想请他解除婚约。要不是父亲的临终遗命,我绝不会嫁给他。"看着劳拉整日因思念沃尔特先生日渐憔悴,我很心疼。第二天上午,沃尔特·哈特莱特写来一封信,说他很想念劳拉,心情不好,想请我帮他在国外找份工作,换个环境也换个心情;他还问到最近有没有安妮·卡瑟里克的消息,说最近好像有人在监视他。后来劳拉鼓足勇气,告诉了波西瓦尔·格莱德爵士她不想嫁给他。她说:"我一点儿也不爱你,我爱的是另外一个人,希望爵士你能解除婚约。"然而爵士并没答应她,理由是因为劳拉的坦诚打动了他,他说今生非劳拉不娶。他的回答让我和劳拉大吃一惊。无论如何努力,结果已成定局,于是劳拉决定忘掉沃尔特·哈特莱特,并同意嫁给波西瓦尔·格莱德爵士。第二天爵士离开了,随后我就写信告诉吉尔摩律师劳拉婚礼的事情。当天,我还收到了沃尔特·哈特莱特的来信,他说他现在在洪都拉斯,不久将去中美进行考察。劳拉的婚期定在了12月22日,她请求我不要把这件事告诉沃尔特·哈特莱特。

距离劳拉的婚期越来越近了,我的心情很不好,这段时间我们一刻也不想离开对方,我发现自己越来越不喜欢波西瓦尔·格莱德爵士。12月21日,我感觉很痛苦,好像我的末日就要到了。劳拉明天就要结婚了,可今晚她哭了一夜。12月22日,劳拉穿上婚纱平静地走了,而此时的我泪流满面,抽噎不止。

劳拉结婚后六个月的一天,我来到了她的新家——汉夏普的黑水公园。我独自一人度过了难熬而寂寞的六个月。明天,波西瓦尔和劳拉度完蜜月就要回来了。同时福斯科伯爵夫妇(劳拉的姑母和姑父)也将在这里暂住。那段时间关于沃尔特·哈特莱特和安妮·卡瑟里克却音信全无;我倒是收到劳拉不少的信,信中她既不提委屈也不说幸福。来到黑水公园好几天了,我闲来无事就想出来走走。突然在黑水湖畔,我看到了一只受伤的小狗,管家告诉我那是卡瑟里克夫人的狗。当时我很惊讶,就向管家打听了很多关于卡瑟里克夫人的事情。

就在此时,劳拉他们回来了。我发现劳拉变了很多,不再像以前那么开朗活泼,现在总是愁容满面;波西瓦尔爵士也变了,变得脾气很暴躁。

就在我们吃晚饭的时候,波西瓦尔爵士的律师梅里曼先生从伦敦匆忙赶来。他们走到了一个隐秘的地方谈话,我只听见一句话——"一切都取决于格莱德夫人——劳拉·费尔利"。我知道他们肯定是在打劳拉的主意,我立刻找到劳拉,把我听到的消息告诉了她。我说:"他们好像是需要你在什么文件上签字!劳拉,记住,不管是什么东西,一定要先看看,否则千万不能签字。"此时我确信关于波西瓦尔爵士的事,福斯科伯爵肯定也知道些什么。

果真第二天,波西瓦尔爵士显得很不安,他把我们叫到了书房,打开一个柜子,拿出一些文件放在桌上,把文件的正文折起来,只剩下供签字的空白部分让劳拉在上面签字,还要求我们作为证人,也需签上自己的名字。劳拉说:"这是什么文件?你不让我看是什么东西,我是不会签字的。"波西瓦尔爵士突然气急败坏地大吼:"你一个女人知道什么呀?我的事你不懂,你只管签字就行,我没必要跟你解释那么多。你签还是不签?"劳拉还是那句话,惹得波西瓦尔爵士一阵狂怒。随后福斯科伯爵把他拉住,在他耳边说了几句话,他平静了许多。因为波西瓦尔爵士还要出门办事,最后他要求劳拉明天必须过来签字,随后驾车远去。劳拉紧紧地抓住我的手,我们慢慢走上楼。此时我能看出劳拉对嫁给波西瓦尔爵士是多么后悔。我现在确信这个虚伪自私的人从来没有爱过劳拉,娶她只是为了她的财产。于是我决定求助于一个诚实可靠的人——凯尔先生,他是吉尔摩先生的同事。他非常了解劳拉结婚时财产的授予权情况,于是我决定写信把我们现在的处境告诉他。谁料想福斯科伯爵却偷看了我的信,可想而知,等波西瓦尔爵士回来后将要发生什么事情。我和劳拉一直都惶恐不安。

晚饭后,我和劳拉去黑水湖边散步,她哭诉着波西瓦尔爵士对她如何不好,说她此时特别思念沃尔特·哈特莱特,真的很后悔嫁给现在这个丈夫。劳拉伤心地哭着,我紧紧地搂着她。我现在也懊悔自己当初为什么会那么绝情地拆散一对有情人。天越来越暗了,我们往回走,总觉得后面有一个人影在跟着我们。我不知道那是谁,但可以肯定那是一个女人的身影。

第二天下午一点,凯尔先生的回信终于到了,他说:"很明显,波西瓦尔爵士就是在打那两万英镑的主意,如果格莱德夫人不签字,他也没有办法;如果夫人签字了,那笔钱就将转到波西瓦尔爵士的名下。"此时,一双狡诈的眼睛又在盯着我,就是福斯科伯爵。后来波西瓦尔爵士一回来,就咆哮着找人去叫劳拉到书房去。因为昨晚散步的时候,劳拉把我送给她的胸针给丢了,她去黑水湖畔寻找它,已经去了好半天。

我出去找她,劳拉告诉我她刚才见到了安妮·卡瑟里克,安妮把捡到的胸针还给了她。她还说:"我们聊了很多小时候的事情,她说她非常喜欢我,她这次之所以会出现在这里,就是因为我和波西瓦尔爵士的婚事。她说她曾经写信告诉我不要嫁给这个男人,还说她知道波西瓦尔爵士的一个秘密,她的妈妈也知道这个秘密。但是因为有人在监视我们,她没有告诉我是什么秘密,就匆忙地走了。"我们回去后,福斯科伯爵告诉我,劳拉可以不用现在就签字了。我想这里面一定有什么阴谋,肯定也跟这个福斯科伯爵脱不了干系。

第二天,劳拉又去了湖畔,她要等安妮·卡瑟里克。不幸的事发生了——波西瓦尔爵士知道了她去见安妮·卡瑟里克。当我回来的时候,碰见了女管家米切尔森夫人,她对我说:"夫人和爵士刚刚一起回来了,爵士吩咐我立马打发范妮走。"我不知道发生了什么事,就先去问范妮,她一直哭,我让她暂时先回林默里季公馆。随后我来看劳拉,发现她被软禁了。我气愤地去找波西瓦尔爵士,他警告我不要多管闲事,否则会惹祸上身。当时福斯科伯爵夫妇也在场,他们对波西瓦尔爵士说:"你这样虐待女人,我们实在待不下去了。"随后他们一起走了出来,低声喃喃了几句走开了。

我很快上楼去看劳拉,我们谈了刚才发生的事情,我说:"波西瓦尔爵士以为咱们发现了他的秘密,所以才这么疯狂。现在咱们随时都有危险。眼下只有一个办法就是争取回林默里季住一段时间,同时让凯尔先生给咱们想办法,我立刻去写信,让范妮带出去。"于是晚饭之前我偷偷跑到客栈,把信送到范妮手里。

晚饭后我回到房间,通过窗户看见波西瓦尔爵士和福斯科伯爵很神秘的样子,好像在策划什么。于是那天夜里,我决定铤而走险去偷听他们的谈话,我沿着屋顶爬上去听,真的很危险。我待的那个位置可以很清楚地听见他们的谈话,天哪,两个恶毒的家伙,就是在打劳拉的财产的主意。波西瓦尔爵士说:"如果我的夫人三个月后死了的话,我就可以得到两万英镑,我也没有忘记福斯科夫人的继承权,劳拉死后也将会有一万英镑落入你夫人的腰包里。另外,安妮·卡瑟里克已经跟我夫人见过面了,我夫人现在肯定已经知道了我的事情,目前我很危险。"……后来,两个人阴森地笑着。外面的雨下得越来越大,我全身都湿透了,冻得浑身颤抖。我正打算下去,又听到他们说:"安妮·卡瑟里克和我夫人长得一模一样,假如我夫人也患了严重的精神病,应该就是安妮·卡瑟里克现在这个状态吧。"之后屋里再也没有人说话,估计他们已经密谋完了。凌晨两点,我慢慢地爬回房间,由于泡在冰水里几个小时,我生了一场很重的病。

四、费尔利先生讲述

我就不明白了为什么总是有人来打搅我,不让我好好养病,现在我又被迫写这么一篇东西。

由于精神不好,具体的日期我记不住了。我尽量想想吧!那大概是六月底或七月初,仆人说劳拉的女仆范妮在外求见我,还带了一封很重要的信。她一进门就开始哭,那个烦人哪,她边哭边说最近发生在黑水公园的事。真是头疼啊,为什么人们总是来打扰我?范妮走后,我看了玛丽安的信,她问我劳拉可不可以回来住些时日,因为她和波西瓦尔爵士的婚姻出了些问题。我实在是讨厌别人老是麻烦我,我不想卷入这些是非当中。我是真不想让劳拉来烦我,于是就写信给玛丽安,让她回来跟我说说劳拉到底出了什么事,如果实在很严重,那就让劳拉回来。让我感到意外的是,玛丽安竟然没有给我回信,此后的一个星期也没有人给我添麻烦。

后来有一天,我妹妹的丈夫福斯科伯爵出现在我的面前,他来这儿是要告诉我玛丽安不能离开黑水公园,因为她现在病得很严重。他还请求我同意让劳拉回林默里季公馆住一段时间,说他会亲自送她回来。我很了解她们姐妹俩,如果玛丽安生病,劳拉是绝对不会离开她的,肯定不会回来。于是我就答应了他的请求,草草地给劳拉写了封信应付过去。哈哈,以后再也没有人来打扰我了。我知道的就这么多,至于以后的事,谁也预料不到,如果真的是出了什么大事,请大家也不要怪我。

五、黑水公园女管家米切尔森夫人讲述

下面我就讲一下哈尔库姆小姐的病情和爵士夫人如何去伦敦的经过吧。

六月底,哈尔库姆小姐病得很厉害,一直发烧。我们请来了道森医生,格莱德夫人也是每天衣不解带地守护在哈尔库姆小姐身边,尽管她的身体也不好。福斯科伯爵看我照料哈尔库姆小姐很辛苦,就跟

我说他将请一位和她夫人关系很熟的护士来接替我。第二天,福斯科伯爵夫人带着那个护士鲁贝莱夫人回来了,哈尔库姆小姐的病时好时坏,大概过了半个月,医生告诉我们她终于脱离了危险期,只需好好护理,不再需要大夫的治疗。后来道森大夫就走了。

有一天,波西瓦尔爵士告诉我,如果格莱德夫人和哈尔库姆小姐的病痊愈的话,就将带她们出去换个环境;同时福斯科伯爵夫妇也将离开这里去伦敦。他还让我打发走了所有的仆人,只剩下一个力大如牛的厨娘。为了能找到一个合适的住所,波西瓦尔爵士安排我先行去那里打点一切,可是他给我的那点儿钱根本租不到一个合适的房子,所以我很快就回来了。当时福斯科伯爵夫妇已经去了伦敦,我和格莱德夫人打算去探望哈尔库姆小姐。波西瓦尔爵士却告诉我们,她昨天早晨已经跟福斯科伯爵夫妇走了。夫人不信,冲上楼去看,结果真的没有人。波西瓦尔爵士对夫人说:"你不要担心,他们会好好照顾她的。玛丽安在福斯科伯爵家住一夜,之后就回林默里季去了。"格莱德夫人很生气地说:"你为什么不告诉我,让玛丽安一个人去,却把我一人留在这里?"她说要去找她姐姐,第二天,我就送夫人上了火车。从此我再也没有见到过她。

可就在那天下午,我在花园散步,竟然看见了鲁贝莱夫人,我吃惊地问道:"你不是和哈尔库姆小姐去伦敦的福斯科伯爵家了吗?"她却说她和哈尔库姆小姐从来都没有离开过这里。我太惊讶了,不明白这到底是怎么回事。不一会儿,鲁贝莱夫人带我来到了一间屋子,在那里我看见了哈尔库姆小姐正在安静地睡觉。第二天,波西瓦尔爵士送走了鲁贝莱夫人,我对这儿发生的一切感到非常恐惧和疑惑,我也不想在这里待了,可是波西瓦尔爵士却不同意我走。两天后,波西瓦尔爵士像个逃犯似的消失了,不知道去了哪里。

我知道的事情大概就这些了,我一直陪着哈尔库姆小姐直到她痊愈。后来我们在伦敦告别,她去了她叔叔费尔利先生家。对于这个家庭所发生的一切,我深感遗憾啊!

六、沃尔特·哈特莱特讲述

　　1850年10月,怀着对劳拉一如既往的爱,我重新回到故国。到达伦敦的当天我就去看望了妈妈和妹妹,可是妈妈带着沉重的表情告诉我劳拉已经去世了,听到这个消息,我伤心欲绝。我要亲自去看望我深爱的姑娘,于是我就来到了林默里季的墓地,跪在劳拉的墓前待了很长时间。眼看日落西山,在我正要离开的时候,两个女人突然出现在我的面前。天哪!竟然是哈尔库姆和劳拉。天哪!我真的不敢相信自己的眼睛,劳拉还活着,我当时真是又惊又喜。

　　现在我就告诉大家,劳拉走后在玛丽安身上发生的事:她立即去调查劳拉的死因,并咨询了凯尔先生。后来她又听说安妮在黑水公园被找到后就被送往精神病院。可是她到了精神病院,一眼就认出了那个女子根本不是安妮,而是她的妹妹劳拉。于是她想办法帮劳拉逃出了精神病院。接下来我再说一下,劳拉离开黑水公园以后发生的事:她到了伦敦后就稀里糊涂地被送进了精神病院。在精神病院的那些日子,她的精神严重受挫以至于看起来像变了一个人,费尔利先生也不承认是她。于是她们姐妹俩打算拜祭完劳拉的母亲就去伦敦,这就是刚刚出现的那惊人而又富有喜剧性的一幕。

　　之后,我们三人隐姓埋名,过着简朴的生活。我发誓一定要替劳拉挽回名声,索回她的财产。劳拉的精神和身体都在慢慢恢复中,依据哈尔库姆小姐的日记,我收集了一些证据去见凯尔先生,他听了我的讲述非常震惊。他说现在的证据对我们很不利,唯一的办法就是查出格莱德夫人死亡日期上的出入。我说:"真正的日期恐怕只有波西瓦尔爵士和福斯科伯爵他们俩知道,让他们说出真相是不可能的。"

第二天，我决定去黑水公园一趟，我要查查劳拉离开黑水公园的日期和死亡证书签署日期之间的不符，看看问题到底出在哪里。我到了汉普夏以后多方打听，却一无所获。第二天早晨我就回到了伦敦，玛丽安建议我应该查查安妮母亲的下落，或许可以从她那里查出蛛丝马迹。

于是我们找到了和安妮朝夕相处的克莱门茨夫人，告诉她安妮已经死了，她很伤心。她跟我说了安妮在此之前发生的一切，原来这里面一直都是福斯科伯爵在捣鬼。她还说出了一个惊天秘密：安妮的母亲卡瑟里克夫人竟然和波西瓦尔爵士有染。这些事让我不得不怀疑波西瓦尔爵士是否就是安妮的亲生父亲。天哪！事情越来越复杂了，后来我问她："为什么波西瓦尔爵士要把安妮送进精神病院呢？"克莱门茨夫人说："好像是安妮的母亲知道了波西瓦尔爵士的什么秘密。她又把这个秘密告诉了安妮，这个秘密一旦泄露，足以置波西瓦尔爵士于死地。"至此，所有的阴谋都将水落石出。

三天后，我来到卡瑟里克夫人家，希望从她这里打听到什么线索。可惜她只是愤怒，却说无可奉告。于是我就开始调查威明翰教堂的附属室，因为卡瑟里克夫人的丈夫曾经在这里做过执事，而波西瓦尔爵士和卡瑟里克夫人也在此私会。我相信这里一定会有线索。

我找到现在的教堂执事，查找了婚姻登记簿，终于让我发现了：教堂结婚登记簿的记载是伪造的，原来那个头顶从男爵头衔的波西瓦尔·格莱德，根本不是什么爵士，只是黑水公园的一个苦力。原来我曾猜测他可能是安妮的生父，可让我万万没想到的是，他竟然是个大盗，盗用了波西瓦尔·格莱德爵士的名字。现在我终于明白了，为什么他会不惜一切铤而走险，不放过任何一个可能知道他秘密的人。

现在，他的秘密竟然落在我手里，我一定要让他人财两空，身败名裂。可是这一切，那个神通广大的大骗子一定很快会知道的，我一定要保住这唯一的证据。我摆脱了一直跟踪我的两个人，再次来到教堂执事那里索要附属室的钥匙。可是当我跑到附属室门口时,听见里面传来可怕的呼救声,那竟然是波西瓦尔·格莱德的叫声,当时里面的火势已经无法控制,火已经蔓延到外面了,我们只好往后退。后来消防车来了,扑灭了大火。这是我最后一次看见波西瓦尔爵士,原来他是来盗取证据的,不小心打翻了油灯,引起了大火自己却没能逃出来。这场熊熊大火不仅烧死了波西瓦尔爵士,也烧毁了唯一能证明波西瓦尔身份的结婚登记簿。

第二天,劳拉也知道了这个消息。之后我们三人过着平淡而轻松的日子。我也一直没有放弃调查,决心要把福斯科伯爵绳之以法。后来我查出安妮和劳拉竟然是同父异母的亲姐妹。劳拉也在慢慢康复中,我仍深爱着她,我想照顾她一生一世,于是我和劳拉决定结婚。

我一直没有放弃对福斯科伯爵的调查。在老朋友佩斯卡的帮助下,我终于找到机会抓住了他的把柄,逼迫他招供了所有的罪行。我让他提供确切的证据来证明劳拉离开黑水公园的具体日期,并要求他把整个事情的经过一字不落地描述下来。他供认了自己所有的罪行,最后我让他签上自己的名字。

下面我就把故事的结尾告诉大家。

当时我就拿着那份死亡证书的副本和波西瓦尔写给福斯科伯爵的信,还有福斯科亲自供述的证词来见凯尔先生,他听完我所述的一切惊愕了半天。第二天,凯尔先生和我们一起回林默里季公馆,劳拉见到了她叔叔,我们把事情的真相告诉了他,他也表示很欢迎劳拉的回归。后来,我当着所有人的面告诉了大家案情的真相。同时,凯尔先生宣布要采取法律的手段,恢复劳拉的一切,包括身份和财产。后来,我在法国找了一份绘画杂志的工作,我把劳拉和玛丽安留在林默里季,就和佩斯卡去了巴黎。一年后,我们又回到了伦敦,平静地度过了几个月。第二年,我们的第一个孩子降临了。现在我和劳拉过着幸福的生活。

德伯家的苔丝

托马斯·哈代(1840—1928),英国著名的小说家,一生跨越了两个世纪,创作了很多不朽的佳作。他是一位享有世界声誉的文学巨匠,采取现实主义立场揭露社会的黑暗,描写人民的不幸。

《德伯家的苔丝》是哈代晚期的代表作之一。这部小说主要讲述了农家姑娘苔丝为了帮助家里摆脱困难外出做工,遭遇了一系列不幸以及她与命运的抗争。女主人最后悲惨的结局,深深地震撼了每一位读者的心!

第一章

五月下旬的一个傍晚,一位正在考察这一带居民谱系,并且打算编写新郡志的牧师骑着一匹灰色的马缓缓走来告诉约翰·德伯:他是该地古老的贵族德伯氏的后裔。他告诉他,他们家祖上很多人做过爵爷。如果按父子相传的规矩说,他该称呼约翰·德伯为德伯爵士。约翰马上就问他:"那俺这一支现在都在哪儿起炉灶呢?"牧师说:"以一郡的世族来说,你们家这一支已经灭绝了。但你们应该还是有本家的。"约翰听到这些非常高兴,执意要请牧师去露力芬酒店喝酒。牧师说:"今晚就算了吧,你喝得也不少了,赶紧回家吧!"这一突如其来的消息,让约翰这个贫穷的乡村小贩乐得是手舞足蹈,独自跑到小酒店里享受去了。

约翰·德伯一家住在马勒村,一个土地肥沃、幽深僻静的地方。这个地方不仅地形独特,连历史风情也颇有意味。马勒村的青年们都很乐意参加这个五朔节舞,它其实就是一种联欢会。所有结队的成员,男的穿白色长衫,女的穿白色连衣裙。德伯家的大女儿苔丝也在这个联欢会里面,她十七八岁,长着一双天真纯洁的大眼睛,生得秀丽端庄,非常好看。她在这一片白色的队伍里非常显眼,这些女孩子们尽情地跳着、笑着。旁观者中有三个模样相似、年纪相仿的小伙子。老大是牧师打扮,老二是学生模样,老三却给人一种无拘无束、吊儿郎当的感觉。老大老二对此情景没有多大兴趣,老三却很想凑个热闹。他对那个看起来优雅娴静的姑娘非常欣赏,很想和她一起跳舞。突然教堂的钟声响了,兄弟三人纷纷离开,这时联欢会马上就要结束了。

眼看天色已晚,苔丝恋恋不舍地和姐妹们告别回家去了。到家后,她看见德伯太太身边围着一群孩子。她一边洗衣服,一边摇晃着小摇篮,那里躺着她最小的孩子。看到这些,苔丝感到很惭愧,她应该早点儿回来帮母亲料理家务,照看弟弟妹妹。这群孩子把原本很标致的母亲给拖累得十分憔悴。幸好,苔丝遗传了她母亲的美貌;她母亲脾气很好,从来也没有责怪过谁。

见天色很晚,德伯太太让苔丝在家照看着弟弟妹妹,独自出去寻找她那个好吃懒做的丈夫。可是夜已经很深了,苔丝见母亲和父亲还没有回来,就决定把弟妹锁在家里,只身去酒馆里找父母。德伯太太终于在酒店里找到了德伯,只见德伯正在吹嘘自己的爵士族谱,德伯太太凑上前去说:"自从你告诉我咱家祖上的事,我一直在琢磨,听说围场那边有一位有钱的老太太,也姓德伯,说不定就是咱的本家。"她接着又说:"咱不如让苔丝去认认这个本家,说不定那老太太会很喜欢咱家苔丝呢。如果那样再借着那个贵气,给她找个体面的人家嫁了,那岂不是更好!"

不一会儿,苔丝也找到这里。她和她母亲搀着德伯先生慢慢地走回家去,一边走约翰·德伯嘴里还嘟囔着他是爵士之后。德伯已经醉得不省人事了,没有办法去赶集送货,苔丝只好替她父亲去送。第二天清晨,苔丝挑着灯笼和弟弟驾着他们家的老马"王子"一颠一颠地往前赶,突然看见远处一辆邮车飞驰过来,它的车辕像一把尖刀一样扎进了老马"王子"的胸前。苔丝赶紧下车去看,只见老马痛苦地呻吟着,鲜血还汩汩地直喷,不一会儿老马就倒在地上再也起不来了。苔丝伤心绝望地看着"王子",那个邮车的主人说会给他们再找一匹马过来送他们到集市上。姐弟俩在那儿等了大半天,才有一匹马过来替"王子"把他们那车货送到了集市。

苔丝回家后很自责,觉得要不是自己的疏忽"王子"不会死。尽管老马可以算得上是他们家的命根子,一家人全靠它过活,可是事情已经发生了,父母就是再责怪也没有用。没有了老马,他们家的生意也没有了,一家人的生活开始拮据起来,苔丝心里很自责。后来母亲说:"围场那边有一个有钱的德伯太太,你去见她,认她做本家,让她帮帮咱们这个倒霉的家吧!"苔丝的自尊心极强,她是一百个不愿意。尽管如此,可她一想到家里沦落到今天的境地,都是自己捅的娄子,为了弥补自己的过失,还是决定去一趟那里。

第二章

第二天一大早,苔丝来到了那个叫围场的地方。其实这位德伯太太与古老的贵族的德伯氏毫无渊源关系。她的丈夫本来是英国北方的一个商人,是个靠放高利贷起家的暴发户,后来从北方迁到这里,"德伯"这个姓是从博物馆里挑出来安在自己头上的。她丈夫死后就剩下了这位瞎眼的德伯老太太和她的儿子亚雷·德伯。可惜啊,苔丝和她的父母从来也没有想到事情会是这样的。

苔丝站在门口,拿不定主意是进去还是回去。只见一个身材高大,看上去大概二十三四岁模样的青年向苔丝走来,他就是亚雷·德伯。他色迷迷的眼睛盯着苔丝,苔丝很不安地说:"我妈妈让我来看你的母亲,我家跟你们家是本家。"于是苔丝就把情况简单地跟他说了一遍。

一个星期后,德伯太太收到了她那个本家老太太的信,说是希望苔丝能过去帮她管理鸡场,她先前雇的那个人不可靠。苔丝不是很想去,她想在邻近的地方找些活儿干,挣够再买一匹马的钱她就不用出去了。可是附近没有这样的机会,她只好同意去做鸡场的那份工作。第二天德伯太太刻意帮苔丝打扮了一番,正好她那个阔本家的花花公子过来接苔丝。他们的马车飞驰着,亚雷·德伯一路上对苔丝动手动脚,惹得苔丝很讨厌他。她现在很想回去,真后悔不该来这里干活儿。但这是不可能的。

苔丝的工作就是照料那群公鸡和母鸡。苔丝尽职尽责地照顾这些鸡,工作起来也得心应手,这位德伯老太太对苔丝还算不错。苔丝看出老太太和她的儿子感情不是很好。苔丝在鸡场工作已经一周了,这里的工作很单调。

礼拜六,苔丝去了趟集市,参加了那里的一场舞会,在那儿她看见了亚雷·德伯。晚会结束后,已经很晚了,亚雷骑着马带着苔丝回来。因为一周的辛苦工作,加上今天的舞会让疲惫的苔丝非常困倦,她坐在亚雷身后眼神已经模糊了。她没有察觉此时亚雷并没有走在去围场的路上,而是走上了一条苔丝根本不熟悉的岔道儿。苔丝实在太疲乏了,浓雾中他们迷失了方向,亚雷趁机对苔丝动手动脚。苔丝很生气,下马不理他,后来亚雷答应送苔丝回围场。就在亚雷去找路的时候,疲倦不堪的苔丝靠着树睡着了,亚雷借机把沉睡中的美丽的苔丝奸污了。从此,穿着粗布衣的苔丝不见了,亚雷把她打扮得雍容华贵,但这些遮不住苔丝的满腔愁苦。

第三章

十月下旬一个礼拜天的早晨,苔丝悄悄地离开了围场的养鸡场,她受不了亚雷的鄙视和厌恶,一路颠簸地走到了家。母亲看见苔丝突然回来非常吃惊,于是苔丝就把被亚雷奸污的事情告诉了母亲。德伯太太气得直掉眼泪,现在她的脑中唯一的念头就是让亚雷·德伯赶快娶苔丝。苔丝却没有想过要嫁给这个人,她不喜欢他。

苔丝从本家回来的消息很快就传遍了全村。村里以前的好姐妹都来看她,大家都夸赞她长得更美了。起初苔丝不愿见人,总是等天黑了以后,独自一人跑到林子,跑到空旷的山谷里去。那时她已经怀孕了,她把自己看作一个罪恶的化身。

八月份,到了收割麦子的季节,苔丝也慢慢地和其他人一样去地里干活儿。这时的苔丝多少有些变化,她已经生下了一个小男孩,每次歇工之际都会给婴孩喂奶。苔丝已经连着好几个月没有出门了,她今天竟然去地里和大家一起干活儿,这需要很大的决心和勇气。以前她老觉得全世界的人都在注意她,所以在人前一直不敢抬头,但是现在庄稼抢收正需要人手,她顾不了那么多了。

晚上她下工回到家里,发现孩子忽然得病了。苔丝心里非常着急,无论那件罪恶的事情是如何发生的,她现在都不愿去想,她只希望她的孩子能够活下来。她父亲觉得苔丝给这古老的贵族家世抹了黑,坚决不同意苔丝去请牧师给孩子做洗礼。看着孩子的喘息越来越微弱,年轻的妈妈心疼得无法形容。她跪在地上祈求上帝保佑她这个可怜的孩子,不一会儿她站起来,端了盆清水,她要亲自给孩子做洗礼。可是这个小婴孩还是死了,她亲自把他送到了教堂的墓地。

自此之后,苔丝就从一个头脑简单的女孩子一跃成为思想复杂的妇人。她后来从不与外人接触,以至于现在马勒村人差不多都不记得她了。

转眼到了五月初,她母亲的老朋友介绍她去南方的一家牛奶厂干活儿。虽然是南方,可苔丝觉得还不够远。苔丝打定主意只想做一个平凡的挤牛奶女工,不再有什么别的奢求。

第四章

这是苔丝第二次离开家。一切收拾妥当整装待发,苔丝本想快点儿离开这个家,可是临行前,她看着父母和几个弟妹,还有她熟悉的村落,还是惆怅了一番。下午,到了牛奶厂山谷,她径直向牛奶厂走去。她看见挤奶工人们正赶着牛回去,到了那里,苔丝换了帽子系上头巾,开始挤牛奶。

突然,有一个人说的话引起了苔丝的注意。苔丝看着那人,觉得好像在哪儿见过。那人给人的感觉是有些不爱说话,受过教育,神秘莫测,与众不同。仔细一看她突然想起来,他就是那个曾在马勒村看她跳舞的那个人。晚上,一个寝室的女工聊起了那个看起来与众不同的人。"安玑·克莱先生,听说他父亲是个牧师,他不愿继承父业,只想着把地里的庄稼活儿学会。这不,现在跟着咱老板学养牛呢。他这人真的很奇怪,明明是天生的上等人,偏偏要学养羊、学养牛。"苔丝当时对这位克莱先生没有什么好奇心,所以女工们的谈话对她没产生多大的影响。

这个安玑·克莱是一个穷牧师的儿子。牧师总共有三个儿子,长子和次子都去上了剑桥大学,立志做牧师。而安玑却想摆脱这一切,他对近代城市生活有着莫名的厌恶之情,觉得他既不能宣扬神道,也不能于红尘中飞黄腾达。他对种庄稼非常感兴趣,于是就在二十六岁的时候,来到这里做了养牛学徒,跟老板学习养牛技术,以求自立。他刚来的时候不是看书就是弹琴,但是不久他就和工人们混得很熟,打成一片,他也发现了不少新鲜事物。

苔丝来了好几天,安玑总是坐在那儿看他的书,没有注意到饭桌上多了个人。苔丝清脆的嗓音吸引了他,他注视着苔丝,心想:"多么鲜亮、多么纯洁的一个女孩啊!"突然他好像想起什么来了,他觉得他一定是在哪里见过她。

六月的一个黄昏,苔丝挤完牛奶决定到外面走走,忽然一阵琴声打破了黑夜的寂静。这个声音她以前也听到过,但是今天却格外的清楚,琴声纯净无杂、抑扬顿挫,此刻苔丝觉得好像她也要跟着它澎湃起伏起来。过了一会儿,这幽怨凄婉的琴声止住了。安玑看到了苔丝,悄悄地来到她的身边。

两人开始交谈起来,安玑觉得苔丝的话总是多愁善感,根本不像她这个年纪的人该说的话。他对苔丝有种说不出来的感觉,是感动?还是悲伤?苔丝也弄不懂安玑,为什么一个出身牧师家庭、受过良好教育、不受生活压迫的人会看到这个世界如此多的不幸。至此,他们俩对彼此之间的秘密仍一无所知,还没有想到要去探索对方的历史。

时光流转,一年的时光转瞬即逝,牛奶厂里的男女老少都过得很平淡、很安静。苔丝和安玑之间,有一种不可抵抗的力量在不知不觉间把他们俩凑到一起,那种势必合流的形势就像一条山谷里的两道溪水。这些年,苔丝从来没有像现在这样快活过。

  苔丝和安玑不断地约会,每天他们俩差不多都是牛奶厂起得最早的人。那段时间,安玑觉得苔丝像王后一样庄严典雅,在他眼里漂亮的女人只有苔丝一个;而在苔丝眼中安玑是她注视的中心。草场旁边的飞鸟都在羡慕这对有情人。

  礼拜天的早晨,苔丝打算和三个伙伴去教堂做礼拜。可是路上的池塘边有一摊积水,她们过不去。安玑将她们一一抱过去,当他抱苔丝的时候,苔丝的脸刷地一下就红了,不敢看安玑的眼睛。三个伙伴都看见了,她们说安玑喜欢苔丝。

  一天下午,苔丝坐在小板凳上挤牛奶,安玑在旁边盯着她看。不一会儿,他们绕到了树篱的后面,安玑看着苔丝可爱的脸一把抱住了苔丝。在一阵喜悦的冲动下,苔丝也不知不觉地倒在了他的怀里。

  他们以后要走的道路上会出现一番新天地,至于是长是短,是久是暂,全要看他们的缘分和造化了。

第五章

  安玑·克莱决定回他父母家爱姆寺一趟。由于是临时决定,他没有写信通知父母。他一进家门,饭桌上的人——他父母亲、大哥和二哥都站起来欢迎他,让他感觉到家的味道。一家人觉得安玑这次回来后的变化太大了,他的一举一动越来越像个庄稼人。从前那个咬文嚼字的书生如今变得言语粗俗;而他的那两位哥哥绝对是符合标准的模范青年。他们都很孝顺,按照时节回家来看父母。

等到晚上家庭祈祷做完了,安玑找了个机会把两件他最关心的事情对父亲说出来。第一,他将来怎样在英国或者殖民地上做大规模农场主的计划;第二,他娶一个什么样的太太更适合。第二天一大早,安玑就动身准备回牛奶厂。

下午时分他到了牛奶厂门口,一个人都没有,大家都在睡午觉。安玑知道苔丝三点要去撇奶油,于是就过来找她。安玑从后面一下抱住了苔丝,她的心怦怦直跳。安玑温柔地说:"亲爱的,我跟你商量个实际的问题啊。我不久就打算成家了,既然我是个庄稼人,那么我的太太当然也需懂得怎么去管理农田,你愿意承担这个角色吗?苔丝!"苔丝脸上立刻显出了忧伤焦虑,她说:"哦,不,克莱,我不能做你的太太,我不能!"安玑听到这话很奇怪地问苔丝:"难道你不爱我吗?"苔丝说:"爱,当然爱,我愿意做你的人,可是我不能嫁给你!"安玑一直追问苔丝,她无言可答,安玑见苔丝很难过的样子就不再追问了。

后来,安玑断然拒绝了父母给提的与一个门当户对的富家小姐的亲事。他苦苦地真诚地追求着苔丝,苔丝的内心也十分矛盾。她既欣赏安玑的为人,对他很有好感,但内心却觉得自己已经失身于人,不配做他的妻子。她痛苦地挣扎着。最后安玑强烈的爱终于使苔丝战胜了对往事的悔恨,答应了安玑的求婚。苔丝答应安玑求婚的那一刻哭了,哭得肝肠寸断。安玑觉得莫名其妙,但他仍然很开心。苔丝把这个好消息写信告诉了她母亲,母亲即刻回了封信,嘱咐苔丝千万不能把失身的事告诉安玑,哪怕一丁点儿也不行。

眼看就要到十月了,自从苔丝答应安玑的求婚,她觉得时间过得飞快,这段日子她过得非常开心。现在,苔丝爱安玑已经爱到极限了。此刻,安玑就是她的命。人总是矛盾的,这种深厚的爱让她彻底地忘记了往事,但是清醒的理智和良心又让她时刻记起那些痛苦的往事。她的内心一直有个声音:"我配不上他,配不上!"可是安玑一直劝慰苔丝不要再这样想,因为他永远不明白苔丝此刻内心的真正痛苦。苔丝老是悔恨于往事,迟迟不肯给安玑一个具体的婚期。后来厂子里的人都知道了,老板娘劝苔丝不要再犹豫了,赶紧把婚期定下来,苔丝恍恍惚惚地随口就答应了。于是她就写信告诉母亲她的婚期已经定了。

第六章

　　安玑很想和苔丝在结婚的前一天去别处玩玩,作为他们以情人身份的最后一次游玩,于是他们决定一起去镇上买些东西。回来后,他们各自回房间,苔丝考虑再三还是决定把过去的事情告诉安玑。她没有勇气亲口对他说,于是就取了四张纸,一口气把三年前的事情写了出来,装进了一个信封里,信封皮上写着克莱先生收。她把那封信从门底下塞进安玑睡的屋子里。晚上回去,她心神不宁,一晚上都在做噩梦,她觉得他一定不会饶恕她的。
　　早起,苔丝见安玑待她和从前一样,就怀疑他是不是看过那封信。于是她急急忙忙来到楼上去看那封信,只见那封信原封不动地待在那儿,原来它被盖到地毯下面了,只露出了一点点的信角,安玑根本没有看到那封信。于是她又急忙把信揪出来拿回去烧了。她看见满屋子的人都在为他们的婚事忙活着,恐怕现在是没有机会跟安玑说清楚了。后来他们一行去了教堂举行婚礼,从教堂出来的苔丝已经是安玑·克莱太太了,她一直在自责自己是否承受得起这个名分。
　　下午伙伴们都走了,安玑和苔丝坐车来到他们新租的房子。安玑把一只精致的摩洛哥皮箱放在苔丝的面前,苔丝小心翼翼地打开,眼前霎时一片珠光宝气,那是安玑的家传珍宝——钻石项链和耳环。安玑亲手给苔丝戴上,退后几步入神地欣赏着,再次为苔丝的美貌而倾倒。"我要向你坦承一件事!"安玑神情严肃地说。于是他讲述了他以前和一个女人厮混的事,并且请求苔丝的宽恕。苔丝用她热烈的拥抱回答也原谅了安玑。此刻她也鼓足勇气,讲起了她和亚雷的事。

　　苔丝的故事讲完了,但安玑的神色却黯淡了下来。他冷冷地看着苔丝,忽然狞笑起来说:"我原来爱的那个女人不是你,你只是和她长得一样。"苔丝听完这些话脸色苍白,她知道她原来担心的事情终于发生了,他把她看成了一个外表纯洁内心淫荡的女人。他走出房间在宅前一条昏暗的小路上不停地徘徊着。他不能接受这个现实,也不肯宽恕苔丝。他说他只爱他以前心中的那个苔丝,不能接受现在这个已经失去了贞节的苔丝。苔丝茫然地站在黑暗中,凄苦不已。安玑为了名誉不愿和苔丝离婚,又不愿和她生活在一起。第二天他扎捆行装,只身远涉重洋去了巴西。苔丝摘下了耳环、项链,回了娘家。

　　苔丝坐车回到了马勒村,一路上她都在想一个问题:我有什么脸去见我的父母?见到母亲后,苔丝所有的委屈都藏不住了。她扑在母亲的怀里直哭,告诉母亲她把那件事情告诉了她的丈夫,她丈夫不要她了!德伯先生听到这个消息说:"你怎么连栽跟头啊,真是窝囊!"父亲甚至怀疑她到底是不是真的结了婚,苔丝无法忍受家里人和村里人的流言蜚语,她不想待在这里,说她要去找安玑。

第七章

　　几天后,安玑向父母告别动身去巴西。临行前,他碰到了苔丝的一个女伴伊茨,伊茨告诉安玑:"苔丝其实是非常爱你的,为了你,她可以豁出一切甚至是性命。"和伊茨告别后,安玑心里挣扎,他不知道自己这么责怪苔丝到底错没错,可他知道自己暂时是不会回头的。

这个十月份,已经是苔丝和安玑分手八个月后。心碎的苔丝已经放弃了丈夫饶恕她的一切希望,绝望的心境如同走投无路的野兽一般。为了生计,苔丝在一个天寒地冻的高原农场找到了一个粗重的工作,在那里刨萝卜、修萝卜。

一天,苔丝特别想知道安玑的情况,决定去爱姆寺牧师公馆打听一下安玑的消息。可是她没有打听到任何消息,只好伤心地下了山回来。就在她按着原路返回的时候,她觉得很疲乏就靠在栅栏门的里程碑旁休息了一会儿。后来她起身走进了一个村子,那里面好像有人在讲道。苔丝觉得那位讲道人在胡说八道,因为那人的话毫无逻辑,好像根本就不懂辩证法。她想走进人群中听得更清楚些,让她十分吃惊的是那个讲道人的声音,居然和亚雷·德伯的声音丝毫不差。借着阳光,苔丝分辨出来那个人就是亚雷·德伯。苔丝一时无法相信他居然成了牧师,还满口仁义道德在这里布道。

苔丝不敢相信自己的眼睛,她心里琢磨着这怎么可能是一个人。当年亚雷把她害得那么惨,现在他却皈依了圣灵;他自己原来是作恶的,现在怎么可能变成了布道的牧师、狂热的福音教徒,到处给人布道、劝人为善呢?苔丝心里既愤恨又疑惑不解,头也没回地往前走,忽听后面有人叫她,真是冤家路窄,亚雷走上前去拦住了苔丝。她现在看见这个人就觉得恶心,亚雷跟苔丝说了很多,可苔丝一点儿也不感兴趣,不想搭理他。后来,他又不停地骚扰苔丝,不仅在路上拦截她,甚至还去她干活儿的地方找她,一刻也不让她安宁。当亚雷后来得知苔丝被遗弃的消息后,还厚颜无耻地要求苔丝嫁给他。苔丝实在受不了,她想到了给安玑写信,向她远在异国他乡的丈夫求救。可是封封信都石沉大海,杳无音信。

安玑的父母已经知道了安玑和苔丝的不幸婚姻,也很后悔不该让安玑去学种庄稼,这样他们的儿子就不会遇到这样的媳妇儿。而在此时,苔丝的丈夫安玑远在他乡过得也十分悲惨。到巴西不久他就大病了一场,至今还未痊愈。期间,安玑对苔丝的旧情渐渐地复燃,只是他还很迷茫,不知所措,迟迟没有行动。

第八章

忽然有一天,苔丝的妹妹丽莎过来找她,告诉她她们的母亲病重,于是苔丝第二天早晨就回去了。下午三点她到了家,看见邻居们正在照看她的母亲,此时她的父亲也害了一种叫不上名的病。后来苔丝在地里干活,妹妹跑来告诉她说妈妈的病大有好转,可是爸爸却去世了。

还有一件事让苔丝家几乎陷入了绝境。圣母节前夕,马勒村的房子,没有被拆的地主们通通都要收回去,因为德伯家住的是典当房子,正好截至到了约翰·德伯这一辈,现在他死了,房子理应由地主们收回。德伯一家人没有权利再住下去,现在无家可归。苔丝想尽了办法去租房子,终于找到了一间,可是亚雷又故意抢在他们前面把房子租下来。他又租给了别人,故意让苔丝一家走投无路,好让苔丝过来向他求助。德伯一家老小真的是没有办法,只好在破烂的祖籍教堂支起床铺。后来不知什么原因,亚雷竟然出手帮助他们,给他们找了个地方安顿了下来。

爱姆寺的牧师公馆里,牧师夫妇惊喜地迎来了他们的小儿子安玑。经历了国外严酷的气候,安玑消瘦得跟以前判若两人。他父母拿出来一封苔丝写给他但没有寄出去的信,看完后他非常激动,他说:"是的,也许她以后再也不会理我了。"第二天,他待在屋里想了一天。他决定先写一封信到马勒村打听一下苔丝是不是还住在那里。后来德伯太太回了封信说:"苔丝已经不住在这里了,我们全家都搬走了。"

心急如焚的安玑再也不能等了,他要亲自去找苔丝。拖着病体,安玑几经周折终于找到了德伯夫人现在的居住地。他笨拙地介绍着自己,说他是苔丝的丈夫。德伯夫人好像有什么难言之隐,不太情愿地告诉安玑苔丝现在在沙阜。

安玑匆匆赶往那里,后来他打听到有一家叫德伯的人住在群鹤,那是一座时髦的公寓。他站在门口,看到的情景跟他想象中的一点儿也不一样。苔丝穿着华丽的睡衣来到他面前,用冷酷坚韧的眼神看着他,极冷漠地对他说:"你现在来做什么?我已经嫁人了,你现在说什么都太迟了。"安玑承认了自己的错误,说他不该怪她。苔丝用颤抖的声音说:"都是他,是亚雷告诉我你再也不会回来,你再也不要我了!他在我父亲死后,帮助我,帮助我们全家,最后我只好又跟着他回来了。""我恨死他了,他对我撒谎。他说你再也不会要我,再也不会回来了。你看看我这身衣服,我现在只能任他摆布!"苔丝用可怜的眼神看着安玑说:"……请你走吧,以后不要再来了。"苔丝抽身回去,眼里充满着悲伤和愤怒。安玑无可奈何,只得伤心地走了。

第九章

苔丝回到房里,伏在桌上痛哭不已。安玑的归来犹如一把利刃,把苔丝从麻木浑噩的状态中刺醒。过不久,房东太太见苔丝穿着出远门的衣服匆匆地走出了公寓。她有些疑惑,抬头朝楼上看看,目光落在了天花板上。雪白的楼板上有一个又一个红点,而且越来越大,她伸手一摸,是血!房东太太吓得脸色煞白,赶紧去报了警。原来绝望的苔丝亲手杀死了亚雷,亲手杀死了那个毁了她一生幸福的男人。

安玑此时失魂落魄地走在回来的路上,朝着车站方向走去。他忽然看见从对面的斜坡上跑下来一个人,离他十分近的时候安玑才认出那是苔丝。只见苔丝脸色惨白,呼吸急促,全身颤抖。苔丝告诉他说:"我把他杀了。这几年来的遭遇让我太伤心了,我恨透了这个左右我命运的道貌岸然的男人!"苔丝平静地把杀死亚雷的事告诉了安玑。安玑望着她苍白的脸色和白衬裙底襟的血迹,万分激动地把她紧抱在怀中说:"苔丝,我永远爱你,再也不离开你了。"

  安玑决心要救她,于是他们俩坐上火车。为了躲避追捕,他们在第二站便下了车。在僻静处,他们发现了一座正待出租的大空宅,便破窗而入。第二天,酣睡中的安玑和苔丝被一阵响声惊醒。原来是看房老太婆发现了他们。于是,他们又开始逃跑。野外狂风呼啸,豺狼嚎叫。荒野的尽头,有座庞大的太阳神祭坛遗迹。苔丝疲惫至极,躺在石阶上渐渐睡着了。临睡前,她跟安玑说:"亲爱的,我要是有什么不测,请你看在我的面子上好好照顾我的妹妹丽莎·露好吗?她是个非常好的姑娘,如果我死后你们能生活在一起,我地下也会感到安慰,你看到她就如同看见了我。"苔丝俯下身吻了吻安玑。

  远处,升起一片灰蒙蒙的雾。忽然,一阵马蹄声从四面八方朝向他们包围过来,安玑不想再逃了,他恳求警察让苔丝睡醒再带她走。苔丝醒了,她望了望警察平静地说:"走吧。"四名警察骑着马在荒野上慢慢地走着,中间是安玑和戴着手铐的苔丝。在他们的身后,从神坛的竖柱之间冉冉升起一轮红日……

  七月的一天早晨,苔丝被处绞刑,这年她还不到二十一岁,上帝对于苔丝的愚弄终于结束了。安玑遵照苔丝的遗愿,带着忏悔的心情和她的妹妹丽莎·露开始了新的生活。

快乐王子集

奥斯卡·王尔德(1854—1900),爱尔兰著名的诗人、戏剧家,主张"为艺术而艺术",很多作品都受到全世界读者的喜爱。因为当时爱尔兰仍受英王统治,属于英国,故本书收录其作品。

《快乐王子集》是王尔德的代表作,它讲述了五个美丽的童话,每一个童话所描述的画面都能让读者进入一个奇妙的世界,而且故事寓意深刻,不愧是世界儿童文学的绝佳之作。

快乐王子

满身金黄的叶片,一双蓝宝石的眼睛,镶着红宝石的宝剑,这就是快乐王子的雕像。他矗立在广场上一根高高的柱子上。

他那华美的造型,让人称赞不已。一个市参议员赞他像风标一样漂亮,可又怕别人说他只重外表,就又赶紧说:"漂亮是漂亮,只是没有风标实用。"

一位母亲对自己哭着要月亮的孩子说:"快乐王子可是从来没有哭着要东西的哦,他总是那样快乐。"

"我真高兴,世上还有如此快乐的人。"一位沮丧的人看着这座雕像自言自语。

"他看上去像天使。"孤儿院的孩子们说。"你们从没有见过天使,又怎么知道他像天使呢?"数学教师问。

"啊!可我们在梦里见过啊!"孩子们答道。

一天晚上,一只小燕子从这城市上空飞过。他一直念念不忘他心爱的芦苇小姐,所以不肯和他的同伴一起去埃及过冬,他要留下来陪他的芦苇姑娘。他和芦苇是在早春时节相识的,当时他正在河边追逐一只小飞蛾,芦苇姑娘的细柳蛮腰深深地吸引了小燕子。他说:"芦苇姑娘,我很喜欢你,我能爱上你吗?"芦苇轻轻地弯了弯腰表示同意,小燕子高兴得不得了,立马就向芦苇姑娘求爱,他们度过了非常浪漫的夏天。

可是别的燕子却笑话他说:"她没有钱,到处都是穷亲戚,你总有一天会受不了的。"转眼就到了秋天,别的燕子都飞到暖和的地方去了。

同伴走了以后,小燕子觉得很孤单,每天都不开心。他越来越讨厌他的妻子芦苇小姐了。他觉得她老是随风飘荡,跟风先生调情;另外,他喜欢到处去旅行,可芦苇小姐常年就待在一个地方。小燕子打算远行,可是芦苇小姐却不肯跟他走,最后小燕子说:"那好吧,你不愿意去算了,我自己去埃及金字塔,再见!"

他飞了一天很累很累,今晚得先找一个安身的角落。他一眼就看见了那座雕像,因为那里很高很高,小燕子说:"那我今晚就睡在这儿吧。"

小燕子正打算睡觉,突然感觉有雨滴滴在了他的身上。可是他看看天,天空很晴朗啊,怎么可能下雨呢?他正要飞走,打算再找个安身的地方,忽然看见这座雕像哭了,他眼睛里满含泪水,泪珠滚落在小燕子的身上。

燕子问:"你是谁呀?"

"我是快乐王子。"

"你是快乐王子?那你为什么还会哭呢?"

"从前我活着的时候,每天都生活得无忧无虑,不知道什么是伤心和眼泪,每时每刻都有人跟我玩。在王宫里,我看到的都很美好,所以大家都叫我快乐王子。后来我死了,他们就把我矗立在这里,让我看见了很多生前在王宫里看不到的事情。我看见了这座城市的丑陋和贫穷。虽然我的心是铅做的,可我还是忍不住伤心地哭起来。"

王子低低地说:"那边很远的一条街上,有一个妇女正在绣花,她枯瘦如柴,满脸病容,正在给一件绸缎衣服绣西番莲花,那是王后最宠爱的宫女的衣服。床上躺着她生病的孩子,他正在发烧,他很想吃一口橙子,可是他妈妈没有钱买,只能让他喝水,现在那位母亲正在哭。燕子,燕子,请你帮我把这颗红宝石取下来送给她。好吗?"

小燕子犹豫地说:"我的伙伴还在尼罗河畔等着我呢,那里有好大好大的莲花啊!"

"燕子,燕子,求求你了,你看那个孩子快渴死了,他的母亲多伤心啊!你就给我当次信差帮帮他们,好不好?"王子哀求说。

"我最讨厌孩子了,他们去年还拿石子扔我呢,差点儿擦伤我漂亮的羽毛。"

快乐王子见小燕子执意不肯帮忙,又伤心地落泪了。小燕子看王子那么难过,就心软了,说:"那好吧,我只答应陪你过一夜啊,就帮你这一次啊!"

小燕子啄掉了王子佩剑上的红宝石,向远方飞去。当他飞过王宫的时候,看见那个宫女正和她的情人在欣赏夜景,她说:"多美丽的星星,如果我能穿上那件漂亮的绣着西番莲花的礼服,我就是世界上最幸福的人。可惜,那个绣花的女工总是偷懒。"

他飞呀飞,飞了好远,终于到了那个穷人家里。他把红宝石放在桌子上,又绕着床飞了一圈,妈妈陪在孩子的身边安详地睡着了。

燕子回到了王子的身边,告诉王子事情的经过。他说:"现在天这么冷,可是我怎么不觉得冷呢?"

王子说:"那是因为你做了件好事呀。"小燕子实在太累了,躺在王子的脚上就睡着了。

第二天,小燕子说:"王子,今天晚上我就要走了。在埃及你有没有什么事需要我办啊?"

"燕子,燕子,你难道真的不能再陪我一夜了吗?"王子说。

"我的伙伴们明天就要飞到尼罗河第二瀑布了,那里有非常美丽的风景。"

"燕子,燕子,在城的那边,有一个年轻人,他打算写一部戏,可是他家里实在太穷了。你看他瘦得面如骷髅,他家实在太冷,你看他的手脚冻得都快僵硬了。"

"那好吧,王子,我再陪你一夜吧,难道你这次还要我给他送块红宝石吗?"

"我已经没有红宝石了,你就把我眼睛里的蓝宝石啄下来给他吧。这颗宝石价值连城,可以卖很多钱,这样这个年轻人就有粮食和棉衣,就能保证他顺利写完他的戏了。"王子说。

小燕子不想那么做,因为那样的话王子就会失去一只眼睛,可是善良的王子请求他取下蓝宝石。于是,小燕子取下后飞快地给那个年轻人送去。年轻人看到一颗宝石放在他家的紫罗兰花上非常高兴,他以为是有人赏识他的才华,于是充满信心地写完了他的戏。

第二天,燕子回来向王子告别。他这次真的要走了,因为冬天马上就要来了。

"燕子,燕子,你这次是真的不再陪我过一夜了吗?"

"寒冷的大雪马上就要来了,我再不走就会被冻死的。现在的埃及风和日丽、阳光明媚,在那里我会有一个美好的冬天。来年春天,我会给你带两颗美丽的红宝石和蓝宝石,红的比玫瑰还红,蓝的比大海还蓝,好不好?"

"燕子,燕子,你再帮我最后一个忙好不好?你看广场下面有一个卖火柴的小女孩,多可怜啊,她的火柴全掉进水里湿了,如果她没挣到钱,回家后她爸爸会打她的。"

燕子看着这个小姑娘实在可怜,就答应王子,说:"好吧,我再陪你一晚上吧!"

王子说:"燕子,你把我另一只眼睛上的蓝宝石取下来吧,送给那个可怜的小姑娘。"

燕子遵照吩咐,把蓝宝石送到小女孩的手里。她高兴地跳着回家了,嘴里还说:"好漂亮的玻璃球啊!"

燕子回到王子身边说:"亲爱的王子,你的眼睛瞎了。我再也不离开你了,以后我就是你的眼睛。"

王子说:"不,燕子,你别管我,你该走了,不然你会被冻死的。"

燕子发誓要永远留在王子的身边,今晚他又在王子的脚上安详地睡了。

从那天起,燕子每天都坐在王子的肩上,给王子讲他见过的奇闻趣事,他讲到了红色的朱鹭、怪物斯芬克斯、珠宝商人、月山的王、绿色的大蟒蛇。

"亲爱的燕子,我想听听人间的疾苦,百姓的贫穷,你就飞到空中帮我去看看,好吗?"

于是燕子飞到城里的各处,他见到了有钱人在作乐,乞丐们在受冻,饿得受不了的小孩在嗷嗷哭。他把他看见的一切说给王子听。王子说:"你把我身上的金片,一片一片啄下来送给他们吧?或许金子能给他们带来幸福。"

燕子按照王子的吩咐把金片啄了下来,可是王子却变得灰突突的。他把金子送给那些人,小孩们都吃饱了在玩耍,城里的人都欢呼着:"我们有面包了。"

严寒逼近,大雪将至。城里的人们吃得饱、穿得暖,都欢欢喜喜地过日子。

可是小燕子却越来越冷了,可他仍不舍得离开王子。最后他意识到自己马上就要死了,趴在王子的肩上说:"亲爱的王子,咱们永别了!我恐怕要死了。我可以吻一下你吗?"

说完,他吻过快乐王子的嘴唇,一头跌下去死了。

当时,雕像里好像发生了爆炸,一声巨响,王子的铅心裂开了。真是一个极寒的冬天啊!

第二天,市长和市参议员来广场散步,看见快乐王子的雕像变成了这个样子,说:"身上的什么东西都没有了,真是丑死了。"

参议员也都随声附和:"真连个乞丐也不如。"

后来,他们把快乐王子的雕像拆掉了,拿到金属厂的熔化炉里去熔化。市长和每个议员都想把自己的像树立在这里。

可是那个铅心却怎么也熔化不了。于是他们就把它扔到了垃圾堆里,小燕子也躺在这垃圾堆里。

上帝说:"天使,你去把这个城里最珍贵的两样东西给我取来。"

天使就把王子的那颗铅心和死鸟带到了上帝面前,上帝说:"没错,现在我就要小鸟永远生活在天堂的院子里,让王子住在我的金城里。"

夜莺与蔷薇

年轻的学生说:"她答应我只要我送她一朵红蔷薇,她就跟我跳舞。可是花园里没有红蔷薇。"

他哭了,"找遍整个花园也找不到一朵红蔷薇,怎么办呢?没有红蔷薇,我的生活将会变得很不幸。"

夜莺听见了他的话,自言自语说:"我终于找到了一个忠实的情人。可就是因为没有找到一株红蔷薇,他现在变得那么的忧愁!"

年轻的学生喃喃说:"明晚王子要举办舞会,我要是能送她一朵红蔷薇,便可与她共舞了。可是花园里没有红蔷薇,我只能眼看着她与别人翩翩起舞,我的幸福从此就失去了。"

夜莺说:"真让人感动,爱情是个神奇的东西啊。它是无价之宝,是用什么金银财宝也换不来的。"

年轻的学生说:"我心爱的姑娘和衣着华贵的朝臣们翩翩起舞,好不快乐。可是我呢,仅仅是因为没有一朵红蔷薇,就不能和她跳舞。"他扑在草地上,伤心地哭起来。

小动物们都不知道他为什么哭。

夜莺说:"他是为了一朵红蔷薇而哭!"

大家都非常不理解,只有夜莺了解他的烦恼,她若有所思地坐在树枝上。

突然,她张开翅膀向空中飞去,到处找蔷薇树。终于找到了一棵,她急忙落上去。

她大声说:"你要是送给我一朵红蔷薇,我就把我最好听的歌唱给你听。"可是这棵树摇摇头说:"我的蔷薇是白色的,像雪一样白。"

夜莺又飞到另一棵蔷薇树上,依旧那样说。

可是这棵树仍是摇摇头说:"我的蔷薇是黄色的,比水仙花还要黄。"

夜莺又飞到另一棵蔷薇树上,仍旧那样说。

可是这棵树也一样摇摇头说:"虽然我的蔷薇是红色的,可是今年天气太冷了,我的血管已经冻僵了,开不了花。"

夜莺问道:"有什么办法能让你开花呢?"

蔷薇树说:"只有一个办法,不过那样做太危险了,它会要了你的命。"

夜莺说:"你说吧,我不怕。"

蔷薇树说:"如果你非要不可,那只有在月光底下用音乐造就,并且用你的鲜血染红它。你要用你的胸脯抵住我的一根刺来唱歌,要唱一整夜,那根刺还必须刺穿你的心。你的鲜血流进我的血管里才能变成我的血。"

夜莺大声地说:"生命诚可贵,爱情价更高。再说,一只鸟的心怎么能跟一个人的心相比呢?"

她又张开翅膀飞到空中,她来跟年轻的学生作最后话别。

夜莺说:"你一定要幸福啊,你将会得到那朵红蔷薇。为了你伟大的爱情,我将用生命去创造它。"

学生躺在草地上,看着夜莺,可是他却听不懂她讲的话。

可是橡树听懂了,他很难过,说:"你再给我唱最后一支歌吧!你死了,我会很寂寞。"她的歌唱完了,学生也站起身要走。

月亮升起来了,夜莺飞到蔷薇树上,用她的胸脯抵住蔷薇刺,整整唱了一夜。冷月也不忍心,俯下头来静静地听,蔷薇刺一点点地刺进了她的胸膛,她的鲜血越来越少了。

一开始,她唱了一首爱情歌,突然在蔷薇树的最高枝上开出了一朵奇异的蔷薇花,歌一首首地唱,花也一瓣瓣地绽放。那朵花起初是白色的,可随着夜莺把刺抵得更紧,歌声更响亮,蔷薇花瓣上出现了一层红晕,因为刺还没有达到夜莺的心脏,所以蔷薇花的心还是白色的,只有夜莺的鲜血才可以把蔷薇的心染红。

这次夜莺把蔷薇刺抵得更紧了,一下刺穿了她的心。一阵剧痛散布全身。她痛得越厉害,歌声就越激昂。因为她唱出了用死来完成、永远不朽的爱。

这朵奇异的蔷薇花终于变成了深红色,花瓣是深红的,花心是血红的。

夜莺的歌声越来越低,她觉得喉咙被什么东西堵住了。听着她泣血的歌声,明月居然忘记了落下去。

这时红蔷薇带着深深的喜悦颤抖起来。

可是夜莺再也没有出声,她已经死在青草丛中了,心上还带着那根蔷薇刺。

学生打开窗往外看,兴奋地嚷起来:"这里怎么会有一朵红蔷薇?我从来没见过这样的蔷薇花,真美!"

于是他激动地拿着红蔷薇,跑到他心爱的姑娘面前说:"你曾说过,要是我送你一朵红蔷薇,你就会跟我跳舞。现在我把它带来了,咱们一块儿跳舞吧!"

可是少女皱着眉头说:"我怕它配不上我的衣服,御前大臣的侄儿送了我好多上等的珠宝,谁都知道珠宝比花值钱。"

学生愤怒地说:"原来你骗我,没想到你竟然是这样爱慕虚荣、薄情寡义的人。"

他把花丢到街上的路沟里,一个车轮从它身上碾了过去。

少女说:"你凭什么这么说我?你不过是个穷学生,那么穷还有资格说我?"她站起来进屋去了。

学生一边走一边说:"爱情是多无聊的东西,它一点儿都不实际,这个时代什么都讲实际。我还是回到哲学上去,去研究形而上学。"

说着,他又抱起了他那满是灰尘的书读起来。

自私的巨人

每天下午,孩子们总喜欢到巨人的大花园来玩。园里长满生机勃勃的青草、美丽的桃树,到了秋天,还会结满果实。小鸟们在这里尽情地歌唱,孩子们也欢呼雀跃地玩耍着,每天都很开心。

有一天,巨人回来了。他看见孩子们在他的园中玩,粗暴地吼道:"这是我的花园,以后不准任何人在这里玩。"他还挂了个写着"不准擅入,违者重惩"的牌子。

从此以后,孩子们没地方可玩,总是很怀念花园里的生活。

春天来了,到处都开满了小花,到处都是小鸟的歌唱。可唯独巨人的花园还是一派荒凉景象,在他的花园里,鸟儿不肯唱歌,花儿不肯开放,孩子们也不敢进来。唯独雪和霜很惬意,满园白雪、银霜层层覆盖,一片冬天景象。后来北风也常常在这里怒吼;偶尔雹也来做客,被砸的瓦片坏了很多。有一天,巨人坐在窗前,心想:今年的春天怎么来得这么晚?

结果,不光春天没来,夏天和秋天也没来,因为巨人的花园里被冬天占据,他们都不敢来了。

一天早晨,巨人突然听见了动人的音乐,他觉得简直就是天籁之音。原来是几只小梅花雀在歌唱,他起身走到窗边。突然,他看见了非常奇怪的景象,孩子们爬满了每一棵树,欢快地跳着,鸟儿在醉心地歌唱。只见在院子最远的角落有个小孩,他个子太小爬不上去树,巨人就走出来想把他抱上去。可是别的孩子看见巨人出来,吓得连忙就跑。只剩下这个小孩,没有跑开,因为他正在哭,没有看见巨人走过来。巨人轻轻地把他抱到树上,别的小孩看见巨人也没么凶,又都跑了进来,尽情地玩耍。不一会儿,春天也跟着孩子们一起进来了。

天黑了,小朋友们来跟巨人告别,却唯独不见刚才巨人抱过的小孩。巨人问别的小孩,他们也不知道他从哪里来,又去了哪里。巨人特别喜欢那个小孩,很希望那个小孩再来他的花园里玩。

过了很多年,巨人也老了,只能看着孩子们在花园里玩,已经没有力气跟他们玩了。他的花园到处都开着美丽的花。

突然一个冬天的早晨,巨人向窗外看,竟然在那棵树下看见了他特别喜欢的那个小孩。他很惊喜地跑过去,看见那个小孩的手脚上都有两个钉痕,小孩说:"这是爱的伤痕。"

突然,巨人问:"你到底是谁?"他很虔诚地跪在了小孩的面前。

小孩说:"你上次让我来你的花园里玩,现在我要带你去我的花园里玩。我的花园就是天堂。"

下午,孩子们发现巨人满身盖着白花,死在了那棵树下。

忠实的朋友

一天早晨,一只小眼睛、灰胡须的老河鼠从洞口里探出头来。他看见池塘里鸭妈妈正在教小鸭子们如何头朝下在水中倒立。

鸭妈妈一边教动作一边说:"如果你们不学会倒立,就没有机会接触上等人。"可这些小鸭子哪懂这些呀,个个都心不在焉。

河鼠说:"这些孩子真是不理解你的良苦用心啊!"

鸭妈妈说:"万事开头难,做父母的都得有耐心。"

河鼠说:"我是不懂怎么做父母了,我没有结过婚,也不想结婚。

我觉得,这个世界上友谊是最高贵的、最重要的,哪怕爱情也比不了。"

一只梅花雀过来搭话问:"河鼠,你说说怎样才算是一个忠实的朋友呢?"

鸭妈妈也说:"对呀,我也很想知道。"

河鼠笑道:"你的问题太傻了,既然是忠实的朋友,当然要求他对我忠实了。"

小鸟突然问:"那你打算怎么报答你朋友的忠实呢?"

河鼠说:"不知道。"

然后,梅花雀就给他们讲了一个故事。梅花雀开始说:"从前,有一个叫汉斯的人,他非常老实,心肠很好,人也很和善。他一个人住,还有一个非常可爱的花园,那里面种着各种各样美丽的花。

"汉斯有许多朋友,其中一个最忠实的是磨面师大修。这个磨面师每次经过汉斯的花园都要折上一大束花或香草,秋天的时候他总是铆足了劲摘汉斯的果实。他常跟汉斯讲:'真朋友应当共享。'汉斯觉得有这么个高深的朋友很骄傲,尽管他从来没有得到过磨面师的一点儿东西。磨面师家里存了很多面粉,可是每当冬天到来,汉斯都没有果实吃,每天饿着肚子。整个冬天磨面师也从来没有看过汉斯一眼。

"磨面师常对他的老婆说:'冬天尽量不要去打扰人家,等春暖花开的时候咱们再去探望他,到时他就可以送咱们一大篮樱草。'他老婆夸赞磨面师很会替别人考虑。

"这时,他的小儿子在旁边插话了:'难道咱们就不能请汉斯来咱家吗?如果他能来,我愿意把我的粥分他一半。'

"磨面师听了这话,骂他儿子:'你这孩子真傻,这书真是白念了。如果汉斯来咱家,看见了咱家的炉火,还有酒,他会妒忌的,妒忌可是能损害人的天性,我不愿损害汉斯的天性;再说,万一他要是再赊欠咱家的面粉,那可是不得了的事。友谊跟面粉是两码事。'

"他老婆在一旁说:'亲爱的,你说得真好,就像在教堂里听讲一样。'

"磨面师说:'这个世界上,做得很好的人很多,说得很好的人可不多。'那个孩子在偷偷地掉眼泪。"

河鼠问:"这是故事的结局吗?"梅花雀说:"哪儿啊?这是开头。"

河鼠又说:"你太老土了,现在讲故事都是先讲结局,然后开场,最后是中间。我很喜欢这个磨面师,而且和他一样,我也有很多美丽的情感,所以我很同情他。"

梅花雀接着讲:"冬天过去了,春暖花开。磨面师对他老婆说:'我想下山去看汉斯。'

"他老婆称赞道:'你多好心肠啊,记得别忘了带咱家那个大花篮啊!'

"磨面师来到了汉斯家,问道:'这一个冬天你是怎么过的?'

"汉斯感激地说:'承蒙你的惦记,我过得很好,虽然有点儿困难,但是春天已经来了,我再也不用怕了。'

"磨面师说:'这个冬天我时常担心你该怎么度日。'

"汉斯说:'你太厚道了,我还以为你把我忘了呢。'

"磨面师说:'你看你这话说得多伤感情啊!对我来说,友谊是地久天长的。你看,这樱草多好看!'

"汉斯说:'是啊,今年的运气很好。这么多樱草,我打算把它们卖了,挣点儿钱赎回我的车。'

"他接着说:'今年冬天我实在难熬啊,我当了衣服上的银纽扣、银链子还有我的小车。我现在打算努力挣钱把它们都赎回来。'

"磨面师说:'汉斯,我把我的小车给你吧。我还有个新的,虽然这个旧的有点儿毛病,破了几个洞,但还能用。'

"汉斯说:'你可真慷慨!没事,正好我家有块木板,我把它补补就

好了。'

"磨面师说:'我家仓顶破了,谷子都发霉了,我能用你的木板补补它吗?'

"汉斯说:'没问题,我现在就去拿。'

"磨面师说:'我看这块木板不够大,估计我补完后,你补小车就不够了。你不会介意吧?另外,我送给你小车了,你肯定会给我装满一篮花作为报答的。对吧?'

"汉斯接过花篮说:'必须装满吗?这个篮子太大了,如果装满的话,我基本上就剩不了多少可以卖了,我很想把我的银纽扣赎回来。'

"磨面师答:'当然,我把小车送你了,你给点儿花不算为过吧。'

"汉斯赶紧说:'我亲爱的朋友,花园的花任你挑选。至于我的银扣哪天赎都行。'说着,他把院里所有的樱草全都摘下来,装满了磨面师的篮子。磨面师扛着木板,提着一篮樱草回家了。

"第二天,磨面师扛来一袋面粉让汉斯帮他背到集市上,可是今天汉斯真的是很忙。

"磨面师又开始说:'我都答应把小车给你了,这点儿忙你都不帮吗?太不够义气了。'

"汉斯赶紧说:'千万别这样说,我可不是那种人。'他就赶紧接过来面粉扛到肩上往集市赶去。天气很热,汉斯背着面粉累得半死。后来他把面粉卖的价很高,得到钱后他想赶紧回家,怕路上遇到强盗。

"晚上,汉斯对自己说:'虽然今天我很累,但是我还是完成了朋友所托,明天他肯定就把小车给我了。'

"第二天,磨面师过来取钱。汉斯因为昨天很累,早上没起床。磨面师说:'汉斯,你看你太懒了。我都答应把小车给你了,你怎么这么懒惰?我可不想有个懒惰的朋友,我相信你肯定不会责怪我这么说你吧,真正的朋友都会直言相告的。'汉斯说:'我今天真的是太累了。'

"磨面师想让汉斯帮他去修补谷仓顶,可汉斯很想去他的花园里浇水,因为他都两天没有管理花园了。然而他又觉得磨面师是一个极好的朋友,不想让他失望。

"磨面师说:'如果你不来的话,我会觉得你很不够朋友,因为我已经答应把小车给你了。'汉斯赶忙穿上衣服去帮他修补屋顶。等到汉斯修完了,磨面师说:'啊,世界上再没有比帮助别人更快乐的事了。'汉斯满头大汗地说:'亲爱的朋友,听你说话真是件很享受的事,不知道我什么时候才能有你这么美好的思想。'

"磨面师说:'现在你已经做到了朋友该做的,你很快就会有美好的思想的。'磨面师让汉斯先回家,但是第二天又要他帮他去山上放羊。可怜的汉斯什么也没说,帮磨面师放了一天的羊。他实在是太累了,一觉睡到大天亮。他心想:'我今天终于可以照料我的花了。'

"可是,他的朋友磨面师总是跑来让汉斯帮他做事,甚至还派他出差。他实在没有办法,只好安慰自己说:'他是我最好的朋友,他还要把小车给我呢,他真的很慷慨。'

"汉斯还经常把磨面师对他说的关于朋友的话记在本子上,每天都拿出来看。

"一个狂风怒吼的深夜,磨面师来敲汉斯的门,说他的孩子跌伤了,想请汉斯替他跑一趟去请医生。他说:'你知道的,我把小车给你,你应该做点儿事情来报答我。'汉斯说:'现在外面太黑了,你可以把你的灯笼借给我吗?我怕我会掉沟里。'

"磨面师却不肯借给他,他说那是他的新灯笼,弄坏了可不好。汉斯没有办法,只好摸黑儿跑去请医生。当时的天真是黑得伸手不见五指,见到医生后,医生立刻驾着马车去了磨面师的家,可怜的汉斯跟在马车后面。外面下起了大暴雨,汉斯被淋得看不清路,一不留神掉进了深沟里,被淹死了。第二天,几个牧羊人发现了他的尸体。

"磨面师作为丧主,把汉斯下葬了。葬礼后,大家都坐在一起吃饭,大家都很替汉斯惋惜,说他死了是大家的一大损失。

"磨面师也说:'汉斯的死更是我的一大损失,我还答应给他小车呢。可现在,小车我给谁呢?放在家里又碍事。看来我以后再也不能这样随便送人东西了,老是吃慷慨的亏。'"

过了好一会儿,河鼠问:"接下来呢?磨面师怎么样了?我很同情他。"

梅花雀说:"没了,这就是结局。我也不知道他最后怎么样了。"

梅花雀接着说:"看来你还是没明白我这个故事里的教训啊!"

河鼠说:"什么?教训?"

河鼠突然很生气地说:"你早说啊,要知道有教训,我才不听呢!"说着"呸"了一口就钻进洞里了。

不一会,梅花雀说:"恐怕我得罪他了。因为我讲的故事有教训的意味。"

鸭妈妈说:"这有可能,反正挺危险。"

了不起的火箭

全国人民都在筹备王子的婚礼。一年后,王子那美丽的王妃终于来到了这里。她是俄国的公主,驯鹿拉着一辆很像金天鹅的雪车把公主送到了王子身边,公主的皮肤白得像一朵白蔷薇!全城的百姓都在看这位美丽的外国公主。

王子长得也很英俊,青紫色的眼睛,金黄的头发。王子终于见到了他美丽的王妃。王子说:"亲爱的公主,你本人比照片要美一千倍。"公主听了脸红得像一朵红蔷薇。

三天后,王宫将要举行隆重的婚礼仪式。王子和公主坐在大殿上,用一对透明的水晶杯喝酒。据说,如果真心相爱的情侣用这个杯子喝酒,杯子仍旧像水晶一样透明;如果不是真心相爱,杯子就会变混浊,水晶杯验证了公主和王子的爱情。

宴会后,新人跳起蔷薇舞,国王给他们吹笛子。可是,他吹得实在不怎么好,不管怎样,朝臣们仍赞美国王吹得好。

最后一个程序是在午夜燃放烟火。国王命令皇家花炮手在御花园建一座高台,专门来放烟花,一切准备就绪,只待午夜时分到来。这位公主从来没有见过烟花。

这时,烟花们开始交谈起来。

小爆竹说:"世界好美啊!"

罗马花筒说:"没见过世面!这是国王的花园,不是世界。真的世界逛上三天也逛不完!"

轮转炮嚷道:"不管是哪儿,只要你爱它,它就是你的世界。就像真正的爱情,我还记得我从前……可那浪漫史已经过时了。"

罗马花筒说:"胡说,浪漫史是永远不会过时的,它跟月亮一样永远活着。"

可是轮转炮非说浪漫史已经死了,还连续重复好几遍。

忽听后面火箭干咳了一声,他个子高高的,总是很傲慢。火箭总是在说话之前干咳三声,他开始慢条斯理地说:"王子的运气多好,他的婚期就定在我燃放的那天。"

小爆竹不满地说:"什么啊,是燃放我们来庆祝王子的结婚大典的。"

火箭傲慢地说:"对你们来说是那样的,对我可就不一样了,我是个很了不起的火箭!我的出身多高贵啊!我妈妈是著名的轮转炮,我爸爸也是火箭,他总是飞得那么高。报纸上都在夸赞他精彩的表演。"

蓝色烟花打断了他,很不高兴地说:"我最讨厌别人这样不礼貌地打断别人,我是非常敏感的!"

罗马花筒取笑火箭敏感。火箭很生气地说:"你们可别惹我不高兴啊,如果我今晚出了什么事,王子和公主永远都不会高兴,他们未来的婚姻生活就毁了。看我多么重要,一想到这里我就感动得想哭。"

罗马花筒说:"你可千万别哭,哭湿了你就放不出来了。"

火箭说:"不错,不过我是很与众不同的,我有超凡的想象力,从不按照事物的本来真相去思考,我要充分发挥我的想象力。我只有想着别人都不如我,才能有勇气活下来。哪像你们这群白痴,天天什么都不想。"

小火球说:"多好啊,我今晚上天可以告诉月亮和星星姐姐,公主和王子是多么幸福。"

火箭蔑视地看着他说:"真庸俗,你们真是呆瓜!假如说王子和公主住在河边,有一天他们的小王子不小心掉进河里淹死了,你说这该有多可怕啊。"

罗马花筒说:"可是根本就没有发生这种事,小王子也没有死啊?"

火箭说:"我是说假设,白痴!假如是这样,他们该有多伤心,我也很伤心!"

蓝烟火说:"真虚伪!"

火箭说:"你懂什么?你根本不了解我和王子的交情有多深!"

他们一直争论着。

午夜到来了,国王命令烟花手开始燃放,场面非常壮观。轮转炮、蓝烟火、火球还有炮仗们都快乐地飞向空中,唯独剩下火箭,因为他全身都哭湿了,根本点不着。

第二天,工人们来清理院子说:"这没用的火箭。"于是就把他丢进宫外的阴沟里了。他落进了一堆烂泥里,不敢相信这是真的。

随后,一只小青蛙跳过来说:"你是新来的? 你听,我们蛙叫的声音多好听,我们在这里非常受欢迎。"火箭很看不上这只蛙,轻蔑地说:"你真讨厌,这么没教养,老是在那呱呱乱叫。你怎么不听我讲啊,我是宫里最得宠的人。"青蛙根本没听见他说了什么,走开了。这时,来了一只蜻蜓,火箭说:"我最喜欢听我自己讲话了,我很享受。"蜻蜓说:"那你该去当哲学家。"

一会儿又过来一只大白鸭,她的姿势很优美。她说:"你是什么东西,怎么长得这么古怪?"火箭说:"又是一个乡巴佬,连我都不认识,要是我告诉你我能飞到空中,你肯定吃惊死了。"白鸭说:"那有什么,一点儿也不实用。"火箭说:"你们这些下等人,跟你们说你们也不明白,我很讨厌那些死卖力气干活儿的人。我讨厌待在这里,我很快就会回到王宫去了。"白鸭不愿再跟他争论,摇着尾巴走开了。

只见两个小男孩提着水壶抱着柴火跑到这里。火箭想:"一定是代表团来接我了。"两个小孩把火箭从泥沟里捞出来说:"咱把这根棍子放进去,水肯定一会儿就烧开了。"

火箭很生气,他们竟然叫他棍子。他说:"这岂不是要我在大白天燃放吗?"

小孩们说:"咱们睡会儿吧,一觉醒来,水肯定就开了。"

火箭叫喊道:"我要升天了,看我多成功,我要爆炸了!"只听,嘶!嘶! 嘶! 火药爆炸了,可是没有人看见,小孩们睡得很沉,根本没有听见。

火箭说:"我出过大风头了!"说着只剩下一根小棍,熄灭了。

·英国文学·

福尔摩斯探案集

阿瑟·柯南·道尔(1859—1930),英国著名的小说家,因《福尔摩斯探案集》而被誉为"世界侦探小说之父"。他的小说集流传极广、影响至深,他笔下的神探福尔摩斯已经变成了一个家喻户晓的形象。

《斑点带子案》是《福尔摩斯探案集》中一篇非常优秀的案例,主要讲述了福尔摩斯是如何精妙绝伦地侦破了一个家族的离奇命案。

斑点带子案

我花了八年时间来研究我的朋友歇洛克·福尔摩斯的破案方法,他所侦破的案情里面没有一件是枯燥乏味的。他对离奇案情的分析、对曲折故事的推测、对精妙破案方法的讲解,都让我深深地着迷。我的这位朋友好奇心特别重,对于破案那是情有独钟,尤其对那些线索离奇古怪、案情曲折复杂,对警察来说皱眉急眼的棘手的案子感兴趣。下面我要讲的这个案子就是当时他破的所有案中较为诡异恐怖、离奇的一个。

那时候,我跟福尔摩斯先生刚认识不久,我们还都是单身,就在贝克街合住一套公寓。其实侦探这个行业也是有很多行规的,不到万不得已是不能破坏的。按照行规,侦探不能随便泄露任何一位顾客的任何信息。今天我要说的这个故事,是因为这个案子的女主人公已经逝世了,所以今天我才有机会把它讲出来。它是关于罗伊洛特家族的一件离奇事件,当时这个家族的格里姆斯比·罗伊洛特医生突然猝死,外界对他死因的猜测众说纷纭,至于真正的原因下面我就要向大家讲出来了,肯定和你平时听到的街头巷尾传的不一样。

大概是在 1883 年 4 月吧,一大清早估计刚有七点,我就被歇洛克·福尔摩斯吵醒了。只见他穿戴整齐地站在我床边,我觉得今天他的举动很异常,所以就问他出什么事了。他说:"一大清早就有一位年轻的女士来律师事务所敲门,点名要见我们,说是有十万火急的事。华生,我觉得这肯定又是一个非常有趣的节目,这么好玩的事我怎么能把你落下呢!起床吧,保准你会有很大收获的。"

是啊,我怎么能错过这样精彩的探险活动呢!福尔摩斯对案情精确的分析和推断是我敬佩他的一个很重要的原因,他仅仅是通过一些细枝末节就能够做出迅速和精确的推断,有时仅凭着他的直觉和那双眼睛,我对他这种神奇的破案方法简直是佩服得五体投地。

于是我们就来到楼下去见那位刚刚敲门的女士,只见她穿着黑色衣服,脸上还蒙有厚厚的面纱。我们向那位小姐介绍了自己的身份并让她坐下,她看起来好像在发抖,福尔摩斯让她靠火炉边坐。她说:"福尔摩斯先生,我发抖并不是因为冷,而是我十分害怕,害怕得连我的心也在颤抖。"说着就用她颤抖的手揭开了脸上的面纱。她看起来三十岁左右,模样很憔悴,脸色也很苍白,两只眼睛里充满了恐惧和焦虑。

福尔摩斯说:"你不要紧张,有什么事情慢慢说,我们会尽最大努力帮你解决。"当他说出她是坐火车过来的时候,那个女士很吃惊问他是怎么知道的。他说:"我看见你手里捏的一张火车票了。"女士说:

"你说得对,我是乘早上六点的火车赶过来的,我觉得这件事情真的不能再拖了,如果再不解决我真的会疯掉的。至于酬劳的事请您二位放心,我会在一个月后会兑现我的承诺,因为那时我就已经结婚,可以自由支配我的财产了。"

福尔摩斯拿出了案例簿,说:"小姐,这个酬劳不是问题,我也很乐意为您效劳,现在就请您把您的苦恼跟我们描述一下吧。"

"我叫海伦·斯托纳,和我的继父罗伊洛特先生住在一起。他是斯托克莫兰的罗伊洛特家族唯一的后裔,这个家族曾是那一带最富有的家族,只是到了上个世纪,他们家族的子孙都是些荒淫糜烂、挥霍无度的败家子,这个家族很快败落,基本上已经没有什么家底了。为了生活,我的继父从他亲戚那里借了些钱去学医,后来学有所成去了加尔各答行医,在那儿还挣了不少钱。后来因为误伤了人,他就被判长期监禁。等他再回来就变得非常暴戾乖张,行为也很诡异。"

她接着说:"他在印度娶了我的母亲,当时我的生父斯托纳少将战死沙场,丢下了我母亲和我们孪生姐妹俩。我母亲继承了一大笔的财产,打算在她去世后把财产全部赠送给我的继父,但是要求继父必须答应在我们结婚后每年给我们一定数目的现款。不久我的母亲就去世了,继父就带着我们两个回到了他的祖籍斯托克莫兰的老宅子里生活。但是,就在这里,他发生了很多诡异的变化,我们为此感到恐惧。原来的他与邻里相处得非常和睦,可现在他却拒绝跟任何人交往,整天把自己锁在院子里,不管是什么人,他都会跟人家发脾气,而且是暴跳如雷。现在我们村的人都不敢跟他说话,谁见了他谁躲。我和姐姐都以为他是因为长期待在热带才会变得如此暴戾的。谁知有一次,不知道是因为什么他竟然把一个人扔进了河里,他的力气非常大,我们有时真是拦都拦不住。现在最令我不能理解的是,他整天跟那些吉卜赛人混在一起,有时还跟着他们出去流浪好长时间。这段时间,他好像特别喜欢印度动物,有人送了他一只猎豹和一只狒狒,他整天任由这两只可怕的家伙在村里乱跑,吓得邻里都不敢出门。

"福尔摩斯先生,听到这里您可以想象得出来我和姐姐当时是个什么处境了吧,没有人愿意跟我们相处,他们都害怕我们的继父,所以我姐姐不到三十岁就早衰了。我姐姐在两年前莫名其妙地死了。那一年我姐姐认识了一个海军少校,两人情投意合,就打算结婚。可谁知就在即将举行婚礼的前两周,姐姐却突然死了。我真的很伤心,她是这个世上我唯一的亲人。"

福尔摩斯一直仰靠在椅背上半闭着眼,他让那个小姐把事情说得更详细一点儿。

她接着说道:"那晚发生的事我一辈子都忘不了,姐姐惨死的那一幕我仍记忆犹新。因为这座房子比较旧,所以我们都住在偏房,姐姐的房间在我和继父的中间。那晚,姐姐快十一点才回到她的房间,因为她特别高兴地跟我说着即将举行婚礼的事。她说她回去太早也睡不着,因为她在房间里总能闻到继父浓烈的印度雪茄烟味。她临出门的时候,还问我有没有听到口哨声,她说她这几天老是半夜听见有口哨的声响。我跟她说我没有听见,因为我睡觉特别死。最后她还嘱咐我要锁好门。没想到这竟然是我跟姐姐的诀别之言。"

斯托纳小姐接着说:"就在那天晚上,我总觉得自己心神不宁,睡不安稳。你们知道,我和姐姐是双胞胎,所以我们之间是有心灵感应的。后半夜,蒙眬中我似乎听到了姐姐呼救的声音,就立刻飞奔到她的房间。就在我开门的那一刻,我好像听到了一声口哨声,还有金属掉在地上的声响。天哪,一开门我就看见姐姐趴在地上,脸如纸一样白,痛苦地抽搐着。她紧紧地抓住我的手喊着:'带子,带斑点的带子,海伦!'只见她的手吃力地指着继父的房间,一句话也说不出来了。我赶紧叫喊我的继父,随后他赶紧去请医生,可是不管采取什么办法都已经回天乏术了,我的姐姐带着狰狞痛苦的面孔离开了我们。"

福尔摩斯问道:"你真的听见了金属声和口哨声吗?"

她想了想说:"我也不十分确定,因为当时情况比较混乱,再加上那夜的风真的特别大。"

"后来我看见姐姐手里好像还拿着一根燃过的火柴和火柴盒。"她说,"当时验尸官和警察都来了,检查了所有的地方,没有发现任何可疑之处。他们说事发时只有她一个人在房间,可以排除他杀的可能。至于是不是中毒,医生最后也没有查出来。"

突然,福尔摩斯转过头来问我:"华生,你觉得她的死因是什么?"

我答道:"可能是由于长期精神紧张,恐惧过度吧。"他又问我:"那你觉得她提到的带斑点的带子,那是什么东西呢?"

我说:"或许她是想说她家的吉卜赛人,他们总喜欢戴带斑点的头巾。"

福尔摩斯摇摇头,可见我这样的推理他不是很赞成。他说:"事情绝没有那么简单,这里面肯定还有什么问题。"

斯托纳小姐继续说道:"姐姐死后我很孤单。一个月前,我认识了我现在的未婚夫波西·阿米塔奇,我们决定下个月结婚。后来我继父突然说要修理房子,工人们把我的房间钻了几个洞,没办法现在我只好暂时先搬到姐姐的房间去睡。可是在那儿,我根本就睡不着,一闭眼满脑子浮现的都是姐姐临死前痛苦可怕的表情。就在我刚有睡意的时候,却突然听见有口哨的声音,我就赶紧点上灯,那一夜我再也不敢睡在床上了。于是我就趁天不亮跑到了这里,想请你们帮我把事情搞清楚。"

福尔摩斯盯着斯托纳小姐手腕上的紫青伤痕说:"斯托纳小姐,你没有完全说实话。你是不是还隐瞒了什么,你的继父对你不好吧?"

斯托纳小姐的脸马上就红了,赶紧捂住那个伤痕,说:"他力气大,动起手来我根本就拗不过他。"

看到这种情况大家都沉默了。

我们都感觉到了这件事情的复杂性,福尔摩斯说:"如果今天方便,我们想今天就去你家一趟,了解一下具体的情况。"她说我们可以去,因为正好今天她继父出去办事,估计需要很长时间才会回来。

斯托纳小姐说:"谢谢你们肯帮助我,我对那些人说这些他们都不相信我,都说我神经出毛病了。我现在回去准备一下,期待你们的到来。"

于是她就先回去准备了,我和福尔摩斯聊起了对案情的理解和猜测。

我们都认为这是一个阴险毒辣的阴谋,是一个杀人的毒计。可是现在显示出来的现象还不足以证明我们所推测的结论。我们都在苦思冥想,她姐姐的房间里如果没有被外人介入,那她姐姐是怎么死的呢?

福尔摩斯继续推理说:"口哨声、那帮吉卜赛人、那条斑点带子,还有金属声,这些都是线索,我们只要顺着这些藤一定能摸到瓜。"

我也强调说:"这群吉卜赛人肯定有问题,所以我们一定得去趟那里看看具体情况。"

突然有人破门而入,一个长得很粗鲁的彪形大汉挥着一根猎鞭站在我们的面前,凶神恶煞的样子像来找人寻仇的。他嚷道:"我是斯托克莫兰的格里姆斯比·罗伊洛特医生,你们这里谁是福尔摩斯?"福尔摩斯和蔼地请他坐下。他恶狠狠地瞪着他说:"别假惺惺了,我继女刚来这里都跟你说什么了?"

福尔摩斯用开玩笑的话搪塞他,他突然暴跳如雷地挥着他的猎鞭指着我的这个伙伴说:"我劝你还是少管闲事,你若敢坏我好事,小心你的小命,我可不是好惹的。等哪天你缺胳膊断腿了,后悔可就来不及了,看到没,你就像这根火钳一样。"他一边说着狠话一边把炉边的火钳用力地折弯了。他撂下这些话,门咣当一声被甩上了。

福尔摩斯说:"他也太小瞧我了,如果这点儿威胁我都不能承受,我还能做侦探吗?看看咱们谁的力气大?"说着他就把那根弯曲的火钳又给拉直了。

他接着说:"看来这个事情真的没有那么简单,我希望那位小姐能够挺得住,可千万别出事。华生,咱们吃早饭吧,完了我还得去趟医师协会,我想到那儿看看有没有对破案有帮助的材料。"

他回来了,不知从哪儿弄来了一堆数字。他嘟囔着说:"看来他是很有杀人动机的。"他指给我看说,"华生,你看,斯托纳小姐母亲的遗嘱说每个女儿结婚后就有权向她们的继父索取一定数额的收入,这样一来那个医生就会只剩下一点儿的收益,即便其中一个结了婚都会让他损失不少,更别提两个都结婚了。如果两个女儿都死了,那他岂不就是最大的受益人。对,一定是他,这样的情况下他的杀人动机最明显。看来我们得马上动身,否则事情会发生难以想象的变化。"

于是他吩咐我雇一辆马车去火车站,还让我把一把左轮手枪揣在了口袋里。

我们很快就到了那里。下车后我们又雇了辆马车,福尔摩斯坐在车上又开始沉思,我则欣赏着一路的乡村风景。我们很快就到了斯托克莫兰的古宅,老远就看见斯托纳小姐在那儿等着我们。看到我们她的眼神里充满了兴奋和希望,她还挺自信地说:"我继父估计晚上才回来,你们有足够的时间勘察家里的情况。"当福尔摩斯告诉她她的继父已经跟着她找过我们时,她的脸一下子变得煞白。她很紧张地说:"看来他已经知道了,那我今晚该怎么办?"

"你今天晚上一定要保护好自己,千万不要让他进你的房间。他如果狗急跳墙的话,你就很危险了。我们现在所剩的时间不多了,赶紧去看看到底是什么情况吧！"

福尔摩斯仔细地观察着这座古宅。这座房子整体上看像年久失修的废宅，唯独右边的侧房很新，他肯定他们就住在这里。他指着那个被钻洞的山墙上说："这里好像没有必要修缮吧？"

斯托纳小姐说："我也这么觉得，我想这只不过是他逼我搬出我房间的借口罢了。"

他看着那些很窄的窗子，让斯托纳小姐回屋把窗全部关上，我们则试着能不能从外边撬开。可是福尔摩斯想尽办法也打不开这些结实的百叶窗。他说："看来这里是没问题的。咱们再去看看里面，或许会有什么线索。"

福尔摩斯直接来到斯托纳小姐现在的寝室，也就是她姐姐去世的那个房间。房间的摆设很普通，也比较陈旧。福尔摩斯仔细地观察着每一个角落，不希望错过任何的细节。突然，他指着悬在床边的一根铃拉绳问道："这个铃通到哪里？"斯托纳小姐说："通到管家的房间。"他继续问道："这根绳是新的，是两年前你姐姐要求安的吗？"斯托纳小姐说："不是，我没听她说过。"福尔摩斯疑惑地看着这根铃绳，突然很使劲地一拉，它却没有响。斯托纳小姐告诉他说："这上面根本就没有接上线，它只是系在小通气孔的钩子上的。"

福尔摩斯很困惑，他觉得这根绳的设计很奇怪。他又指着那个通气孔说："为什么通气孔是朝向隔壁的房间而不是户外呢？"

斯托纳小姐说："这些都是新近改建的，我继父把这些地方稍微改动了一下。"

福尔摩斯觉得有必要再检查一下隔壁她继父的房间。他的房间摆设也极其简单，没有几件家具。突然，福尔摩斯奇怪地盯着墙边的大保险柜，因为它旁边放着一个盛奶的浅碟。福尔摩斯问斯托纳小姐："你的继父是否养什么小动物？"她说："没有，除了一只印度猎豹和狒狒。"他又拿着放大镜仔细地看着他手边的椅子。后来,一根挂在床头上打了好多结的小打狗鞭引起了他的好奇,他问我怎么看待这个事情。我说:"这没什么,只不过是一只普通的鞭子而已。"他却说:"我看没有那么简单,如果他是别有用心,这根鞭子可不是一般常物。"

他离开房间时表情十分凝重,好像危险就在眼前一样。他要求斯托纳小姐带我们去园中草坪上看看,还不停地来回走着看着,我和斯托纳小姐都不知道他在看什么。

突然他转过身对斯托纳小姐说:"斯托纳小姐,你现在的处境真的十分危险,你一定要严格按我所说的去做。稍有差池,你就有可能会像你姐姐那样丧命。"

他开始实施他的计划,说:"我们俩今晚必须待在你的房间里,我们要查清楚事情的真相。

"具体怎么做我会教你。我们前半夜会待在村旅店里,等你继父去房间以后,你就打开窗户给我们打暗号灯,然后再悄悄回你自己的房间去睡,我们将会进入你姐姐的房间等到事情真相大白为止。你只需勇敢地按照我说的去做,别的事情你就不用担心了。"

海伦说:"感谢你们为我冒险,如果可以的话我想请你们最后告诉我我姐姐的死因。"

福尔摩斯拉着我离开了这里,他怕罗伊洛特医生回来撞见我们。

我们就住在旅店的二楼,正好可以看见斯托克莫兰庄园的大门和他们的房间。夜幕降临,我们看见格里姆斯比·罗伊洛特医生坐着马车回来了,福尔摩斯突然对我说:"华生,今晚的行动危险性相当地大,幸亏有你在我身边助我一臂之力,否则我怕我会力不从心的。"

我说:"有没有危险,我都听你的指挥,反正今天除了那铃绳,我是没发现什么异常。"福尔摩斯说:"那个通气孔比这根铃绳更异常。在我们没来之前我就猜到肯定有一个孔隙什么的东西,要不然斯托纳小姐的姐姐怎么会闻到浓烈的烟味呢?"

我又问:"那么小的孔能做什么呢?"

福尔摩斯说:"现在我还不敢下结论。但是你看,在凿了个洞挂了根铃绳后不久,那位小姐就丧了命,你觉得这难道仅仅只是巧合吗?"

福尔摩斯继续说:"你看,那位小姐的床很特别,竟然被固定在地上不能挪动。那么她每晚就必须睡在铃绳下边……"

我突然叫起来,恍然大悟的样子打断了福尔摩斯的推理,不禁替那位斯托纳小姐担心起来。

福尔摩斯说:"好阴险毒辣的手段,他竟然把自己的聪明才智全用在了害人上,真是悲哀啊!我希望我们真的能挽救斯托纳小姐的命。"

大约夜里十一点钟,斯托纳小姐房里亮起了信号灯,我们的行动马上就要开始了。我们迎着凉风,走在漆黑的路上勇敢地去挽救那条无辜的生命。

我们迅速地穿过院子来到草坪上,突然看见那只大狒狒从草坪上穿过去,吓了我们一大跳。那只猎豹也趴在那里,我们迅速地轻轻摸着窗户,进了卧室关上窗户。福尔摩斯把灯吹灭了,他说只有在黑暗中才能有新的发现。他还叮嘱我千万不能睡着,否则会有性命之忧。

我紧紧地握着左轮手枪,福尔摩斯也带来了一根又细又长的藤鞭,我们把一盒火柴和蜡烛头放在触手可及的地方。

这一夜,我们过得可真是惊心动魄啊!前几个小时,我们都是在漆黑的夜里等待,脑袋里都紧绷着一根弦,一刻也不敢放。我和福尔摩斯都瞪着眼睛观察着周围的一切。

大概凌晨三点钟,突然从通气孔里闪现出一道瞬刻即逝的亮光,随后我们就闻到一股燃烧煤油和加热金属的难闻气味。隔壁房间里有人点着了一盏灯,然后我就听到了轻轻挪动东西的声音,可一会儿又没有一点儿声响了,但是那股难闻的气味却越来越浓。大概又过了半个小时后,突然我听到一种非常柔和轻缓的声音,像烧开了的水壶嘶嘶喷气的声音。就在我们听到这声音的瞬间,福尔摩斯嗖地从床上跳了起来,用他那根藤鞭猛烈地用力抽打那根铃绳。他大声叫我,说:"华生,你看见了吗?那根铃绳上的?"

可是,那急速闪亮的灯光一下让我的眼睛一时间好像失明一样,我什么也看不见。可就在那时,我听见了一阵短促却很清晰的口哨声。我没有看清楚我朋友正在拼命抽打的是什么东西,只见他的脸色像死灰一样的苍白,满脸恐怖和憎恶的表情。

突然他停止了抽打,朝上注视着那个通气孔,紧接着我们就听见一声尖叫,那是我有生以来从未听到过的最可怕的尖叫。那个叫声听起来很惨,好像交织着痛苦、恐惧和愤怒的哀号。我后来听街上的人说这个尖叫声把附近的村民都惊醒了。当时我和福尔摩斯听到后也是一阵恐惧。在这个房间里,我呆呆地站在那里,看着福尔摩斯,他也呆呆地看着我,其实我们都知道该发生的事情终于发生了。叫声渐渐停止,黑夜也慢慢地恢复了平静。

福尔摩斯说:"一切都已经结束了,这或许就是我们料想的最好的结局。"我们两个拿着枪冲进了罗伊洛特医生的房间。我们把枪的保险扳下来了,准备随时射击威胁我们的敌人。

可是等我们进入房内后,却看见了一幅料想不到的画面。桌上放着一盏灯,一道亮光照到柜门半开的铁保险柜上。格里姆斯比·罗伊洛特医生坐在桌旁边的那把木椅上,穿着一件长长的灰色睡衣,膝盖上横搭着我们白天看到的那根打着很多结的小打狗鞭。他的下巴向上跷起,一双眼睛恐怖地、僵直地盯着天花板。他的头上紧紧地缠着一条带有褐色斑点的黄带子,我们走进去的时候,他一动也不动。

福尔摩斯和我都不约而同地惊叫起来:"带子!带斑点的带子!"

我走近前去端详,只见他头上那条带斑点的带子开始蠕动起来。

天哪,吓得我赶紧往后跳了一大步。从他的头发中间钻出一条又粗又短的毒蛇,它正仰着头,肚子鼓鼓地瞪着我们两个。我看到它时真是既恶心又害怕,现在想想都倒吸一口冷气。

福尔摩斯连忙喊道:"快撤回来!华生,这是一条沼地蝰蛇!它是印度最毒的毒蛇。看来这位医生是被它咬到了,被它伤过的人十秒钟内就会毒发身亡,这个医生看起来已经死了。真是恶有恶报啊,他本来是要用这个毒物去害别人,结果却被它所害。可能他做梦都没有想到他喂养的这个危险的东西最后会调过头来咬死他。我们还是赶紧把这个东西弄回去吧,免得它又伤及无辜。我们把这里整理一下再去通知斯托纳小姐,然后再报警,告诉那些笨警察这里到底发生了什么惊天阴谋。"

福尔摩斯迅速地拿起医生腿上的那个小打狗鞭,将活结甩过去,牢牢地套住那条毒物的脖子,把它从它盘踞着的地方拉了起来。他伸长了手臂将它甩进了铁柜子里,随手将铁柜门关好锁上。

这就是当晚斯托克莫兰的格里姆斯比·罗伊洛特医生离奇死亡的全部经过。当时的场面我现在想想还胆战心惊呢,可能我讲的还不够生动,反正这件案子我是一生难忘的。至于后来我们怎样把这个既令人悲痛又大快人心的消息告诉那位斯托纳小姐的,怎样把她交给她好心的姨妈照看的,以及那些警察是如何展开调查又是如何下结论的,我在这里就不再详加赘述了。或许那些警察会认为这位医生是在不明智地玩弄他豢养的危险宠物时丧生的,这些对于我来说已经不重要了。但是我脑子里关于这件案子还是有一些疑问的,福尔摩斯在第二天回去的路上解答了我所有的疑惑。

福尔摩斯说:"华生,你知道吗?当初很多的假象差点儿误导了我,我原以为这件事肯定会和寄居在斯托纳小姐家的那群吉卜赛人有关。可查看了房间的结构和窗户以后,我就不再有这种想法了。你想想,既然外面的窗子不会对屋内的人构成威胁,那我们只有从内部着手去思考,特别是当我注意到那个奇怪的通气孔和那个悬着却没有什么用处的铃绳,还有那个被固定在地上的床和斯托纳小姐提到的她听见的口哨声,这些都让我更加坚定了我的推理,那就是这件事情的关键问题是在屋内,而不是室外。于是我就怀疑那根绳子只不过是一个桥梁,是为了方便什么东西通过洞钻进来而设置的。当看到那么小的洞,我就立刻想到了蛇,只有它们才会需要这样的工具。当我听说这个医生从印度回来,还带来一批动物来豢养,我就猜到了很可能是蛇。而那头猎豹和狒狒只不过是他的幌子,其实他真正弄来的宝贝是这条凶猛无比的毒蛇。当我把这些线索一点点地联系起来后,就明白了事情大概是个什么样子。华生,你知道的,现在还没有什么试剂可以检验出来蛇的剧毒,这个办法恐怕只有受过特殊医学训练或者懂得很多医学知识的人才可以想到,而罗伊洛特医生偏偏就具备这种能力。他或许认为,这样的杀人手段应该算是很高明的,那种剧毒既可以立刻致人毙命,又不会被法医查出来到底是什么死因。他既可以除掉眼中钉又可以让自己逃脱嫌疑。罗伊洛特医生的如意算盘打得是不是很高明?"

他接着说:"至于那个口哨声,我想那是他训练毒蛇的一种手法而已。每天天亮前他必须把蛇召唤回去,以防那两个姐妹发现什么。你看见那地上浅盘里的牛奶了吗?对于一头狒狒或者猎豹来说,那样的饭量是远远不够的,可是对于一条蛇来说,那不就正好吗?等那毒物吃饱后,医生就会把它适时地送进通气孔,到时它就会顺着绳子爬到床上去咬死床上熟睡的人。或许这条蛇今天不咬,明天不咬,可是床上的那个人迟早逃不掉的。"

福尔摩斯再次激动地说道:"华生,你还记得我拿着放大镜,仔细检查罗伊洛特医生卧室的椅子了吗?他应该是站在这个椅子上去触

·精读名著·

摸这个通气孔的,他屋里的所有东西都让我十分肯定我的结论。斯托纳小姐曾说的听见金属响声,其实就是她继父把毒蛇关进铁皮保险柜时发出的声音。华生,昨晚我一听到那嘶嘶的声音,就立刻蹦起来使劲地抽打那根铃绳。你现在知道我那时在打的是什么了吧!就是因为我的猛烈抽打,它才立刻从通气孔中钻了回去,结果就一头扑到了它的主人头上咬死了他。因为我拿鞭子狠狠地抽打它,激起了它的愤怒和毒蛇本性,所以它就对它见到的第一个人狠狠地咬了一口。可以说,罗伊洛特医生是被我用毒蛇间接害死的。可是我一点儿也不内疚,我觉得他是咎由自取。如果今晚让他得逞了,或许倒在地上的就是我们其中的一个,或者是斯托纳小姐。他用那么歹毒的计谋害人,最后却害死了自己,这一切都是他自作孽啊,怨不得别人。这就叫歹毒心肠害人不成反害己!"

基 姆

罗德亚德·吉卜林(1865—1936),英国小说家、诗人。1907年他的作品《老虎!老虎!》以观察入微、想象独特的特点获得了诺贝尔文学奖。

《基姆》是吉卜林的代表之作,也是他最后一部以印度为题材的作品,富有浓郁的民族色彩。小说讲述了小基姆跟随喇嘛前去印度寻找圣河的离奇经历。

第一章

基姆是英国人,他的皮肤虽然晒得跟印度人一样黑,可他血管里流的是英国人的血。即便他现在是印度最穷的白人,可他仍很自信,因为现在英国控制着印度。他很喜欢讲本地方言,他的英语已经跟印度人说英语的水平差不多了。他早已融入这个地方,和街坊里的小孩打成一片。他是吃百家饭长大的孩子,与这里的人混得非常熟,街头市井的人给他起了个绰号叫"世界之友"。

基姆的父亲是爱尔兰小牛队的掌旗军士欧哈拉,当年他的部队回国,他却留在了印度。几年后,他老婆死于霍乱,三岁的基姆就由一个欧亚混血的女人来抚养,她自称是基姆的姨妈。后来欧哈拉抽上了鸦

·精读名著·

片,不久也死了。临死前,他给基姆留下了三份文件:一份是他的退伍证书,一份是基姆的出生证明,还有一个是他那份不得转让的亲笔签名。他告诉基姆这三件东西是个宝,要他随身携带,绝不离身。他说带着这个护身符,将来有一天会有骑着骏马、率领世界最精锐部队的上校和九百个奉绿地红牛为神的健儿吹号来迎接基姆。因为是父亲的临终遗命,基姆的姨妈就把这三份文件缝进一个锦囊里,让基姆挂在脖子上。

　　此刻,基姆正骑在拉合尔老博物馆对面的喷火龙大炮上,跟小伙伴玩山大王的游戏。虽然旁遮普政府明令禁止攀爬这尊青黄铜大炮,可基姆却毫不理会。他一边用脚跟敲着大炮,一边还敢冲着博物馆前的警卫说粗话,他们很早就认识他。基姆骑在大炮上,嘴里还哇哇叫着:"喷火龙是属于我的!"忽然他停了下来,热闹非凡的大街上走来了一个他从没见过的人。基姆一向自认为无所不知,可今天他却猜不出这个人的来历。那人个头很高,穿的破衣烂衫,好像还披着一条全是折皱的毯子。他的腰带上挂着一只铁盒,脖子上戴着一串苦行者挂的木念珠,头上戴着一顶扁扁的大帽子。他的脸黄黄的,布满皱纹,眼角上翘,乍一看轮廓有些像街上那个中国鞋匠福兴。

　　他走到博物馆门前好像要问什么话,可警卫完全听不懂,他们只好求助于基姆。基姆满不在乎地从大炮上跳下来,冲警卫发号施令:"叫他过来,笨蛋,没看出来吗？他是个外国人!"老人无奈地走到基姆身边,用乌尔都语问他那个大房子是什么地方。

　　基姆告诉他那是博物馆,并且很好奇地问他从哪儿来。老人说他是喇嘛,从很远的中国西藏来,想在临死前看看四大圣地。于是基姆就带着他进了博物馆参观,馆长接待了老喇嘛。他看到释迦牟尼的雕塑很震惊,虔诚地说:"我的朝圣之行就从这里开始!"馆长给他介绍了很多博物馆的藏品。

　　他说:"我听说世尊生前曾射出了一条河,它能够洗涤人们的罪

· 254 ·

孽。我现在就要找这条河。"馆长看到他如此虔诚,就送了他一副眼镜,还有铅笔盒和拍字簿,老喇嘛也把他随身带的铁盒子送给了馆长,来见证他们的友谊。基姆在旁边听了他们的谈话也很感动,他一方面觉得这个老人年纪那么大,很可怜;另一方面被他的精神所感动。所以基姆打定主意要做他的徒弟,追随老喇嘛去贝纳尔斯寻找那条箭河。他们今晚就住在克什米尔招待所,有很多行商骆驼队和马队都在这里停歇。在那里基姆遇到了很多马贩子,其中一个叫马哈布的拜托基姆帮他送份文件。

这样一老一小的云游喇嘛和一个下层的印度小孩在充斥着朝圣人士的印度,是不会有人怀疑他们,更不会抢劫他们的。他们到了火车站,初到大城市的老喇嘛对这些一窍不通。幸好有这个世界之友的小朋友为他鞍前马后。狡猾的小基姆为了省钱只买了半途的票,巡警让他下车,他却哭闹说要跟喇嘛去朝圣。火车上塞满了各种各样的人——锡克工匠、富农夫妇、放债者、尼姑、年轻的士兵还有妓女,他们都替小家伙求情,最后还施舍给他不少钱。

老喇嘛问大家贝纳尔斯有什么河,大家都说是恒河。于是他就给大家讲了世尊射箭成河的故事,大家对朝圣者很敬仰。有对农家夫妇还请喇嘛和基姆去他的堂兄家借宿。随后,基姆就跑到了英国人的住处,把马哈布的"白雄马的血统"证明交给了那个英国人。在农夫堂兄家里展开了一场宗教争论,喇嘛的慈祥和铿锵有力的讲经说道,令在场的每个人都深深地折服,他还讲起了他以前在中国西藏肃仁寺中的生活。第二天一大早,大家送给基姆好多好吃的,目送师徒俩上路了。

第二章

路上,他们遇到了一个蛮横无理、铁石心肠的菜农。老喇嘛告诉基姆说："此人说话那么凶,是受瞋赤雾所障,等他眼中的迷雾散去他就会变得仁慈有礼貌。"他们继续往前走,遇到了一条大眼镜蛇,喇嘛告诉基姆不要伤害它。他说:"我们绕过去,会相安无事的。"他边念中国经文,边走过去。那条蛇果真没有伤害他们。

他们穿过了田野,来到了一个村庄,见人就问是否知道有一条可以洗涤罪过的河。村长对他们很热情,请他们今晚在此借宿,明天再继续赶路。老喇嘛对村长说:"基姆要探索的不是一条河,而是一头公牛。因为他相信绿地上的一头红公牛会让他得到荣誉。"

这里面有一个衣衫褴褛的干瘪瘦老头,他说:"他的星座意味着战争,因为最近边境总有战事发生。"这个说话的老头曾在当年士兵哗变时的骑兵团做过军官。基姆说这次战争要出动八千红衣军,老头说他还没听他儿子说过,基姆说他还曾经见过那个发号施令的军官。听到这位军官的名字,瘦老头肃然行了个军礼。

后来,老军人请喇嘛和基姆去他家过夜。第二天,他们师徒继续赶路,老军人非要坚持送他们一程。他说:"我的心干涸已久,而昨晚的记忆如泉水般涌出,真的很感谢你们。闻着有战争的气味,我把剑都带过来了。"喇嘛问他为什么带着剑,他说他要杀坏人。喇嘛说:"我不知道你曾经是个怎样的人,但我看得出你有张诚实庄严的脸。那些年代的荒唐事,或许是你身不由己,但我现在劝你不要再追寻那些虚幻的梦了,还是听听我讲的妙法之音吧。"

老军人还给老喇嘛唱了首关于尼柯辛事迹的歌。后来老军人的儿子骑马迎面过来,给父亲行了个礼。老军人说:"那个小孩给我带来了好消息。"老人让儿子给基姆一点儿钱来答谢他。于是父子俩往回走,老喇嘛和基姆又继续赶路了。

一路上,他们遇见了很多人。有大队的桑西贱民,他们总是很脏;有脾气暴躁、身手了得的阿卡里;有全村出席参加赛会的村民;还有一对蓝衣人,她们是一帮长格尔女人,在她们那里男人没有地位,女人们身强力壮,完全可以担当男人的重担;后来还遇见了一个迎亲队伍。喇嘛从不关心这些,总是两眼盯着他要走的路。

他们来到了一个歇脚处,那里有很多人。突然,基姆看见一辆豪华的家用牛车驶了进来,里面坐着一位贵妇人,身边还有很多侍卫,那些侍卫叫他们走开。基姆很不愤,骂他们是山驴子,那个妇人说基姆只是个不合法的喇嘛弟子,是个大胆无耻的小叫花,说他只想跟着喇嘛大师沾光而已。

后来基姆顶了她几句,把这个妇人气得不行。后来老妇人知道他是圣僧喇嘛的耳目,就又想博得他的好感。喇嘛午觉睡醒了,基姆告诉他说:"那边有一个山地藩王的遗孀也要朝圣,她想跟您说几句话。那个妇人想替她的女儿再求一个儿子。"

喇嘛回来了,基姆问他那个妇人跟他说什么了。喇嘛说:"她是一个有德行很有才智的女人,问了我很多问题,我觉得她极为正直;我跟她讲起了我要找寻的那条河,她想让我跟她一起去替她女儿祈祷再生个儿子。"

清晨队伍浩浩荡荡地出发了,喇嘛坐在车旁,老妇人一路上发号施令,有时她说话也妙趣横生。基姆昨天还是圣僧的徒弟,今日有老妇人的庇护,也算是半个贵族了。

途中他们遇到了一个英籍警察,他的话把老夫人逗得笑开了花。

老妇人和喇嘛还谈起了宗教的问题,他们谈了很久。基姆看到那个老妇人哭了,她说她是婆罗门教士,但她非常痛恨婆罗门僧人的狡猾和贪婪。

基姆是个机灵鬼,唱了首歌把大家都逗笑了。中午,他们在路边吃了点儿饭,老妇人躲到后面去抽了几口烟。她痛恨这个东西,可是却戒不掉,她心直口快地辱骂着婆罗门僧人,可又在揣测自己将有多少外孙。

第三章

老妇人正睡着午觉。基姆趁机跑到乡野里去玩了,喇嘛跟着他朝河边走去,他每见一条河都要跑去看看,可始终没有找到他要找的那条河的启示。

他们来到一片牧地,只见远处走来四个白种兵。基姆知道他们是来勘察安营地点的,一个兵正在插旗杆,喇嘛不明白他们在干什么。突然基姆叫道:"看,他们身后是什么?绿地上的一只红公牛,那旗帜上绣有爱尔兰绿地上一只大金色公牛的小牛队团徽。"

基姆说:"那是只牛,公牛象征战争和武装人员。他们是白种兵,与我当前所寻求的情况是吻合的。"

喇嘛说:"是啊,这可是战争之象啊!"

突然,他们听见远处传来一阵鼓声,那是军乐团在演奏,说明小牛队要在这里安营扎寨,瞬间平原上出现了很多兵。喇嘛和基姆赶紧躲进树林里,随后又看到美国的随军牧师班奈特从后边走来。喇嘛和基姆都回去吃饭了。基姆很想了解那些红公牛的行踪,打算晚上夜探军营趁机混进去看看。后来他被班奈特牧师发现了,不小心弄断了他的护身符锦囊。班奈特牧师以为基姆是小偷,抓住他还非要拆开他的护身符看。维克托神父认出了基姆父亲的笔迹,知道基姆是白人,还问起了他父母的事。他说:"我父亲曾告诉我说:只要我找到绿地红公牛,九百个天不怕地不怕的家伙和骑马的上校就会照顾我。果真灵验了。我还有个圣僧师父。"

喇嘛也来到了帐篷里,他说:"他是我的徒弟,我们要去朝圣寻找一条圣河。"维克托神父说:"看来这孩子真的找到了他的公牛了,这是他命中注定的。"喇嘛听不懂他们的语言,基姆就告诉喇嘛说:"师父,他们说我是洋人,不让我跟你走,要把我送到洋学校去读书,他们要把我变成一个洋大人。我先假装答应他们,然后再偷偷溜走。师父,我未逃回来之前,你一定要紧跟着那个老妇人的车啊,否则我就找不到你了。"

喇嘛自己走了,少校把基姆交给了军士看着他不让他逃走。大部队开往了乌姆巴拉,而基姆则将被送到桑纳瓦去念书。基姆知道他们将有八千人去打仗。

一大早,小牛队就开进了乌姆巴拉,而基姆仍被维克托神父和班奈特牧师严密监视着。那些军官都很奇怪基姆怎么会知道他们要行军打仗,这是他们四十八小时前刚接到的命令。他们都十分好奇是不是这小子有什么神力。晚上,基姆就把他如何来到营地、他的身世以及作出的预言传遍了军中,讲得有声有色。

后来班奈特牧师被派往了前线,但还是整天有人监视着基姆,今天是一个小鼓手紧跟着他。基姆让人给他找来一个写信佬帮他写信给马哈布,告诉马哈布他现在的经历。基姆一直在等待时机逃跑,后来他见着马哈布,可是马哈布却不肯帮他逃跑。马哈布说:"如果我帮你逃跑了,他们会把我关进监狱的,你身为洋人终归是洋人,等你长大了就会明白的。"基姆说:"我只求你把我带过了哨岗,脱掉这身红军衣,我就可以逃走了。"可是马哈布还是不肯帮他。基姆很气愤马哈布这种背信弃义的行为。

人种调查所的克莱顿上校走过来对维克托神父说:"谢谢你把这个孩子带回来。"晚饭前,克莱顿跟维克托神父说他决定三天后把基姆带到勒克瑙去上学。

第四章

那天下午,不知道什么原因基姆被从兵员中除名了。他又跑到街上找了那个写信佬再帮他写封信,这次他要写给中国西藏的圣者德秀喇嘛。内容是:三天后,我将去勒克瑙的查威尔学校去念书。克莱顿上校就在对面看着他,基姆觉得克莱顿上校是个善于玩钩心斗角、玩秘密把戏的人。

维克托神父用了三个上午的时间给他讲了新的神,又把基姆送到火车站,交代基姆:"希望查威尔学校能把你雕琢成男子汉!基姆,如果别人问起你的宗教,你一定要说是天主教徒。"后来上校也把他叫过去,教育他好好读书。他说等基姆到了十七岁的时候,会帮他找到合适的工作,可能会进印度调查所做测量员。

漫长的二十四小时旅途终于结束了,他们到了勒克瑙车站。基姆却没有看见喇嘛的影子,直接就去了查威尔学校。基姆觉得这个城市很富饶,他坐马车上正走着,突然看见了喇嘛。基姆很激动地问喇嘛为什么没有跟那个老妇人在一起。喇嘛说:"那个老妇人太唠叨了,不停地向我要孩子的护身符,于是我就离开了他们。"

喇嘛说:"希望你在这里好好接受教育,我把你读书的钱给付了,帮你添智慧也算我积功德了。我希望有一天你能成为像送我眼镜的那位老洋人一样有学问。我现在就要去贝纳尔斯了,我会时常给你写信的。我也会再来看你的。"

关于基姆在查威尔读书的经历,没有什么与众不同之处。他有两三百个早早接受教育的同学,他们都没有见过海洋。基姆漫长的假期就要开始了,维克托神父已经给他安排好,让他到了乌姆巴拉后就去山中一所军中学校。

他坐上了去乌姆巴拉的火车,车厢里基姆把乘客逗得哄堂大笑。到了车站,他就下车朝老军人家的村庄走去。就在此时,克莱顿上校接到电报说基姆失踪了。马哈布却说:"上校,放心吧,基姆肯定会在规定的时间内回来的,他只不过想去充实一下自己的知识,想去磨炼一下。"果然,有一次马哈布去乌姆巴拉领一批新马,基姆突然出现在他的前面。基姆告诉了他这段时间他都干了什么,长了什么见识。于是基姆就一起帮着马哈布把马赶回去。

路上,马哈布很好奇地问基姆是怎样溜掉的。基姆很得意地说:"他们永远想不到,我会找集市上的风尘女子相助来乔装改扮而逃吧。"他就把自己的那段经历说给大家听。马哈布听完后佩服地说:"你这小脑袋里原来装了这么多事,居然还能跟学校里的小洋人同吃、同喝、同学习,你可真是个聪明的小鬼头啊。"

夜里,基姆和马哈布的手下挤在马车上睡。他在想:我现在在学校学习天天进步,或许三年后我毕业了,上校就会让我和马哈布一起去猎取马的血统证明;或许我会去找喇嘛,我最希望的还是能再做回喇嘛的徒弟跟他去寻找圣河。他即将进入梦乡,突然听见运马的铁皮货车后面传来一阵窃语。好像是有人要密谋杀掉马哈布,基姆矛盾了,不知道自己该怎么做。于是他扯开嗓子猛吼,故意让那两个窃语的人听见他的哼声,翻过马路那边偷偷溜掉了。他躲在暗处秘密地观察此事,正好马哈布骑马过来,基姆就告诉他那两个人想杀他的事。马哈布很愤怒。回去后马哈布也睡不着,他想到一个办法:他要把那两个人看作贼,进行抓捕,这样就可以打死他们了。

他们赶着马在平坦的路上走着,基姆欣赏着这一路的好风光。可是他很快就要去见上校大人了,到时就没有那么轻松了。马哈布他们来到了西姆拉,这是印度最美丽的城市。基姆不想去山里的什么学校,马哈布说:"你不用去山里了,但是回学校前必须去罗干大人家住几天。你可知道这位大人邀请你,那是多大的面子啊。罗干大人在西姆拉有个铺子,你随便一打听就能找到。你去吧!"

第五章

基姆摆出了小洋人的架势问别人怎么去罗干大人家,一个十来岁的印度小孩带他去了那里。罗干大人正在穿珠子,他的动作极快,基姆看得入神了。罗干大人让基姆今晚就睡在这里,这个屋子到处都是中国西藏的魔鬼舞面具。灯被拿走后屋里一片漆黑,基姆很害怕,可是那些印度小孩根本不理会他。基姆一晚上都没睡好,他最讨厌一个带喇叭的盒子,总是传出骂人的声音,后来基姆把它弄不响了,估计是弄坏了。

基姆在罗干大人的店铺里看到了很多稀奇古怪的东西,罗干大人说这些都不值钱,只是些装饰品。后来,他给基姆变出了一个装满水的水罐,简直太神奇了。基姆把那个水罐扔在地上摔成了碎片,可是罗干大人的手竟然又将它们黏合在一起了,基姆看呆了。他说:"明明已经碎了,怎么能重新从地上站起来了呢?"

罗干大人教他们玩珠宝游戏,每次都是那些印度孩子赢,基姆很气馁,罗干大人亲自教他。在那儿的十天里,基姆从来没觉得那么有意思,他们上午玩犹太游戏,下午和印度孩子守着铺子,看罗干大人那些稀奇古怪的访客。晚上,基姆和那群印度孩子向罗干大人叙述他们的所见所闻。饭后,罗干大人跟他们玩扮相的游戏,因为他的易容功夫是一流的。

后来,来了个叫巴布的人,把基姆带走了。他说让基姆在勒克瑙好好学,他将来会征用他做个测量员。四天后的早晨,巴布带着基姆上了马车,他给基姆讲了很多劝学的话,并送了他一个珍贵的槟榔盒。

新学期开学后,每个孩子的成绩单都要由父母签字,所以基姆的成绩单就寄给了克莱顿上校和维克托神父各一份。后来有一天,他逃课去找喇嘛,希望喇嘛答应以后假日陪他去遨游一个月,喇嘛说看情况再说,还说基姆现在的任务是要吸取智慧。由于马哈布的帮忙,基姆顺利通过了周六的初级测量学考试。

三年里,喇嘛去过很多次特丹卡庙,现在基本会自己坐火车了。他总是对别人说他有个神秘弟子如何聪慧,也不再为找不到他那条圣河而悲伤了。

基姆现在学乖了。他现在除了圣诞节的十天私人游外,节假日总是跟罗干大人穿珍珠。其他的假日他就和马哈布一起骑骆驼走过沙漠到神秘的比卡尼尔城去,尽管他并不喜欢那样的旅行,可克莱顿上校却命令他绘制一幅有城墙的骚乱城市的地图。

后来,马哈布反对克莱顿上校继续把基姆当小孩看待来束缚他。他说:"如果你一直束缚他,他会一天天坏下去的,你就让他去闯吧,我们也很需要他。"罗干也说:"眼下南方E·二三计划正在进行,他可以发挥极大的用处,我们亟须他给我们带回来一封信。"他们商议了一番,决定让基姆和喇嘛一起去。

马哈布过来接基姆回去,告诉基姆克莱顿上校已经给他谋得了助理测量员的职位,他可以休学半年,这半年随他乱跑。基姆整理好一切,来到了勒克瑙火车站。他们还给基姆准备了喇嘛随身弟子所穿的衣服,给他做了个赂鬼避邪的符咒。他们说喇嘛正在盼望他,希望他能平安地回来。

车站里,基姆感觉无比的孤寂,觉得即使他现在死了恐怕没一个人知道。他反复地问自己他到底是谁。他现在蹲在候车室的一个角落,觉得自己像一匹受伤的马,从云端蓦然跌落。他遇到了一个长发苦行者,他们一起上了去往贝纳尔斯的火车。基姆现在已经不再感到孤寂,他给火车上的人讲起他和罗干师傅学法术的事,大家都很开心。

他们下车了,基姆觉得这个城市很脏。值得庆幸的是这里的人民很尊敬僧人,很多人经常求神拜佛。

第六章

基姆来到了特丹卡庙,当时老喇嘛正在禅房午休。等他醒来得知基姆就在外面,高兴地跑了出来。基姆当时正在给一个发烧且营养不良的孩子治病,他从自己的槟榔盒里取出几粒药给那个孩子的父亲带回去并嘱咐他按时服用。看见孩子得救,病人父亲带着孩子高兴地回家了。

喇嘛慈爱地看着基姆,说:"行医救人就是功德,你这样做很对。"基姆说:"这些教导都是您给我的,您三年的教诲我时刻铭记。现在我的课已经上完了,我离开了学校,现在来找您了。"喇嘛仔细地端详着基姆说:"你长高了,长成了充满智慧的大人了。"他们还回忆起了当年的日子,基姆说:"我现在是洋大人了,还将成为一位很有地位的书记,但我永远是您的徒弟。"

喇嘛把基姆带进了他干净的小禅房,说住在这里就像住在自己的老家。他正在绘制轮回图,说打算把制图之道传授给基姆。他们讲起了很多俗事,很奇怪,喇嘛从来不过问基姆查威尔学校的事,对他们洋人的生活和习俗也不感兴趣;他现在脑子里都是他们以前的种种回忆。

后来,那个病孩的父亲过来专门向基姆道谢,因为他的孩子全好了。他们师徒现在要开始他们新的漫游搜寻了,马上就动身。大家给他们举行了离别仪式,预祝他们这次搜寻功德圆满。

三个小时后,他们上了火车,都觉得对现在的处境心满意足。可是命运好像已经安排好了,注定基姆不会这样平坦地走下去。火车开动后,突然有个马哈拉塔人跟跟跄跄地钻到车厢里,只见他满脸是伤,衣服被撕得破烂。他对别人说是车翻被碾伤了。可是基姆却不相信。突然,他不小心露出了脖间挂着的壮胆用的护身符,基姆一看也把自己的露了出来,这是一种标志。随后,他和基姆对上了暗号,他们都是"符咒之子"。马哈拉塔人讲了事情的真实经过,他说他从南方来,他的同志被杀害了,基姆并不知道E·二三计划的前任被杀害了。那个人接着说:"我找到了那封很重要的信,可是在毛城我却被抓了,他们准备把我移交给南方的敌人。为了保险,我把那封信放在赤陀城皇后石下面了。"

基姆不想失掉这条线索,他要想办法救这个人。他说:"我要把你变成个僧人,你要穿三天托钵僧的僧服,这样才能好。"他现在要用自己在罗干师傅那里学来的技术给马哈拉塔人易容,让他成为一个周身赤红的托钵僧。于是他把所有工具都拿出来,还借来一个农夫的面粉和烟灰。毕竟是罗干先生的得意门生,手法很不错,完成以后,所有在场人全都惊呆了,原来那个行商消失了,摇身一变竟成了一个赤身裸体、全身灰白、两眼发肿的托钵僧。喇嘛此时真是大吃了一惊,惊讶于基姆竟然学会了这门技艺。

火车在晚上抵达了德里。E·二三高兴不已,大喊他重生了,因为现在警察到处在搜捕那个易容前的马哈拉塔人,当警察检查到他们车厢时认为他们是一窝修道的,随即就走了。托钵僧说有一个猎鹰师去发电报,报告他藏信的地点了。

第七章

下了火车,师徒两个开始了他们的搜寻之路。一路上老喇嘛给基姆讲了中国西藏的很多事。他就像一个睿智谦和的老人以洞察力启迪智慧,还讲起了自己三年前到处漫游的经历,基姆对这个师父更加崇拜和敬重。他们一路非常开心,经过了很多村庄,无论到了哪里他们都是贵宾。

他们到来的消息很快就传到了那个女贵妇的耳朵里,她非要喇嘛到她家做客。后来他们见面了,老妇人非要感谢喇嘛两年前对她大外孙的救命之恩,说现在她外孙在用一个医生开的药,听说那人是从孟加拉来的一个医学大师,他的药特别管用。后来基姆真就碰到了那位医生，并认出那人竟然是贺瑞巴布，他说是克莱顿上校让他过来取那封信。他是跟踪基姆来到了这里，后来他又说："现在我的任务改变了，因为三年前的三个藩王要开战，可最后却没打起来，听说是被北方人收买了。克莱顿上校派我去北方看看那些外国人在干什么。"

巴布还见到了喇嘛，喇嘛觉得巴布是个彬彬有礼的医生。中午巴布背着药箱向北走去。师徒俩要走了，老妇人送了他们丰盛的食物，欢迎他们随时再来。喇嘛说："这个女人肯定积了不少功德，你看她乐善好施、心地宽厚。"

喇嘛说："我也为你的智慧积了不少功德，我想我也很有可能找到我的那条河。"他们要向着雪山走去。

他们越过杜恩谷地，离开了莫苏里。每天都跋涉在山川上，基姆的腿又酸又疼，师徒两人穿过了一座又一座山峰，从谷肩到森林又到草原，后来终于到达了草原。在那儿他们看见了像喇嘛的肃仁寺旁的大山一样的山，悬崖巨石上有永久的积雪。那里好像刚下过暴风雪，贺瑞巴布三天前还在这条路上走过。后来他遇到两个都很自大的外国人——一个俄国人、一个法国人，他们争执不下，巴布帮他们调停。

巴布遇见了喇嘛师徒，喇嘛给他讲了轮回图。那个俄国人非要抢喇嘛的轮回图，于是图就被扯烂了，喇嘛非常生气，一把拿起铁盒就向俄国人扔去，俄国人一拳就打在了喇嘛的脸上，基姆和他扭打起来。法国人拿着手枪朝喇嘛走去，想拿他换回俄国同伴的安全。那些山民趁火打劫，拿走了他们所有的行李，还有文件，喇嘛一直教导基姆不可杀人，他当时伤得也不轻。后来，巴布到达了那个村子，原来那些山民抢行李和文件都是巴布撺掇和策划的，但殴打喇嘛的事纯属意外。

喇嘛睡了一觉后精神好多了，他们就爬到了一个新地方，那上面有长年的积雪还有几间小屋，喇嘛说："徒弟，我又救了两条侵犯我的人的命，我又积了功德。"

第八章

　　黎明，基姆见到了一个皮肤白净、戴有松石头饰的女人。她说她是山姆里格之花，还说那些人把篮子留下了。她请基姆给她画道符，她不想让她的孩子因为抢东西落个不好的名声，基姆答应了她。那个女人说："你们走后可别忘了我们这里的穷人。"

　　基姆翻了翻篮子，把信和御书装进上衣口袋里，别的也不要了。其实里面也没有什么了。

　　喇嘛突然说："那个人一拳打中了我的伤疤，我的灵魂大受震撼。来到了山姆里格，我才领悟到其中的因果，我在追溯邪恶的本源。"

　　基姆说："你总是觉得一切邪恶都很无辜，我感到很悲哀。"

　　喇嘛："那一拳给我的启示让我明白了我要追寻的地方不在这里，一个人能看出一个行为的因就已经解脱一半了。那一拳说出了'你本不该在雪山，你应该回到原途'。"基姆看着那张残破的轮回图，心中无法作答。喇嘛折好了那张破图，说："我受到了诱惑，箭是落在了平原地带而不是在山里，所以我要回去了。"

　　山姆里格之花拉着基姆让他去看她床下的旧英国钱箱，把它们都送给了基姆。她说："我也积了不少功德。"

　　喇嘛生病了，但依旧想找到那一条能治好病的河。他对基姆说："我们的搜寻一定可以完成的，我已经摆脱了诱惑。"基姆现在承担着一切重担，他早晚去乞食，让喇嘛在毯子上休息，晚上替喇嘛揉脚，喇嘛答应他很快就能解脱了。喇嘛说："我从来没见过像你这样的人，你对我太好了。孩子，自从下了山姆里格山后，我每天都在偷你的力量。"

　　基姆说："放心吧，不要想太多，等你养好病，我们就去那贵妇人家里让她好好招待我们。"后来这位老妇人还真是从二十里外赶了过来。

喇嘛说她真是积了不少功德。

　　基姆也生病了,老妇人给他熬了汤药,让他好好休息,他一下睡了三十多个小时。等他醒来问老妇人喇嘛的事,她说:"一个星期前,那位圣者独自跑到山里游荡两天,最后滚下一条小溪了。他还说他已经洗净了自己的一切罪孽。"老妇人又说:"我把你多年的嗜睡症给治好了。"基姆感激地叫道:"妈,是您救了我这条命,您就是我的再生母亲。"

　　巴布满面春风地过来取走那些文件、地图以及御书。他激动地说:"东西全都弄来了,英国将更改希拉斯和本纳两邦的王位继承权。"

　　将近黄昏,喇嘛和马哈拉悄悄地来到老妇人家来找基姆。喇嘛说:"我们的朝圣之旅已经结束了。今天夜里,基姆将和我一样除尽一切罪孽。我的徒弟帮我找到了那条河,我们将有权利一同洗清罪恶。我们都积了功德,一定会有好报的。"

　　基姆从沉睡中醒来,喇嘛上前赶走了邪神恶鬼。喇嘛告诉他说:"我的灵魂自由了,我见到德秀喇嘛的臭皮囊躺在那里,我已经明悟了一切因果。可我舍不得你,我要再看看我的爱徒。我积了功德,箭河就在那里;我已经找到它了,它就在我们脚下。"

儿子与情人

戴维·赫伯特·劳伦斯(1885—1930),英国文学家、诗人。20世纪英国最独特和最有争议的作家之一,被称为"英国文学史上最伟大的作家之一"。代表作有《儿子与情人》《查泰莱夫人的情人》《虹》等。

《儿子与情人》被认为是一部带有自传性质的长篇小说。故事的主人公保罗在成长过程中深受母亲的影响,把母亲当成了理想的爱人。直到母亲去世后,他才从这种影响中摆脱出来,明白了爱情的真谛……

一场大火烧光了臭名昭著的地狱街。那条街本来是几个矿工家庭生活的地方,但是卡逊——魏特公司要开发这片地区,所以就先在贝斯伍德村河谷地区开发了一片新矿,并铺设了一条铁路。为了安置矿工,卡逊——魏特公司还盖了好几个居民区,后来又在小河谷的地狱街废墟上建立了洼地。

莫雷尔太太虽然有些不情愿,但还是从山上搬到了洼地区。她是一个外表柔弱、性格坚强的女性。她的丈夫莫雷尔先生是一个矿工。当初莫雷尔太太嫁给他的时候,他还是一个年轻帅气的小伙子。可是,在经历了最初几年幸福的婚姻生活后,他因为职业的压力和危险放弃了家庭,经常靠酗酒减轻精神上的痛苦。

莫雷尔太太对丈夫彻底地绝望了,从此,她把时间、精力和全部精神寄托都转移到大儿子威廉和二儿子保罗身上。她竭尽全力阻止儿子们像他们的父亲一样,做一个粗俗的矿工,总是用尽各种办法教育孩子们要出人头地,从此不用再过这种艰苦的生活。她的行为不但与丈夫渐行渐远,而且还影响到了孩子们。在她的影响下,孩子们选择站在母亲一方,共同对抗虽然肉体依然强健,而精神却日益衰弱的父亲。

大儿子威廉十三岁那年,莫雷尔太太给他在合作社办事处找了一份工作。对此,莫雷尔先生说:"你这不是让他去坐冷板凳吗,他又挣不了几个钱,最多只会把裤子磨破。"

莫雷尔太太说:"他刚开始挣几个钱都无所谓。"

"无所谓!让他跟我一起下井去,第一个星期就可以拿到十先令。不过我也明白,在你看来,坐在板凳上磨破裤子挣六先令要比跟我下井挣十先令好多了!"

"他绝对不能下井。"莫雷尔太太非常气愤地回答。

"我下井不算委屈,他下井就好像委屈了他似的。"

"你妈让你十二岁下井,那是她的事,但是我不会让我的儿子这样做的。"

"十二岁,还没到十二岁呢!"

"你爱几岁就几岁吧,我才懒得去管!"莫雷尔太太生气地说。

威廉通过上夜校学习,十六岁那年就已经成为当地数一数二的速记员兼簿记员了。后来他又在夜校教书。随着年龄的增长,他逐渐有了自己的理想和抱负。他把所有挣来的钱都交给母亲,跟当地药剂师的儿子、教师、商人等中产阶级来往。贝斯伍德所有的娱乐活动,从教堂街到那些便宜的跳舞会、运动会,没有一样是他不喜欢的。他还经常向弟弟保罗谈论各种各样如花似玉的小姐,偶尔也会有人来到他的家里找他。但是,莫雷尔太太对此似乎有些不满。

一天,一个陌生姑娘来敲门:"莫雷尔先生在家吗?"

莫雷尔太太回答说:"我丈夫在家呢,你是哪位?"

少女有些不知所措,但还是鼓起勇气继续问道:"我,我所说的'莫雷尔先生',指的是一位小莫雷尔先生。"

"哪一个? 我们家有好几个小莫雷尔呢?"

少女的脸涨得通红,说话也不利索了:"就是我在舞会上遇到的那个莫雷尔先生!"

"舞会上? 我儿子在舞会上认识的姑娘我一个也不赞成,而且他也不在家。"

威廉知道这件事情后和母亲发生了口角。十九岁那年,威廉离开了合作社办事处,在诺丁汉找到了一份美差。在诺丁汉干了一年之后,他又得到了一个去伦敦的好机会。

威廉去伦敦之后,莫雷尔太太将自己的感情都移到了二儿子保罗的身上。保罗是一个非常敏感的孩子,平时没事的时候就喜欢待在房间里作画。十四岁的时候,他已经开始找活儿干了。他是一个瘦弱矮小的孩子,长着淡蓝色的眼睛、深棕色的头发。他的脸越来越像威廉了,尤其是眉毛和眼睛。他的神情总是给人一种生气勃勃的感觉,有时候他会突然笑一下,笑容像她母亲一样可爱。但是当他敏感的心灵遇到不顺心的事情时,他的面容就会变得非常难看。

后来,威廉从伦敦带回来一位年轻漂亮的姑娘,她是威廉在舞会上认识的。莫雷尔太太虽然曾在信中劝说威廉不要看到别人追求她,便也随大流这样做,但是威廉显然不这样认为。他在信中写道:"妈妈,要是你亲眼看到她,就会体会到我的心情了。她是一个漂亮的姑娘,身材颀长,态度和蔼可亲,头发又黑又亮,还有一双迷人的灰色眼睛。你还没有看见她,所以对她有看法也是正常的。但是,我要说的是,她的衣着与任何一个伦敦女人相比也不落下风,她与我走在一起的时候,是不会让我抬不起头来的。"

这封信虽然在一定程度上起到了作用,但是并没有完全打消莫雷尔太太的疑虑,因为她生怕儿子会自作主张做错了事情。

一次回家时,威廉夜里单独与母亲坐在一起。他说:"你知道吗,妈妈。她头脑太单纯,根本不懂什么是钱。只要拿到工钱,她就毫不犹豫地去买冰糖栗子,于是她的月票就需要我来买。当然还有其他的东西,有时候甚至连内衣裤都让我买。可她还一门心思地想要结婚呢。我仔细想了一下,还是明年结婚比较合适。不过这样发展下去,恐怕……"

"那肯定是一门非常糟糕的亲事,要是我的话,我一定会再仔细考虑一下。"莫雷尔太太回答说。

"来不及了,我现在已经无法和她断绝关系了。因此我必须尽快结婚才行。"

"随你的便,我的孩子,如果你想要结婚,没人会拦着你。不过我必须告诉你,每当想起这件事情的时候,我就会睡不着觉。"

"妈妈,你别过分担心了。她会变好的,我们会凑合下去的。"

"是她让你给她买内衣裤吗?"

"是的,妈妈,"他说,"她没有直接向我要,而是在一个寒冷的早晨,我发现她在车部里被冻得浑身哆嗦,于是我问她说衣服穿够了没有,她说穿够了。我问她有没有穿上暖和的内衣裤,她说没有,她的内衣裤是布的。我又问她,天这么冷,怎么不穿厚一点儿的衣服,她说她没衣服穿。因此她还得了支气管炎。我不忍心让她挨冻,就带她去买暖和的衣服。得了,妈妈,要是我们有钱,我也不会在乎。而且她怎么说也应该留点儿钱买月票啊。可是她就是没有存下钱,还总是找我要钱。"

莫雷尔太太略带讥讽的语气说:"看来你们以后的日子并不好过啊!"

"可是我已经走得太远了,现在我根本无法抛弃她了。而且,有些方面我也离不了她。"威廉满腹委屈甚至有些绝望地说道。

"我的孩子,我要告诉你的是,世界上最糟糕的事,莫过于没法补救的不称心的婚姻了。我的婚姻就已经非常不幸了,你应该从中汲取一些教训,否则你的婚姻会比我的还要糟糕。"莫雷尔太太苦口婆心地说。

"不管怎么说,已经走到了这个地步,我是无法抛弃她的。"

"可是,你记住。解除婚姻虽然很糟糕,但是还有其他的事情比那更糟糕。"

"不管怎么说,已经走到了这个地步,我是无法抛弃她的。"威廉又重复了一遍他刚刚说过的话。

两个人都陷入了沉默之中。最后,莫雷尔太太说:"算了吧,孩子,好好地睡一觉,明天早上你心里就会好受些的。"

后来,威廉带着他的未婚妻离开了家。莫雷尔太太认为事情并没有走向绝境,还有转机的余地,所以心情也就好了起来。她不能做什么,所以只能选择等待,同时把保罗紧紧地留在身边。

整个夏天,威廉的来信都充满了狂热的语气,有时他显得非常高兴。这与他以前那些平淡乏味、抱怨连连的信有着很大的差别。

一天早晨,莫雷尔太太正在家里做家务,突然收到了一封从伦敦来的电报。电报说威廉病了。这让莫雷尔太太非常担心,她急忙收拾好东西去伦敦看望自己的儿子。当她赶到威廉的住所时,发现威廉躺在床上,双眼充满了血丝,脸上已经有些变色了。医生检查之后说威廉得了肺炎,还感染了特殊的丹毒。第二天凌晨两点钟的时候,威廉的病情突然发作,离开了人世。

大儿子离开人世让莫雷尔太太陷入深深的悲恸之中。不管别人怎么劝说,莫雷尔太太始终一言不发。她好像对生活失去了兴趣,还经常唠叨说:"要是死的人是我就好了。"保罗看到母亲陷入悲伤之中无法自拔,就主动想办法和她多交流,有时会绞尽脑汁想出几件新闻来告诉她。可是,这样一点儿效果也没有。莫雷尔太太知道保罗想让她从悲伤之中解脱出来,而且她也竭尽全力尝试过,但是最终都没有成功。她只是每天默默地想着死去的威廉。

一天,保罗昏昏沉沉地回到家里,莫雷尔太太看到后,不禁一愣,她问道:"你这是怎么了?"

保罗把五个先令的圣诞节赏钱递给母亲,莫雷尔太太看都没看一眼就把钱放在了桌子上。

"你并不高兴!"保罗用责怪的口吻说,同时他浑身上下哆嗦得厉害。

"你什么地方不舒服?"她一边为保罗脱大衣一边问。

"妈妈,我痛苦死了!"

莫雷尔太太把保罗扶到床上去,请来了医生。

医生检查之后说保罗得了严重的肺炎。莫雷尔太太听到这话后,伤心地问医生说:"要是我让他待在家里,他就不会得这种病吧?"

"起码不至于这么严重!"医生回答说。

"我应该照顾好活着的人,而不应该照顾死的啊!"莫雷尔太太这才恍然大悟。

保罗病情加重了,他感觉到死神已经降临到自己身上,于是被笼罩在一种阴森恐怖的气氛之中。"我要死了,妈妈!"他一边用力地叫着一边喘息着。

她把儿子抱在怀里,低声哭诉说:"我的孩子!我的孩子!"这阵哭诉燃起了保罗全部的求生意识,他的精神也有所好转。

从此以后,莫雷尔太太把所有的精力都集中到保罗一个人的身上,因为她的另外两个孩子都具有独立生活的能力,并不需要她的照顾。

保罗十六岁那年去拜访莫雷尔太太的朋友,结识了热情友好的利维斯一家。米丽安是这个家庭中唯一的女孩,是一个富于幻想的姑娘,想象自己以前曾是一个公主,但却不幸沦落为一个卑贱的姑娘。

米丽安虽然还是一个十五岁的小姑娘,但是她内在的魅力却令保罗着迷。

一个沉闷的下午,利维斯一家的男人们都下地干活去了,家里只剩下米丽安母女。保罗到这里之后,米丽安犹豫不安地对他说:"你看见过秋千吗?"

"秋千?那玩意我从来都没见过。你这里有吗?"保罗问道。

"当然有了,在牛棚里。"

"走,我们过去瞧瞧。"

在牛棚房梁上挂着一根又大又粗的绳子,绳子向后绕在墙上的一个钉子上。保罗和米丽安来到绳子面前。

"这根绳子倒是挺不错的。"保罗吃惊地赞赏起来,接着他就迫不及待地坐了上去,想显示一下自己的身手。刚一坐上,他又突然地站了起来。

"你先来吧!"他对米丽安说道。

她答应了,但是并没有马上坐上去,而是到谷仓里拿了几个口袋铺在了绳子上面。她说这样坐上去会舒服一些。

"来吧。"保罗催促她说。

"不,还是你先吧!"

"为什么?"

"你先来吧!"她好像在恳求保罗。

"好吧!"说着保罗就坐了上去。他一用力,秋千就荡了起来。他在空中飞来飞去,感觉快乐极了。米丽安在下面看着他。

"荡秋千真是一件令人开心的事情!"保罗非常兴奋地说。

"是啊。"

"我要死了。"说着,他突然停了下,跳起身来,"我已经荡了很长一段时间了,不过荡秋千真是一件令人开心的事情。"

米丽安看着他因荡秋千而沉醉的表情,觉得非常有意思。所以她对保罗说:"你再来好了。"

"你不试一下吗?"保罗有些吃惊。

"我不太想玩,好吧,我只玩一会儿。"

他把口袋给她铺好,她坐了上去。

"荡秋千可真有意思啊!"他一边说一边推她。

米丽安坐在秋千上能够清楚地感觉到,背后有一双灵巧的手正好及时地抓住自己,然后又恰到好处地猛推一把。她感觉有些害怕,随着保罗不断地用力推她,她抓绳子的手越来越紧了。

"别再高了吧!"她请求他。

"这才多高啊?"

"已经够高的了。"

保罗感觉到米丽安有些害怕,就不再用力推她了。

"你真的觉得这样就够高了吗,不需要我再把你推得更高一些吗?"他问道。

"是的。让我自己来荡吧。"她回答说。

"你这哪是在荡秋千啊,怎么秋千动都不动一下?"他说。

她有些不好意思了,于是很快就下来了。

"我听别人说,要是学会了荡秋千,那就不会晕船了。"他说着又坐到了秋千上面,"我才不相信我会晕船呢!"说着,他又荡了起来。

米丽安在下面看着他,她总觉得保罗身上有特别迷人的地方。她看别人时从来没有这样着迷过,心中有一股暖流油然而生。

随着时光的流逝,保罗和米丽安已经长到快二十岁了。这时他们的感情也变得更加浓厚。但是,米丽安深受家庭宗教观念的影响,认为肉体的爱情是淫荡和邪恶的表现。所以,她不会追求肉体上的爱情,只是精神情感方面的交融。这使得他们两个人在交往的过程中遇到了各种各样的问题。

"你知道,如果一个人产生了爱情,那对方也会感同身受的。"保罗好不容易才说出了一直想说的话。

"对,这也是我小时候听妈妈说的'爱情诞生爱情'。"米丽安回答道。

"差不多就是这个意思,这么想它一定是正确的。"

"但愿如此,否则,爱情就会变成一个非常可怕的东西了。"

"嗯,至少对绝大多数人来说是这样的。"

保罗终于攒够了一笔钱,打算带着他们全家外出度假。莫雷尔太太非常高兴,因为她自从结婚以后,除了去看望她的妹妹,就从来没有外出度假过。米丽安也跟他们全家一起去。因为这次旅行要去的地方有点儿远,必须起个大早才行,米丽安的家离保罗家有些远,于是保罗就提出让米丽安来他们家过夜。米丽安赶到保罗家里吃晚饭,进门没多久就发现气氛有些不对劲儿。保罗特地找了一首诗念给米丽安听,米丽安坐在沙发上,全神贯注地看着自己的心上人。莫雷尔太太妒忌地坐在自己的椅子上面,要听听保罗到底要给米丽安念什么。

莫雷尔太太在保罗读到一半的时候插嘴说:"钟声在奏出'恩特贝的新娘',这是什么意思呢?"

保罗停下来,耐心地解释说:"那是一支很古老的曲子,经常有人在沼泽地旁边演奏,好像在提醒旁人不要落水。或许那恩特贝的新娘就淹死在那里了。"保罗说得头头是道,但是他根本就是在胡说,因为他对此一无所知,只是他不想在妇道人家面前丢脸。

莫雷尔太太略带疑惑地问道:"那支曲子很有名吗,人们都知道?"

"是的,那正像苏格兰人听见报警时一样。"

大家都觉得保罗是一个知识丰富的人,他自己也这么认为。过了一会儿之后,他又开始念那首被打断的诗。

等他念完以后,莫雷尔太太说:"哎,写得太惨了吧,我可不希望每篇作品都写得那么惨啊!"

莫雷尔太太一直反对保罗与米丽安谈恋爱,保罗在与米丽安的交往中觉得他们越来越难以相处下去,所以试图找机会告诉米丽安,他不想与她结婚,他们之间的关系就到此为止。但是,保罗却感觉自己无法离开米丽安。就这样,保罗在这两种感情之间徘徊着,不知道该怎么办好。

后来,在米丽安的介绍下,保罗认识了克莱拉·道斯。克莱拉与她的丈夫巴克斯特·道斯的关系不好,两人分居生活。

十月份的一天,保罗与克莱拉一起去喝茶。这是一个安静的下午,保罗开口问道:"你多大结的婚?"

"二十二。"

"现在都八年了?"

"对。"

"那你又是什么时候离开他的?"

"三年前。"

"也就是说,你们在一起生活了五年。你嫁给他的时候,你爱他吗?"

克莱拉沉默了一会儿,然后慢条斯理地说道:"我觉得当时多多少少还是爱的。这事儿我也没多想过。他要我,当时我非常拘谨。"

"这么说,你是稀里糊涂结婚的了?"

"是的,好像我在睡梦中过了大半辈子。"

"难道是患上了梦游症吗? 你是什么时候醒过来的?"

"从小到大,我一直不知道自己到底有没有醒过。"

"你是说你从小到大都没有醒过。这也太奇怪了,难道他没有把你唤醒过吗?"

"是的,他从来就没有唤醒我。"

"那你为什么要嫁给他? 他做到过什么?"

"我从来都没有把他当回事。从来没有!"

"那你和他结婚之后又为什么要离开他呢? 他做了让人生气的

事,还是他对你态度不好?"

克莱拉听到保罗这样问,身体微微颤抖了一下。"他简直糟蹋我。因为我的心从来都不属于他,为此,他想要吓唬我。后来我就总感觉自己有一种想要逃跑的想法,他非常卑鄙。"

"我懂了。"虽然这样说,但是其实他根本什么都不懂。

"他一直这么卑鄙吗?"保罗问道。

"有一点儿。后来他发现根本无法得到我的心,所以就开始使用野蛮的手段。他就是一个野蛮的人。"她回答得很平静。

"那你最后选择离开他又是为了什么?"

"因为他不忠于我。"

他们陷入了沉默之中。保罗把手轻轻地放在她的手上,心怦怦直跳。

"可是,你从来就根本没有给过他机会?"

"机会?怎么给他机会?"

"让他能够亲近你。"

"我是心甘情愿嫁给他的……"她尽量控制着自己,使自己说话的语气显得平和一些。

"我相信他是爱你的。"

"可能吧,起码看上去好像是这样。"

保罗想把放在克莱拉手上的手拿开,但是他做不到。克莱拉为了不让保罗感到难堪,自己拿开了手。

"你就这样甩了他?"沉默了一会儿,保罗又继续问道。

"你说得不对,是他甩了我。"

"我想他没能成功地让你成为他的命根子。"

"是这样,可是他却想通过威胁的手段来做到。"

两个人越来越觉得不知道自己在说些什么,所以就停下不说了。

保罗像其他同龄人一样,感到男女问题复杂无比。他坚决不承认自己有过想要克莱拉或者米丽安的念头。在他看来,性欲是一种超然的东西,并不属于一个女人。在他的内心深处,米丽安仍然是他的最爱,但是每当想到克莱拉的时候,就会感觉到热血沸腾。克莱拉的乳房和肩膀的线条,清晰地印在保罗的脑子里。可是,保罗仍然认为自己并不是非要克莱拉不可。如果可能,他情愿一辈子都不要她。他始终觉得,自己最爱的人是米丽安,如果有一天他要结婚的话,也会娶米丽安,这好像已经不是爱不爱的问题,而是一种责任。他把这个想法告诉了克莱拉,但她好像对此并不在意。此后,保罗经常给米丽安写信,偶尔还去看望她。同时,只要条件允许,他就会去找克莱拉。就这样,一个冬天过去了。莫雷尔太太对保罗也比较放心,她以为保罗已经与米丽安断绝了关系。

保罗觉得米丽安是自己的朋友、情人,属于他的故乡和青年时代。而克莱拉是一个新认识的朋友,她属于生活和人世间。这一点非常明白,保罗也没有为此烦恼过。

保罗与克莱拉的关系时好时坏,度过了不大见面的冷淡时期,他们又总是凑在一起。虽然保罗与克莱拉一直保持着情人关系,但是克莱拉并不想与丈夫离婚。保罗也常常问自己,如果克莱拉与丈夫离婚,自己会不会与她结婚。最后他得出结论,自己是不会与她结婚的,因为她并不是自己喜欢的那种女人。只有自己的母亲才是彻底地理解自己、疼爱自己的女人。

于是,保罗仍然把大部分时间花在母亲身上,想尽办法讨母亲的欢心。后来,保罗的姐姐安妮要结婚了。保罗晚上坐着和母亲聊天时问道:"妈妈,姐姐结婚你会为她伤心吗?"

"一想起当年我结婚的那天,我就期望她的生活与我的不同。"莫雷尔太太回答说。

"难道你不相信姐夫会好好待姐姐吗?"

"大家都说他配不上你姐姐,可是我觉得,如果男人能像他那样真心,同时女方也中意他,那么他们会很幸福的。他没什么配不上她的。"

"你的意思是说,你很放心吗?"

"作为母亲,我绝对不允许我的女儿嫁给一个不真心实意对待她的男人。可是不管怎么说,我总感觉心里像缺了什么似的。"

母子二人都沉浸在一种悲伤的情绪之中。保罗看着母亲的新衣服,觉得她很孤独。

"妈妈,别难过。我决定不结婚了。"保罗安慰母亲说。

"儿子,人人都像你这么说。那是因为还没有遇到真正喜欢的人,过上一两年你就不会这么说了。"

"不会的,妈妈。我要和你在一起,咱们雇一个用人。"

"儿子,咱们走着瞧吧。"

"瞧就瞧,我马上就二十三岁了。"

"对,那只能证明你不是一个早婚的人。但是谁又知道三年之后是什么样子呢?"

"不管怎么说,我都要陪着你。"

"儿子,现在你还不懂,等以后就会明白的。我可不愿意你孤零零的一个人。"

"那你觉得我应不应当结婚?"

"这个世界上的人,不论迟早,都是要结婚的。"

"你以为我会娶个媳妇,然后让她把我从你身边抢走吗?"

"那倒用不着。等到你完全被她迷倒之后,你就会明白了。"

"我永远都不想弄明白。有你在我身边,我就会幸福。我才不要结婚呢。"

"可我也不希望你一个人没人照料啊,我的好儿子。"

"你才五十三岁,不会轻易撇下我的。我想你至少可以活到七十五岁,等到那个时候,我也已经四十四岁了,到那个时候我再娶媳妇。"

明白吗?"

莫雷尔太太被保罗的话逗得哈哈大笑。

安妮结婚后住在离家不远的地方。而保罗的弟弟亚塞也结婚了,他娶的是自己儿时的玩伴。在他们结婚之后不久,就有了一个可爱的小宝宝。

后来,保罗送了一幅风景画参加当地举行的冬季画展。让人意想不到的是,这幅画竟然获得了大奖。莫雷尔太太非常高兴,鼓励保罗继续从事绘画事业。

保罗想要出国深造,但是因为离不开母亲而放弃了这个念头。于是他又开始和米丽安约会了,但是他却发现,自己无论如何也难以与米丽安相处下去。所以,他又去找克莱拉,因为在克莱拉身上可以发泄某种无法言说的欲望。保罗就在这样的矛盾中生活着,煎熬着。

随着物质条件的改善,莫雷尔太太却患上了不治之症,而且病情渐渐地恶化了。保罗和她都非常害怕,因为他们都知道她将不久于人世。于是,保罗花更多的时间来陪伴母亲。

"妈妈,你睡过了吗?"

"睡了。"

"睡得怎么样,不太好吧?"

"嗯。"保罗知道,母亲肯定是一夜没有合眼。他看见她的手在被子下面捂着痛处。

"那里很痛吗?"他关切地问道。

"不是很痛,只有一点点罢了。不碍事的。"

保罗看着母亲眼睛下面的黑眼圈,感觉到阵阵心痛。

"今天天气很好。"

"的确是个好天儿。"

"要不我抱你下楼,去外面晒晒太阳吧?"

"再说吧。"

于是,保罗不说话了,出去为母亲准备早餐。

每一天,保罗都会像这样对母亲嘘寒问暖,只要不在家,他心里就会特别惦记母亲。他知道,这是一种长期的痛苦。为了减轻这种痛苦,他经常傍晚天没黑就赶回家。

一天傍晚,保罗回家后看了一下厨房的窗户,她不在,那就是还没有起床。

"还没有起床吗?"他径直走进母亲的房间,亲了亲母亲。

"嗯,都是因为吃了吗啡,我简直困得要命。"

"也许是吃得有点儿多了吧。"

"可能是吧。"

他心情沉痛地在床边坐了下来。他看着母亲像个小孩子似的侧身在床上躺着,耳边散落着夹杂着银丝的棕色头发。

他轻轻地掠开她的头发,问道:"头发挠得你痒吗?"

"嗯。"

他把脸贴到她的脸上。她用含笑的蓝色眼睛望着他,让他感觉到非常温暖。但是这时候,他的心里除了温暖,还有恐惧和痛苦。

"你把头发梳成辫子吧,我来帮你。"说着,他走到她的背后,小心翼翼地松开她的头发,仔细地梳理着,之后把她的头发梳成了辫子。他一边做着一边感到茫然和痛苦。

虽然莫雷尔太太平时总在保罗面前装出一副若无其事的样子,但是剧烈的疼痛让她无法隐藏她真实的感受。每当保罗看到母亲痛苦的表情时,心就像刀绞一般。他的泪水经常会不自觉地流出来。很多时候,他都无法工作下去,只是坐着直直地看着远方。等到他清醒过来,就会感觉到四肢哆嗦,而且还有一种恶心的感觉。

莫雷尔太太也是如此。她总会想到痛苦,想到吗啡。虽然她知道自己离死亡越来越近了,但是却从来没有想到过死亡。日子就这样一天一天地过去了。

为了排解心中的痛苦，保罗经常去找克莱拉，虽然她几乎总是对他非常冷淡。

"我要你！"保罗看到克莱拉的时候就会非常干脆地对她这样说。克莱拉偶尔会答应他，但是在克莱拉的心里，总能感觉到一种恐惧。因为保罗总是非常沉默、古怪。这让克莱拉产生出一种厌恶的心理。

莫雷尔太太的病情越来越严重了。她每天夜里服了吗啡后，心脏病就会一阵一阵地发作。一大清早，保罗就跑进母亲的屋里。莫雷尔太太因为服用了吗啡，早上醒来的时候总是面如死灰，而且她的眼神也越来越阴郁了。现在她一到早上就会又痛又乏，这让她实在难以忍受。

"你今天多睡了一会儿。"

"是吗？"她疲惫地说。

"嗯，今天都快八点了。"

他站在窗边，向远处眺望着。外面是一片白茫茫的世界，一点儿生气都没有。之后，他给母亲按脉，脉搏时强时弱，也许这就是死亡的预兆。她明白他在想什么，于是就让他去按。有时他们会彼此看着对方，从他的眼神里，她发现他已经同意让她死了。但是，她不肯死，尽管她现在只剩下了一把骨头了。

他终于无法继续忍受下去了，他问大夫："你能不能给她用点儿药，让她结束这一切。"

大夫摇了摇头对他说："她已经撑不了多久了。"

"我都快要被逼疯了，我再也受不了。"安妮说。

于是，实在难以忍受下去的姐弟二人决定对母亲实施安乐死。一天晚上，保罗把藏着的吗啡丸都拿下楼去研成粉末。

安妮看到之后问他："你在做什么？"

"我把药放在她晚上喝的牛奶里。"

姐弟两个像偷偷干坏事的孩子似的笑了起来。

第二天,饱受痛苦煎熬的莫雷尔太太终于离开了人世。

保罗陷入了悲恸之中。但是对他来说,最痛苦的是自己的生命好像也与母亲一起离开了,他根本找不到活下去的意义。他也画不成了,母亲临死那天完成的一幅画成了他最后的作品。克莱拉也彻底地离开了他的生活。他像行尸走肉一样地生活着,直到有一天,他的意识好像开始恢复运行了。

"我在干什么啊?"

"在自杀。"

有一股模糊的感觉好像在对他说,这样做是不对的。

"为什么不对?"

虽然没有回答,但是心底一股莫名的倔强让他不甘心就这样沉沦下去。于是他又去寻找米丽安,希望米丽安能够让自己重新点燃对生活的希望。但是,他突然意识到,米丽安并不是他真正要找的那个人。

这个世界上唯一支撑他活下去的人就是他的母亲,但是母亲已经离他而去。他希望她能够继续爱着他,带他一起走,但是,他不愿这样做。他绝不会走那条路。他攥紧了拳头,迈开大步,向着充满生气的城市走去。

·精读名著·

查泰莱夫人的情人

这是劳伦斯的另一部代表作,作者简介见《儿子与情人》部分。

《查泰莱夫人的情人》是劳伦斯的代表作之一,它是一部探寻现代西方人的生存与前途的作品。作者描写了女主人公查泰莱夫人勇敢地挣脱丈夫和世俗来追求所爱的人,追求完美的性爱。作者以此来表示对现代文明的反抗和批判。

第一章

第一次世界大战的浩劫给康妮·查泰莱夫人带来了无尽的灾难,然而她仍坚信要好好活着,有意义地活着。

1917年,大战的炮火仍在延续,克利福特·查泰莱和康妮结婚了。一个月的蜜月很快结束,克利福特又回到了佛兰德斯前线去。六个月后,他一身破碎地被运回英国,那时康妮二十三岁,他二十九岁。他用惊人的毅力创造了一个生命奇迹,医生用两年时间治疗他那破碎的身体。他的命是保住了,但是腰部以下的半身,却永远瘫痪了。

1920年,克利福特和康妮回到他的老家。克利福特承袭了爵位成为克利福特男爵,康妮便是查泰莱男爵夫人了。来到这里,他们开始新的生活。他的精神还算可以,可以坐着自动轮椅来去自如,享受着他家大林园的美丽风光,生活也算舒心。

尽管曾饱经苦难,可他仍乐天安命,除了有点儿神情呆滞和空虚之外,他对现在与世无争的生活还算满意。康妮是精力充沛的女子,对这个世界充满了好奇。她父母都是鼎鼎有名的皇家艺术学会的会员,非常有教养。在这种家庭氛围的熏陶下,康妮和妹妹希尔达接受的是美育的非传统教育,姐妹俩都是呼吸着艺术的空气成长起来的。她们去过很多地方学习艺术,见多识广,才华绝不输给男子们。

大战爆发后,康妮和希尔达的母亲去世了,她们匆匆赶回家。后来,希尔达突然和一个比她大十岁的人结了婚,那个男人曾在剑桥学生会待过,家庭富有,现在也算是有权威的知识分子。康妮呢,认识了二十二岁的青年克利福特·查泰莱,陆军中尉,社会地位比康妮高,但却没有她磊落大方,克利福特·查泰莱被康妮雍容自在的气质所吸引。

1916年,克利福特的哥哥哈白特阵亡,克利福特就成了查泰莱世家唯一的继承人,他逃脱不了命运的安排。于是他的父亲佐夫来男爵催促克利福特赶紧结婚,好延续他们家的香火,尽管克利福特觉得他父亲顽固不化,但还是郑重地接受了这个爵衔和这份家产。

1917年,克利福特终于娶了康妮,和她过了一个月的蜜月生活。刚刚结婚,两个人爱得如胶似漆,但他们却有着超乎性欲的相亲相爱。在他们看来,亲情比性交更深刻,但是康妮却希望能有一个孩子。后来,克利福特去了战场,半年后伤得一身破碎地回来了,孩子也没有生成。佐夫来男爵也在忧愤中死去。

第二章

1920年的秋天,康妮和克利福特回到老家。康妮一开始住不惯这里，她觉得这里的环境很可怕，她看着阴森的老屋、丑恶的煤铁区，听着矿坑里筛子机的轧轧声、起重机的喷气声，感觉空气中总带着一种恶臭味。然而这就是事实，一切都是命中注定的！反抗也没有用，她必须在这里继续生活。后来她也渐渐习惯了。

但克利福特觉得这里比伦敦可爱多了。康妮很奇怪他的想法，她觉得这里的居民没有见解和思想，丑陋、阴森；她还经常听见一群群矿工的散工回家时的嘈杂声，有些什么可怕而神秘的东西。他们回到这里，只有女管家和她的丈夫在门口迎接他们。他们住的勒格贝和别的村也很少有来往。村里人见了他们也不理睬，康妮很看不惯这种做法。她觉得在中部和北部的工业区，人们之间的隔绝是无法用言语来形容的。当她对矿工的妻子们示好时，她们那种奇怪的、猜疑的、虚伪的亲热，让她觉得真难受。康妮觉得这些人都是些不可救药的离叛国教的人。

过去的克利福特并不在意这个，他和村民们交谈，态度总是很傲慢而轻蔑，他要坚守着他的身份和地位，不想与人为善。但是自从他下半身残废以后，他就变得很胆怯。除了自己的仆人外，他谁也不愿见。他对人的态度常常一开始敌对而傲慢，慢慢就谦逊自卑甚至畏缩下来。残废的打击使他的内心严重受创，失去了昔日的轻快和自然，因此康妮对他特别怜爱。

严格意义上来说，这些矿工是克利福特的用人，只是他的矿产的一部分。然而在某种意义上，他却惧怕他们，怕他们看见自己的残疾。他只是远远地注视着他们，和谁也没有真正的接触。康妮也觉得她从来没有真正接触过他。现在他是一刻也离不开她的，他需要康妮跟他一块，这样他才会觉得自己还活着。

后来他想写些小说，写一些关于他所知道的奇怪、特别的小说。这些东西写得又刁又巧，没有什么深意，他要求他的小说要忠实于现代化生活。他坚持要给康妮解说他想写的一切事情，康妮也尽力去回答并了解他的小说。

几个月后,康妮的父亲来到勒格贝看她。他对康妮说:"克利福特的作品虽然很巧妙,但却空无一物。"她父亲对她说:"康妮,我不希望你守活寡。"当他和克利福特在没有旁人的时候,他也这么对克利福特说:"我恐怕守活寡的生活不太适合康妮。"克利福特沉思了一会儿,脸涨得通红,很生气。

过后,克利福特想把守活寡这事跟康妮谈谈,但两人都觉得很难堪。康妮猜出了她父亲对克利福特说过了什么,而克利福特缄默地把它守在心里。康妮和克利福特住在勒格贝村快两年了,一直过着这种漠然的生活。她把精力全都放在了克利福特和他的著作上,除此之外,其他一切都不存在。康妮也常到园与园圃相连的林中去散步,去欣赏那里的孤僻和神秘。

生活便这样日复一日地过着。

第三章

这种与世隔绝,让康妮感到了一种与日俱增的不安,这是一种疯狂的不安。这种不安使她有时狂奔出去,极力想摆脱克利福特和周围的一切。树林就是她唯一的安身处,她的避难地。但是树林却不是一个真正避难的地方,因为她和树林并没有真正的接触。这只是她暂时摆脱烦恼的一个地方罢了。她渐渐地意识到她和一切都失去了联系,她已经脱离了这个有生命的世界。她只有克利福特和他的书,而这些书是没有生命的。

后来克利福特声名鹊起,还赚了不少钱,许多人慕名来勒格贝看他。康妮差不多天天要招待客人。有几个是常客,他们都是克利福特剑桥大学的同学。他们和克利福特年纪相仿,都是当时的青年知识分子,都信仰精神生活。四个男子边抽烟边聊,康妮在旁边坐着一声不响,不去打扰这些知识渊博的绅士们的重要争论。但她又不得不坐在那儿陪着,没有她,他们的谈话便毫无趣味;没有她,克利福特便会局促不安,极易烦躁。多少个晚上,康妮坐在那儿听这四个人的讨论。他们的讨论从来没有结果,她喜欢听他们把心灵和盘托出,有时她也很讨厌他们。有时候,康妮觉得这样的生活真是太单调了!

二月的早晨,淡淡的阳光洒向大地。他们去树林里散步,克利福特开着他的小自动车,康妮在他旁边步行。他们走在一条浅红色的小路上,像一条美丽的带子蜿蜒地横过花园直至树林门口,康妮很喜欢这条小路。

康妮用手扶着车子把树林的门开了,克利福特慢慢地驶了过去,到了一条宽大的马路。树林里一切都静息着。克利福特深爱这片树林,深爱那些老橡树。因为战争,树林荒了没人看管,到现在克利福特才想起来再雇一个看林的人。

从前这里有很多橡树,现在一株也没有了,大战时佐夫来男爵把他们伐了供给军队。克利福特看见这块光地非常愤怒。打算叫人重新种些树木。克利福特对康妮说:"我认为这儿才是真正的英格兰的心。"还说:"我要让这片树林完整,谁也不许再侵犯它。"克利福特的话里带着某种愤慨的悲伤。

两人忧郁地静默了一会儿。"我觉得自从我们有这块土地以来,我们家族中每个男子都曾在这里尽过他的职分。这是我们英格兰的传统惯例。"克利福特打破了沉默。"什么传统惯例?"康妮问。"就是得有个儿子,因为我们每个人都不过是一条链索中的一个环节。"他说,"可惜我们不能生个儿子。"他又说。

他凝视着她说:"要是你能跟另一个男人生个儿子,那也许是件好事。我们可以在这里把他养大,那么他便属于这块地方。我不相信什么父道,我们养他,他就是我们的。你不觉得这是件值得考虑的事吗?""可那是与另一个男人啊?"康妮问道。

"那有什么?无论发生什么事情,我们终是夫妻,我们的生活,是长久持续的东西,并不是瞬息的快感,我们的感觉密切地交贯着,虽然不幸的命运把我们的肉体关系斩断了,但我们只要能够维持着结婚的真谛就行,性的问题是很容易解决的。"康妮坐在那儿惊愕了半天,她不知道他说的究竟有没有道理。她和克利福特的婚姻生活,是由多年的苦痛和忍耐所磨砺的漫长的亲密习惯。

"无论我跟什么男人生的孩子你都不介意吗?"她问道。"康妮?我相信你的选择是高尚的,你绝不会让坏男人碰你的。"

"我要是有了个男人,用告诉你吗?"她偷偷地看了他一眼。"不,还是不要告诉我的好。不过,我会坚信,偶尔的性行为是不能与我们长久的共同生活相提并论的。"康妮无言以对,她知道他理论上是对的,但事实上呢……她不禁犹豫了。

第四章

突然她看见了一头猎犬从小径跑了出来,一个带着枪的人向他们走来。他向他们行了一个礼,转身向山下走去,他是个新来的守林人。他的突然出现把康妮吓了一跳。"米尔斯!"克利福特喊道,那人轻快地回转身,迅速地行了个军礼。"你可以把我的车子转过来吗?这样好走些。"克利福特说,"康妮,这是新来的看林人,叫米尔斯。"米尔斯用那种无惧的、平淡的眼神看着康妮,好像要看看她是怎样一个人似的。

他们继续前行,康妮实在太累了。他们到了屋前,克利福特好不容易坐到家里的轮椅上,康妮把他那两条沉重的死腿抱过去。当那个看林人看见这一幕时,吓得脸色苍白,他觉得惊骇了。他们的眼神此刻相遇,好像梦中醒转的样子。他的心里已有了她。

早饭时,康妮问了克利福特关于米尔斯的很多问题。他用奇特的样子注视着康妮,简明地回答着她的问话。

她继续过着毫无生气的日子。在克利福特所谓的完备生活的空壳子里,两个人彼此习惯着在同一个屋顶下的漫漫生涯。

一个不愉快的早晨,康妮一个人到树林里散步,不远处的枪响吓了她一跳,惹得她很生气。然后听见一个孩子的哭声,她走向前去,却看见米尔斯正在哄一个哭闹着的小女孩。原来是米尔斯打死了一只野猫,把小女孩吓着了,康妮把小女孩送回她奶奶那里。她打算回家去,突然想到:"家,用这个温暖的字眼去指称那所愁闷的大房子吗?"她感觉自己的生活真的毫无意义。

以后的日子,康妮天天一个人出来散步。今天下雨,树林里的路太湿了,克利福特不便坐着车子出去,于是康妮就自己出来了。树林里的一切,死一般地静息着。只有从树枝上落下来的雨滴,发着空洞的微音。康妮向前走着,当她走到树林的北边时,看见了守林人的屋子,那里周围冷静孤僻,屋前的小花园修理得很清洁。

她绕到屋后边看见那人正在洗澡,他一点儿也没察觉有人来了。他的上身全裸着,棉裤子在他的瘦小的腰际悬着,他细长的背部,在盆上弯曲着,他把头浸在水里,摇动着他的头,举起两臂,把耳朵里的水挤出来。康妮急忙地走出了树林,刚刚的那一幕深深地印入了她的肺腑里,她的心太乱了。

康妮望着克利福特说:"那个看林人米尔斯,是一个奇怪的人。他很像一个上流阶级的人。你不觉得他很特别吗?""老实说我不觉得,我没有注意到他有什么特别之处。"克利福特奇异地半猜疑地望着她。她觉得他没有说真话。

康妮回到寝室,做了一件很久都没做的事:她把衣服脱光,在一面大镜子前照着自己的裸体。她也不清楚自己究竟在看什么,在找什么。她突然觉得一个赤裸的身体,是多么的脆弱易伤!往昔,她的容貌是被公认的姣好,但是现在她总觉得欠缺点儿什么东西。

她的曲线变得模糊起来,皮肤有点儿粗糙了,她的乳房有点儿瘦小,她的小腹也开始松弛,她的臀部也变得平板了。她的身体现在只是一个无意义的东西。她觉得她老了。她从后边的镜子照着,望着自己的腰身,觉得真是日见纤瘦了!她穿上睡衣,倒在床上哭了起来。她对克利福特和他的写作以及所有欺骗她的男子们,产生了一种冷酷的愤懑!但是,翌日早晨,她还是照样起来,到楼下帮克利福特梳洗更衣。

家里来了不少客人,康妮陪了他们一天。客人走后,她觉得心里很不舒服。这样的日子让她很痛苦,她快受不了了,眼看她日渐消瘦。她知道她真的需要帮助了,于是她给妹妹希尔达写了一封信,诉说了她近日的苦恼。

第五章

希尔达从苏格兰赶来。她说:"康妮,你怎么了?你是不是病了?""不,我没什么病,也许是我烦恼的缘故。"康妮说,她的声音有点儿可怜。希尔达看起来很平静,她进去见克利福特。她柔软地说:"康妮的样子不太健康。我得带她去看看医生。"过了一会儿,希尔达说:"我要带她去伦敦,那儿有一位可靠的医生。"克利福特虽然怒火中烧,也没说什么。

晚饭过后,希尔达说:"你还是找个男仆来料理你的私事吧。"克利福特觉得她的话像当头棒喝。希尔达接着说:"你看我姐姐都累成什么样了?"他说:"康妮和我会商量这事的。"克利福特憎恶那些护工,因为她们知道他的一切隐私。至于男仆,他忍受不了一个男子在他的身边。

第二天,克利福特决议雇用波尔敦太太。克利福特有一种怪癖,他很怕把自己交给一个不相识的人。但这位波尔敦太太,在他一次患了猩红热的时候曾服侍过他,他们算是老相识了。波尔敦太太很快就来到勒格贝。她虽然四十七岁了,但看起来很年轻。她的丈夫德迪·波尔敦,二十二年前死于一次矿难。她的话里总是交错着各种复杂的感情,她喜欢矿工们,怨恨统治阶级。但是她却心醉于到勒格贝来,她渴望能跟查泰莱男爵夫人谈话。刚开始服侍克利福特,波尔敦太太还是很泰然自若的;但渐渐地,她变得惊惧不安。对于克利福特,她现在很惧怕,总是静默不敢多言。

康妮现在比以前自由多了,她觉得自己真是受够了。对于波尔敦太太的到来她还是心存感激的!康妮觉得自己可以解脱到了另外一个世界,她觉得连呼吸都不同了。她将要开展一种新的生命。

波尔敦太太对康妮很是慈爱,常常劝她出去散散步,去呼吸一下新鲜空气。这现在差不多已经是康妮的一个习惯了。

有一天,波尔敦太太对她说:"你为什么不去树林里散散步,看看看林人屋后的水仙花呢?"康妮觉得这主意很不错。虽然这一天风很大,一阵阵的冷气袭来,但康妮却异常兴奋。她走到树林尽头,看见了那绿色的屋子。她绕到屋后面,看见了花柄短短的野水仙迎风矗立着。她站起来,采了几朵野水仙便回去了。

第二天午后,她又到树林里去,看见了一片幽秘的空地。看林人正跪在地上拿铁锤锤击着什么。看见康妮走过来,他很惊愕。他说:"到小屋里坐坐吧。"他顺手拿了些松枝放进小火炉里,在火炉边替她安顿了一个位子。他又继续去锤打。

康妮把火生得很热,站在门边望着那个工作着的人。他似乎很专心地工作着,一点儿也没觉察有人注视着他,康妮出神地望着他的一举一动。他突然向她望了一望,看见了她脸上那种十分静穆和期待的神情。康妮站起来,发现天色已经暗下来了。她向那人走去,他小心翼翼地站着,他憔悴的眼睛呆呆地注视着她。他们的眼神相遇了,他的眼神是冷酷的,充满着厌恶和轻蔑;她的眼睛则是含恨的。她忧闷地回去了。

"我今天无意中发现了一个地方。以前我从不知道有这么个地方的,我觉得那儿很好,以后我想常到那里去坐坐。"康妮轻松地向克利福特描述着。

天又开始下雨了,康妮第二天冒着雨来到林中小屋。屋里一个人也没有,门是锁着的。她静静地坐在那粗陋的屋檐下的门槛上,看着无声的雨滴。突然,一只淋湿了的狗跑到她面前,看林人跟在后面,穿着一件短外衣,脸有点儿红。看林人说要把钥匙给康妮,他说:"如果夫人嫌弃,我就从这里搬走。"康妮说:"我没有要赶你走的意思,我也不要你的钥匙。"说完,她莫名其妙地生气走开了,她不知道自己究竟是不是被他侮辱了。她回到屋中,不知道自己在想着什么。

康妮现在越来越厌恶克利福特了。这种厌恶是从内心深处升起的,她讨厌克利福特对她的操纵。她厌倦了以前枯燥的生活,打算现在让波尔敦太太来代替她做这些工作。康妮让波尔敦太太学习打字,波尔敦太太勤勉地练习着。波尔敦太太给康妮说了一大堆达娃斯哈村里的闲话,她还真是滔滔不绝,什么事情她都知道。

在波尔敦太太的影响之下,克利福特开始对矿场发生兴趣了,毕竟他也是达娃斯哈矿场的主人。波尔敦太太的话在某种程度上,激发了克利福特想成为大丈夫的激情,这是康妮不曾做到的。他开始阅读采矿工业的专业书籍,天天到矿场去,他渐渐地发现:他对这些事情已经应付自如了。

第六章

　　康妮现在越来越孤独了。克利福特在家安装了一架无线电收音机,整天坐在那儿听着那扬声器的吼叫。康妮真想逃到树林里去,但她还是不能自由,因为克利福特总是需要她。

　　康妮不明白克利福特这种畸形的依赖生活。在克利福特手下那些经理和董事们的眼里,他是一个异乎寻常的、权威的实干家,这些都是受波尔敦太太的影响所致。但这个锐利的实干家,一旦回到了个人感情生活时,却几乎是个白痴。他把康妮像神一般地崇拜着,要康妮立誓永远不离开,不遗弃他。

　　这段时期,康妮真觉得自己快要被克利福特烦死了。她常常逃到树林里,经常到看林人的小屋里去。但是他总不在那里,无疑,他是在故意躲避她。她现在只有一个欲望,便是到林中这块空地上去,如果她整天待在家里,她会因空虚而疯狂的。

　　一天的黄昏时分,她神情恍惚地来到林中的空地上。看林人正在关鸡笼的门,康妮蹲在笼子前,看着小鸡。看林人蹲在她的旁边欣赏着她。忽然,他温柔地把手放在她的肩上,沿着她的背后滑了下去,直到她的腰际。在那儿,用着一种本能的抚慰,温柔地爱抚着她的腰窝。"到小屋去吧!"他镇静地说。他温柔地用手扶着她的上臀使她站了起来,慢慢地带她向小屋走去。他把桌椅推在一边,取出了一张褐色的军毡,慢慢地铺在地上。他的脸是苍白,没有表情的。他温柔地说:"躺在这儿吧。"他关上了门,小屋完全黑暗了。她驯服地躺在毡子上,她觉着一只温柔的手,触摸着她的身体,摸索着她的脸,然后温柔地亲吻着她的脸颊。

　　在如梦如幻的状态中,她静静地躺着。一会儿,她颤抖起来,她觉得在她的衣裳里,有只手温柔地却又笨拙地摸索着,这只手把她的衣裳解开了。他慢慢地、小心地把那薄薄的绸裤拉下,一直拉到她的脚上,他摸触着她温暖而柔软的肉体,在她的肚脐上吻了一会儿。他便马上进入她的里面去,全然进到了她柔软的和平之域去了。

她老是处在一种沉睡的状态中静静地躺着。所有的动作,所有的兴奋都是他的,她无能为力。他的两臂紧紧搂着她,甚至他激烈动作,以及他的精液在她里面的喷射,这一切都在沉睡的状态中过去,直至他完毕后,在她的胸前轻轻地喘息时,她才开始醒过来。这时她惊愕了,她蒙眬地问自己:"为什么需要这个?为什么这个竟能减轻我的重负,让我有和平的感觉?这是真的吗?"

那人在神秘的静息中躺着,她不知道他在想什么。黑暗中,他把她的衣裳盖在她的膝上。他整理好自己的衣服,然后安静地把门打开。她看见空中悬着的那轮明月,也赶快整理好衣裳。他把她送出了树林。

他向黑暗的林中往回走,工业的噪声把寂静破坏了,再也没有僻静的地方。现在,他已经得到了这个妇人,也给自己加了一把新的痛苦与罪罚的枷锁。但这并不是妇人的过失,更不是爱情和性欲的过失,过失是从那邪恶的电灯光和恶魔似的机器之嚣声里来的。那边是一个机械化的贪婪世界。

他用无限的温情思念着那妇人。今晚他看不进去书,他穿一件衬衣,坐在火旁边,手里拿着一杯啤酒,思念着康妮。康妮呢,并不思索什么,她赶快穿过花园回家去,还来得及吃晚饭。当她回到房里时,她依旧觉得模糊而混乱,她不知道是什么东西使她的子宫不得不为他展开,那人的和蔼使人觉得温慰。

第七章

第二天,康妮又来到林中的空旷地,但他并不在那儿,她等了一会儿,还没人来。于是下午她又来了,那人仍然不在。她用钥匙打开小屋的门,坐在那里等他。夜色将近,她将要回去了。突然他回来了,大踏步地来到了空旷处,小心地把鸡笼门关好。最后,他慢慢地向她走来,脱下了雨衣。他们开始交谈,不一会儿,他把门关了,把她拉到他的身边,一只手紧紧地抱着她,另一只手摸索着她的身体。她听见他的呼吸越来越急促,在她轻薄的裙下,她是赤裸裸的。

"呵!摸触您是多么美妙的事!"他一边说,一边爱抚着她的臀部和腰部细嫩而隐秘的皮肤。他俯着头,用他的脸颊摩擦着她的小腹和大腿。他迷醉的状态使她再次觉得惊讶。他用髭须和柔软的头发,紧紧地擦着她;她的两腿开始颤抖起来,在她的灵魂深处,她觉着有什么东西在跳动。他将她紧紧地搂着,他的两腿压在她两条赤裸的腿上,他躺在她的上面,用一种紧密的热力温暖着她。但她却觉得自己被遗忘了,"我得走了。"她说道。

他跪在她旁边,吻着她两腿的里面,把她的裙子拉了上去,不假思索地把他自己的衣服扣好。她还是毫无生气地躺在那儿沉思着,陌生人!陌生人!她甚至有点儿恨他。她缓缓地站起来,她不想走也不想留。他帮她穿上雨衣,然后他把门打开,送她出了园门。黑暗中,他轻轻地吻着她额头。

第二天,她没有去树林里,她陪着克利福特去阿斯威看望他的教父去了。第三天她也没去,第四天她还是没去,她不愿到林中去。她决定去马尔海农庄散散步。

晚饭时,波尔敦太太似乎从康妮的眼神里看出她已经有情人了。克利福特觉得非常烦躁,晚饭后,他要念诗给康妮听。她沉醉在自己温柔的美梦里,一个字也没听进去。这晚波尔敦太太一直纳闷究竟谁是查泰莱夫人的情人。

夜晚,康妮在床上酣睡,但看林人却始终不能入眠。他坐在火旁思索着,想着他的童年;想着他粗暴的妻子,希望这辈子都不要再见到她;想着他在国外的士兵生活。他之前从来没有担心过,也没有烦恼过,直至现在这个女人来到他的生命里,他俩的关系日见密切,再也挣脱不了,他们必须去创造共同的生活。

他还是不能入睡,又走了出去,这一次他向着花园的门走去,一直走到那条大路上。在那里他能看见克利福特男爵的卧室,他再前进了几步,注视着那间大屋,试图用个什么方法看到康妮。此时,波尔敦太太站在窗边,突然看见了这个人影,大吃一惊,她完全清醒了。她分辨出了这就是米尔斯,那看林人。波尔敦太太陡然醒悟,查泰莱男爵夫人的情人原来是他!

康妮正在一间贮藏室里收拾些旧物,发现了一个家传的红木老摇篮。"也许有一天它还用得着,我也许会有个孩子呢。"康妮喃喃地说。"呵,夫人,我真希望你有个孩子。如果勒格贝大院里有个孩子,肯定会热闹很多!"波尔敦太大说。

第二天,康妮正往玻璃瓶里插花。克利福特说:"外边传说你要给勒格贝生一个继承人,是吗?"康妮觉得被恐怖笼罩着,她说:"我不知道。"

在一种恐怖的波浪中,她觉得这一切令人寒心。她再也没有什么希望了,她只希望能有一个孩子,一个继承人!一个勒格贝的继承人!

第八章

午饭过后,康妮马上到林中去,看林人并不在那小屋里。康妮继续向村舍方向走去,因为她一定要见他。当她经过院子时,看见他穿着衬衣正在吃东西。狗儿轻轻地叫着,缓缓地摇着尾巴。

她来告诉他,她要离开一段时间。她很扫兴地回到家,觉得自己被他利用了。她十分不安,在房子里不知所措。她决定再回到小屋去。当她来到林中那空旷地时,她觉得很不安,因为米尔斯在那儿,她径直向他走去。她和他又进到了小屋,当他把门关上时,里面全黑了,于是他在灯笼里点了个小火。

他把毡子铺在地上,她默默地躺下,他也在她旁边躺了下去,拉了毡子把他们盖着。他撩起了她的衣裳,温柔地吻着她的乳房,把两只乳峰含在嘴里,轻轻地爱抚着。他突然转过脸,在她温暖的小腹上辗转地摩擦着。她伸着两臂搂着他,但是她却害怕,害怕他纤瘦的、强毅有力的裸体,害怕那坚猛的筋肉。

这一次,她并没有被她自己销魂的情欲所压倒,她两手无力地放在他的舞动的身上,无论怎样,她都禁不住她的精神在作局外观;她觉得他的臀部的冲撞是可笑的,虽然她一动不动地躺着,但是她的本能却使她挺起腰,想把那男人挤出去,想从他怪诞的后臀的冲撞中逃出来。当他卧在她的身上,快要做完的时候,她觉得他像潮水似的退开了,留下她在那儿像一块海岸上的小石。一股哀伤袭来,她痛哭起来。他并没有注意,强烈的呜咽摇撼着她,也摇撼着他。他此刻安慰不了她,她高声地呜咽起来。他重新把她抱在两臂中紧压着她。突然她在他的两臂中变得娇小而服帖,反抗力没有了,她开始在一种神妙的和平里融解了。这一次,他进入她的体内,纯粹的温柔,纯粹的美艳,直至意识所不能捉摸。她不记得那是怎样过去的,她只知道世上再也没有这样可爱的事情了。

当她黄昏时跑着回家时,觉得周围的一切都充满了生命力。

第九章

早餐的时候,有人送来一封希尔达写给康妮的信。当克利福特得知康妮的爸爸和妹妹要带康妮去伦敦时,一百个不乐意让她去。外面下着大雨,康妮还是跑去告诉米尔斯她周四要离开的消息。他们两人在雨中缠绵后依旧恋恋不舍,狂乱地亲吻和抚摸,又来到米尔斯的小屋继续做爱,情话绵绵,以致康妮很晚才回去。

克利福特从外面回来,看见康妮不在家,直到很晚她还没回来。克利福特狂躁不安,打发波尔敦太太去找康妮。不一会儿,波尔敦太太在路上碰见了康妮。康妮因为波尔敦太太出去找她,回来后跟克利福特吵了一架。

星期四的早晨,希尔达准时来到。康妮告诉希尔达,她已经爱上了那个看林人米尔斯。当康妮说她不久将要有个他的孩子时,希尔达气得脸色发白,非常愤怒。后来,康妮还把米尔斯引荐给她的妹妹,希尔达对于这个人没有好感,只有愤怒。康妮送走妹妹,就睡在了米尔斯这里,两个人在夜里又是疯狂地无尽销魂。

早饭后,康妮就和妹妹去会合,他送她走,她心里多么的不舍!希尔达正在等她,于是她们坐车走了。和父亲聚首让康妮非常快乐。她在威尼斯不知不觉半个月过去了,直至克利福特的一封信才把她惊醒,这个消息使康妮暴跳如雷。

她没有向任何人提起她怀孕的事,甚至对希尔达,她只好写信给波尔敦太太打探一下情况。后来,波尔敦太太回信了,这让康妮大受打击,现在她很苦恼这个米尔斯,觉得他很窝囊,很想摆脱他。现在,她生怕别人知道她和看林人的事。假如让克利福特知道了这事,恐怕麻烦就大了。她现在特别害怕!她此刻不知道该怎么做,她觉得还是先待在威尼斯为好。

她再也不能这么犹豫不决了,她决定星期六离开威尼斯。她现在心情很复杂,不愿对任何人说她的心事。老父亲麦尔肯爵士和康妮一路回去,康妮说她再也不想回勒格贝,她怀孕了,但孩子不是克利福特的。父亲听后很吃惊,但转念一想,说:"你可以告诉克利福特,给他生一个查泰莱姓的接班人,为勒格贝添了一位小男爵。"康妮不这样想,她想为她所爱的男人生这个孩子,父亲一向不喜欢克利福特,听到康妮说她爱上一个真正的男人也替她高兴。

后来,米尔斯在一个咖啡店等康妮,他看起来消瘦了很多。当康妮告诉他怀孕的事时,米尔斯显得非常高兴,但是他觉得自己现在一无所有给不了康妮幸福,替这个孩子的未来担忧。但是康妮坚定了要跟米尔斯相守一生,再也不想回到克利福特那里去。

当康妮告诉父亲她爱上的那个男人是一个看林人、一个矿工的儿子时,麦尔肯爵士显得很愤怒。他不能忍受外界对他女儿跟一个看林人私通的流言蜚语。康妮此时想找一个人来充当她肚子里面孩子的父亲,那就是邓肯·福布斯。他爱慕康妮很久了,一直希望康妮做他的模特,康妮在征求过父亲和米尔斯的意见后,第二天约邓肯见面,邓肯表示没有什么问题,只提出了一个条件就是要康妮做他的模特。尽管米尔斯很不情愿,但为了孩子,只有答应邓肯的要求。

第十章

康妮给克利福特写了一封信,向他坦白了一切,并希望克利福特能跟她离婚。克利福特看完这封信后非常震惊,虽然他早就意识到康妮迟早会离开他,但现在他却不愿承认这个现实。克利福特坚持要见康妮一面,希望她能回到他身边。于是他给康妮写了一封信,要她当面把事情说清楚,他说如果事态真的到了无法挽回的余地,他答应跟她离婚。见康妮执意不回,克利福特又写了封阴险的信恐吓她说:"如果你还不回来,那就永远别想离婚,那个孩子就永远是我的。"

后来,希尔达陪同康妮一起去见克利福特。他问她:"是什么让你不顾一切地这么做?"康妮很镇定地说:"爱情!"他不相信康妮会喜欢邓肯·福布斯那个庸俗的家伙。康妮最后向他坦白,她真正爱的人是看林人米尔斯,他听到这个消息后极度愤怒。如果他此时能站起来的话,一定会掐死康妮这个背叛他的女人。突然,他变得很仁慈地说:"你听好了,我绝不会跟你离婚。如果你肚子里的孩子是男孩的话,他在法律上将是我的儿子,继承我的爵位。我不会这么便宜了你跟米尔斯这对奸夫淫妇。"临行前,波尔敦太太来送她,康妮希望波尔敦太太好好劝劝克利福特,让他放过她,成全她和米尔斯。

米尔斯回到了乡间农场,他要努力工作以期将来能养活康妮和孩子。他们在等待初夏再来,等着他们的孩子出世。于是在9月29日,他给在苏格兰的康妮写了封信,告诉她自己的近况。信中写道:"我来到了格兰治农场,很喜欢这里的工作,从中学会了很多东西,三月份我就可以跟贝莎离婚,恢复自由之身。你也不要再为克利福特的事情而烦心了,相信他最终会想要摆脱你,如果他还是不放过你,我们就远离他,总之不要再为这件事而伤神了。你要好好养胎,照顾好自己,我现在很思念你,真的很想天天与你相对,夜夜拥你入眠。现在只是小别,我们终有在一起的时候。我不能再写了,我怕自己会停不下笔。"

蝇 王

威廉·戈尔丁(1911—1994),二十世纪英国著名的小说家。在西方他被称为"寓言编撰家",善于运用现实主义的叙述方法编写寓言。1983年获得诺贝尔文学奖。

《蝇王》是戈尔丁的代表作之一,讲述了一群孩子坠机被困在一个荒岛上,此后发生了一系列不可思议的事情。两个孩子王分别代表了文明与野性,在他们之间发生了连环的惊险事件。

第一章

一个金发少年正在藤蔓和断树残枝中吃力地爬着,周围是热腾腾的孤岩。忽然有一个声音从他脑后传来,"等一等!这些藤蔓绊住我了。"金发少年立刻停住了脚。不一会儿,从矮灌木林丛蹿出一个个子不高、胖乎乎的戴眼镜的小男孩,他的膝盖被荆棘擦伤了。金发少年说:"看来这是一个岛,兴许没大人。"胖男孩像大吃一惊。金发少年开始去找路,胖男孩紧跟着他,说:"真的没有大人了?那个驾驶员呢?""我认为没有,他把咱们投下后准飞走了,飞机在这儿没法着陆。"金发少年板着脸回答。"机舱里肯定还有小孩,当时情况肯定很危险。"胖男孩问:"你叫什么名字?你有没有见过其他的小孩?"金发男孩摇摇头说:"我叫拉尔夫。"

拉尔夫很快就走出了丛林,小胖孩落在他身后很远。拉尔夫看起来十一二岁的样子,他来到海岸边眺望远方,看见雪白的浪花拍打着珊瑚礁。他跳下斜坡,踢掉鞋,解开衣服,光着身子看眼前的海水。胖男孩终于赶过来说道:"我觉得咱们有必要制定一份其他小孩儿的名单。"拉尔夫没答理他,他又说:"我的名字没什么特别,在学校我一直用这个绰号。"拉尔夫好奇地问:"什么绰号?"胖男孩凑过来说:"猪崽子。你可千万别告诉别人啊!"拉尔夫大笑不止,"哈哈哈,猪崽子!"

拉尔夫站在那儿看着海水,一个猛子扎进了海水里。猪崽子注视着绿水里的拉尔夫,也脱光了衣服坐在沙滩边,拉尔夫说:"你怎么不下来游啊?"猪崽子晃着脑袋说:"我有气喘病,姨妈不准我游。"拉尔夫说:"我五岁就会游泳,我爸爸教的。我爸爸很快就来救咱们了。"猪崽子摇摇头说:"不会有人来的,人都死光了,你没听说原子弹的事吗?绝没有人知道咱们在这儿。"

天越来越热,他们从水里站起来,找了根有绿荫的树干坐下了。猪崽子说:"那边肯定有人,咱得去找找他们啊。"拉尔夫没有答理他,他看见了一个贝壳很兴奋地说:"贝壳也叫海螺,是个很好玩挺有价值的东西。"忽然,猪崽子说:"拉尔夫,咱们可以吹这个把那些人召集过来,他们一定能听见。"拉尔夫半信半疑地撅起嘴吹了起来,吹的声音很刺耳、很难听。

忽然,距离这里一百米的棕榈林里冒出了一个小男孩,他看起来五六岁左右,猪崽子顺手把他拉了上来。他问:"你叫什么名字?""约翰尼。"拉尔夫还在使劲地继续吹海螺。没过一会儿,海滩上开始热闹起来。一群小男孩从海滩那边跑过来,大伙说说笑笑,越来越多的小孩赶了过来。拉尔夫还在不停地吹,猪崽子则跑到孩子群中挨个问姓名并把他们记下来。后来又飘来两个黑影,走近一看原来他们是双胞胎。他们不仅长得像,动作都一模一样,他们分别叫萨姆和埃里克。拉尔夫终于不吹了,沙滩上一片静谧。

拉尔夫一眼注视到前方,有团黑糊糊的东西摸索前来。男孩们终于看清楚了,来的是一群男孩。他们穿着古怪的衣服,每人都戴一顶黑帽子,个个气喘吁吁,挥汗如雨。其中一个身披斗篷的男孩走过来问:"吹喇叭的大人呢?"拉尔夫说:"没有大人,刚才是我在吹。"个子高高的叫梅瑞狄,高声喊道:"合唱队,集合!"只见这群孩子立刻列成一队。

拉尔夫说:"大家最好都报报名字,我叫拉尔夫。"猪崽子问那个高个子的名字,他说:"我叫梅瑞狄,可他们偏叫我杰克。"开始点名了,合唱队里那个龇牙咧嘴的叫莫里斯。刚刚晕倒,现在靠着棕榈树的那个叫西蒙。

突然有人说:"我们得找个头儿,带着我们想办法找吃的。"杰克骄傲地说:"我来当头儿,我是合唱队的领唱。"一个叫罗杰的男孩喊道:"大伙儿投票吧。"猪崽子觉得头儿非杰克莫属。但拉尔夫神情自若地坐在那里,很与众不同。突然有人喊:"选那个吹海螺的吧。"大家举手表决,拉尔夫当头儿,杰克很不高兴正要发怒,拉尔夫又说:"当然,你的合唱队还是归你。"

拉尔夫举着海螺,说:"大伙儿听着,大家都必须待在这儿附近,千万别走丢了,我们三个先去看看什么情况。我、杰克,还有……西蒙。"拉尔夫不让猪崽子去,可他非要跟来。他们三个在前面走,他在后面紧跟着。猪崽子还在生拉尔夫的气,因为他把他的绰号当众说给了很多人听,猪崽子觉得很伤自尊心。拉尔夫说:"对不起,叫你猪崽子总比胖子强吧,你还是回去吧。点名才是你的活。"猪崽子只好回去,他们三人继续向前走。

将近傍晚,三个小男孩沿着崎岖的山岩往上爬。三个人全都累得要死,穿过了狭隘的山路,前面横着的一块石头挡住了他们爬往山顶的路。他们费了九牛二虎之力,把那块大石头翻到了山下去,只听一声闷响,地上砸了个很大的洞。他们到达了山顶,拉尔夫对身边的伙伴说:"这个岛是属于咱们的。"他们站在那里俯瞰下面的一切,遥望大海。他们很兴奋地品尝着占有的快乐。

第二章

拉尔夫说:"这是个孤岛,估计没有人烟。"杰克又说:"咱们要找点儿吃的,以后得打猎了。"西蒙看着他们俩,什么也不说直点头。他们都饿了,要回去找点儿吃的,于是他们又朝着那个密林走去。忽然听到了一声尖叫,他们发现一头小野猪被藤蔓死死地缠住了。杰克拔出刀子挥动几下把蔓草割断,小野猪急忙挣脱逃走了。拉尔夫说:"你该用刀戳下去。"杰克答:"我正在找地方看从哪儿下手,它就跑了。下回我可不发善心了。"随后他们沿着孤岩,向平台走去。

拉尔夫吹号集结。毒辣的太阳下,孩子们都来到平台集合。拉尔夫坐在一根倒下的树干上,猪崽子坐在他身边。他开口说:"我们在一个荒无人烟的孤岛上,没有大人,我们只有靠自己了。"杰克插嘴说:"我们得有一支队伍去打猎。"拉尔夫接着说:"飞机被击落,没有人知道咱们在这里,咱们可能要在这儿待很长时间。"他继续说:"不过这个岛还真不赖,我们可以在这玩个痛快。"杰克又说:"还有野猪,我们可以吃肉,还可以去海边洗澡。"

突然有一个六岁模样的小男孩怯生生地说:"我在小林子里看见了一个好大好大像蛇一样的东西。我们该怎么办?"大家都开他的玩笑,杰克抢过来说:"如果真有蛇,我们就逮住它杀了吃肉。"拉尔夫接着说:"我现在考虑了一个很重要的问题,咱们既要玩又要得救啊!咱们不能一直待在这个荒岛吧。"他说:"我爸爸早晚会派船来救我们的。但是船从这里过不一定能看见咱们,咱得想个办法让他们知道咱们在这儿,对吧?所以咱们要生一堆火。"杰克鼓噪着说:"来吧,跟我来。"下面的孩子全部跟着他跑了,只剩下拉尔夫和猪崽子,他俩爬着孤岩上山顶去了。

拉尔夫指着山顶另一侧平坦的森林对杰克说:"那里想要多少柴火就有多少。"杰克点点头。孩子们都在忙碌地拖拉那些枯树残枝,把只要能燃烧的东西全都弄来,柴火越堆越高。拉尔夫说:"谁有火柴?猪崽子,你有火柴吗?"杰克突然指着猪崽子的眼镜,一把拽下来。不一会儿,出现了一团小火苗,跟着火势越来越旺。猪崽子埋怨道:"还我眼镜,看你弄得那么脏。"一会儿柴火就烧尽了,孩子们又分头去找。

拉尔夫丧气地说:"只有火没有烟,根本没有用。"他突然想到一个主意,说道:"咱们就专门派人看守火堆吧,哪天有船经过,咱们就点火堆。"猪崽子刚要说什么,又被杰克给堵了回去,杰克说:"我把我们合唱队拆散分成小组,让他们轮流看管,我们再设一个观察哨。到时我们把青树枝放上去,烟肯定很浓。"

罗杰一直盯着海面,沮丧地说:"盯一天了,连个船影都没。"猪崽子再也忍不住了,责问到:"你们说弄一个小火堆,结果呢你们看,这整个森林的四分之一都被你们烧光了,那可是我们以后的柴火啊!"只见山的那一侧冒着浓烟,烟在扩大,火势也在扩大,火苗越来越旺,一片噼里啪啦的火声震撼着那个山头。可是大家谁也不理会他,猪崽子很生气。拉尔夫说:"你弄的名单怎么样了?"猪崽子很气愤地说:"他们到处乱跑,待不了几分钟就不见了。我怎么知道他们谁是谁?"

猪崽子指着浓烟说:"那个脸上有斑记的小孩跑哪儿去了?"大家

都摇头,拉尔夫说:"他会不会回那儿了。"大家吃惊地看着他。

第三章

杰克蹲在地上盯着一根断裂的树枝,一会儿又深吸一口气,闭上眼睛思考着什么,好像在找什么东西。他走到一棵大树旁低头察看着被践踏的土地,听见小道上有动静,心想那肯定是野猪。于是他掂着长矛冲出了灌木丛,可惜什么也没发现。杰克来到拉尔夫的面前,拉尔夫正在看着用棕榈树枝搭建的窝棚。

西蒙说:"再高一点儿。"拉尔夫对杰克说:"盖了好几天,老是盖不好。""整天都见不着他们人影,不是去游泳就是去玩,都是我跟西蒙在干活儿。"不一会儿,拉尔夫和杰克争吵起来。拉尔夫说他只顾着打猎,根本不操心窝棚的事,他说:"咱们搭建窝棚是当务之急。万一有下雨天,我们只能躲到这里,还有,那些小家伙们害怕那些小野兽或蛇样的东西。"杰克说:"他们疯了。"

拉尔夫指着那缕白烟说:"不知道多远才能看见这烟?咱们的烟得的还是不够浓。"突然,杰克嚷道:"我看见野猪爬上坡了。"拉尔夫说:"我在说烟呢,你怎么就知道猪啊猪啊的。我跟西蒙干了一天活儿,可你们就是没看到。"拉尔夫抱怨道。杰克说:"他们都帮不上你什么忙。"拉尔夫不再说什么,他心想:怎么我跟你想的从来都不一样。

海滩上那群小家伙们在嬉闹着,猪崽子躺在平台上俯视着碧绿的海水。拉尔夫和杰克一起去洗澡,但是他们彼此感觉形同陌路,基本无法交流,他们都很困惑对方的想法。

拉尔夫以为西蒙在这里洗澡,却没有发现他的身影。原来西蒙独自走进了森林,一群小家伙跟着他。他们一起朝野果树走去,他还时不时地摘些野果给那些个小够不着的孩子吃。后来西蒙转身走进了高高的丛林中,这里阳光很充裕。他一直走到一个叶子稀疏的空地,他看着周围的一切。夜幕降临,一切的声息都慢慢平静下来,只有轻轻的海水撞礁的声音,星空下怒放的花香飘荡在整个海岛。

孩子们在海岛上玩得很痛快,他们过得很充实。中午,海上出现了各种美丽的幻影,猪崽子把它解释为"海市蜃楼"。这些六岁左右的孩子都被叫作小家伙,他们白天摘野果吃,肚子疼和腹泻已经习以为常,但是他们对于黑夜的来临有着莫名的恐惧,晚上大家都是挤成一团相互依偎。

小家伙们白天玩耍,做游戏、堆沙堡,眼下就有三个小孩子在这儿玩。亨利,是那天丢失的那个小男孩的远亲,还有波西福尔和约翰尼,他俩是年纪最小的。他们正在沙滩上玩得高兴,罗杰和莫里斯过来把他们的城堡踢倒了。罗杰总是让人感觉很不好相处,很可怕。亨利径直朝海边走去,海边漂来的很多东西让他痴迷,波西福尔哭着走开了。约翰尼正在远处眺望,罗杰一边凝视着正在水里嬉戏的拉尔夫、西蒙、猪崽子和莫里斯,一边拿石子朝亨利身边扔,亨利感觉很好玩。

第四章

杰克正在往脸上涂泥,把自己的脸一边涂上白色,一边涂上红色。他叫住了罗杰说:"罗杰,那些野猪要是看不见我该多好。有些人为了打猎,总是把自己涂得让人眼花缭乱。"罗杰说:"你真像个大花脸。"杰克让人给他弄来了一瓢清水,他看到水里的不再是他本人,而是一个可怕的陌生人。

拉尔夫洗完澡坐在阴凉处歇息,西蒙在水中漂着,莫里斯在练习跳水,猪崽子坐到拉尔夫身边,他的头发稀疏的没有几根了。猪崽子说:"我一直想搞些金属零件,可是咱们岛上只有树枝和沙子。"拉尔夫取笑他。拉尔夫扫视着海平线,忽然喊道:"烟,烟!"猪崽子说:"烟在哪儿啊?"西蒙也紧跟问道:"拉尔夫,船在哪儿?"

只见海平面上升起一团烟,慢慢地伸展开来,烟的下面有个小点。拉尔夫望着海平线上渐渐消失的烟,他拔腿就跑,一直跑到那孤岩的另一头,他累得上气不接下气,还不停地骂着,锉刀般的蔓藤把拉尔夫弄得遍体鳞伤。后面紧跟着是西蒙、莫里斯和猪崽子。

看火的人跑开了,山上的火熄灭了。拉尔夫再看大海,那缕烟连依稀的影子也没有了。他朝着船走的方向尖叫喊:"回来呀,你们,回来呀!"他们现在都非常痛恨那个让火熄灭的人。

只见山脚下那群戴着黑帽子的孩子唱着歌,肩上还扛着个大木桩,木桩吊着一头沉沉的死猪。他们在唱:"杀野猪哟,割喉咙哟,放它血哟!"杰克扬扬得意地说:"瞧瞧,我们组成了一个包围圈把一头猪给宰了,以后我们每天都要去打猎。"拉尔夫表情冷淡,嘶哑着喉咙说:"你们让火给灭了!"他连着重复了好几遍。杰克说:"人太少就组不成包围圈了,火才灭一会儿,我们再把它生起来不就行了。"

他也意识到了自己的失职。拉尔夫用手指着大海说:"刚刚那里有一只船!杰克,你说你来照看火,结果你让它灭了。如果火不灭,说不定我们已经离开这里了。"

杰克边砍猪肉边说:"人手太少了。"拉尔夫愤愤地说:"本来窝棚一搭完,你们就有足够的人手,可你偏要现在去打猎。"猪崽子也说:"你们不该把火弄灭的。"杰克受不了上前扇了猪崽子一耳光。当啷一声,他的眼镜摔在地上碎了一片,他愤怒地瞪着杰克。后来杰克说:"对不起了,都是我的错。"拉尔夫也无可奈何地说:"行了,来点火吧。"拉尔夫又过去拿猪崽子的眼镜片来聚焦点火。

一群小孩子又一起围着营火开始烤猪肉,拉尔夫看着也流口水,他接过一块狼吞虎咽地吃起来。人人都有份,可是杰克唯独不给猪崽子吃。他们边吃边说是如何打到这头野猪的,这个话题让大家情绪都很高涨。最后他们还唱起了刚唱的杀猪歌。拉尔夫是又妒又恼,他说:"我有海螺,我要集结开会。"转身下去了。

第五章

拉尔夫走在平坦的小路上,思考着生活的意义,他想:每个人要走的路就是他自己的生活,而它却是很枯燥。开会的时间马上到了,他加快了脚步。

拉尔夫坐在圆木上,孩子们知道今天火被熄灭的事,都深感到会场的严肃气氛。拉尔夫开始说:"咱们开这个会是要再强调几件事。一、咱们已经决定的事总是不能坚持到底,或者从来没有做到;二、关于草棚,你们晚上都睡在那里,可是有谁搭过这个草棚?三、咱们已经选了一个地方当厕所,可眼下大家怎么又开始随地大小便了呢?四、关于看管火的事,咱那么多人竟然看不好一堆火。你们还指望什么能救咱们?最后,因为咱们整个岛都烧光了,从今往后除了在山上,别的地方不准生火。我要说的就这些了。"杰克不耐烦地说:"你还有完没完?"拉尔夫说:"我还有一件事,就是关于小野兽、蛇等可怕的东西,那些都是小家伙们瞎说的,我们可以谈论一下给他们做出判定。"杰克说:"哪有什么野兽,都是这些爱哭的胆小鬼想象出来的。"拉尔夫也说:"小岛上没有大动物,只有野猪。"

猪崽子取下眼镜对大家说:"过一两年战争结束了,人们会到火星上去,我知道根本没有野兽,也没什么可怕的。"他顿了一下,接着说:

"除非咱们害怕的是人。"于是他就让提起野兽的那个小家伙说说他的那个噩梦。波西福尔说:"野兽从海里来。"大家的目光现在全都聚集在浩瀚无际的大海上。莫里斯突然开口把大家吓一跳,他说:"我爸爸说人们还没有发现海里的所有动物。"大家争论不休。

西蒙感到有一种危险使他必须发言,他说:"如果有野兽的话,大概只有一种,那就是我们自己。"猪崽子吃惊地说:"放屁,我从来不相信有鬼。"西蒙竭力想表达人类的基本病症。大家哄堂大笑,对他的言论不屑一顾,让他的努力彻底崩溃了。大家就这个问题进行讨论,引起了不少骚动。闹够了的小家伙们终于散去,拉尔夫问猪崽子:"你说,到底有没有鬼?有没有野兽呢?"猪崽子说:"当然没有啦。"拉尔夫说:"要是有鬼的话,我该放弃当头儿,听他们的。"猪崽子紧紧抓住拉尔夫说:"别,可千万别,要是让杰克当头,他就只会打猎再也不管火了,咱们会在这儿待到死的。"猪崽子说:"要是我姨妈在这儿就好了,大人们懂事。"拉尔夫也绝望地说:"要是大人们能给我们送些东西多好啊,一个信号或什么东西都行。"

第六章

星光下,这群孩子们在简陋的窝棚里进入了梦乡。

一弯新月挂在空中,孩子们都睡得很沉。突然,一个耀眼的炸弹在三英里的高空中划破夜空,人影掉在了花丛中。

山上,双胞胎兄弟值班管火,可是他们俩却都睡着了。他们将快燃尽的火又吹旺,兄弟俩无聊地坐在火堆前。忽然,埃里克神情紧张地喊着萨姆,两个人吓得连滚带爬地跑到了窝棚。他们把拉尔夫叫醒,说他们看见了野兽。他们都吓得待在窝棚里面不敢出来。双胞胎壮着胆子把这个消息传播给其他窝棚的伙伴。

太阳划过了地平线,照亮了大地。双胞胎说:"我们亲眼看见野兽了,野兽毛茸茸的,有眼睛、牙齿和爪子,它们跟着我们俩。"

杰克说:"咱们别浪费时间了,赶紧行动吧,让猪崽子照顾这些小东西们。"拉尔夫对其他人做了详细安排,他接着说:"杰克,你想想还有什么地方没去过?那野兽肯定就藏在那儿。"杰克带路,西蒙和拉尔夫领着一群孩子朝城堡岩走去,可是没有发现野兽的踪影。后来拉尔夫说:"野兽可能在山的另一侧。杰克,咱们再去看看。"他还说:"我们一定要搞清楚。"

他们到了山的另一侧,那里是一片杂乱无章的山岩。他们走在有野猪出没的羊肠小道上,天气很热,大家都停下来吃野果。拉尔夫推开树梗,转身眺望大海,这里与他们居住的景象完全不同。看着茫茫大海怒吼的波涛,让人感觉束手无策,孤立无援,感到绝望。西蒙痛苦地抓着岩石说:"你会回去的。"

突然,杰克说:"如果这条道上有野猪的话,咱们就去打猎吧。"不一会儿,他们就迷路了,只好在这里暂歇,拉尔夫开始做起了白日梦。他梦见他回去见到了爸爸妈妈,他们还送他去上学。突然,他听见一阵喧闹,有一只公猪向他们冲了过来。拉尔夫用长矛一下刺了上去,那只野猪受伤逃窜了。他们继续往山上走,要探个究竟到底有没有野兽。很快就到了傍晚,拉尔夫说:"咱们得找个人回去告诉猪崽子咱们天黑后才能回去。谁去报信呢?"西蒙说:"我去吧,我不害怕路上一个人。"

拉尔夫带队,杰克押尾,他们沿着小路快步跑着。他们开始爬山,孩子们因为害怕都逃开了,就剩下拉尔夫、杰克和罗杰吃力地爬上了山顶。他们在山头看见一个胀鼓鼓的家伙,不时地发着忽明忽暗的绿光,吓得差点儿没叫出来。趁着月光,他们看见一张破烂不堪的怪脸正盯着他们。那是一只大猿似的东西,坐在那儿打盹。他们听见外面有别的孩子的声音,很快就离开了这里。

他们回来后,给猪崽子描述了山顶所见。忽然,一阵吹得不怎么熟练的海螺声打断了他们的谈话,原来是杰克想召集小孩子们开会。他对拉尔夫说:"这次会是我召开的。"拉尔夫不高兴地坐在一边。

杰克说:"我也说几件事。一、我们已经亲眼看见了野兽,它是从海上,从黑暗中,从树林里来。那它坐在那儿干什么呢?嗯……是打猎,对,它就是打猎的。二、它太大了,我们不可能杀掉它。三、拉尔夫说我们猎手很无能。他说:'你们很没用,看见野公猪和野兽就逃跑。'"拉尔夫立刻争辩:"我没有说过。你扯淡,我跑了,你也跑了。"杰克又说:"拉尔夫只会发号施令,指使别人做事,他从来没有给我们弄来肉。"忽然,他一只手指戳向空中说:"认为拉尔夫不配当头儿的举手。"后面没有声音,孩子们都在沉默。杰克觉得很丢人,"我再也不跟你们玩了。"说着独自跑进了森林里。

猪崽子很生气地说:"没有他,我们照样能干。我们现在要生烟,要把火从山上挪到洗澡潭的旁边。"杰克不在,猪崽子非常活跃,他带领着大家热火朝天地干起来。堆好后,猪崽子还亲自取下眼镜对焦点火,不一会儿,柴堆里就蹿出了金黄的小火苗。

拉尔夫说:"咱们得再造一份名单,比尔和罗杰去哪儿了?"猪崽子说:"我们捡柴火的时候看见他们往那边走了。没有他们,我们一样干得很好。"说着他们很高兴地吃起了野果。

第七章

西蒙又去了上次他去过的野果树林,看着那里的蝴蝶在翩翩起舞。

　　在距离海滩很远的地方，杰克正在给他的合唱队训话。他说："咱们要打猎，我来当头儿，你们以后不准提野兽的事。"他们慢慢地爬进了树林，费了好大劲打死了一头母野猪。杰克骑在猪背上开始宰割这头猪，弄得他满身都是血。罗杰说："头儿，这是生肉，没有火我们怎么把它烤熟啊？"杰克皱着眉头说："咱们去偷他们的火种！亨利、罗杰、比尔和莫里斯，你们把脸弄花跟我去偷火种。"杰克把猪的内脏已经挖了出来，他把猪头割了下来说："这个猪头是贡品，是献给野兽的。"

　　西蒙正好走到这里。他见过那个猪头，现在他闭上眼睛，满脑子都是猪头半闭着眼睛咧着嘴的样子。他看见一大堆苍蝇围着那堆猪内脏，成了个黑团，还发出锯木头的声音。这些苍蝇黑糊糊的，闪闪发绿，恶心死了。西蒙又转过头看见了那白晃晃的猪牙，昏暗的眼睛和一摊黑血。

　　拉尔夫和猪崽子躺在沙滩上，眼看天就要下大雨了。他们要去找一些青树枝保住火堆，可人手不够。忽听一阵喧闹，一群脸上涂得花花绿绿的人影抢走了他们半燃着的树枝。拉尔夫看出其中一个就是杰克。比尔拿着海螺说："现在你们人手不够，很难维持火堆，看我们扮成野人多好玩啊，还可以吃猪肉。"拉尔夫说："咱们自己也可以去弄猪肉！"双胞胎说："可我们不想去丛林。他们是猎手，我们不是。"大家想着猪肉口水都快流出来了。

　　西蒙一直待在苍蝇群那里，蝇王对西蒙说："你这无知的傻小子，你一人跑这儿干什么？你不怕我吗？没人会听你的，我就是野兽。别痴心妄想了，就凭你们也想杀死野兽？你快回去吧，回到你的伙伴那里，把这件事情忘掉。我警告你这个误入歧途的孩子，我们要在这个岛上寻欢作乐，你别再妄图消灭我们，否则会要了你的小命。他们都会要了你的命。你懂吗？"

天空乌云密布,苍蝇们还在围着内脏嗡嗡地乱叫。西蒙的鼻子流着血昏迷了。傍晚,轰隆的雷声震醒了他,西蒙站起来朝地势高的森林走去。苍蝇始终跟着他,发出一阵恶臭,他跪倒在地呕吐了起来。

他朝海滩走来,眼睛凝望着火堆冒出的烟。他要尽快把野兽无害而恐怖的消息告诉大家。

拉尔夫和猪崽子来到了杰克的地盘,看见孩子们都在这里烤肉有说有笑很开心,但是见他俩过来,他们都不讲话了。杰克说:"谁愿意加入我的队伍里来,我给他肉吃。"随后很多孩子高喊"我愿意"。拉尔夫坚持说:"我是头儿,我有海螺。"

一阵电闪雷鸣好不吓人,杰克说:"我们来跳舞吧。"他们围成一个圆圈,开始唱:"杀野兽哟,割喉咙哟,放它血哟!"忽然,有一个东西从森林里跑出来,黑咕隆咚的,大家不知道那是什么东西,惊恐地尖叫起来:"野兽!野兽!"只见这个"野兽"大声喊道:"山上有个死人。"直接就冲进了孩子们的包围圈,他们立刻跳到野兽的身上,踢着、咬着、撕着。一会儿倾盆大雨而至,这些孩子四散逃开了。只见那"野兽"小得可怜,鲜血染红了沙滩。西蒙的尸体从沙滩漂了起来浮到海水中去,轻轻地漂向了远处的大海。

第八章

猪崽子看见拉尔夫一瘸一拐地从那边走来,两人坐下。拉尔夫小声说:"西蒙死了,那可是活活的谋杀啊!"猪崽子说:"当时电闪雷鸣,下着雨谁看得见啊?西蒙他突然从黑暗中爬出来,大家都吓坏了。他疯了,他这是自食恶果。"大家都不想再提那次跳舞的事。

罗杰坐在悬崖边上,杰克说:"我们又要去打猎了,你们看好岩穴啊！别让旁人偷偷溜进来。"比尔说："头儿，咱们没有火种怎么办？"杰克说："晚上，我、罗杰和莫里斯去他们那儿偷。"

这边，拉尔夫、猪崽子和双胞胎兄弟四人在生火，他们的柴火很快就用完了。他们说："快没有柴火了，今晚就不要生了。"他们四个爬进了窝棚。拉尔夫梦见喷气机把他们送回了家。他们来到一个文明的小镇，围着电线杆在跳舞。猪崽子突然推醒了拉尔夫说："听，外面有声音。"几个活东西钻进了窝棚里，拉尔夫和他们厮打起来，窝棚倒塌了。那些人很快逃走了。拉尔夫说："那是杰克和他的猎手。"双胞胎也痛得乱叫。拉尔夫看了看海螺还在，说："猪崽子，你没事吧？他们不是要抢海螺，他们是为了别的东西，我们该怎么办？"

杰克和他的猎手欢呼着，手上还拿着猪崽子破碎的眼镜。

黎明中，四个孩子围着已熄灭的火堆，使劲儿地吹烟希望它能再燃起来。猪崽子愣着神，他近视的眼睛看不清东西。双胞胎说："咱们也把脸涂花，带着长矛去要回眼镜。"猪崽子举着海螺说："你们拿着长矛吧，我可不带。"拉尔夫说："咱们不是野蛮人，不许涂脸。"

他们排好队扛着长矛，朝杰克的岩石走去。他们躲在礁石后面，忽然岩石上的罗杰看见了他们，吼道："谁？出来！"拉尔夫走出来，拿着海螺吹了起来，野蛮人一会儿全都出来了。拉尔夫说："我要召开大会，杰克在哪儿？"杰克说："你来这干什么？这是我的地盘，你别来管我。"拉尔夫说："你抢走了猪崽子的眼镜，赶紧还给他。你这个贼！"杰克被激怒了，他们俩拿着长矛对打起来。拉尔夫说："我们今天不是来打架的，我们就是要拿回眼镜和火堆。"

拉尔夫让双胞胎先回去，可是杰克命人把他们绑了起来。杰克得意地对拉尔夫说："看到了吧，现在他们听我的。"拉尔夫愤怒道："你是野兽，是猪猡，是贼。"接着他们俩撕咬着打得不可开交。罗杰撬起了一块巨石朝拉尔夫滚去，只见他应声倒地，鲜血直流。那块巨石翻冲着猪崽子滚了过来,把猪崽子撞得滚下了四十英尺。直到重重地把他摔在海上的礁石上,脑浆迸溅,一个浪打来,猪崽子的尸体被卷走了。

杰克发狂地跳了出来,看着正在呻吟的拉尔夫说:"看见没有,这就是你们的下场。我才是头儿。"

第九章

遍体鳞伤的拉尔夫一瘸一拐地走进野果树林。他太饿了,不由得辛酸起来:海螺被砸碎了,猪崽子和西蒙也死了,杰克肯定也不会放过我的。

他吃完野果,朝海滩走去,他看着坍塌的窝棚,火堆也灭了,毫无希望。他又向杰克的山头走去。夜幕降临,拉尔夫躺在城堡岩外面的乱丛里,觉得自己很痛苦、很孤单,无家可归了。只听见城堡岩的另一侧传来跳舞唱歌的声音,他慢慢地向岩石那边爬。他看见了双胞胎兄弟,马上叫住他们。萨姆凶狠地说:"拉尔夫,你赶快走开!听到没有?"埃里克也说:"你还是快点儿走吧,这里不安全。他们恨你,他们打算明天要去逮捕你。"看见有人来查岗了,兄弟俩轻声地说:"为你自己好,快走吧!"

拉尔夫一直问:"他们打算怎么处理我?"他慢慢地爬下了岩石,只听上面的双胞胎说:"罗杰已经把木棒的两头都削尖了。"拉尔夫想:这是什么意思? 他钻进了乱树丛里睡着了。早晨,一阵喧闹声吵醒了他。"你敢肯定他就躲在那儿吗?"罗杰正在盘问双胞胎,他们出卖了他,拉尔夫想:接下来他们要干什么?

乱树丛里顿时浓烟四起,拉尔夫很恐惧地跑出了矮灌木丛来到野猪小道,野蛮人要包围这里。他该怎么办?是爬树,还是像野猪一样冲出包围圈?他吓得心惊肉跳。他又想到一个办法:他要藏好,等到他们放弃搜捕他时再跑出来。他决定藏在阴暗的乱丛林中,他摸索到了一根削得两头尖的木棍。后来一个野蛮人还是发现了他,拿着长矛追逐着拉尔夫,他跑到了沙滩上。窝棚已经燃为灰烬,一个海军军官正站在沙滩上,吃惊地看着拉尔夫,他身后还有一个小汽艇。

军官笑着说:"我看见你们的烟了,你们是在闹着玩吗?"他又问:"没有人被杀吧?"拉尔夫说:"有两具尸体,已经不见了。"

此刻,其他的小野蛮人也站了起来。军官说:"你们多少人?我要带你们走。"他接着说:"我本以为,你们这群英国孩子应该玩得很好,可是……"拉尔夫说:"本来是很好,可后来……"拉尔夫看着军官失声痛哭起来,他是为西蒙而哭,也是为猪崽子而哭,更是为童心的泯灭和人性的黑暗而哭。